· 国家社科基金项目"非裔美国黑人文学中的伏都教美学研究"（17XWW005）结项成果

· 宁夏回族自治区一流学科（外国语言文学）重点培育项目基金资助

· 宁夏大学校级创新团队"中国大周边区域国别研究"基金资助

美国黑人文学中的
伏都美学

Voodoo Aesthetics in
African American Literature

胡笑瑛 ◎ 著

中国社会科学出版社

图书在版编目（CIP）数据

美国黑人文学中的伏都美学 / 胡笑瑛著. -- 北京：
中国社会科学出版社，2025. 8. -- ISBN 978-7-5227
-5196-2

Ⅰ. I712.09

中国国家版本馆 CIP 数据核字第 2025K43203 号

出 版 人　季为民
责任编辑　梁世超
责任校对　李　莉
责任印制　戴　宽

出　　　版　中国社会科学出版社
社　　　址　北京鼓楼西大街甲 158 号
邮　　　编　100720
网　　　址　http：//www.csspw.cn
发 行 部　010 - 84083685
门 市 部　010 - 84029450
经　　　销　新华书店及其他书店

印　　　刷　北京君升印刷有限公司
装　　　订　廊坊市广阳区广增装订厂
版　　　次　2025 年 8 月第 1 版
印　　　次　2025 年 8 月第 1 次印刷

开　　　本　710×1000　1/16
印　　　张　20
字　　　数　282 千字
定　　　价　116.00 元

序　　一

　　我手头的这部书稿是笑瑛研究美国黑人文学的第四部专著了，她从 21 世纪初开始这一领域的研究，在 20 多年的时间里坚持不懈，取得了令人瞩目的成绩，我作为她的老师，始终为她感到骄傲！

　　从笑瑛的四部著作中，可以比较清楚地看到她学术成长的轨迹。她的第一部专著是 2004 年出版的《不能忘记的故事——托妮·莫里森〈宠儿〉的艺术世界》，其中已经体现出她良好的艺术感悟力和解读文本的能力，但还缺少成熟的研究方法意识。此后她又开始了对另一位黑人女作家佐拉·尼尔·赫斯顿的研究。笑瑛于 2009 年进入南开大学攻读博士学位，将这一方向设定为学位论文选题，并于 2012 年出版了专著《传统中的传统：佐拉·尼尔·赫斯顿长篇小说研究》，这部专著已经开始探寻如何形成自己的研究模式。书中所说的"传统"，指的是作为美国少数族裔的黑人群体的文化传统，专著所考察的就是这种文化传统与赫斯顿小说叙事之间的关系，这样就构成了一种有张力的研究模式。在这之后，笑瑛继续就美国黑人女性作家进行拓展研究，视野扩展到玛雅·安吉洛、艾丽斯·沃克、格洛丽亚·内勒等作家的创作，并且在研究的深度上继续掘进，于 2017 年出版了其第三部专著《非裔美国黑人女性文学传统研究》。显然，从这部专著开始，笑瑛对美国黑人文学的研究进入了系统性研究的阶段，也在进一步寻找更为合适的、稳定的研究方法及研究模式。从专著的几个角度——黑人英语、黑人音乐、黑人口述传统、黑人民俗文化、黑人宗教来看，显然是要从这些黑人文化的特性中来寻找黑人文学的表达形态，并从这两者之间的关系来确立黑人文学对黑人文化的建构功能。在这些成果的基础上，笑瑛于 2017 年获得了国家社会科学基金的资助，开始了美国黑人文化与文学关系研究的一个更为具体而深入的工作——"非裔美国黑人文学中的伏都教美学研究"。她在繁重的教学和行政工作之余，以"良好"等次结项，并向学界呈上了这部新的研究成果。而在我看来，这是她的研究走向成熟和定型的标志。

我曾经就如何做好标准的文学研究写过一些感想，并拿给刚入学的同学参考，其中包括学术论文的写作格式、研究材料的收集整理、研究选题的确定等，但有一个方面我一直想写而始终没有写，就是如何确立论点的深度问题。因为这实在是一个见仁见智的问题，很难定下几个标准，来评判论点的深浅。不过我从自己的研究经验体会到，所谓的研究深度可以有若干模式，如你的论点应是对前人研究论点的质疑及拓展，甚至颠覆，当然前提是要从文本事实出发，要有基本材料及新材料的论证，要能够自圆其说，并经得起反证。而更为普遍的一个深度模式是，你的论点要有张力。张力这个概念我是从艾伦·退特那儿学来的，他在谈到诗的张力时提出，诗应当是"所有意义的统一体，从最极端的外延意义，到最极端的内涵意义"。诗歌是如此，写论文也有同样的道理，论点的深度要看有没有张力，即有没有将一个"最极端的外延意义"和一个"最极端的内涵意义"通过论证关联起来。实际上，这就是一般从文化批评的角度来进行文学研究的路数，即将一个文本征候与其背后的文化因素关联起来。比如，我在读帕斯捷尔纳克的《日瓦戈医生》时，发现这个人物总是在"逃离"，这就是个征候，它既不像有些学者说的属于耶稣式的拯救，也不像有的学者说的属于知识分子的担当，而应当属于俄罗斯传统文化中的"圣愚"式自我放逐的救赎程式。我的这种研究路数是从我的导师程正民先生那里学来的。1997年我进入北师大跟从程先生读博士，先生问我对学位论文选题的想法，答曰"俄国文学与宗教"；又问我怎么研究文学与宗教呢，答曰"俄国文学中有很多宗教内容"。导师笑而不答，意思是这个太简单了，因为这只是从字面的意义上，或者用退特的话说，是在"外延意义"上找二者的相似点，但还没有找到那个"内涵意义"。当时程先生正在与童庆炳先生一起推广他们主张的文化诗学批评方法，当我最后确定从俄国宗教文化角度来研究陀思妥耶夫斯基的时候，程先生告诉了我这种批评方法的基本原则，就是首先发现文本征候，然后寻找造成这个征候的原因，即文化结构，而在论证的过程中则要说明这种文化结构是如何对作家的艺术世界观，或者用俄国哲学家齐斯的说法叫"世界艺术图景"的形成产生影响的，然后作家的这种"世界艺术图景"又是如何转换为我们最初所发现的文本征候并产生审美和文化效应的。这样，一个有张力的深度模式就建立起来了。于是，我的博士学位论文《宗教文化语境下的陀思妥耶夫斯基诗学》就采用了这种研究模式，并成了我后来一直沿用的习惯路数。

我之所以说笑瑛的这部新著标志着她的研究走向成熟和定型，就是指她从博士学习阶段所习练的文化诗学批评方法在这部著作中得到了有效的贯彻。

首先，这部论著以对美国黑人女性文学文本的解读为基础，从中提炼出几个大的方面的"征候"——多元化叙事语言、开放性叙事结构、魔幻化人物塑造、多重性主题等，然后寻找到黑人文化的一个主导结构——伏都教文化，从中发现了制约黑人文学表达程式的一系列关键"套语"，如宗教仪式中使用的咒语、循环的伏都教时间观、伏都教的奇异化人物原型、其教义的兼容结构等。这样，通过将二者加以衔接，便实现了退特所说的将"最极端的外延意义"和"最极端的内涵意义"统一了起来。

其次，所谓文化诗学的研究方法，需要研究者付出巨大努力的部分在于对所谓"文化"的专业性了解。我见过太多的试图揭示文学的文化意义的论文及著作，其中对文化的书写只停留在描述的层面上，要么轻易做出对一种文化模态的论断，要么所依据的是一些空泛的论说，人云亦云。而笑瑛的这部专著对黑人伏都教文化所做的研究则考辨了大量的基础性材料，使专著中这一部分的内容也成为读者了解伏都教文化的基础材料，从而显示出该研究的专业性高度。

这部专著的另外一个优长，是它在对伏都教进行考察的同时，将其中的审美结构抽绎了出来。伏都教本身在以基督教为主体的北美宗教文化结构中具有明显的边缘性，但也正因为如此，它在长期的发展过程中形成了其杂糅性、开放性、复义性、包容性等文化品格，而这些品格借助于伏都教浸透在黑人日常生活中的仪式化行为，转换成其艺术表达中的审美品格。专著中将其概括为五个方面：一是兼收并蓄，这一特点就像黑人日常食用的秋葵汤，混合了多种食材、调料，可以随着不同的意愿加以调整，体现在艺术上就是充分的开放性；二是自由化的即兴创作，它破除了固定的写作程式，可以更自由地运用戏仿、比喻等手法，从形式上展现人的自由追求；三是从少数族裔的边缘地带向中心化叙事发起挑战，从而契合了艺术的狂欢性本质；四是以循环式时间观否定了主流的线性时间观，从而以碎片化的表达方式展现多元化的文化理念；五是伏都教本身的文化复义性，即融会了政治、历史、经济、艺术等因素的形态，正契合了后现代艺术的整体性文化诉求。总之，这部专著通过"伏都教文化—伏都教美学—黑人女性作家的文本表征"这样一个三位一体的模式，实现了一个较为完善的文化诗学批评目标。因此，这一成果不仅是对美国少数族裔文学研究的一个重要推进，而且对一般性文学研究也具有方法论意义上的启发。

从笑瑛的研究路程来看，文学研究是没有止境的，即使是在美国黑人女性文学这一领域，也有许多值得做进一步研究的论题。笑瑛的特点是永不满足于自己的现状，即使在兼任学院的行政职务和承担本科生、研究生繁重的课程教学的同时，也从未停下学术研究的脚步，因此，我相信，她还会在这一研究方向上不断带给我们以欣喜。当然，我也希望她在人到中年的时候，步子可以适当放慢一些，保持好健康与活力，让自己的学术之路延伸得更远。

是为序。

王志耕①
2024 年 5 月于南开大学

---

① 南开大学文学院教授，博士生导师。

序　二

自古以来，宗教与艺术是不可分离的。有宗教，就有艺术；有艺术，就会有美；有美，自然就会有美学。伏都教虽小，但五脏俱全，亦自美其美。

伏都教是源于西非的一种神秘宗教，是非裔美国黑人坚守的真正属于黑人民族的宗教，对美国黑人文化有着不可忽视的影响。对于许多美国黑人作家来说，伏都教是流淌在他们血液中的基因。伏都教美学则指美国黑人作家将伏都教因素运用于文学创作的一种传统。通过伏都美学，美国黑人作家将种族、身份、自由、宗教、民俗以及文学创作联系起来，用书写的方式确定了黑人文化的独特性和重要性，否定了白人文化的统治和殖民话语霸权，借助伏都美学建立了属于自己的文化诗学。因此，伏都美学成为美国黑人文学非常重要的元素。伏都美学使美国黑人文学从个人主题走向普世主题，成为世界文学舞台上焕发持久生命力的一道风景。在当代外国文学研究中，伏都教与伏都美学思想已引起学界相关学者和批评家的关注，成为美国黑人文学研究中的热点。

笑瑛博士以其敏锐的学术眼光，审时度势，将美国黑人文学中的伏都美学作为新的研究生长点写就了眼前这部专著，成为她近期美国黑人文学，尤其是美国黑人女性文学系统研究中的又一力作。实在可圈可点，可喜可贺！她的这部专著以美国黑人作家佐拉·尼尔·赫斯顿、托妮·莫里森和伊什梅尔·里德的文学创作为例，通过"奔走的伏都咒语、循环的伏都时间、奇异的伏都人物、混杂的伏都文化和兼容的伏都教义"诸方面，分别探讨了这些伏都美学代表作家文学文本中叙事语言的多元化、叙事结构的开放性、人物塑造的魔幻化、混合体裁的互文性以及并置主题的多重性等伏都美学特点。作者认为，伏都教自由、平等、开放和包容的原则指导美国黑人作家的文化表达和政治表达。美国黑人文学借助伏都美学解构、改写，甚至在某种程度上颠覆了美国文学中的主流文化霸权，以一种全新的方式和姿态嵌入整个美国黑人文学的写作，使美国黑人文学获得了过去无法企及的成绩和地位。美国黑人作家通过对伏都教美学的借鉴，关注黑人民族历史，致力于提升黑人民族自信心，提高黑人社会地位和政治地位，启发普通黑人民众用新的视角来审视自己的民族。美国黑人作家通过伏都美学发出强烈的呼吁：人类应和谐共处，彼此相爱，彼此包容。这部新著研究视角独到，观点新颖，既有作家论、作品论，也有文艺论、文化论。当前文学界"文学研究无文学"倾向日趋严重，一些文学刊物热衷于刊发充满晦涩难懂之抽象名词、概念的理论文章，而基于作品论、作家论和创作论的好文章越来越少。受此影响，文学方向的硕士、博士研究生撰写学位论文时，也热衷于拉起一面西方理论大旗做虎皮吓唬人，津津乐道于杂糅在文中的几个连自己也搞不懂的抽象名称术语，但对拟探讨的作家或作品却蜻蜓点水，一带而过。不知这种忽视作品、文学本身的研究风气要蔓延到何时？——这是题外话，能多层次、多角度论证，始终聚焦主题，要点分析透彻，体现了笑瑛博士一贯的行文风格和治学精神。

此外，笑瑛博士做学问、搞研究一直以来颇为专一。自从2004年她第一部专著《不能忘记的故事——托妮·莫里森〈宠儿〉的艺术世界》出版以来，她始终专注于美国黑人文学的研究，2012年出版了《传统中的传统：佐拉·尼尔·赫斯顿长篇小说研究》，2017 年又出版了《非裔美国黑人女性文学传统研究》，其间还发表过不少相关学术论文。即将付梓的这部大作是她 2017 年申请到的国家社会科学基金项目的最终研究成果。此外，她还主持完成相关省部级社科基金项目多项，切切实实做到了专而精！不像时下一些喜欢弄潮的中青年学者，一会儿钓鱼，一会儿抓蝴蝶，自诩兴趣广泛，口径宽阔，但最终都浮光掠影，无法深入。锲而不舍，金石可镂。任何研究只要一心一意，专心致志，咬定青山不放松，定会成果迭出，行稳致远。笑瑛博士的系统研究就是一个很好的范例。自 2004 年出版第一部专著到这部新著即将问世，二十年来，她孜孜以求，不忘初心，术有专攻，成果丰硕。时至今日，她众多的系列研究成果无疑已在国内美国黑人文学研究领域形成了高地。《美国黑人文学中的伏都美学》这部专著的出版将成为这块高地上的又一高峰之作。

每逢有大作出版，笑瑛都不会忘记我。每次应邀写序，我都很感慨！她的人品、文品，均值得称道！

周玉忠[①]

2024 年 5 月于宁夏大学

---

① 宁夏大学外国语学院教授，博士生导师。

目　　录

绪　　论

当代美国文坛一个令人瞩目的现象是族裔文学的兴起。异彩纷呈的族裔文学为美国文学乃至世界文学注入了极大的生机和活力。美国黑人文学是美国族裔文学中最为突出的一支，它所呈现的独特艺术魅力有其特殊的历史背景和现实因素。回顾美国黑人历史，黑人民族经历了离别非洲故土、经历"中间通道"、面对种族歧视等心理创伤和社会不公，但是，美国黑人作家"始终具有强烈的使命感和信仰，为追求黑人的平等地位，为创造融合的文化，坚持不懈地努力探索。他们既追求艺术美学、倡导文化融合，也从未放弃政治批判，这是他们争取自身合法权益的重要精神力量"[1]。正是这种使命感，造就了一批又一批的优秀美国黑人作家，产生了一批又一批的不朽之作。历代美国黑人作家通过文学作品表达黑人民族的人生理想和社会理想，值得世人借鉴；美国黑人文学作品中历代传承的艺术手法和美学特质也值得学界探究。

---

[1] 谭惠娟、罗良功等：《美国非裔作家论》，上海外语教育出版社2016年版，第4页。

第一节　美国黑人文学概述

自民权运动以来，"种族"和"族裔研究"一直是文学领域内具有前沿意义的话题。21世纪以来，已然从边缘走向中心的美国黑人文学依旧受到学术界的极大关注。回顾美国黑人文学史，美国黑人文学的发展同美国黑人民族的文化传统，以及美国黑人在"新世界"的种族地位、政治地位、经济地位等因素密切相关。概括来讲，美国黑人文学的发展可以分为四个阶段。

第一阶段：1619—1865年，这一时期是美国黑人文学的萌芽阶段。1619年，满载着从非洲大陆掳掠的黑人奴隶的船只来到北美大陆，拉开了贩奴贸易的序幕，也开启了美国的奴隶制。奴隶制期间，黑人奴隶所遭受的非人待遇罄竹难书。直到1865年美国南北战争结束，奴隶制被废除，美国制度性地宣告黑人奴隶获得平等和自由。在此期间，奴隶叙事是最主要的美国黑人文学类型。奴隶叙事大多形式单一，故事情节雷同。这些故事的写作目的是揭露奴隶制的黑暗，为饱受压迫和剥削的黑人发声，以获得人道主义者的同情和支持，尽早结束奴隶制。虽然早期的美国黑人文学作品艺术性不高，但考虑到黑人奴隶的实际生存条件，能够出现这些作品已是难能可贵。早期的奴隶叙事为后来的美国黑人文学发展奠定了基础。这一时期的作品以弗莱德里克·道格拉斯（Frederick Douglass）的自传为代表作。

第二阶段：自1865年的南北战争到20世纪20—30年代的哈莱姆文艺复兴（Harlem Renaissance），这一时期是美国黑人文学的发展阶段。南北战争后的美国黑人文学作品主要是以非虚构性散文的形式出现，文学创作的艺术性也逐渐凸显。到了哈莱姆文艺复兴时期，美国黑人文学在各方面呈现出快速发展的态势。哈莱姆文艺复兴时期的美国黑人作家已然摆脱了主流文学的影响，转而挖掘和记录黑人民俗文化，努力从民族传统中获取创作灵感，寻求写作策略。这一时期的黑人精英知识分子开始积极思考黑人民族的未来以及未来要选择的道路。杜波依斯（W. E. B. Du Bois）成为这一时期的代表人物，他提出的"双重意识"（Double Consciousness）成为黑人文学领域内非常重要的学术概念。这一时期，美国黑人作家的文学创作不论是在数量上还是质量上都有了巨大的提升，大部分作品得到主流文化的认可。同时，美国黑人女性作家也凸显出自己的写作才能，逐渐走向文学舞台。集文学家、人类学家于一身的佐拉·尼尔·赫斯顿（Zora Neale Hurston）被尊称为"黑人女性文学之母"。

　　第三阶段：20 世纪的美国黑人文学日渐成熟，逐渐形成了自己的文学传统，出现了美学意识的进一步发展。20 世纪 40—50 年代的美国黑人文学愈发展现出强大的艺术生命力，以理查德·赖特（Richard Wright）为代表的美国黑人作家展开了对文学创作的大讨论，对美国黑人文学的后期发展有着巨大影响。到了 20 世纪 60 年代，黑人艺术运动（Black Art Movement）应运而生。以赖特为代表的黑人精英知识分子认为，文学应该承担起自身的政治责任，文学作品必须能够激发政治行动。这一时期出现了一些较为经典的作品，但由于过分强调文学的政治功能，影响了文学作品的艺术性。在创作和批评的过程中，美国黑人作家逐渐调整创作风格和创作内容，并在 20 世纪 60—70 年代的美国黑人民权运动中获得发展，进一步促进了黑人文学的繁荣与发展。20 世纪 70 年代以后，随着民权运动的结束，美国黑人文学中出现了女性作家群体，"她们的创作不太关注种族之间的直接矛盾，而是侧重于描写种族主义给人与人之间的亲密关系造成的痛苦后果，包括亲情、友情和爱情等"①。美国黑人女性群体创作的出现拓展了美国黑人文学的深度和广度，这一时期的主要代表作家是托妮·莫里森（Toni Morrison）和艾丽斯·沃克（Alice

---

① 陈后亮：《"美国非裔文学传统既不稳定也不完整"——评〈劳特里奇美国非裔文学导读〉》，《外国语文研究》2019 年第 6 期。

Walker)。

第四阶段：21 世纪以来，美国黑人文学创作呈现多元化发展态势。关于黑人性与普世价值的争论隐含着美国更为复杂的文化意识形态，越来越多的美国黑人作家以各自不同的写作风格和文化主张登上世界文学的舞台。美国黑人文学以开放的态度积极接受来自各方面的影响，借鉴和吸纳后现代主义文学创作特点，文学体裁和文学题材都得到进一步的发展，再次呈现欣欣向荣的景象。伊什梅尔·里德（Ishmael Reed）是美国黑人文学中后现代主义的代表人物。

随着美国黑人文学创作理论及批评理论的逐渐成熟，美国黑人作家在思考种族问题的同时，开始思考美国黑人的身份认同和文化认同，并开始进一步构建黑人美学。美国黑人文学传统中有一个非常突出的特点：不管在哪个阶段，总有美国黑人作家转向黑人民俗文化寻求创作灵感，植根于黑人民间的伏都教成为影响美国黑人作家的重要因素之一。

第二节　美国黑人文学领域内的相关概念梳理

在美国黑人文学研究中，有一些重要的概念需要梳理，如"美国黑人"与"非裔美国人"、"双重意识"与"双重读者"等。只有厘清了这些概念之间的区别，才能更好地理解美国黑人文学文本及其主题。

一　"美国黑人"和"非裔美国人"

早期的美国黑人被称作"negro"，这是一个拉丁语，意为"黑色的"。在美国种族歧视盛行时期，黑人都被称作"nigger"，在汉语中被翻译为"黑鬼"。黑人运动开始后，美国黑人开始用中性词"black"来凸显自己的民族特性。20 世纪 60 年代以后，美国政治家认为"black"一词也包含歧视的意味，他们倡导将美国黑人统称为

"非裔"，因为美国黑人的祖先都来自非洲，大多数美国黑人的祖先都是在 17 世纪和 18 世纪从西非贩卖到美国成为奴隶的。在奴隶制的阴影下，美国黑人的后代一直处于社会的底层，想要改变社会地位非常困难。奴隶制废除后，因为根深蒂固的种族歧视，黑人在美国社会的地位仍旧没有太大改善。

　　在学界，"美国黑人"（Black American）和"非裔美国人"（Afro-American/African American）经常被使用。"美国黑人"（Black American）是 1963 年提出的名词，为了和"negro"做出区别；"非裔美国人"（African American）是 1988 年提出的名词，一般指祖先为非洲人的黑人。"作为一个比较新的种族称呼，African American 因为其在揭示美国黑人与其他美国人的共同性的同时突出了美国黑人的来源和文化独特性而成为多元文化主义时代越来越多黑人青睐的称呼，美国人口普查局也从 2000 年人口普查开始正式采用这一说法。"① 20 世纪末期，随着多元文化主义思潮的兴起，"非裔美国人"这一称谓被大部分主流媒体所接受。

　　"African American 与 Asian American、German American 等称呼一样，体现了文化上的完整性，把美国黑人和非洲传统联系在一起……African American 一词能够让黑人意识到，自己不是受到鄙视的奴隶的后代或奴隶制的后代，而是被奴役的、曾经辉煌的非洲人的后代，能够激发黑人的种族自豪感。"② 逐渐地，"African American"这一称呼不仅在黑人群体内部被迅速接受，在黑人群体之外的其他美国人中也流行起来。"African American"成为媒体和公共话语中的官方用语，因为这一术语淡化了种族特点，突出了包容和平等。

---

① 黄卫峰：《"美国非裔""非裔美国人"还是"非裔美国黑人"?》，《中国科技术语》2019 年第 2 期。

② 黄卫峰：《"美国非裔""非裔美国人"还是"非裔美国黑人"?》，《中国科技术语》2019 年第 2 期。

对于美国黑人来说，种族称呼的变化不仅是表面上说法的改变，而且是黑人在美国社会地位和自身状况变化的深刻反映，是一种社会表征。作为美国黑人主动选择的新称呼，African American 反映了美国黑人关于自身和种族关系在看法、认知、态度上的变化……作为一个新的称呼，它意味着与过去的决裂，为重新塑造黑人积极的自我形象及其在其他群体心目中的正面形象提供了可能性，有助于美国黑人融入主流社会。①

本书将选取国内学界使用最多的"美国黑人"这一名词进行后面的论述。美国黑人在获得政治上的平等和相应权利后，开始积极思考如何在思想领域摆脱白人主流文化的影响和同化。黑人精英知识分子致力于发展自己的民族文学，并倡导从黑人文化中获取灵感，创造出真正属于自己的文学。在多元文化语境下，美国黑人文学日渐成熟、壮大，对美国其他少数族裔文学的发展乃至世界范围内少数族裔文学的发展都具有启示意义。那么，什么是"美国黑人文学"呢？

对历经300多年发展的美国黑人文学进行梳理和综述之后，《劳特里奇美国非裔文学导读》的作者米勒发现：几乎不可能清楚、准确地回答"什么是美国黑人文学"的问题。米勒指出："虽然我们承认存在一个传统，并试图去界定它，我们还是必须意识到，它的形态总是在发展和变化。换句话说，我们所讲述的关于美国黑人文学的故事会随着时间的推移而变化，现在和将来都是如此。"② 奴隶制之后，曾经有人质疑"美国黑人文学"是否存在，甚至否定相关研究。沃伦教授在其专著中指出："民权运动以后，最明显的种族隔离与种族歧视让位于各种更加隐蔽，而且更加有害的种族主义的各种表现……

---

① 黄卫峰：《"美国非裔""非裔美国人"还是"非裔美国黑人"？》，《中国科技术语》2019 年第 2 期。

② Miller D. Quentin, *The Routledge Introduction to African American Literature*, New York：Routledge, 2016, p. 8.

我们不要热衷于种族幻想从而放弃非裔美国文学，而要更加坚决、更加有想象力地构建对我们当前负责并做出回应的文学理论与阅读。"① 著名文学评论家拉瑞·尼尔也认为："黑人文学是黑人社区生活方式的一个重要组成部分。我坚信，黑人文学也是黑人民族历史与民族经历的一个重要组成部分。"②

客观地讲，有关"美国黑人"和"美国黑人文学"的定义一直是不完整、不稳定的。概括来讲，"美国黑人文学"就是美国黑人创作的文学作品。但是，我们须认识到，"美国黑人文学"和"美国黑人作家"这样的概念在当今社会已发生了巨大变化，这些概念的内涵和外延都在发展过程中发生了很多变化。后现代社会的任何一个个体的身份构建都是多元的、杂糅的。美国黑人文学作为一个独立的实体也一直处于变化之中，它早期的族裔特点在逐渐弱化，正在与离散、跨大西洋、全球化等形式相结合，呈现新的特点。"新世纪非裔美国文学的创作与批评呈现出多元的发展态势，必将随着美国政治大环境的变化而改变，但其同时关注文学的社会意义与美学价值的原则不会改变。体现了非裔美国文学传统的精髓。"③

二　"双重意识""双重读者"和"双重声音"

美国黑人置身于美国社会之内却被排斥在主流社会之外，其实现解放和平等的道路充满艰辛。如何面对白人主流文化与黑人民族文化？如何面对白人读者和黑人读者？这样的处境造成了黑人性格的二重性和黑人作家的两难选择。美国黑人作家在双重意识下寻求自我文化的独立，寻求与白人文化从对立到和解再到融合的可能性以及实现

---

① 王玉括：《新世纪非裔美国文学研究的新动向——兼评〈何谓非裔美国文学?〉》，《外国文学动态》2013 年第 1 期。

② Larry Neal, "And Shine Swarm on: An Afterword", in *African American Literary Theory: A Reader*, Winston Napier, ed., New York: New York University Press, 2000, p. 78.

③ 王玉括：《新世纪非裔美国文学研究的新动向——兼评〈何谓非裔美国文学?〉》，《外国文学动态》2013 年第 1 期。

其独立文化身份的最终出路。在创作过程中，黑人作家也将"双重读者"作为自己思考的问题。

美国著名黑人学者杜波依斯在其代表作《黑人的灵魂》（*The Soul of Black*）中提出了"双重意识"理论。杜波依斯于 1895 年获哈佛大学历史学博士学位，成为哈佛大学第一个获得博士学位的黑人，以毕生精力研究美国和非洲的历史和社会，成为历史学家、社会学家和教育家，是有色人种协会的创立者之一，《危机》（*Crisis*）杂志的主编，泛非运动的主要发起人，美国黑人现代思想的奠基人，被公认为"20 世纪初倡导黑人追求政治权利的重要领导人，也是第一个思考黑人种族令人困惑的民族身份的思想家之一"①。

早期的杜波依斯认为可以采取向黑人提供教育和工作、培养他们的进取心和耐心等手段来寻找黑人的出路。但在后来的实践和思考中，杜波依斯深刻地认识到政治权利对于黑人民族的重要性，于是，杜波依斯坚决支持美国黑人的民权斗争，鼓励美国黑人为追求道义和真理而不懈努力。杜波依斯撰写了大量有关种族关系的著作和文章，他的思想极大地影响了 20 世纪黑人运动。最能体现其思想的著作是1903 年出版的《黑人的灵魂》。

《黑人的灵魂》是一部文集，由 13 篇关于美国黑人历史、宗教、政治、社会、文化等方面的论文组成。在这一作品中，杜波依斯以优美的文笔揭示了种族歧视对美国黑人自我意识的影响，强调了美国黑人民间文化传统对整个美国的重要性，从各个方面指出美国的种族歧视政策深刻地影响了黑人的自我意识和黑人与整个社会的关系。该书不仅有着深远的政治影响，还具有重要的文学意义。杜波依斯在其作品中强调："黑人独特的传统、民间文化和黑人社区的价值观——这些被称作黑人灵魂的一切——应该在美国得到承认、尊重，并得以保

---

① Delia Caparoso Konzett, *Ethnic Modernisms：Anzia Yezierska, Zora Neale Hurston, Jean Rhys and the Aesthetics of Dislocation*, New York：Palgrave Macmillan, 2002, p. 77.

存、流传。"① 但是，残酷的现实使黑人民族游离于美国主流社会的边缘，种族歧视和种族隔离政策以各种更为隐蔽的形式存在，这样的社会现实使美国黑人出现了"双重意识"（Double Consciousness）。杜波依斯在《黑人的灵魂》的第一篇文章中就提出了"双重意识"的重要概念。

> 任何一个对其民族在美国的处境进行过认真考虑的黑人都会在人生的某个时刻发现自己处于一个十字路口，他都会在人生的某个时刻提出这样的问题：我究竟是谁？是美国人还是黑人？我可以既是美国人又是黑人吗？或者我可以在较短的时间内不是黑人而是美国人？②

长期存在的种族歧视政策影响了美国黑人的个人意识和自我身份，他们总能察觉到自己的灵魂被撕裂：

> 一个人总能感觉到身体中的两种力量——是美国人，也是黑人。这两种力量似乎是两种不可调和的思想和灵魂。一个黑人的身体里有两种相互冲突的力量，只能依靠黑人顽强的意志避免出现分裂。美国黑人的历史就是这两种力量彼此斗争的历史。美国黑人渴望获得独立的人格，渴望将这两种力量协调为更美好、更真实的统一体。在这样的协调过程中，美国黑人不希望失去任何一种力量。他不会否定美国特性，因为美国有着非常多的有益于非洲和世界的东西。他也不希望在美国化的过程中放弃自己的黑人灵魂，因为他知道黑人性是面对世界的主要力量。美国黑人希望同时拥有黑人和美国人的身份，这样才可以获得同胞的接纳和

① 王家湘：《20 世纪美国黑人小说史》，凤凰出版传媒集团、译林出版社 2006 年版，第 15 页。
② W. E. B. Du Bois, *The Crisis Writing*, Greenwich：Fawcett, 1972, p. 281.

机会的垂怜。①

"双重意识"理论深刻指出了美国黑人的生存困境，指出了黑人民族必须面对的两难选择，揭示出美国黑人身处白人主流文化和黑人边缘文化的尴尬与无奈，以及美国黑人面对两种相互矛盾的文化观和世界观而产生的冲突心理。如何在多元文化背景的美国社会获得独立的民族身份和文化身份成为黑人民族时刻面对的现实问题。

美国黑人作家自身的双重意识也折射在文学创作中，深刻影响了其创作语言、创作题材、创作风格和人物塑造。"一代又一代的黑人作家凭借特有的文学感悟构筑起自己的文本语言系统，创作出具有浓郁黑人文学底蕴的小说，拓宽了文本的阅读空间，挖掘了文本意义的深层内涵。可以说，是美国黑人的双重意识赋予了美国黑人文本的双重声音。"②

事实上，美国黑人所面临的困境不仅是"双重意识"的问题，与其他种族的作家相比，美国黑人作家还面临"双重读者"的困境。哈莱姆文艺复兴时期白人资助黑人作家的现象就是典型的例子。哈莱姆文艺复兴时期的美国黑人作家还不能完全依靠写作为生，他们中的大多数人都需要富有白人的资助，而这种资助制度的存在带来的影响是两面性的：一方面，对黑人文化有着特殊兴趣的白人的资助促进了哈莱姆文艺复兴运动的发展，为黑人文化的传承和黑人文学的发展做出了不可忽视的贡献；另一方面，因为白人的资助，黑人作家在创作时必须考虑到白人资助者的感受和白人资助者的要求，在一定程度上影响了黑人的创作自主性，束缚了黑人艺术家的创作灵感。美国黑人作家所面对的问题是：如何维持每天的生存？如何说服白人出版商接受自己的作品？如何同时成功吸引白人读者和黑人读者？"这不仅是

---

① W. E. B. Du Bois, *The Soul of Black Folk*, Harmondsworth：Penguin Books, 1996, p. 5.
② 朱振武等：《美国小说本土化的多元因素》，上海外语教育出版社 2006 年版，第 155 页。

有关一个作家是否可以生存的问题，还牵扯到很多其他问题。如果一个作家的作品从来都不会发表，那写作的意义是什么呢？黑人作家们面对着两个重要问题：一个是内部的，有关黑人审美的，一个是外部的，和作家的生存息息相关。而能否生存下去和作品是否可以出版紧密相关。"①

在哈莱姆文艺复兴时期，即"20世纪20—30年代，大量的白人资助者要求将自己的观点反映在被资助者的作品当中……这种要求是对黑人作家心理上的折磨"②。在这样的社会背景和现实情况下，美国黑人作家创作时不得不考虑白人资助者的喜好，最后的结果是：白人资助者在很大程度上影响了美国黑人作家作品的内容和质量。虽然美国黑人作家努力以各种不同的视角和不同的声音把黑人的生存体验与普遍的人文观照相结合，把黑人的传统文化与现代艺术的发展相结合，但是，为了得到白人资助者的欣赏，为了得到白人出版商的认可，同时为了得到黑人同胞的接受，美国黑人作家不得不在生活和写作中采取折中态度。1928年，黑人诗人 J. W. 约翰逊（James Weldon Johnson）提出"黑人作家的困境"问题：

美国黑人作家面临普通作者毫无觉察的问题，那就是双重读者的问题。如果他们只选择面对白人读者，那他们注定无法突破主流文学的既定程式，如果他们只选择面对黑人读者，那他们又会受到其他因素的制约……这两类读者不仅是双重的，更是分裂的。他们是意见和观点完全对立的两群人。所以，当一位黑人作家拿起自己的笔，坐在打字机前，开始创作时，他有意识或无意识地想起的第一个问题就是双重读者的问题。这位美国黑人作家

---

① Ayana I. Karanja, *Zora Neale Hurston*: *The Breath of Her Voice*, New York: Peter Lang Publishing, Inc. , 1999, p. 114.

② Ayana I. Karanja, *Zora Neale Hurston*: *The Breath of Her Voice*, New York: Peter Lang Publishing, Inc. , 1999, p. 95.

是要向谁讲述这些？是讲给自己的黑人同胞听，还是讲给白人听？或许有人会说，他为什么不可以直接去写，而不要用谁是听众的问题去烦恼自己。但是，这件事确实是说起来容易做起来难。[1]

美国黑人作家的"双重意识"和他们所面临的"双重读者"现象是黑人文学作品中各类矛盾的根源所在。为了解决这一问题，美国黑人作家在创作时期望假设一种"混合读者"的存在。美国黑人作家希望白人读者在阅读时不要带有种族主义的偏见，也希望黑人读者以平和的心态接受文学创作中的各类黑人形象。但是，"黑人读者虽然可以摆脱种族偏见，但是在某种程度上他们有着另外一种偏见：那就是在看待被创作出的黑人人物时总是将他/她看作黑人群体的代表而不是单个的黑人"[2]。面对"双重意识"和"双重读者"，美国黑人作家期望可以找到一种方法去解决这一问题，但在现实中，这种可能性是不存在的。

如果一位黑人作家以白人的眼光来考察黑人，他虽然会赢得白人读者，但他失去的将是黑人读者，更糟糕的是失去自我和黑人作家安身立命的根本；如果他根据自己的体验来真实地揭示黑人的价值所在，那他自然会得到黑人读者的积极反应，但白人读者对此会茫然不知，或熟视无睹，他失去的将是更大的读者群，这大概也是黑人作家的作品发出种种不和谐声音的原因之一。[3]

---

[1] James Weldon Johnson, "The Dilemma of the Negro Author", *American Mercury*, Vol. 15, No. 60, 1928, pp. 477 –478.

[2] Valerie Boyd, *Wrapped in Rainbows：The Life of Zora Neale Hurston*, New York：Scribner, 2003, p. 257.

[3] 虞建华等：《美国文学的第二次繁荣》，上海外语教育出版社 2004 年版，第 513 页。

另外，黑人美学家小亨利·路易·盖茨在其《表意的猴子》中提出了"双重声音"的概念。盖茨认为：美国黑人文学的每种表达都是双重声音的。对于美国黑人作家来说，"他或她的作品中都包含着至少两种传统：欧洲或美国的文学传统和明显的黑人文化传统。任何一部用西方语言撰写的黑人文本都是双重遗产、双重声音的。这种文本视觉上的基调是白人和黑人的；听觉上的基调是标准语和土语的"。①

美国黑人作家的"双重意识""双重读者"和"双重声音"的困境造就了黑人文学的"双重声音"，这一现象的出现与美国黑人的社会心理相关，也与沉淀于黑人群体记忆中的"表意性"密切相关。正是美国黑人的双重历史、双重传统和双重身份导致了黑人作家的双重声音和黑人批评家的双重任务。

第三节　国内美国黑人文学批评综述

中国学术界历来重视美国黑人文学的研究，研究历史已超过百年。近年来，美国黑人文学仍旧是国内外国文学研究的热点。

对美国黑人文学的译介在 1949 年前因林纾和魏易合作翻译的斯托夫人（Harriet Beecher Stowe）的《黑奴吁天录》而受到读者的关注；随后，"非裔美国文学的译介因著名黑人诗人休斯访华出现了突破性的进展"。② 继兰斯顿·休斯（Langston Hughes）研究热之后，国内研究者对理查德·赖特（Richard Wright）的关注也逐渐增加。这一时期国内对美国黑人文学的关注主要是为了突出黑人所遭受的压迫和歧视，以及他们的顽强抗争。"中国学者和读者通过对美国非裔文学的译介，表达了对共同的敌人——西方殖民主义者和上层统治者

---

① Henry Louis Gates, Jr. , ed. , *Black Literature and Literary Theory*, New York：Methuen, Inc. , and Methuen & Co. Ltd. , 1984, p. 4.

② 王玉括：《非裔美国文学研究在中国：1933～1993》，《南京邮电大学学报》（社会科学版）2011 年第 2 期。

的愤怒，激发了自身的奋斗精神。在动荡不安的年代，美国非裔文学的批判现实意义是不言而喻的。"① 随着 1993 年托妮·莫里森获得诺贝尔文学奖，中国有关美国黑人文学的译介和研究明显增多。但是，这一时期的研究成果大多关注美国黑人文学中的种族问题，研究对象集中于经典作家及经典作品，成果内容相对单一，大多为概述性的文章。

随着研究队伍的逐渐壮大和研究方法的逐渐丰富，国内学界对美国黑人文学的研究视角已从单一的种族视角拓展到性别视角、文化视角、政治视角等多种视角并存的研究维度，美国黑人作家如何通过艺术手法和写作策略对传统黑人形象的贬低和丑化进行颠覆、解构和反抗成为学界关注的热点。目前，美国黑人文学研究更为关注性别因素和文化差异，不再聚焦于黑人对白人主流价值观的抗争与回应、适应与认可，而是表现出"研究对象扩大、研究内容增加、研究主题深入、研究视角与方法多样等特性"②。同时，学界也不再聚焦于评论界最为关注的作家，而是开始挖掘新的作家，并开始梳理不同时代作家之间的关系，使国内美国黑人文学研究走上全面繁荣的道路。

> 在研究视角上，1993 年之前，学者还未自觉地用成熟的文学批评方法对作品进行系统研究，仅注重作品的艺术手法和思想主题，强调作品中的现实主义因素，如种族冲突、种族矛盾等。现在，随着各种西方文学批评方法的引入，学者们开始自觉地、系统地用文学批评方法对作品进行解读，视角多样。③

到了 20 世纪末 21 世纪初，现代主义和后现代主义的思想极大影响了美国黑人文学的发展，美国黑人文学作品也开始注重形式的革新

---

① 谭惠娟、罗良功等：《美国非裔作家论》，上海外语教育出版社 2016 年版，第 2 页。
② 王玉括：《非裔美国文学研究在中国：1994～2011》，《外语研究》2011 年第 5 期。
③ 刘慧、黄晖：《新中国七十年的美国非裔文学研究》，《语文学刊》2020 年第 2 期。

及新的创作手法的尝试。与此相对应，美国黑人文学的研究角度也更加丰富多样。

　　研究证明，只有从文学传统的角度入手，通过历时和共时的对比和分析，才能挖掘出文学的本真价值，挖掘隐藏于美国黑人文学中对人性和世界的多维度思考。因此，开拓审美性的研究在当下美国黑人文学研究中极具实践意义和现实意义。近年来，美国黑人文学已进入美国文学和文化的中心，其地位和意义已发生巨大变化。但是，

　　　　国内学界对美国非裔文学独特的文学价值和文化价值缺乏深刻了解，对今天译介和研究美国非裔文学的学术意义和现实意义缺乏充分认识、研究理念也没有实现应有的转变、显得相对滞后。受上述观念的制约，国内对美国非裔文学的翻译和研究从成果总体上还处于零散状态，不成系统。与欧洲文学和美国主流文学相比，美国非裔文学仍然处于被外围化、边缘化和非经典化的状态，这种状况亟待改变。①

　　总之，国内对美国黑人文学的研究，与美国黑人文学自身的巨大发展及美国学界对美国黑人作家作品的丰硕研究成果之间形成了巨大落差。

　　不可否认的是，美国黑人文学作品中的艺术特征与美国黑人作家独特的族裔身份和社会身份是不可分割的。任何形式主义和结构主义的解读方式对美国黑人文学的整体研究来说都是不全面的。"对于非裔美国文学的重新解读和评价应该是文化体系、社会体系和文学体系的多元结合。而这种思维方式正是多元文化视野带给文学研究的质的变化，也是以往任何时代思想解放运动都未能完成的视野转变的

---

① 谭惠娟、罗良功等：《美国非裔作家论》，上海外语教育出版社 2016 年版，第 2 页。

任务。"①

迄今为止，对美国黑人文学的研究已经远远超越了传统文学研究的范畴。很多批评家从新历史主义、马克思主义、文化研究、心理研究、性别研究、后殖民主义、后现代主义，哲学、美学及跨学科等方面进行文学研究。有很多跨学科研究从音乐、意识形态、叙事、政治、社会、历史、视觉媒体等不同角度挖掘美国黑人文学的多重意义，为读者展现出更为广阔的研究视野，呈现出当代文学批评的流变和发展趋势。有关历史批评、文化唯物主义、文化研究、伦理批评及科学与文学理论的关系等内容向读者展示了文学本身、文学研究和文学批评在对少数族裔的身份认同、当代社会的和谐发展和不同文明之间的对话交流等重大问题上所具有的特殊意义和巨大潜能。

总体来说，国内对美国黑人文学的研究已取得较多成果，涉及内容比较全面，宏观研究角度有：文化学（对黑人文学传统的继承和对黑人文化身份的界定）、社会学（种族歧视、性别歧视等深度思考）、女性主义（成长小说、女性身份构建）、后殖民主义（奴隶制后遗症）、叙事学（写作技巧）、神话原型批评（与古希腊罗马神话、圣经神话、黑人民间传说等的对照呼应）、心理学（民族记忆与集体创伤）、伦理学（探讨文本中的各种伦理关系和伦理问题，将对黑人民族的思考拓展到对整个人类的思考）等。微观研究角度有：祖先崇拜、死亡、家庭生活、民间故事、鬼魂故事、口头传统、音乐、舞蹈、友情、爱情、亲情等。需要指出的是，在美国黑人文学的研究过程中，出现了以盖茨和贝克为代表的美国黑人文学理论。无论是从美学的角度还是哲学的角度，美国黑人文学理论家大多倚重文学文本，揭示黑人文学的文化魅力，探讨黑人独特的民族经历和体验，突破传统的写作手法和批评范围，是诗学与其他学科之间的跨学科融合。美国黑人文学理论反映了美国黑人批评家对少数话语的关怀，突出美国

---

① 谭惠娟、罗良功等：《美国非裔作家论》，上海外语教育出版社2016年版，第20页。

黑人文化的差异性，力图实现对白人主流文化的改写、修正、倒转或颠覆，建构有别于白人文化的差异性文化话语体系。发展成熟且已成体系的西方文论为美国黑人文学理论提供了理论参照和文学资源。美国黑人文学理论的出现和发展极大地促进了美国黑人文学的研究，突破了依据白人主流文学批评方法进行研究的模式。

同样，我国国内对美国黑人文学的研究数量不断上升、研究视野不断拓展，研究对象更为丰富，各种外国文学理论的介入使美国黑人文学研究的广度和深度都有了质的飞跃。随着大量西方批评方法被引入中国，我国美国黑人文学研究领域内呈现出中西融合、多元共存的局面，大大推动了国内美国黑人文学研究的发展，如强调意识形态的政治批评、在心理学基础上发展起来的精神分析批评、在人类学基础上产生的神话—原型批评、在语言学基础上发展的形式主义批评、在文体学基础上发展起来的叙事学批评，还有接受—反应批评、后现代殖民批评、女性主义批评、新历史主义批评、文化批评等。我国学术界自 1978 年发表第一篇有关美国黑人文学研究的学术论文以来，其理论探讨经历了逐步深入的过程，出现逐渐细化的特征。随着西方文艺理论资源的丰富和方法的多样性，研究成果的质量越来越高，对美国黑人文学美学方面的关注也越来越深入。对美国黑人文学的研究不再流于表面的技巧及特点分析，而是深入文字肌理，深入文化传统，对美国黑人作家的创作机制和审美机制进行透彻审视。但是，要注意的是，当下的美国黑人文学研究在国内呈现出政治话语裹挟审美价值的倾向，政治话语批评的主导使美国黑人文学研究呈现单一化的浅表研究模式，文学文本的美学特质遭到掩蔽。因此，"中国的美国非裔文学研究应该立足于本土文化立场，研讨非裔文学的美学表征，从而推动美国非裔文学研究的深化发展"①。近年来，研究者开始利用西

---

① 朱小琳：《美国非裔文学研究的政治在线与审美困境》，《山东外语教学》2013 年第 2 期。

方当下文学批评理论，梳理美国黑人文学自身的文化传统，关注其与非洲文化传统以及美国文学/文化传统之间的关系，"并在美国历史以及西方历史的大背景下，研究黑人文学自身的特性及其与黑人个人身份建构乃至与黑人民族身份、黑人文化身份构建之间的关系"①。

虽然我国国内对美国黑人文学的研究已经取得丰硕成果，但也存在一些问题，如研究对象相对集中，研究方法相对陈旧，研究角度缺乏系统性和整体性等问题。随着文学研究的进步，资讯的进一步发达、媒体的快速发展等因素，学界对美国黑人文学研究的期望也越来越高。

事实上，随着黑人美学的兴起，美国黑人作家就把建立一个有别于主流文学传统的新的传统作为自己的宗旨。美国黑人作家一直在寻找一种真正属于自己文化的表述方式。他们重新思考，认真审视以往的文学范式，努力构建真正属于黑人民族自己的新的文学形式。美国黑人对抗主流文化的最好方式就是"寻找一种新的话语言说方式，采用一种非主流的方式和尽可能多样化的语言和表述形式去修正、改写那种普适化的主流话语，从而达到与之对话的目的"②。在漫长的岁月中，美国黑人作家虽然与非洲相隔甚远，但非洲的文化精神却以各种形式留存于美国黑人文化中，如源自非洲的伏都教，在越来越多的黑人作家笔下重新萌芽、生长、开花、繁荣。隐藏在伏都美学特征下的深层文化基因成为美国黑人文学之神秘顽强力量的重要支撑。美国黑人作家对伏都教的改写也表现出他们对主流文化的抵御和修正。"很显然，我们不得不学会以一种新的方式来阅读非裔美国文学传统，因为以旧的方式来进行阅读已经不太可能。"③ 美国黑人文学中的伏都美学体现了一种"新的话语言说方式"，是一种边缘性话语策

---

① 王玉括：《非裔美国文学研究在中国：1994～2011》，《外语研究》2011 年第 5 期。

② 周春：《美国黑人女性主义批评研究》，四川大学出版社 2007 年版，第 164 页。

③ Mary Helen Washington, *Introduction*, *Inverted Lives*：*Narratives of Black Women 1860－1960*, New York：Doubleday, 1987, p. XXV.

略。通过对美国社会白人主流话语进行创造性改写，伏都美学成为一种叙事方式，这一书写方式代表着美国黑人文化，也代表着美国黑人独特的思维方式。

第一章　伏都教及伏都美学概述

　　在学界，"伏都教"是一个较为陌生的话题，普通读者和学者对其了解非常有限。但是，对于很多美国黑人作家来说，伏都教是流淌在他们血液中的基因。伏都教因素的使用既是他们创作灵感的来源，也是他们在种族主义压迫下得以生存的策略。伏都教与美国黑人文学之间的内在联系在很大程度上决定了美国黑人文学的深度和广度。

第一节　伏都教概述

　　根据《美国传统字典》的解释，"伏都教是一种主要在加勒比海国家尤其是海地流行的宗教，由罗马天主教仪式和达荷美奴隶的泛灵论及巫术结合而成，其中一个至高的神统治着地方神、监护神、化为神灵的祖先及圣者，他们与信徒在梦境、幻境和宗教仪式里进行交流"①。

　　从词源上追溯，"伏都"一词是约鲁巴语"Vudu"的音译，意为

---

① 谭惠娟、罗良功等：《美国非裔作家论》，上海外语教育出版社 2016 年版，第 428 页。

"精灵"。"伏都"一词也指西非地区的部落宗教"伏都教"（Voodoo/Voudou）。Vodou 是现在最为常见的拼写形式，人们提到海地伏都教时经常使用这个词。"这个词来自西非的两个单词'O'和'DU'，意为对未知事物的了解。"①

> 在美国，伏都教也被称作 Voodoo、Hoodoo 或者 Conjure。在海地，被称作 Voudoun。在特立尼达拉岛被称作 Shango。在巴西被称作 Candomble 或 Macumba。在古巴被称作 Santeria。在牙买加被称作 Cumina 或 Obeah。概括来讲，伏都教是有着"至高神"的西方传统宗教。②

虽然有关伏都教的写法和读音不尽相同，但这些词的意义相近，均指源自非洲大陆的多神信仰。

学界普遍认为，伏都教开始于逃亡到海地的黑人奴隶，是一种生活在海地山洞中的逃亡黑奴的地下文化。"在这里，源自非洲的医药秘密被保留了下来。在这种秘密环境中，伏都教兴盛并成为部落宗教，在其发展过程中伏都教也成为被迫植入天主教因素的混合物。"③ 伏都教的起源可以追溯到西非的约鲁巴宗教，是一种信仰和仪式都非常特殊的民间宗教，是黑人文化的起源之一。随着贩奴贸易的开始和美国社会奴隶制的盛行，伏都教随着黑人流传到海地和加勒比海地区。来到美国的黑人奴隶将伏都教带到了美国南方的新奥尔良地区，后来，随着黑人的流动，伏都教信仰逐渐在美国流

---

① Claudine Michel and Patrick Bellegarde-Smith, ed., *Vodou in Haitian Life and Culture：Invisible Powers*, New York：Palgrave Macmillan, 2006, p. 35.

② La Vinia Delois Jennings, ed., *Zora Neale Hurston, Haiti, and Their Eyes Were Watching God*, Evanston：Northwestern University Press, 2013, p. 197.

③ Wendy Dutton, "The Problem of Invisibility：Voodoo and Zora Neale Hurston", *A Journal of Women Studies*, Vol. 2, 1993, p. 133；*Frontiers：A Journal of Women Studies*, Vol. 13, No. 2, 1993, p. 133.

传开来。

海地是伏都教最为兴盛的国家之一。16世纪时，海地沦为法国殖民地。为了谋取更大的经济利益，法国的白人殖民者把大量非洲黑奴贩卖到海地。来到海地的黑人奴隶把流行于非洲部落的各种原始宗教带到了海地。后来，这些宗教又与当地天主教等的宗教仪式混合，逐渐形成了神秘的黑人民间宗教——伏都教。直到20世纪初期，海地政府对伏都教都是持反对和否定态度的，他们认为伏都教是源自非洲的邪教，拥有黑暗力量，一旦管理不当就会影响民众的团结和国家的稳定。1915—1934年，美国占领海地，伏都教仍被视为邪教。黑人对伏都教的信仰一直处于隐蔽状态。"直到2003年4月7日，海地宣布伏都教为官方宗教。"① 当时的海地总统简-贝特朗·阿里斯蒂德（Jean-Bertrand Aristide）鼓励信仰伏都教的人们从地下走向公开，并宣布伏都教是"一种有着自己权利的宗教"②。从此，海地的伏都教信仰者不再受到迫害，伏都教成为海地人民族身份的一部分，"海地也因此成为世界上第一个官方承认伏都教的国家"③。随着社会的发展和人们对伏都教的进一步认识和接受，"海地伏都教在世界的很多地方被认为是合法宗教组织，也得到了世界宗教大会的承认"④。伏都教在海地的影响力非同一般，"据说，海地有90%的天主教徒，却有100%的伏都教徒"⑤。在美国，伏都教中最有名的女巫师是玛丽·里维（Marie Laveau），是一位出生于1801年前后的黑人，在新

---

① Margaret Mitchell Armand, *Healing in the Homeland*: *Haitian Vodou Tradition*, New York: Lexington Books, 2013, p. 7.

② La Vinia Delois Jennings, ed., *Zora Neale Hurston*, *Haiti*, *and Their Eyes Were Watching God*, Evanston: Northwestern University Press, 2013, p. 5.

③ La Vinia Delois Jennings, ed., *Zora Neale Hurston*, *Haiti*, *and Their Eyes Were Watching God*, Evanston: Northwestern University Press, 2013, p. 5.

④ Margaret Mitchell Armand, *Healing in the Homeland*: *Haitian Vodou Tradition*, New York: Lexington Books, 2013, p. 9.

⑤ La Vinia Delois Jennings, ed., *Zora Neale Hurston*, *Haiti*, *and Their Eyes Were Watching God*, Evanston: Northwestern University Press, 2013, p. 5.

奥尔良地区的黑人中享有非常高的声望，被人们尊崇为"伏都教女王"。玛丽所主持的伏都教仪式一般都是在深夜时分丛林深处的庙宇里进行。1850—1869 年，美国的伏都教在玛丽的领导下发展迅速，信徒大量增加，影响深远。

作为一种宗教派别，伏都教有许多咒文和烦琐的巫术仪式。伏都教仪式一般是在丛林深处或黑夜中进行。仪式的程序一般包括伏都教巫师祷告、念咒语、在地上画灵符，向伏都教神表达敬意，然后进行唱歌、击鼓、舞蹈等行为。典型的伏都教仪式主要包括入会仪式和献祭仪式。入会仪式主要是以打鼓为主的伏都教音乐和源自西非的传统舞蹈表演。献祭仪式则是希望人类可以通过各种生命体与神圣力量沟通，并由此得到帮助和神谕，最常见的献祭动物为白色的鸽子和其他各种特殊草药。献祭物品根据传说中所献祭的神的喜好来选择，没有整齐划一的要求。同样，伏都教的神灵众多，且不成体系。他们之间没有尊卑贵贱之分，是平等的，只是职责不同而已。伏都教中的神灵经常被描述为世界的一种存在方式，但是，每个神都处于无尽的变形之中，并不是一种固定的存在。

> 虽然伏都教也有一个"至高的上帝"（the Grand Seigneur 或 Bon Dieu），但和基督教不同的是，这是一个"超验的"、高高在上的上帝。他不问世事，没有赎罪之说，没有威严的"十诫"，纯粹是一种信仰的象征，只是上帝—洛埃—祖先精灵这三个伏都教信仰层面的一环。祖先精灵是纪念先祖的一部分，真正与人沟通的是各种各样的神"洛埃"。[①]

虽然伏都教中的神很多，没有等级之分，但他们可以被分为两类：瑞达神（RADA）和派卓神（PETRO）。在伏都教故事和实践中，

---

① 谭惠娟、罗良功等：《美国非裔作家论》，上海外语教育出版社 2016 年版，第 430 页。

这两类神是不同的，有时候立场甚至是对立的。关于"瑞达神"和"派卓神"的不同可以这样来区分：

> 瑞达神是"甜神"。人们为他们献上甜的食物和饮料。被瑞达神附体的气氛是亲密和温暖的。这些瑞达神充满智慧和神力，人们既惧怕他们也尊重他们所代表的力量。瑞达神是"最基础的神"，人们认为他们来自非洲……这些神对人类的行为不是非常严苛，如果人们忘记了答应给他们的献祭，他们也会接受人类的道歉和祷告。但是，派卓神则被描述为"火爆脾气的神"。被他们附体的气氛是暴力甚至毁灭性的。同样，那些不忠实的和粗心的敬拜者将无法逃脱惩罚。那么，人们为什么要敬拜派卓神呢？因为他们可以进入有生命的王国，而瑞达神没有这一能力。瑞达神的力量来自他们的智慧，包括有关草药的知识。相反，派卓神的力量源泉超越了瑞达神，他们的力量不限于自己的智慧，还可以来自金钱和交易。有关派卓神的保留节目中有复杂而急促的鼓点，还会有警察的哨子、鞭子、刀等。派卓神是农场主和新殖民者的化身——那些控制着财富的混血儿精英、美国或欧洲的商人，他们都从穷人的劳动中获取利润。瑞达神和派卓神之间的不同可以描述为：本族和异族、里面和外面。派卓神会支持那些个人利益超越家庭利益，甚至个人利益与家庭利益相对立的人……与两类神之间的关系也会发生相互作用。①

伏都教的神谱是细碎复杂的。因为大部分的神是平等的，所以，在同一位置会并存很多神灵。如图1-1所示：

---

① La Vinia Delois Jennings, ed., *Zora Neale Hurston, Haiti, and Their Eyes Were Watching God*, Evanston: Northwestern University Press, 2013, p. 5.

图 1 - 1　伏都教神谱①

从上面这张伏都教神谱的树形图中读者可以看出伏都教的丰富性和包容性。在美国黑人的信仰中，伏都教是囊括一切、包容一切的。伏都教在发展过程中吸收源自不同文化的因素，保持着旺盛的生命力，表现出极其强大的适应性。伏都教的教义、仪式等细节都会根据实际需要而得到扬弃。"伏都教因此成为一种恶劣社会条件下可以给人尊严和超自然力量的宗教。伏都教之所以繁荣是因为其融合的灵活性，它有能力包容一切——哪怕是一些负面的力量和因素，然后将其转变为积极的力量。"② 伏都教发展至今，已超越其宗教角色，成为一种融入美国黑人社会体系中的精神。

与基督教有牧师一样，伏都教有巫师。但是，不是所有人都可以成为伏都教巫师。想要成为巫师的人必须具备一定的天赋，然后通过

①　［美］雷切尔·博瓦尔·多米尼克：《伏都教在历史进程中的社会价值：奴隶、移民、团结》，何朝阳、柳语新译，《国际博物馆》（中文版）2010 年第 4 期。
②　Reginald Martin, *Ishmael Reed and the New Black Aesthetic Critics*, London: The Macmillan Press, 1988, p. 71.

特殊形式的"拜师仪式"，才能开始学习。经过各种严格训练，考核通过后才能成为真正的巫师。伏都教巫师不但要获得与伏都神交流的能力，还要在实际生活中获得信徒的认可。虽然伏都教的巫师并不能直接代表伏都教众神，但人们相信这些巫师是被赋予神力的人，他们可以借助神力处理各种各样的问题。伏都教巫师在黑人社区扮演着非常重要的角色。伏都教女性巫师被称作"芒博"（Manbo），男性巫师被称作"呼干"（Hougan）或"帕帕"（Papa）。

伏都教因其特殊性和神秘性，一直处于地下状态，很多国家将伏都教定性为邪教。在非洲本土还是西方国家的殖民地时，伏都教是被严令禁止的。在美国奴隶制下，伏都教也是被禁止的。西方文化对伏都教有很多丑化，西方媒体塑造出了极为负面的刻板印象来诋毁伏都教，如"伏都娃娃"和"还魂尸"现象等。

"伏都娃娃"是伏都教中较为秘密的内容，类似中国"厌胜术"。伏都教信徒为了诅咒和伤害别人，会去伏都教巫师那里花钱"求"一个或几个伏都娃娃，举行某种仪式，希望满足自己的愿望。当然，有时伏都教娃娃也可以用来祈求爱情、成功、幸运、健康等。伏都教巫师可以用任何材质来制作伏都娃娃，其功能是一样的，都是代表现实社会中的某个人。但是，不种颜色的伏都娃娃有着不同的功用。伏都教巫师会根据信徒的要求选择不同的颜色。不管怎么说，伏都娃娃只是一个象征物，在仪式中需要巫师作法，将意念注入其中，帮助祈求者满足心愿。另外，伏都教在西方国家被很多人排斥的主要原因还有"还魂尸"现象。所谓"还魂尸"是一种介于生死临界点的"活死人"。西方电视电影中经常出现的"还魂尸"的形象增加了人们对伏都教的恐惧感和排斥感。很多西方国家夸大伏都教的负面宣传，拒绝承认伏都教，将伏都教列为邪教。

在美国，源自西非的伏都教因其多神性特点而被主流社会排斥，原初的伏都教仪式、故事及约鲁巴语都被禁止。但是，很多学者认为，"伏都教是早于任何宗教的。它甚至比基督教都要早。它是这个地球上的第一个宗教。它创造了这个世界。世界是伏都教所创造的"①。无论官方的禁律是多么严苛，伏都教一直存在于黑人的心底，它以新的形式保持着顽强的生命力。从18世纪90年代到19世纪初期，"海地有近12000人来到新奥尔良地区，并将伏都教仪式带到这里"②。新奥尔良地区的主要居民是非洲裔和欧洲裔的混血儿，由英语、法语、西班牙语和非洲土语混合而成的克里奥尔语成为这一带居民的语言，"代表了新奥尔良地区不同族裔、不同文化构成的'接触带'（contact zone），以及彼此之间的认同"③。伏都教在流传的过程中吸收了各种不同文化，它以歌舞、鼓乐、说唱等艺术形式呈现在黑人生活的各个方面，"同时与新奥尔良的草药、刺绣、烹饪方式结合，成为非洲裔美国人的日常生活"④。伏都教进入北美后，其教义和仪式有了很多美国文化因素，成为有着美国特色的伏都教。

伏都教不是一种自上而下的系统，而是一种民主的、有着实际作用的、植根于信仰者日常生活和生存奋斗中的一种宗教。在伏都教中，如同在非洲和其他非西方传统中，宗教和生活是完全统一的。伏都教是海地生活的中心，无法将其从信仰者的日常生活中抽取出来。伏都教建立在现实的基础之上，包括了生活的目标、决定生命的力量、合适的社会组织、平衡的人际关系、那些提高信仰者福利的实践行为。伏都教的信仰者所求的和其他人在

---

① Andre Pierre, "A World Created by Magic: Extracts from a Conversation with Andre Pierre", in *Sacred Arts of Haitian Vodou*, ed., Donald J. Contention, Los Angeles: UCLA Fowler Museum of Cultural History, 1995, p. XII.

② Claudine Michel and Patrick Bellegarde-Smith, ed., *Vodou in Haitian Life and Culture: Invisible Powers*, New York: Palgrave Macmillan, 2006, p. 121.

③ 王丽亚：《里德与文化多元主义："新伏都"叙事艺术略论》，外语教学与研究出版社2018年版，第78页。

④ 王丽亚：《里德与文化多元主义："新伏都"叙事艺术略论》，外语教学与研究出版社2018年版，第77页。

其他宗教中所求的东西是一样的：基本的生活需求、治病、艰难
生活中的帮助、各种需求的满足以及希望。①

作为一种宗教文化，伏都教保留了非洲传统文化中的积极方面，
也融合了西方世界中的宗教因素，体现出边缘性、开放性、包容性和
杂糅性的特点。伏都教内容丰富，没有固定的形式，没有刻板的教
条，在其发展过程中不断吸收其他文化因素，成为一支始终处于发展
状态的宗教力量。"最为重要的是，伏都教没有被主流文化同化，它
一直坚持自己的立场，成为美国黑人自己的宗教。"②

伏都教的信仰和宗教仪式较为特别，人们对伏都教的误解一直都
存在。为了替伏都教正名，很多美国黑人作家做了大量工作。有学者
指出："回顾有关伏都教的研究，我发现研究者总是用西方的文化标
准来解释和表达伏都教传统。我还注意到这些研究都在迎合基督教宗
教政策的各种喜好。"③ 经历过 20 世纪二三十年代"哈莱姆文艺复
兴"的人类学家佐拉·尼尔·赫斯顿开始关注伏都教时，伏都教仍
旧是一种地下宗教。那个时代，很多人认为伏都教是一种迷信，人们
对伏都教非常忌讳，不会在公开场合谈论相关内容，也不会公然承认
自己是伏都教信仰者。在著名的文化相对主义学者弗朗兹·博厄斯
（Franz Boas）的指导和帮助下，准备在哥伦比亚大学申请博士学位的
赫斯顿对伏都教进行了全面细致的研究。就如赫斯顿所说："人们隐
藏自己的伏都教信仰。兄弟姊妹之间相互隐瞒，夫妻之间相互隐瞒。
没有人可以说清楚这种情况是何时开始的又会何时结束。嘴巴不会随

---

① Reginald Martin, *Ishmael Reed and the New Black Aesthetic Critics*, London: The Macmillan Press, 1988, p. 78.

② Claudine Michel and Patrick Bellegarde-Smith, ed., *Vodou in Haitian Life and Culture: Invisible Powers*, New York: Palgrave Macmillan, 2006, p. 120.

③ Margaret Mitchell Armand, *Healing in the Homeland: Haitian Vodou Tradition*, New York: Lexington Books, 2013, p. 66.

便说些什么，耳朵却是同情和理解的。"① 赫斯顿在早期的研究中对伏都教的描述、肯定和赞美都较为委婉，但是，随着研究的深入，赫斯顿在研究后期逐渐成为伏都教真正的讲述者，赫斯顿对伏都教的研究也成为"某种意义上的个人宗教运动"②。在当时的海地，也有一些白人想要研究伏都教，但"他们无法探究伏都教实践的深层意义"③。赫斯顿在其人类学著作中将伏都教定义为："充满创造力和生命力的宗教，是对太阳、水和其他自然力量的敬拜。"④ 赫斯顿对伏都教的深入研究和重新定位，"在当时，甚至现代，都是为伏都教正名的一种改革性行为"⑤。另外，除了传递伏都教作为民间宗教的正确认识，赫斯顿还探索伏都教中的女性权利、个人身份、文化身份、民族身份等话题，成为伏都教研究史上非常重要的人物。赫斯顿在其《骡子与人》中指出：伏都教曾经是被极力压制的宗教，但"它拥有成千上万的秘密信仰者"⑥。

通过在美国南方进行严谨科学、充满艰苦危险的田野调查，赫斯顿收集到大量一手资料，并发表了一系列有关伏都教的文章。赫斯顿在自己的文章中写道：

美国黑人对这一宗教较为认可的名字是 Hoodoo，这一词语

---

① Zora Neale Hurston, "Tell My Horse", in *Folklore*, *Memoirs and Other Writings*, New York: The Library of America, 1995, p. 195.

② Wade Davis, *The Serpent and the Rainbow*, New York: Simon & Schuster, 1985, p. 254.

③ Zora Neale Hurston, "Tell My Horse", in *Folklore*, *Memoirs and Other Writings*, New York: The Library of America, 1995, p. 482.

④ Zora Neale Hurston, "Tell My Horse", in *Folklore*, *Memoirs and Other Writings*, New York: The Library of America, 1995, p. 480.

⑤ Wendy Dutton, "The Problem of Invisibility: Voodoo and Zora Neale Hurston", *A Journal of Women Studies*, Vol. 13, 1993, p. 136; *Frontiers: A Journal of Women Studies*, Vol. 13, No. 2, 1993, p. 136.

⑥ Zora Neale Hurston, *Folklore*, *Memoirs and Other Writings*, New York: The Library of America, 1995, p. 176.

与西非词 juju 相关。"Conjure"一词也经常用来指美国黑人的宗教实践活动。在非洲西海岸的巴哈马,表示伏都教的术语是"Obeah"。"Roots"是南方黑人用来指通过草药和民间处方来治病的民间医生。后来,因为所有的伏都教医生都是通过草药来治病,因此"Roots"也可以用来指代伏都教。①

为了让读者更容易理解伏都教,"将非洲传统宗教与欧洲传统宗教并置的现象在赫斯顿的伏都教理论中有着明确体现"②。通过各种论述与论证,赫斯顿认为:"伏都教的源头非常深远。其哲学内涵可追溯至基督教、犹太教、伊斯兰教、印度教、佛教和德鲁伊教。从伏都教中又衍生出美国的伏都教。"③ 赫斯顿在其自传中强调了伏都教的重要性:"人类需要宗教因为人们惧怕生活和其中的一些事情。宗教的责任是巨大的。人们在巨大的力量面前显得软弱,因此,他们需要找一个万能的力量来做同盟,驱除他们的软弱感,即使这一万能的力量是他们思想的创造物。宗教给他们一种安全感。"④

20 世纪,学者玛格瑞特·米歇尔·阿曼达(Margaret Mitchell Armand)也在自己的文章中为伏都教正名,强调伏都教对黑人文化甚至世界文化的深远影响,她指出:

> 不管怎么说,伏都教是世界上的第一个宗教,你明白吗?所有的宗教来自伏都教,因为伏都教是源自非洲,而世界是源起于

---

① Zora Neale Hurston, "Hoodoo in America", *The Journal of American Folklore*, Vol. 44, No. 174, 1931, p. 317.

② La Vinia Delois Jennings, ed., *Zora Neale Hurston, Haiti, and Their Eyes Were Watching God*, Evanston: Northwestern University Press, 2013, p. 197.

③ Margaret Mitchell Armand, *Healing in the Homeland: Haitian Vodou Tradition*, New York: Lexington Books, 2013, p. 67.

④ Zora Neale Hurston, *Dust Tracks on a Road*, Urbana and Chicago: University of Illinois Press, 1984, p. 52.

非洲的。因此，伏都教是一种宗教……如果你有机会参加海地的伏都教仪式，你会非常吃惊地发现所有天主教和基督教的仪式都是以伏都教仪式为基础的。伏都教是所有宗教的根基……所有的宗教都吸收了伏都教的精华和文化。因为伏都教是黑人的宗教……对于伏都教的信仰者来说：伏都教是我们的信仰，我们的传统。在我们内部激荡的力量。伏都教是非洲的灵魂。伏都教是黑人的灵魂。伏都教是人性的灵魂。伏都教是人性源起的地方。①

对于非洲黑人来说，"伏都教不是一个教派或宗教，而是一种生活方式"②。在美国，能够找到黑人的地方就能找到伏都教信仰和其实践的遗留。

美国加利福尼亚大学伯克利分校的海地人类学家米歇尔·郎格瑞（Michel Laguerre）通过多年的追踪研究发现："伏都教是一种合法的、政治性的社会分支，是一种复杂的宗教系统，包括万物有灵论、祖先崇拜、象征、巫术和复杂的仪式。"③ 现代意义上的伏都教并不是现代社会的对立物，事实上，伏都教为现代人打开了一扇窗户，让他们看到了奴役、移民、生产和文化等因素是如何在当今美国的发展中产生深远影响的。伏都教之所以在美国黑人生活中无处不在，原因就在于伏都教是美国黑人共同的文化之根的组成部分。简单地说，伏都教是一个家庭从自己的先祖那里继承下来的复杂信仰，它的生命力极其顽强。"伏都教的生命是旺盛的，不会轻易消失。你可以歪曲

---

① Margaret Mitchell Armand, *Healing in the Homeland*：*Haitian Vodou Tradition*, New York：Lexington Books, 2013, p. 111.

② Margaret Mitchell Armand, *Healing in the Homeland*：*Haitian Vodou Tradition*, New York：Lexington Books, 2013, p. 138.

③ La Vinia Delois Jennings, ed., *Zora Neale Hurston, Haiti, and Their Eyes Were Watching God*, Evanston：Northwestern University Press, 2013, p. 114.

它、打击它，使它匍匐在地面无法直立，但你无法杀死它……"① 美国学者卡瑞·麦卡锡·布朗（Karen McCarthy Brown）也说："伏都教是人们经历奴隶制、饥饿、病痛、绝望、腐败和暴力所获得智慧的宝库……伏都教也是一种海地人解决生活中痛苦问题的重要方式，人们想要通过伏都教将痛苦降低到最低程度、避免灾难、弥补损失、增强幸存者愿望和生存本能。"②

随着人们对伏都教了解的进一步加深，人类学家有了相对统一的观点："伏都教是一种看待世界的整体视野，是海地大部分人的生活方式……是一种抵制生活中各类痛苦的系统方法。"③ "伏都教是一种宗教，一系列有关自然和宇宙的信仰。伏都教包括复杂的、充满想象的艺术形式，这些都来自真诚的宗教仪式——视觉艺术、雕塑、舞蹈、音乐和戏剧。"④ "伏都教是一种努力将痛苦、灾难、损失降到最小值的宗教……同时，伏都教也是一种以教育为目的的体系。"⑤

在发展和演变过程中，伏都教综合了非洲各种族宗教，融合了基督教、非洲神话传说、加勒比和拉丁美洲文化、加勒比海及古巴地区的民间故事、新奥尔良的克里奥文化、美国印第安故事、欧洲巫术以及天主教的一些宗教仪式等，并吸收当地的神话元素而形成，是糅合祖先崇拜、万物有灵论、通灵术的原始宗教，是目前最为人熟知的非洲原始宗教。"这些因素在长期的传播过程中形成了不分高低、彼此

① Reginald Martin, *Ishmael Reed and the New Black Aesthetic Critics*, London: The Macmillan Press, 1988, p. 111.

② Karen McCarthy Brown, *Mama Lola: A Vodou Priestess in Brooklyn*, Berkeley: University of California Press, 1991, p. 98.

③ Claudine Michel and Patrick Bellegarde-Smith, ed., *Vodou in Haitian Life and Culture: Invisible Powers*, New York: Palgrave Macmillan, 2006, p. 182.

④ Claudine Michel and Patrick Bellegarde-Smith, ed., *Vodou in Haitian Life and Culture: Invisible Powers*, New York: Palgrave Macmillan, 2006, p. 183.

⑤ Claudine Michel and Patrick Bellegarde-Smith, ed., *Vodou in Haitian Life and Culture: Invisible Powers*, New York: Palgrave Macmillan, 2006, p. 183.

融合的多元共生状态。"① 正如伊什梅尔·里德（Ismael Reed）所说：
"伏都是文化多元主义的一个完美象征。它基于这样一个历史事实：
不同部落带着各自的神话、知识、草药、民间故事，从非洲到海地，
混合在一起。就像这个国家一样，事实上就是不同民族混杂在一起的
多元文化体。"②

　　总之，伏都教是一个复杂的系统，触及社会文化的各个层面。伏
都教与其他宗教是完全不同的信仰体系和完全不同的功能体系，代表
着完全不同的世界观，它们彼此独立又相互影响，都想通过神圣且不
间断的努力为追随者和信仰者争取更好的生活。伏都教也是一种复杂
的、神秘的世界观，一种关于人、自然和宇宙间神秘力量关系的信仰
体系，伏都教不仅是一套精神概念，也提供了一种生活、一种哲学和
规范社会行为的伦理准则。"伏都教是一种精神和生命的宗教，一种
连贯的、复杂的，带有神学智慧、人类洞见和艺术色彩的，非常有意
义的宗教。"③ "对于伏都教研究的意义在于，不仅可以揭示其历史意
义——保存历史上被忽视的、被贬低的、来自异域的记忆，也可以保
留一种思想。"④ 伏都教之所以信徒众多是因为它是一种非常实际的信
仰，"它主要关注个人的利益和群体的福祉。人们信仰神灵和先祖是为
了让自己和集体有更好的生活。也就是说要保证个人和群体此生的幸
福。因为伏都教没有天堂或伊甸园的说法，此生的利益和幸福成为伏
都教信仰者一直追求的目标"⑤。

① Elaine Showalter, *Faculty Towers*: *The Academic Novel and Its Discontents*, Philadelphia: University of Pennsylvania, 2005, p. 11.

② Bruce Dick and Amritjit Singh, eds., *Conversations with Ishmael Reed*, Jackson: University Press of Mississippi, 1995, p. 124.

③ K. M. Brown, *Unspoken Worlds*: *Women's Religious Lives*, Beverly, MA: Wadsworth, 1989, p. VIII.

④ Laurent Du Bois, "Vodou and History", *Comparative Studies in Society and History*, Vol. 43, No. 1, 2001, p. 98.

⑤ Claudine Michel and Patrick Bellegarde-Smith, ed., *Vodou in Haitian Life and Culture*: *Invisible Powers*, New York: Palgrave Macmillan, 2006, p. 28.

　　随着美国黑人作家逐渐增强的民族意识、文化意识和身份意识，美国黑人文学中出现了越来越多的伏都元素。随着美国黑人美学的萌芽和发展，逐渐出现了较为系统的伏都美学。

第二节　伏都美学特征概述

　　基于伏都教的发展历史及文化特点，伏都教成为美国黑人社会生活中不可或缺的部分，很多美国黑人作家从伏都教中寻求写作灵感。从早期的佐拉·尼尔·赫斯顿进行人类学考察，到托妮·莫里森在作品中尝试使用伏都教因素，再到伊什梅尔·里德明确提出"伏都美学"，美国黑人作家对伏都教的继承和肯定从隐性走向显性。学界对美国黑人文学中的伏都教因素也越来越关注，有关伏都美学的概念也逐渐明晰起来。

　　虽然美国黑人民族的历史充满歧视和压迫，但他们一直没有放弃对政治身份和文化身份的追求。在长期的探索中，黑人民族意识到了民族宗教的力量，意识到了伏都教的重要性。在长期的嬗变过程中，伏都教大量吸收来自外部的各种文化因素，游离于黑人文化与白人文化的边缘地带。伏都教文化"从边缘的位置上挑战主流文化意识和历史叙事，成为与西方意识形态抗衡的心理抵制机制，保护黑人免受白人文化的同化"[①]。同时，伏都教的多元文化因素所体现出的杂糅性、开放性、模糊性的特点与解构主义思想的本质非常吻合，伏都教因此成为美国黑人作家否定和挑战权威的最好方法。

　　回顾美国黑人文学史，美国黑人作家在创作过程中不时转向非洲文化，与非洲大陆有着千丝万缕联系的伏都教成为美国黑人作家创作时的灵感所在。在黑人力图寻找平等和自由的过程中，上帝信仰与祖

---

① 蔺玉清：《伊什梅尔·里德的"新伏都"多元文化主义研究》，知识产权出版社 2015 年版，第 5 页。

先崇拜在伏都教中巧妙地融合。美国黑人作家避开伏都教中邪恶、迷信、黑暗的方面，融入美国当代文化因素，重新审视历史、记录历史，突出了伏都教的包容性和调和性，突出了黑人民族极强的适应性和灵活性。对于美国黑人作家来说，伏都美学代表了一种与时俱进、不断创新的文化精神。伏都教中蕴含的黑人文化帮助黑人民族保持了文化身份和宗教身份的独立，抵制了白人文化的侵蚀和同化。从某种意义上讲，伏都美学已摆脱宗教的桎梏，成为美国黑人作家反抗主流文学书写模式、继承和发扬黑人传统文化的策略之一。"美国黑人作家将伏都文化不断变化的生命力与不同形式的文本相结合，突破了人们习以为常的话语模式，赋予文本政治含义，从文本开始改变黑人的边缘化处境，创造具有艺术原创性和普遍吸引力的作品。"①

通过伏都美学，美国黑人作家将种族、身份、自由、宗教、民俗以及文学创作联系起来，用书写的方式肯定了黑人文化的独特性和重要性，否定了白人文化的统治和殖民话语霸权，借助伏都美学建立了属于自己的文化诗学。同时，美国黑人作家的创作与当代的社会文化语境紧密结合，通过描述社会、政治、经济、文化等方面，揭露美国社会根深蒂固的种族主义与殖民主义，讽刺美国的历史失忆症。

1969年，美国黑人作家伊什梅尔·里德借鉴本民族文学及文化传统，创造性地提出了"新伏都主义"（Neo-Hoodooism）一词，形成了自己独特的美学观念。"新伏都主义"是基于传统的伏都教文化提出来的，其最大的特点是高度的灵活性。这种"灵活性"基于伏都教的多元文化特点。与其他美国黑人作家一样，里德的前半生致力于抵抗美国主流文化和文学对黑人艺术家的压抑、控制和束缚。在不断反思和尝试的过程中，里德经历了以下创作历程：在作品中大量借用伏都教因素——将伏都教因素与美国社会文化政治相联系——从文

---

① 蔺玉清：《伊什梅尔·里德的"新伏都"多元文化主义研究》，知识产权出版社2015年版，第8页。

学书写转而侧重于文化构建和历史改写——在文学创作过程中侧重于政治反讽——通过文学创作进行多元文化主义反思——在文学创作中凸显权力话语批评。

在提出伏都美学的观点之后，里德致力于文学实践。在其创作中，里德以伏都教为基础，借鉴和使用黑人宗教因素、黑人艺术传统（奴隶叙事，黑人音乐、舞蹈、绘画、雕塑等），坚持形式和内容的创新，继承并发展美国黑人文学的历史传统的同时拓展了美国黑人文学的书写空间。同时，里德还将美国大众文化、通俗文化融入带有伏都教色彩的小说世界中，展现了美国文化和美国社会的杂糅性、混合性、开放性和复杂性。里德认为：黑人美学的构建迫在眉睫，因为黑人美学落后于黑人文学评论，而"黑人文学评论比黑人写作落后七八十年，比黑人英语落后近200年"①。

"新伏都美学"这一概念吸纳了黑人土语、口头艺术和宗教文化等内容，让很多来自主流社会的读者和评论家深感困惑：

> 新伏都美学体现了文学叙事形式和文化思想的紧密结合，强调艺术家的独创性和想象力，具有反抗殖民霸权话语的政治意义。新伏都美学结合后现代的艺术手法与黑人民间文化传统，挑战西方文学传统和文化霸权，表现了多元文化主义思想。同时，新伏都美学关注文学创作深层复杂的文学策略和政治思想，强调了文学的社会功能。②

以里德为代表的"伏都美学"呼吁美国黑人作家挣脱主流文化所设置的固定模式的束缚，大胆进行艺术的探索和革新，用黑人自己

---

① Bruce Dick and Amritjit Singh, eds., *Conversations with Ishmael Reed*, Jackson：University Press of Mississippi, 1995, p. 287.

② 蔺玉清：《伊什梅尔·里德的"新伏都"多元文化主义研究》，知识产权出版社2015年版，第10页。

的方式来实现自我表达。鼓励美国黑人作家通过借鉴民俗文化及民间宗教来保持思想的独立性和创作的自由性，最终构建起黑人民族的文化身份和宗教身份，恢复美国黑人民众的民族自豪感和民族自信心。伏都教的历史、教义都是开放的、包容的、不断发展的。因此，伏都美学的核心也在于其开放性、自主性和创造性。伏都美学不是固定刻板的，也不是呆板拘谨的，而是灵活变通的。在信仰伏都教的美国黑人作家看来，所有的文字就如伏都咒语一般具有魔力，而美国黑人作家就是伏都教在俗世的巫师，他们可以用自己的方式进行文学创作。伏都美学中的"文化多元性"特点委婉否定了"白人文化中心"的观点，重新定义了美国文化和美国社会，为少数族裔发出自己的声音。同时，伏都美学还倡导美国黑人作家关注非洲文化之外的文化传统及文学传统，极大地拓展了美国黑人文学的表达方式和表现形式。

伏都美学提倡以美国黑人作家为代表的所有少数族裔作家努力摆脱主流文学传统的束缚和限制，充分尊重和发扬文学创作的自主性，鼓励少数族裔作家在其创作中记录和呈现宝贵的民族文化，反映其独特的生活方式和价值观，抵制白人主流文化的侵蚀和同化。与"文化相对主义"的观点相同，伏都美学认为，世界上存在的所有文化都是彼此平等的，它们之间并没有高低优劣之分。所有人都应该用客观、科学的态度来看待各种文化，积极吸收不同文化中的优秀因素，丰富和拓展本民族文化的内涵。美国黑人作家的作品是开放包容的，在有些作品中，读者甚至可以看到如印第安裔、亚裔、墨西哥裔、拉丁裔等少数族裔的文化和历史。

在里德笔下，每个人都可以是艺术家，艺术家就是巫师，他们艺术创作的过程就是伏都仪式。他还充分利用流行文化和通俗文学因素，将照片、宣传单、新闻报道、广播等形式插入单维度的文本之中，增加文本的表现力，增添小说的时代活力和艺术审美。里德认为，美国在传统上是多元文化主义国家，但白人中心主义话语霸权掩盖了黑人和少数族裔的历史和文化。因此，历史的重写需要少数族裔艺术家努力挖掘本民族的文化传统。里德呼吁，黑人作家应该知晓自己民族的历史，了解和熟知民族历史和文学传统，成为自己民族的"传记作家"。通过重读、重写历史，里德等少数族裔家强化了自己的民族意识和民族记忆，体现了边缘群体从历史改写中认识自我的过程。①

伏都教中有很多神灵，他们没有级别之分，几乎所有的神灵地位都是平等的，他们有各自的职责，在自己的权力范围内是相对自由的。因此，伏都美学倡导自由、平等、融合等原则，巧妙地将美国黑人文学的艺术主张与政治诉求结合在一起。美国黑人文学中的自由和平等主题成为其永恒的母题。当然，基于"双重意识"和"双重读者"的原因，伏都美学巧妙地隐藏了主题，通过改写和置换等技巧，以非常隐晦的方式表达自己民族的宗教信仰、政治主张和艺术追求，试图颠覆白人主流文化的权威性和霸权地位，表达了反霸权、反侵略、反种族歧视和种族隔离的思想。伏都美学指导下的美国黑人文学的文化表达和政治表达侧重其多元文化观点，是其反对暴政和霸权的政治策略。黑人作家詹姆斯·威尔登·约翰逊指出："改变美国社会对黑人的态度和提高黑人地位最有效的方式就是通过文学和艺术生产显示黑人具有与白人同等的智力。"②

综上所述，伏都美学主要有五个特点：（1）吸收伏都教兼收并蓄的特点。在创作时接受不同文化因素的影响，体现出开放性和模糊性的特点，最为典型的比喻是"秋葵汤"和"百衲被"。（2）吸收伏都教即兴创作的特点。在创作过程中强调艺术的自由，如戏仿和意

① 蔺玉清：《伊什梅尔·里德的"新伏都"多元文化主义研究》，知识产权出版社 2015 年版，第 10 页。

② James Weldon Johnson, *The Book of American Negro Poetry*, San Diego：Harcourt Brace Jovanovich, 1983, p. 9.

指的使用。（3）吸收伏都教挑战权威、挑战主流话语、挑战霸权文化的姿态，鼓励少数族裔传承和发扬自己的民族文化，鼓励少数族裔作家在创作中为弱小民族发声，如民族语言和民族音乐的使用等。（4）吸取伏都教时间观，反对西方线性时间观，作品结构呈现出非线性、碎片化特点。（5）将宗教与政治、历史、经济、文化等方面结合起来，将文学行为上升为政治行为，作品大多呈现多重主题，为争取黑人最终的平等和自由贡献了力量。

　　虽然伏都教曾被歧视、被他者化、被陌生化、被边缘化，但伏都美学是一种融合了宗教元素的艺术思想，既包含着生命力强大的黑人文化因素，也包含西方主流文化和西方主流文学因素，还有黑人艺术家自觉接受的现代主义及后现代主义文化的影响，是一种文学实践，也是一种社会实践。伏都美学通过文化批评的方式解构了西方社会现有的思维模式，打破了二元对立，否定了霸权主义，通过写作的方式来打破阶级、种族、性别等界限，对西方文化和文学传统进行改写，将文学行为转化为政治行为，赋予文学本身更多的社会功能，体现了美国黑人作家的政治批评和艺术创新。美国黑人作家打破了美国黑人文学中以现实主义表达抗议的模式，以后现代主义的方式对西方文学传统进行了改写，他们的小说不断突破西方的文学文类传统，挑战小说与非虚构之间的界限。伏都美学扎根于非洲传统文化，置身于美国当代政治和社会语境中，以美国黑人独特的艺术手法进行文学和文化批评。本质上说，伏都美学是对西方中心主义的反抗。

　　纵观20世纪的重要美国黑人作家，伏都美学是他们坚守的艺术宣言。他们在写作实践中坚持这一原则，间接否定西方的艺术标准，提倡黑人艺术家根植于自己的优秀民族文化传统，借鉴和吸纳其他民族的优秀文化因素，用艺术的形式反对白人主流文化的统治地位和霸权地位。通过伏都美学，美国黑人作家强调艺术与现实的结合，否定西方中心主义的二元对立，突出伏都美学的文化和现实意义。同时，伏都美学还强调民族文化的历史和政治意义，坚持以矛盾辩证的角度发展伏都美学，确保伏都美学的政治批判性和艺术革新精神。

> 美国黑人作家关注普通下层人群的政治和经济利益，实践对社会边缘群体的政治关怀。当代非裔美国黑人作家的一个重要贡献就是将黑人生活中的各种思想和伏都教思想结合，并展现出来，以"伏都美学思想"重新书写黑人历史，力图展示美国黑人历史中的阴暗面，挖掘出那些长期以来不被重视、被忽视的东西。[1]

美国黑人作家以伏都美学为基础，解构已被接受的历史真实，重写黑人民族历史，丰富和拓展了美国黑人文学的主题。

综上所述，伏都美学的意义在于它是"多元文化主义的完美比喻"，具有突出的后现代特点和后现代主义文化象征意义。美国黑人作家写作风格多变，题材丰富，多重主题并置，强调所有生命的平等，否定种族歧视和性别歧视，否定阶级等级观念；美国黑人文学作品贯穿着伏都教的时间观、生命观、哲学观，为美国黑人文学增添了别样的艺术魅力。伏都美学在文学文本中表现为：多元化叙事语言、开放性叙事结构、魔幻化人物塑造、互文性混合体裁及多重性主题。这些特点与伏都美学有着深层的内在联系。如果不梳理这些文学特点与伏都美学之间的关系，就无法深刻理解蕴含着丰富意义的美国黑人文学文本。

第三节　伏都教及伏都美学研究综述

在美国，虽然出现了一些对伏都教和伏都美学的研究，但因伏都

---

[1] 蔺玉清：《伊什梅尔·里德的"新伏都"多元文化主义研究》，知识产权出版社 2015 年版，第 20 页。

教的隐蔽性和神秘性、白人文化对伏都教的蔑视和排斥等，学界对伏都教和伏都美学的研究并未呈现出系统性和完整性特点。早在 20 世纪 20—30 年代，"哈莱姆文艺复兴"时期的黑人知识分子就意识到了伏都教的重要性，以佐拉·尼尔·赫斯顿为代表的黑人作家转向黑人民俗文化，从中获取创作灵感和创作策略，并意识到伏都教是黑人民俗文化中非常重要的部分。到了 20 世纪 60—70 年代，越来越多的美国黑人知识分子开始正视并研究伏都教及伏都美学对美国黑人文化和美国黑人文学创作的影响。休斯顿·贝克的《布鲁斯、意识形态和非裔美国文学》、吉尔·罗伊的《黑色大西洋》、小亨利·路易·盖茨的《表意的猴子》等著作中对伏都教都有涉及，但尚无专题探讨。近年来，美国有关伏都教及伏都美学的研究日益增多，但是，这些成果中概述性质的研究较多。有关伏都教的研究大多侧重于对伏都教历史及信仰体系的介绍；有关作家作品的研究大多侧重于对佐拉·尼尔·赫斯顿和伊什梅尔·里德的研究。

我国国内研究情况，从研究内容来看：一是文学史层面上对美国黑人文学的整体性研究，二是对经典美国黑人作家的专题研究。"非裔美国文学研究在中国算得上是个热门话题。从研究文章看，国内大多数非裔美国文学研究文章是有关非裔文学的作家与作品分析，其中也有少许非裔美国文学批评理论和文化研究类文章。对文学作品的评论文章主要涉及小说、诗歌和戏剧。"[1] 虽然国内美国黑人文学研究已取得较多成果，但在研究广度和深度方面仍旧存在拓展的空间，如美国黑人文学中的伏都教因素，在国内几乎没有研究。

相比美国对伏都教的研究状况，我国对伏都教和伏都美学的研究明显缺乏，在某种程度上影响了国内学者对美国黑人文学的研究质量。客观来讲，我国国内有关伏都教及伏都美学的研究仍旧停留在现

---

[1] 方小莉：《声音的权威：美国黑人女性小说的叙述策略研究》，科学出版社 2019 年版，第 13 页。

象分析层面，迄今尚无人对整个美国黑人文学中的伏都美学特征进行梳理，并揭示美国黑人作家的深层创作机制和审美机制，进而构建少数族裔文学创作的基本模式。因此，美国黑人文学中的伏都美学研究，定然具有非常重要的现实意义和学术价值。

随着美国黑人文学研究在国内的发展，越来越多的学者意识到伏都美学对美国黑人文学创作的重要意义，也出现了从该角度出发对伊什梅尔·里德、佐拉·尼尔·赫斯顿、帕克·罗斯等作家作品的研究，但文章数量屈指可数，关注点分散、研究尚未形成体系，主要特点如下。

一 有关伏都教研究概述性质的文章较多

迄今为止，中国期刊网上可以找到的、以"伏都教"为关键词的文章大多是概述性质的文章。大部分文章侧重于对伏都教历史、习俗及海地革命的简单介绍，并未对伏都教的本质进行挖掘，也未将伏都教与非洲哲学、非洲文化相联系。其他为数不多的、从伏都教视角研究美国黑人文学作品的文章大多是在文本细读的基础上对伏都教现象进行罗列和解释，并未对伏都美学的创作机制和内部审美机制进行研究，削弱了文章的学术价值和现实意义。

但是，需要指出的是，在伏都教及伏都美学研究初期，这些概述性质的文章是非常重要的。在国内相关资料匮乏的情况下，读者可以通过这些文章获取最基本、最核心的信息。这些文章对深入研究伏都教及伏都美学有着奠基性作用。

二 有关伏都美学的专题研究少

国内有关伏都美学的专题研究少。虽然一些研究者已经意识到伏都教与美国黑人文学创作的深刻内在联系，但有关伏都美学研究的成果并不多。

蔺玉清的《伊什梅尔·里德的"新伏都"多元文化主义研究》

（知识产权出版社，2015）是目前国内学术界对伏都美学、"新伏都"代表人物里德及其作品相对系统深入的研究，在伏都美学研究方面意义重大。通过研究，蔺玉清指出："里德是真正系统地将伏都教文化融入文学创作的人。"[1] 通过伏都美学，里德"从黑人民间的伏都宗教出发，利用兼收并蓄、时空倒错等手段打破中心和边缘的界限，解构西方中心主义的权力，提倡开放、多元的美国和全球文化，以一种'写作即斗争'的立场发展了多元文化主义的政治美学"[2]。蔺玉清对"新伏都美学"提出者及实践者伊什梅尔·里德的研究为国内伏都美学研究提供了模式、指明了方向。此外，林元富的《论伊什梅尔·里德后现代主义小说的戏仿艺术》（厦门大学出版社，2008）一书也对里德的作品从戏仿的角度进行了研究。这部专著虽未从伏都美学的角度切入，但在研究过程中指出了伏都美学与里德创作的内在联系，有着较为重要的启发意义。

佐拉·尼尔·赫斯顿是美国历史上第一个个人亲身体验伏都教并将该心理及精神历程记录下来的美国黑人女性作家，被后期的作家尊称为"美国黑人女性文学之母"。赫斯顿在其文学作品中大量融入伏都教因素，并通过这一方式委婉表达自己的政治主张：必须恢复并积极评价非洲传统文化信仰，将其作为黑人民众获得文化身份和文化自信的积极力量，最终取得民族斗争的胜利。程锡麟的《赫斯顿研究》（上海外语教育出版社，2005）拉开了国内研究赫斯顿的序幕，对赫斯顿的生平及创作做了较为全面系统的介绍，在介绍赫斯顿民俗类作品时提到了伏都教，但未对赫斯顿创作中的伏都美学进行专门介绍；张玉红的《赫斯顿民俗小说研究》（科学出版社，2015）中将伏都教作为民俗文化中的一部分来研究，也未对赫斯顿

---

[1]　蔺玉清：《伊什梅尔·里德的"新伏都"多元文化主义研究》，知识产权出版社2015年版，第30页。

[2]　蔺玉清：《伊什梅尔·里德的"新伏都"多元文化主义研究》，知识产权出版社2015年版，第3页。

作品中的伏都美学做出专题论述；胡笑瑛的《非裔美国黑人女性文学传统研究》（中国社会科学出版社，2017）中有一个章节专门论述伏都教及伏都美学在 20 世纪美国黑人女性文学中的体现，并借用凯博瑞教授的观点进一步指出，"赫斯顿借助伏都教抵制主流文化对黑人文化的侵蚀。作为思想代言人，赫斯顿在努力表达自己的审美和精神追求时也为黑人种族和黑人文化进行了辩护"①。鉴于赫斯顿在伏都美学方面的特殊地位，从伏都美学角度对赫斯顿及其作品进行研究还须进一步加强。

回顾美国黑人文学史，还有一些非常重要的、在创作中有意识借鉴和使用伏都教因素的作家。国内还未有学者从伏都美学的角度对这些作家作品进行研究，这一领域的研究基本为空白状态，亟须填补。例如，对查尔斯·W. 切斯耐特（Charles W. Chesnutt）和他的《施咒的女人》（*The Conjure Woman*，1899），对托妮·莫里森（Toni Morrison）和她的《宠儿》（*Beloved*，1987）、《秀拉》（*Sula*，1973）、《所罗门之歌》（*Song of Solomon*，1977），对格洛丽亚·内勒（Gloria Naylor）的《戴家妈妈》（*Mama Day*，1988），对班巴拉（Toni Cade Bambara）的《食盐者》（*The Salt Eaters*，1980）等的研究。

三 相关研究还须进一步深入和系统化

面对纷繁复杂的西方文学理论和当代美国黑人文学的蓬勃发展，美国黑人文学中的伏都美学研究越来越凸显出重要的现实意义和学术价值。就目前的研究情况来看，相关研究还须进一步深入和系统化。

有关伏都美学的研究多为单个作家的研究，如对佐拉·尼尔·赫斯顿、帕克·罗斯及伊什梅尔·里德等代表性作家的研究，还没有研

---

① Kimberly Rae Connor, *Conversions and Visions in the Writings of African-American Women*, Knoxville：The University of Tennessee Press, 1994, p. 174.

究者从文学史和文学传统的角度梳理伏都美学的发展。在后续研究中，各位学者应考虑到伏都美学的历史和发展，从纵向和横向两个维度开展研究工作。纵向应侧重于伏都美学的理论发展，横向应侧重于伏都美学与文学创作的关系，逐渐呈现出一幅立体、丰满的结构图，指出伏都美学在政治含义、文化含义、艺术价值和现实意义等方面的作用，进而揭示美国黑人文学如何从边缘和他者的身份挑战主流文化和社会体制，如何消解白人文化中心论，如何使读者重新思考历史和现实，并对美国历史、政治、文学进行重新探索和评价。这样，对伏都美学的研究将会对美国黑人文学，乃至整个少数族裔文学研究给出建设性启示。

美国黑人作家非常关注文学与历史、政治、文化的关系，为了反对西方文化霸权，抵制白人文化同化，形成了具有黑人文化特色的后现代伏都美学叙事。美国黑人作家借助伏都美学，重写民族历史，关注白人殖民体系是如何从身体和心理上剥削控制黑人等边缘群体的。面对纷繁复杂的西方文学理论和当代美国黑人作家作品中的后现代文学特点，伏都美学对美国黑人保持民族自豪感和民族自信心的意义尤为重要。美国黑人作家将伏都美学和后现代写作方式相结合，在叙事语言、叙事时间、叙事结构、文本主题、人物形象、文体风格等方面都形成了独具文化特色的后现代叙事。总之，伏都教在发展过程中兼收并蓄，多元共生。因此，本部专著将从伏都教的角度入手，研究伏都教与美国黑人作家创作之间的内在联系，勾勒出美国黑人文学中的伏都美学全景图。

第四节　伏都美学代表作家简介

本书将从美国黑人文化出发，参照后现代主义文学和黑人文化批评理论，重点分析美国黑人作品中的伏都美学及其历史书写，探讨伏都美学的典型叙事手法和多元文化主义创作思想，揭示伏都美学的政治审美和现实意义。具体来讲，本书将以"伏都美学"为关键词，以美国黑人文学中的三位代表作家为主要研究对象，对其创作观点及作品特点进行深入研究，概括和提炼美国黑人文学中的伏都美学传统。同时，本书将系统探讨 20 世纪美国黑人作家所采用的特殊叙述策略与社会意识形态之间的关系，从整体研究的角度，探讨小说文本生产理论。这三位作家分别是佐拉·尼尔·赫斯顿（以下简称赫斯顿）、托妮·莫里森（以下简称莫里森）和伊什梅尔·里德（以下简称里德）。这三位作家"在文学界已经赢得了一定的知识权威，其作品在意识形态有效性和美学价值上均获得了一定的肯定"①。被称为"美国黑人女性文学之母"的赫斯顿是伏都教的研究者、实践者；第一位获得诺贝尔文学奖的美国黑人女性作家莫里森是伏都美学的继承者和发展者；正式提出"新伏都美学"的里德是伏都美学的集大成者。他们在创作中都借鉴和使用了伏都美学特征，创作出了既有黑人文学特征又有普世主题的经典作品，奠定了他们在美国文学乃至世界文学舞台上的重要地位。对这三位作家的研究可以窥见美国黑人文学史中伏都教美学传统的继承和发展。

一 佐拉·尼尔·赫斯顿简介

佐拉·尼尔·赫斯顿（1891—1960）"毫无疑问是哈莱姆文艺复兴的宠儿，也是当时最为重要的作家之一"②。赫斯顿性格独立，文风犀利，作品内容独具一格，在美国黑人文学领域占有极其重要的地位。赫斯顿是小说家，"她还是一个人类学家、剧作家、民俗学家、记者、行动主义者、新非洲宗教传统的促进者"③。因为赫斯顿对美

① 方小莉：《声音的权威：美国黑人女性小说的叙述策略研究》，科学出版社 2019 年版，第 2 页。

② Henry Louis Gates, Jr., ed., *The Norton Anthology of African American Literature*, New York：W. W. Norton & Co., 1997, p. 996.

③ Lucy Anne Hurston, *Speak, So You Can Speak Again：The Life of Zora Neale Hurston*, New York：Doubleday, 2004, p. 5.

国黑人女性文学的特殊贡献，她也被后来的美国黑人女性主义者尊称为"美国黑人女性文学之母"①。

赫斯顿是"一位有着不寻常经历的不寻常女性"②，其创作数量多，质量高，涉及范围广，题材丰富，包括小说（长篇小说和短篇小说）、戏剧、文学自传、散文、政论等，被玛丽·海伦·华盛顿称作"那个时期美国最多产的黑人女性作家"③。赫斯顿自学生时代起就开始文学创作，多次参加写作竞赛并获得过多种奖项。大学毕业后，在其导师博厄斯的帮助下，赫斯顿两次得到古根海姆研究基金资助（1934 年和1935 年），去美国南方收集人类学资料。因为经济压力，赫斯顿放弃了攻读哥伦比亚大学博士的宝贵机会，但她后来获得了哥伦比亚大学的名誉博士学位。赫斯顿因其在不同领域的重要贡献还做过全国性刊物《星期六评论》的封面人物，成为当时颇具影响的公众人物。赫斯顿还为美国议会图书馆收集黑人民间音乐，在很多重要组织中担任职务，如美国民俗学学会、美国人类学学会、美国民族学学会、纽约科学学会、美国科学发展学会等。

赫斯顿是被我们这个时代的黑人批评家和女权批评家带入正典之中的第一个作家，或者说我应该说是被带入多种正典之中的第一个作家。赫斯顿现在是非裔美国正典、女权主义正典以及美国小说正典中的一个重要人物；对赫斯顿作品有了越来越多的细读，因为她的作品很经得起研讨。赫斯顿的文本吸引了批评界广泛的注意，特别的一点是这么多的批评家采用了如此形形色色的理论视角，但似乎都可以从赫斯顿的文本中找到令他们

---

① Samira Kawash, *Dislocating the Color Line: Identity, Hybridity and Singularity in African-American Narrative*, Stanford: Stanford University Press, 1997, p. 167.

② Blyden Jackson, "Introduction", in *Moses, Man of the Mountain*, Zora Neale Hurston, Urbana and Chicago: University of Illinois Press, 1984, p. Ⅶ.

③ Robert Hemenway, "Introduction", in *Dust Tracks on a Road*, Zora Neale Hurston, Urbana and Chicago: University of Illinois Press, 1984, p. Ⅹ.

惊叹的东西。①

　　权威性的《诺顿美国文学选读》也给予其极高的评价，"认为赫斯顿是第二次世界大战之前最重要的黑人女性作家"②。

　　赫斯顿的一生跌宕起伏，充满神秘色彩。赫斯顿于 1891 年 1 月 7 日出生于美国阿拉巴马州的诺塔萨尔加。赫斯顿的妈妈是一位非常独立的黑人女性，她在家里不同意的情况下义无反顾地嫁给了周围人都不认可的约翰·赫斯顿。1892 年，赫斯顿一家搬到伊顿维尔。在赫斯顿母亲的鼓励和支持下，赫斯顿的父亲在伊顿维尔做了牧师，后来又连任三届伊顿维尔的市长。赫斯顿一家社会地位较高，经济条件优越，赫斯顿度过了幸福的童年生活。赫斯顿 13 岁时她的母亲去世，父亲很快再婚，家庭关系复杂。曾经备受母亲宠爱的赫斯顿与继母关系恶劣，无法共同生活，只好借宿在不同的亲戚和朋友家，居无定所，情绪低落。受到继母的挑拨，赫斯顿的父亲不再支付赫斯顿学费。成绩优异的赫斯顿无法继续学业，开始为了生计四处打工。生活中的各种变故使赫斯顿觉得孤独绝望。幸运的是，一次偶然的机会，赫斯顿成功应聘为一个流动剧团女主演的助理。1915—1916 年，赫斯顿随着流动剧团四处演出，接触和学习到很多戏剧方面的知识。1916 年，赫斯顿照顾的那个女演员结婚，赫斯顿也因健康原因离开剧团，投奔到了巴尔的摩的哥哥家。赫斯顿的哥哥答应负担她的学费，但条件是赫斯顿必须无偿照看他的孩子。赫斯顿满怀希望地来到哥哥家，帮他照看孩子，料理家务，但是，她的哥哥一直不提她上学的事。赫斯顿耗尽了所有的耐心，离开了哥哥家，想要通过自己的努力继续学业。1917 年，当赫斯顿 26 岁时，马里兰公立学校 "为

① ［美］小亨利·路易斯·盖茨：《意指的猴子：一个非裔美国文学批评理论》，王元陆译，北京大学出版社 2011 年版，第 63 页。
② 方小莉：《声音的权威：美国黑人女性小说的叙述策略研究》，科学出版社 2019 年版，第 67 页。

6—20岁的有色青年提供免费教育"①，渴望知识的赫斯顿隐瞒了年龄，借助当地的福利政策完成了高中课程的学习，并顺利获得高中毕业证书。

获得高中毕业证的赫斯顿并未停止自己在学业上的追求，她在摩根学院注册，学习一些申请大学的必修课程。在此期间，赫斯顿通过在餐厅和美甲店兼职的方式修完了必需的学分。1918 年 9 月，赫斯顿申请了霍华德大学并收到录取通知书，这使赫斯顿备受鼓舞。在霍华德大学，赫斯顿跟随黑人语言学家劳瑞兹·D. 特纳（Lorenz Dow Turner）博士学习，并参与特纳博士的课题，研究一些岛屿上的非洲方言，事实上，那就是"一种用英语来修饰的非洲语言"②。赫斯顿在语言学方面的学习对其创作产生了非常深远的影响。在其后期的人类学研究和文学创作中，赫斯顿非常注意黑人方言土语的记录和使用，非常重视黑人方言土语中的文化因素。在读期间，赫斯顿结识了很多重要的人物，如阿兰·洛克、简·图墨、杰西·福斯特、W. E. B. 杜波依斯等。1920 年，赫斯顿取得霍华德大学的学位证书。1921年，赫斯顿在霍华德大学的文艺俱乐部杂志《指针》上发表了短篇小说《向往大海的约翰·瑞德》，作品中独特的黑人民俗文化受到黑人文艺界的关注。1924 年，赫斯顿在《机会》杂志发表短篇小说《沐浴在阳光中》，受到《新黑人》主编阿兰·洛克的注意并把她推荐给《机遇》杂志主编查尔斯·S. 约翰逊。不久，约翰逊给赫斯顿写来了一封热情友好的信，信中谈到了纽约的"新黑人运动"并劝说赫斯顿去纽约发展。

"哈莱姆文艺复兴"时期，美国白人主流社会对黑人"原始"世界的好奇心促使美国白人开启了美国黑人文学作品在美国出版的大

---

① Valerie Boyd, *Wrapped in Rainbows*：*The Life of Zora Neale Hurston*, New York：Scribner, 2003，p. 75.

② Ayana I. Karanja, *Zora Neale Hurston*：*The Breath of Her Voice*, New York：Peter Lang Publishing, Inc.，1999，p. 52.

门，一些重要的出版社开始关注美国黑人作品，并要求美国黑人作家在作品中融入民俗文化元素。这一时期的美国黑人作家充满了民族自豪感。他们时常转向黑人民俗文化，并从中汲取创作灵感。美国黑人作家对民间文化的广泛使用极大地促进了美国黑人文学的发展。1925年年初，怀揣梦想的赫斯顿义无反顾地来到了纽约的哈莱姆地区。1925年5月，赫斯顿的戏剧《肤色的打击》和短篇小说《斯朋克》在《机会》杂志组织的文学竞赛中获奖，这次获奖大大提升了赫斯顿的知名度。在《机会》杂志组织的颁奖晚会上，赫斯顿认识了很多黑人文艺界的重要人物，如兰斯顿·休斯、乔治·道格拉斯等。在这些黑人精英知识分子的引荐下，赫斯顿认识了更多文艺界的重量级人物，为其后来的事业发展提供了极大帮助，犹太裔作家安妮·那撒·梅耶（Annie Nathan Meyer，巴纳德学院的创建者之一）就是其中之一。

在梅耶的帮助下，赫斯顿顺利获得了巴纳德学院的奖学金，并于1925年秋天进入巴纳德学院就读，"成为当时巴纳德学院第一位，也是唯一的黑人学生"[1]。在巴纳德学院，赫斯顿性格开朗，成绩优秀，与身边的白人同学关系和谐，被称作"学院的黑人圣牛"[2]。临近毕业时，赫斯顿在人类学课程上的学期论文受到美国人类学之父——弗朗兹·博厄斯[3]的关注和肯定。1928年获得了学士学位之后，赫斯顿在哥伦比亚大学注册，师从弗朗兹·博厄斯开始人类学的学习和研究。

---

[1] 程锡麟：《赫斯顿研究》，上海外语教育出版社2005年版，第27页。

[2] Zora Neale Hurston, *Dust Tracks on a Road*, Urbana and Chicago：University of Illinois Press, 1984, p. 169.

[3] 弗朗兹·博厄斯（1858—1942）出生于德国，曾在海德堡大学、波恩大学和基尔大学读书，获得了物理学和地理学哲学博士学位。1889年在美国克拉克大学任教，1896年起在哥伦比亚大学任教。博厄斯是普通人类学的创始人，对体质人类学、描述与理论语言学、美洲印第安人种学以及民俗和艺术研究都有着巨大贡献。博厄斯也是当时人类学领域坚持"文化相对主义"的著名学者。

1937—1938 年，在博厄斯的帮助下，赫斯顿获得古根海姆研究资金资助并去南方（佛罗里达州、新奥尔良等地）和牙买加、巴哈马、海地和百慕大群岛（大西洋西部岛屿）等地做田野调查，为黑人民俗文化的整理和收集做出了不可忽视的贡献。在此期间，赫斯顿"成为美国民俗学会的会员。随后，又成为美国人种学学会会员和美国人类学学会会员"[1]。需要指出的是，在有关黑人民间宗教伏都教的研究和整理中，赫斯顿是美国历史上第一个有着亲身体验并将自己的心理和精神历程记录下来的人类学家。赫斯顿对伏都教的关注和研究对后期伏都美学的发展有着至关重要的作用。

20 世纪 40 年代，赫斯顿创作出了大量文学作品和民俗作品，在美国文学界声名鹊起。赫斯顿还积极参与各项社会活动，提倡保护和继承黑人民俗文化，成为黑人文化圈内不可小觑的人物。1939—1942 年，赫斯顿将大部分的精力放在为白人读者写非小说类作品，为拥有大量白人读者的各种杂志和期刊撰稿。1942 年出版的自传《道路上的尘埃》因"为种族关系所做的贡献而获得安斯菲尔德－沃尔夫（Ainsfield-Wolf）奖"[2]。整个 20 世纪 40 年代，赫斯顿的作品趋于保守，不再触及种族主题和政治问题，因此受到很多激进黑人精英的指责和批判。1948 年，赫斯顿发表了"最有野心、最具实验性质的《苏旺尼的六翼天使》"[3]，获得各方面的好评。但是，1948 年 9 月 13 日，赫斯顿被控告非礼一个 10 岁男孩，并被纽约市警察局拘留。虽然赫斯顿后来被无罪释放，但这一事件极大地影响了赫斯顿的社会声誉，对赫斯顿的生活和事业产生了致命打击。

20 世纪 50 年代，赫斯顿专心于长篇小说《伟大的赫洛德》

---

① Zora Neale Hurston, *Dust Tracks on a Road*, Urbana and Chicago: University of Illinois Press, 1984, p. 171.

② Robert Hemenway, "Introduction", in *Dust Tracks on a Road*, Zora Neale Hurston, Urbana and Chicago: University of Illinois Press, 1984, p. XXXIX.

③ Zora Neale Hurston, *Seraph on the Suwanee*, New York: Scribner's Sons, 1948, p. XIV.

（*Great Herot*）的创作（这一小说在赫斯顿生前一直都没有出版社愿意接受）。为了维持生计，晚年的赫斯顿当过临时代课教师、图书管理员甚至女仆。1959 年，赫斯顿中风，生活不能自理时住进了当地的福利院。1960 年 1 月 28 日，赫斯顿在贫困和疾病中死于福利院。

不管面对什么样的困难，赫斯顿总是对生活和工作保持着极大的热情。"哈莱姆文艺复兴时期的女性作家在创作的数量和质量方面都无法逾越赫斯顿。"[1] 赫斯顿创作了 4 部长篇小说：《约拿的葫芦蔓》（*Jonah's Gourd Vine*，1939）、《他们眼望上苍》（*Their Eyes Were Watching God*，1937）、《摩西，山之人》（*Moses, Man of the Mountain*，1939）和《苏旺尼的六翼天使》（*Seraph on the Suwanee*，1948）；2 部民俗类作品：《骡子与人》（*Mule and Men*，1935）[2] 与《告诉我的马》（*Tell My Horse*，1938）[3]；一部文学自传：《道路上的尘埃》（*Dust Tracks on a Road*，1942）；还有很多短篇小说、随笔、散文和戏剧等。

赫斯顿因其特殊的人生经历，特殊的文学地位被称作"哈莱姆文艺复兴的女皇"，是"新黑人"作家的代表。基于赫斯顿人类学方面的研究，她从伏都教中汲取营养和灵感，创造性地将伏都教文化融入其文学作品中，不仅使小说具有浓郁的黑人民俗特色，而且对情节的发展、人物的塑造和主题的深化都起到了重要作用。

二　托妮·莫里森简介

托妮·莫里森（1931—2019），原名科洛·安东尼·沃福特，出

---

[1] Blyden Jackson, "Introduction", in *Moses, Man of the Mountain*, Zora Neale Hurston, Urbana and Chicago: University of Illinois Press, 1984, p. Ⅻ.

[2] 《骡子与人》是美国人类学历史上第一本由非洲裔美国黑人编辑整理的有关黑人民俗文化的著作，对伏都教的源起及相关传说故事有较多记录，在人类学领域内有着不可替代的重要性。

[3] 《告诉我的马》收集整理了牙买加和海地黑人的民间风俗和信仰，为伏都教的发展奠定了基础。

生于美国俄亥俄州洛雷恩镇。莫里森的父亲是一家造船厂的电焊工人，为了养家糊口曾在十七年内连续做三份兼职。勤劳勇敢的父亲成为莫里森生活中的榜样和动力。孩提时的莫里森不仅喜欢听祖母讲鬼故事和黑人民间的传说故事，还钟情于阅读文学作品。少年时的莫里森已阅读过大量俄国的著名小说和简·奥斯汀的作品，这些积累都为她日后的创作打下了初步的基础。中学毕业后，莫里森于1949年进入位于华盛顿市区的霍华德大学，主修英语，辅修古典文学，其间改名托妮。大学四年间，她热衷于学校剧团的各种表演，并于暑假期间去南方巡回演出。南方之行使莫里森对种族问题和民俗文化有了更加深刻的了解，这些在她的作品中有大量体现。大学毕业后的莫里森于1955年去康奈尔大学继续深造，并获文学硕士学位，她的硕士论文是有关威廉姆·福克纳和弗吉尼亚·伍尔夫小说中的自杀主题的研究。之后，莫里森在得克萨斯南方大学教了几年书，1957年回到霍华德大学执教，并加入了学校的写作爱好者组织，开始尝试文学创作。1958年，她与牙买加建筑师哈罗德·莫里森结婚，但这次婚姻以失败告终。1965—1984年，莫里森被聘为蓝登书屋出版公司的编辑和高级编审，帮助很多黑人作家发表作品，为美国黑人文学的发展贡献了力量。20世纪70年代起，莫里森先后在纽约州立大学、加州大学伯克利分校、普林斯顿大学、耶鲁大学和巴尔德学院等高校讲授美国黑人文学，并为《纽约时报书评周报》撰写过多篇高质量的书评文章，1987年起出任普林斯顿大学教授，讲授文学创作。1993年，莫里森因其在文学上的突出成就荣获当年的诺贝尔文学奖，成为世界文学史上获此殊荣的第一位黑人女作家。

生活中的困难和工作中的感悟激发了莫里森文学创作的激情，大学里的英语学习和古典文学的正规训练极大地拓展了莫里森的创作思路，同时，作为一位美国黑人妇女的独特体验极大地丰富了她的创作。当其处女作《最蓝的眼睛》（*The Bluest Eye*，1972）问世时，莫里森即将步入不惑之年。但从此以后，她文思泉涌，先后发表了

《秀拉》（*Sula*，1973）、《所罗门之歌》（*Song Of Solomon*，1977）、
《柏油娃》（*Tar Baby*，1981）、《宠儿》（*Beloved*，1987）、《爵士乐》
（*Jazz*，1991）、《乐园》（*Paradise*，1998）、《爱》（*Love*，2003）、
《悲悯》（*Mercy*，2008）、《上帝帮助孩子》（*God Help the Child*，
2017）等多部长篇小说。除去成就颇高的长篇小说，莫里森还出版
了剧本《梦见埃默特》（*Dreaming Emmett*，1985），发表重要论文
《不可言说之不被言说：美国文学中的非裔美国人》（"Unspeakable
Things Unspoken：The Afro-American Presence in American Literature"，
1996），编辑出版论文集《在黑暗中游戏：白人性与文学想象》
（*Playing in the Dark：Whiteness and Literary Imagination*，1992）①。此
外，莫里森还发表了一系列文学批评文章，接受访谈，表达和传递自
己的文学主张与创作思想。

在其作品中，莫里森以极其丰富的想象力和富有诗意的表达方式
呈现美国黑人历史，描述了美国社会中最真实的方面。莫里森的作品
均以美国黑人生活为主要内容，笔触细腻，情节生动，结构独特，想
象力丰富，获得国内外研究者的一致好评。"莫里森小说创作的中心
主题是美国黑人的历史、命运和精神世界，讲述他们在一个不公正的
社会里寻找自我和建构文化身份的经历。同时，作为女性作家，莫里
森的小说在重点关注美国黑人女性命运的同时，也表现出超出种族的
普世关怀。"②

自 1993 年获得诺贝尔文学奖，莫里森的文学创作受到学术界的
高度关注，"美国已经出版了 1000 多部关于她的学术论文和图
书……我国的莫里森研究开始于 20 世纪 80 年代，成熟于 21 世纪初，
主要关注种族、性别、黑人历史等社会因素……目前已进入'追随

---

① 《在黑暗中游戏：白人性与文学想象》这一著作中，莫里森比较系统地阐述了作为美国
　　文学"他者"的美国黑人文学形象以及种族问题在美国文学中的重要性及其影响。对
　　美国经典文学提出了独特看法，引起美国学术界对美国文学史的重新思考与定位。
② 赵宏维：《托妮·莫里森小说研究》，中国社会科学出版社 2015 年版，第 2 页。

欧美研究步伐，也具有自己的特点，与中国独特的历史文化语境密切相关'的新阶段"[1]。作为美国黑人文学的代言人，莫里森于 2019 年 8 月去世，她的作品再一次成为国内外国文学研究的焦点。莫里森的作品之所以散发着独特的文学魅力，是因为"莫里森最为关注的始终是作为'社会他者'与'文学他者'的非裔美国人在美国的社会遭遇及其在美国文学中的表征"[2]。

写作是莫里森对这个世界的思考方式，莫里森曾说自己"通过写作来重新获得、重新命名、重新拥有"[3]。梳理国内有关莫里森的研究成果：

> 在过去的几十年里，莫里森研究的批评视角有女性主义、马克思主义、结构主义、拉康学说、新历史主义和符号学研究，以及介于这些角度之间的种种方法……21 世纪以来，我国学者对莫里森作品所提供的多释性和批评的多角度有了更为全面的挖掘和拓展。……女性主义、文化研究、心理学、伦理学、原型研究、叙事学、空间、镜像、时间、创伤等研究视角大大丰富了各种主题的探讨和阐发。[4]

但是，在我国国内对莫里森的研究中，大部分评论者忽视了莫里森作品中对黑人民俗文化的借鉴和使用。如果忽视这一特点，读者将很难理解隐藏在文字下的深刻内涵。莫里森在其作品中对伏都教的隐蔽使用是非常重要的，她用大量的后现代文学方法掩盖了伏都教因素

---

[1]　王玉括：《反思非裔美国文化，质疑美国文学经典的批评家莫里森》，《当代外国文学》2013 年第 2 期。

[2]　王玉括：《反思非裔美国文化，质疑美国文学经典的批评家莫里森》，《当代外国文学》2013 年第 2 期。

[3]　Nellie Mckay, "An Interview with Toni Morrison", *Contemporary Literature*, Vol. 24, No. 4, 1983, p. 416.

[4]　赵宏维：《托妮·莫里森小说研究》，中国社会科学出版社 2015 年版，第 25 页。

的存在，使其作品充满了多重释义和多重主题。就如其他评论家指出的那样："我们既不能把她看作一位女作家，也不能仅仅把她看作黑人族裔作家，但是她既是西方作家、黑人族裔作家，也是一位黑人女作家。任何一个标签对她都是不完整的，但是，没有这么多重的标签，对莫里森来说也是不完整的。"[1] 虽然莫里森在其访谈和作品中都没有直接表明她对伏都教的借鉴和继承，但是，通过对莫里森作品的细读和研究，读者可以发现大量的伏都教因素，可以看到莫里森对美国黑人文学传统的批判性继承。作为现当代美国黑人女性作家中最具代表性的人物，莫里森作品中的伏都教因素值得研究。这些富有伏都色彩的系列作品对构建美国黑人伏都美学有着重要贡献。

三　伊什梅尔·里德简介

美国黑人作家伊什梅尔·里德（1938—　）拥有多个身份，他是诗人、小说家、剧作家、出版商、评论家、出版人、编辑、电视节目制作商、散文家、翻译家（里德翻译了大量约鲁巴文本）、多元文化主义的奠基者，同时，里德还涉足音乐、漫画等艺术领域，被誉为"文学界的头号顽童"，是美国当代最重要的作家之一。里德"被称为继拉尔夫·埃里森之后最受关注的非裔美国黑人作家，也是饱受争议的后现代作家"[2]。

里德出生在美国田纳西州的查特努加市，在纽约州巴法罗城长大。里德从少年时期就开始创作诗歌和小说。1956 年，里德去纽约的巴法罗大学求学，但因为经济原因而中途辍学，没有毕业。在勤工俭学期间，里德认识了当红爵士乐歌手查理·帕克（Charlie Parker），其音乐风格对里德的文学创作产生了很大影响。在选择退学后，里德

---

① 马粉英：《托妮·莫里森小说的身体叙事研究》，博士学位论文，北京外国语大学，2014 年，第 7 页。

② 蔺玉清：《伊什梅尔·里德的"新伏都"多元文化主义研究》，知识产权出版社 2015 版，第 3 页。

去纽约闯荡，结识了很多活跃在纽约的艺术家和爵士乐手，并在他们的影响下开始尝试文学创作。1967 年，里德去了加利福尼亚，对他关注已久的伏都教进行进一步的研究。1967 年，里德出版第一部小说《自由抬棺人》（*Free-Lance Pallbearers*），1969 年出版第二本小说《黄后盖收音机的解体》（*Yellow Back Radio Broke-Down*），之后在加州大学伯克利分校执教，任教时间有 30 多年。1973 年，里德的第三本小说《芒博琼博》（*Mumbo Jumbo*）和诗集《施咒》（*Conjure：Poems*）进入美国图书奖和普利策奖提名名单，引起美国文坛的关注。1976 年，里德还牵头成立了"前哥伦布基金会"，设立美国图书奖，推动族裔文学的发展。1979 年，里德搬到伯克利附近的奥克兰市，住在中下层黑人的社区，进行伏都教的系统研究和文学素材的整理。在这一时期出版的小说大多将圣诞故事、奇幻故事、民间传说及伏都教因素混在一起。在其创作过程中，里德直接从现实生活、日常语言及历史事件中提取隐喻，目的在于"揭示美国这个新兴帝国在政治、经济、文化层面的霸权主义"①。

里德共创作 10 部长篇小说、6 部诗集、11 部评论集和多部戏剧。里德曾获得多个奖项：1972 年，诗集《施咒》获美国图书奖诗歌类和普利策奖诗歌类提名；1973 年，《芒博琼博》获美国图书奖提名；1975 年，获古根海姆奖（Guggenheim Fellowship）；1978 年，获麦克阿瑟奖（Macarthur Fellowship）；2011 年，在旧金山文化节上，里德被授予北非海岸奖（Barbara Coast Award）；2012 年，民间艺术家组织"美国西海岸爵士乐"（West Coast Jazz）又授予他 2012—2016 年"旧金山爵士乐桂冠诗人"称号；2014 年，纽约州授予里德"文学遗产奖"（Literary Legacy Award）。除了文学创作之外，里德还有两个重要身份：编辑和出版商。里德主持和编辑推出了一系列体现多元

---

① 王丽亚：《里德与文化多元主义："新伏都"叙事艺术略论》，外语教学与研究出版社 2018 年版，第 57 页。

文化主义思想的不同族裔作家的作品，为美国族裔文学的发展做出了贡献。里德兴趣广泛，有自己的乐队，擅长绘制政治讽刺漫画，还为自己的著作设计封面和插图，是一位活跃在各个领域的黑人精英知识分子。里德是继《看不见的人》的作者拉尔夫·埃里森之后最受关注的美国黑人作家，也是学界公认的后现代文学的代表人物。"除了文学创作和文化批评外，里德还是一位优秀的大学教授，他从1970年开始执教于加州大学伯克利分校，先后讲授文学、文学批评，以及创意写作等课程，任教时间长达35年。其间他先后在华盛顿大学、耶鲁大学、哈佛大学讲学、授课，广受学生喜爱。"①

20世纪70年代初，里德去新奥尔良地区进行实地考察，对伏都教进行深入研究。在《新伏都教宣言》《新伏都教美学》《新美国伏都教教义》等多篇诗作中，里德对伏都教的文化象征意义做了进一步阐释。里德在研究伏都教的过程中发现了佐拉·尼尔·赫斯顿的存在，并极大肯定了赫斯顿对伏都教发展的贡献。里德倡导从伏都教及相关祭祀仪式、民间故事、神话传说中汲取叙事元素，突出美国黑人文学叙事传统在流散中形成的多样性和兼容性。里德认为"伏都美学"具有极大的学术价值和现实意义，因为伏都美学"代表了美国作为移民国家本该呈现的多元社会以及文化多元主义"②。

里德在其作品中多次强调美国的伏都教存在于海地黑人中这一事实，提醒读者去联想1790—1804年的海地反抗欧洲殖民统治的政治运动，委婉表达了美国黑人想要争取真正的自由和平等的强烈愿望。同时，里德作品中的伏都教因素也唤醒了黑人民族的黑色记忆，凸显出非洲文化的重要性及美国黑人文化的混合性。"里德的新伏都教主

---

① 王丽亚：《里德与文化多元主义："新伏都"叙事艺术略论》，外语教学与研究出版社2018年版，第2页。

② 王丽亚：《里德与文化多元主义："新伏都"叙事艺术略论》，外语教学与研究出版社2018年版，第30页。

义是一种后殖民话语/文学理论，同时也是一种多元文化诗学，目的在于将非洲流散文化置于全球视野中，使得这一群体的记忆重新与非洲文明相连接。"①

在其创作中，里德将伏都美学看作一种写作立场和姿态，在形态各异、文类混搭的小说世界里表述他对不同文化、艺术、文明在差异中交互掺杂，同时又平等共存的美好向往。里德对美国社会实际存在的种族与文化歧视深感愤懑，在其作品中对此类题材给予深切关注，并努力通过伏都美学赋予作品新的意义。里德的作品"令人难以置信地将古今西方和非西方文化的技巧和形式兼收并蓄，融为一体"②。这一特点集中反映在他20世纪80年代末以后的小说中。与此前从民间故事、埃及神话、爵士歌舞、伏都教仪式等文化艺术中汲取素材的方式形成差异，里德创作后期的作品面向社会现实，从具有典型意义的时事、新闻中选取素材，以犀利的笔法揭示种族歧视、文化排他性的深层文化心理，揭示所谓"后种族"时代的种族主义。里德不仅是美国最有才华和最有争议的革新派艺术家之一，也是黑人后现代主义创作的主要倡导者。里德指出："新伏都主义是用来解释非裔美国文化的一种方法，是美国文化的一部分。我们不能将非裔美国文化从美国文化中分裂出来。"③

纵观美国黑人文学史，很多作家隐性或显性地借鉴和使用了伏都美学因素，最有代表性的作家有赫斯顿、莫里森和里德。概括来讲，富有伏都美学色彩的美国黑人作品主要呈现出以下几个特点：多元化叙事语言、开放性叙事结构、魔幻化人物塑造、互文性混合体载、多重性主题。

---

① 王丽亚：《里德与文化多元主义："新伏都"叙事艺术略论》，外语教学与研究出版社2018年版，第8页。

② ［美］伯纳德·W. 贝尔：《非洲裔美国黑人小说及其传统》，刘捷等译，四川人民出版社2000年版，第403页。

③ Pierre-Damien Mvuyekure, The "Dark Heathenism" of the American Novelist Ishmael Reed, New York: The Edwin Mellen Press, 2007, p. 18.

第二章 奔走的伏都咒语——多元化叙事语言

语言是思想和文化的载体。"人们可以通过语言这个中介去影响、左右、控制其意识、思维、价值观和世界观。每种文化都会形成自己的语言场，而每一个语言场都会形成一套独特的习俗、动机、价值观、伦理观和审美观。"① 近年来，越来越多的语言学家认为，语言可以反映一个民族的价值体系。语言结构决定着使用这一语言的人们观察世界的态度和方式。福柯、巴赫金、伊格尔顿等人都对语言和权力，语言和知识之间的关系进行过思考和研究。黑人社会语言学家格内瓦·斯密斯曼指出："语言在观念、意识形态以及阶级关系形成过程中起着控制性作用。在很大程度上，意识形态和观念是对现实进行社会语言构建的产物。"②

伏都教咒语是集非洲土语、海地语、英语、法语及其他语种为一体的特殊语言。伏都教巫师通过使用咒语与伏都教各神进行交流，并

---

① 嵇敏：《美国黑人女权主义视域下的女性书写》，科学出版社 2011 年版，第 167 页。

② Geneva Smitherman，"'What is Africa to Me?'：Language，Ideology and African American"，*American Speech*，Vol. 66，No. 2，1991，p. 117.

帮助信徒完成相关愿望。在文学创作中，美国黑人作家通过使用各种语言及特殊的语言表达形式，委婉地否定白人主流文化，抵抗白人主流文化的同化。作为界定文学民族属性的标志，语言和文学之间有着不可割裂的关系。文学是以语言为媒介的艺术，而语言又是民族文化最具本质意义的要素和载体，是用于传递文化信息的符号系统。语言作为一种符号系统，对人物塑造、观点表达、情节发展、传递文化、凸显主题等方面都有着不可忽视的作用。

美国黑人作家在语言表述方式上的选择，也体现出本民族独特的世界观和价值观。斯蒂芬·亨德森认为："文学是把经历用语言组织成优美的形式。"① 美国黑人作家结合后现代主义写作模式，将不同群体的语言相互交织、相互转化，通过新的语言风格否定和颠覆支配性的语言。"一种叙述方式代表一种文化，一种言说方式，同样也可以体现言说者的文化身份。"②

基于伏都教咒语的多元化和杂糅性特点，美国黑人作家在语言及表述形式上进行了大胆实验。美国黑人文学中除了主流文化认可的白人标准英语外，还大量使用黑人英语、多种非洲当地语言、其他国家的语言，甚至伏都教咒语，丰富了美国黑人文学的语言形式。另外，美国黑人作家还通过革新和解构传统语言表述形式，从语言范畴对白人文化的主导地位进行质疑和攻击，对白人文学的经典形式进行突破和颠覆，从而实现了文化层面的狂欢，表现出各种文化的平等与融合。

第一节　《他们眼望上苍》中的"言说性文本"

美国黑人作家在建构自己文学传统的同时，也在建构自己的言说

---

① Stephen Henderson, *Understanding the New Black Poetry*: *Black Speech and Black Music as Poetic References*, New York: William Morrow & Co., Inc., 1973, p. 4.

② 周春：《美国黑人女性主义批评研究》，四川大学出版社 2007 年版，第 81 页。

方式。正如法农所说："……说话，就是能够运用某种句法，掌握这种或那种语言的词法，尤其是承担一种文化，担负起一种文明。"①

赫斯顿生活的时代正是抗议文学盛行的时代，以理查德·赖特为代表的黑人作家致力于公开反抗白人文化霸权、强烈抗议种族歧视、要求获得政治权利、揭露黑人悲惨生活等主题的书写。在博厄斯的影响下，赫斯顿崇尚"文化多元主义"，反对文学对政治的图解，拒绝将自己的文学作品与政治直接挂钩，试图从新的角度重新揭示黑人真实的生活。基于多年的伏都教研究，赫斯顿在其文学创作中大量使用伏都教元素，颠覆和解构了固化的文学创作模式，在文学实践中大胆尝试新的语言表达形式。

赫斯顿认为，黑人英语蕴含着"南方黑人生活中的丰富、美好、痛苦和激情。黑人民间故事的特殊性隐藏在讲述这些故事的语言之中，这种语言与集体、身份和历史相联系。赫斯顿很急迫地想要为黑人提供一个反射物、一面镜子，这样他们就可以了解自己、欣赏自己、珍视自己"②。赫斯顿想要通过对黑人语言及黑人语言特殊的表达方式的展示来激发黑人群体的民族自信心和民族自豪感，抵制白人文化的同化。作为人类学家的赫斯顿在作品中努力重现黑人语言，包括其词汇、句法、隐喻、节奏及表达形式，目的在于忠实记录黑人民间语言。同时，赫斯顿的作品超越了简单的白人标准英语和黑人方言土语的混合，她巧妙地改变了语言表达方式，多次使用"自由间接引语"，让其文本充满"讲述性"，真实再现了黑人语言的顽强生命力和强大表现力。在其作品中，赫斯顿将"标准文学英语和黑人方言土语天衣无缝地融合在一起"③，这样的语言形式与伏都美学的混

---

① ［法］弗朗兹·法农：《黑皮肤，白面具》，万冰译，译林出版社2005年版，第8页。

② Ayana I. Karanja, *Zora Neale Hurston: The Breath of Her Voice*, New York: Peter Lang Publishing, Inc., 1999, p. 79.

③ Maria Eugenia Cotera, *Native Speakers: Ella Delorai, Zora Neale Hurston, Jovita Gonzalez and the Poetics of Culture*, Austin: The University of Texas Press, 2008, p. 182.

合性和杂糅性本质上是相通的。

　　首先，赫斯顿将一种个性化的声音引入科学性的人类学写作中，从而打破了当时传统的人类学写作模式，创造性地书写了黑人民俗文化。这种将个人声音放入其理论叙述中，将主观话语带入科学话语的表述方式，对后来沃克的自传体批评有着不可忽视的影响。第二个方面，她革新地将小说与人类学结合起来，从而重新创造了人类学。这种将说故事的方式与人类学的科学话语结合起来的方式，打破了科学话语与文学话语的界限。这种"模糊文类"（blurring genres）的表述方式，对当代非裔美国黑人文学产生了重大影响。①

著名黑人美学家小亨利·路易斯·盖茨认为赫斯顿在《他们眼望上苍》中创造了黑人传统中第一部"言说者文本"（speakerly text）。"言说者文本"是盖茨发明的术语，"指的是这样一种文本：其修辞策略旨在表现一个口语文学传统，旨在模仿言语中的语音、语法以及词汇模式，从而造成一种口语叙述的幻觉"②。

赫斯顿在《他们眼望上苍》中改变了传统的叙述模式，一直使用"一种非常个人化却又有着浓厚文化特色的语言。珍妮的故事总是在叙述者的声音和充满了俚语的黑人声音之间游移，这就形成了最为特殊的自由直接引语"③。故事中的叙述者就如俗世中的伏都教巫师一样，他的意识也可以在神界和俗世之间来回穿越，叙述者的声音也在神一般的"全知视角"和人一般的"有限视角"之间游移，这

---

① 周春：《美国黑人女性主义批评研究》，四川大学出版社 2007 年版，第 170 页。
② ［美］小亨利·路易斯·盖茨：《意指的猴子：一个非裔美国文学批评理论》，王元陆译，北京大学出版社 2011 年版，第 8 页。
③ Henry Louis Gates, Jr., "Zora Neale Hurston: A Negro Way of Saying", in *Seraph on the Suwanee*, Zora Neale Hurston, New York: Scribner's Sons, 1948, p. 361.

样的叙述方式表达了珍妮作为"男权社会中的女性"和"白人世界中的黑人"的双重意识。赫斯顿用女性的方式，在美国黑人文学传统中，巧妙地替换了杜波依斯的双重意识的暗喻，表现了黑人语言的强大表现力。

> 《他们眼望上苍》中的叙事方式是由两个极端组成的：叙述性评价（第三人称全知视角和第三人称有限视角）和人物话语（那些直接引语被赫斯顿称为对话）。赫斯顿的创新之处就在于她在这两个极端之间寻找到了折中的办法，就是那种既包括间接话语又包括自由间接话语的方式。是赫斯顿将自由间接话语引入美国黑人文学的叙事之中。通过这种创新，赫斯顿不但能够表达美国黑人修辞游戏中的不同传统方式，还可以通过自由间接引语表现人物的自我意识发展。有趣的是，赫斯顿的叙述策略是依靠前面提到的两种极端的混合来完成的。叙述性评价是以标准英语表达的，人物话语则是用双引号来指示并通过黑人英语词汇来突出的。当人物表达其自我意识时，文本使用自由间接话语来表现她的发展，但是黑人人物的黑人词汇却告诉我们那不是叙述性评价。在很多段落里，很难将叙述者的声音和人物的声音分开。也就是说，通过赫斯顿所说的充满修饰的自由间接引语，文本缓解了标准英语和黑人英语之间的内在张力，两种声音得以在文本中同时存在。①

《他们眼望上苍》中，叙事声音和叙事语言是非常复杂的，有直接引语、间接引语和自由间接引语，这种将不同声音混合的叙事方式赋予文本特殊的讲述声音和特殊的文学效果。文本中特殊的讲述方式

---

① Henry Louis Gates, Jr., *The Signifying Monkey：A Theory of African-American Literary Criticism*, New York：Oxford University Press, 1988, p. 191.

符合伏都教咒语含混性、复杂性、混合性等特点。以赫斯顿为代表的美国黑人作家通过这种方式赋予文本特殊的表现力和深层含义。与较为单一的传统叙述方式不同，赫斯顿在《他们眼望上苍》中采取了三种叙述模式来表达人物的言辞和思想。

第一种话语形式：直接引语。

在传统小说中，直接引语是最常用的一种形式。"它的直接性与生动性，对通过人物的话语特点来塑造人物性格起到了很重要的作用。"① 直接引语一般有引导语和引号，在叙述流中特征明显，有一定的舞台效果，让读者有身临其境的感觉。不同人物之间的对话或某个人物的内心活动都可以以直接引语的形式在叙述中出现。《他们眼望上苍》中，直接引语占了很大比重。

　　人物之间的对话和内心的真实想法都被赫斯顿用黑人方言表达了出来，好像是为了展示黑人语言自身的这种能力：它能够传达极其广泛多样的观念和情感。人物之间的这类交锋时常会延续两三页，文本叙述者很少或根本不打断它们。即使在这种叙述评论出现的时候，它行使的常常也是舞台说明的功能，而不是一个传统的全知的声音，似乎就是为了强调赫斯顿的这种论断："戏剧"渗透了黑人的整个自我，黑人口语叙述所追求的正是戏剧性。赫斯顿写道：观众是任何戏剧都需要的组成部分。②

直接引语的大量使用丰富了故事的真实性和生动性，真实保留了黑人英语的词汇、句法、语法及深层次的文化内涵，是对黑人民间口述传统的传承，对弘扬黑人文化，增强黑人民族自信心有着特殊的意义。

第二种话语形式：间接引语。

---

① 申丹：《叙述学与小说文体学研究》，北京大学出版社 1998 年版，第 323 页。
② ［美］小亨利·路易斯·盖茨：《意指的猴子：一个非裔美国文学批评理论》，王元陆译，北京大学出版社 2011 年版，第 219 页。

　　间接引语是小说特有的表达形式。"与直接引语相比，间接引语为叙述者提供了总结人物话语的机会，故具有一定的节俭性，可加快叙述速度。直接引语中的引号、第一人称、现在时等都会打断叙述流，而人称、时态跟叙述语完全一致的间接引语能使叙述流顺畅地发展。"①

　　《他们眼望上苍》中，当外祖母南妮安排 16 岁的珍妮嫁给中年鳏夫洛根时，小说中使用了间接引语来表达珍妮内心的感受："洛根·基利克斯的形象亵渎了梨树，但珍妮不知道该怎样对姥姥来表达这意思。"② 此处的间接引语反映出珍妮的无助和绝望，也暗示生活在那个时代的珍妮是没有话语权的。即使内心不情愿，珍妮也无法拒绝外祖母为自己安排婚姻，无法改变自己的命运。第一段婚姻失败后，珍妮遇到了乔，她决定与乔私奔，去寻求新的生活。但是，珍妮与乔的婚姻并不幸福，乔否定珍妮的一切权利，把她当作自己的装饰物，还在公开场合打骂侮辱珍妮。当忍无可忍的珍妮当着社区其他人的面指出乔是性无能时，文本中使用了间接引语来描述乔的内心活动：

　　　　这时乔·斯塔克斯恍然大悟，他的虚荣心在汪汪出血。珍妮夺去了他认为自己具有的一切男人都珍视的男性吸引力的幻觉，这实在太可怕了。希伯来人第一个君王扫罗的女儿对大卫就是这样做的。但珍妮走得更远，她在众男人面前打掉他空空的盔甲，他们笑了，而且还将继续笑下去。此后当他炫耀自己的财富时，他们就不会把二者放在一起考虑了，他们将用羡慕的眼光看着东西而怜悯拥有这些东西的人。③

①　申丹：《叙述学与小说文体学研究》，北京大学出版社 1998 年版，第 329 页。
②　[美] 佐拉·尼尔·赫斯顿：《他们眼望上苍》，王家湘译，北京十月文艺出版社 1998 年版，第 16 页。
③　[美] 佐拉·尼尔·赫斯顿：《他们眼望上苍》，王家湘译，北京十月文艺出版社 1998 年版，第 86 页。

此处的间接引语在不打断叙述流的情况下最大程度地展现了乔的内心世界，突出了女性人物珍妮的语言力量，在委婉否定男性中心主义的同时增加了小说的叙述速度，渲染了当时剑拔弩张的紧张气氛。一直在肉体上剥削和欺辱珍妮的乔在心理上被彻底打败。被乔否定了话语权的珍妮用语言的力量杀死了乔，这样的安排是具有反讽意义的。珍妮语言的力量也吻合伏都教咒语具有特殊力量的特点。

第三种话语形式：自由间接引语。

自由间接引语是一个十分复杂的小说理论术语。简单地说，"它是展示人物的说话和思想的一种话语形式，它具有正常间接引语的语法特征（如：第三人称，与直接引语相比时态向后转移）"①，但是，它不带有"他说"（he said that）或"他想"（he thought that）一类标签性的语句。另外，"自由间接引语的转述语本身为独立的句子。因摆脱了引导句，受叙述语语境的压力较小，这一形式常常保留体现人物主体意识的语言成分，如疑问句式或感叹句式、不完整的句子、口语化或带感情色彩的语言成分，以及原话中的时间、地点状语等"②。

自由间接引语的自由程度介于间接引语和直接引语之间，既具有间接引语的间接性与流畅性，又具有直接引语的直接性和生动性。叙述声音的存在，往往能拉近读者与叙述者之间、读者与小说人物之间的距离。自由间接引语能展示人物的意识和言语，但没有叙事声音明显介入的痕迹，这样的叙事方式会缩短文本与读者之间的距离，使读者更真切地体会到人物的思想和情感。从语言特征的角度来看，自由间接引语由于摆脱了从句的束缚，经常以独立句的面貌出现，因而具有了更大的自由性。而其对于第三人称与过去式的使用，又可以避免直接引语可能产生的引语与叙述语的人称与时态之间的切换而导致的

---

① 程锡麟：《赫斯顿研究》，上海外语教育出版社 2005 年版，第 132 页。
② 申丹：《叙述学与小说文体学研究》，北京大学出版社 1998 年版，第 309 页。

突兀感，能达到增加语义密度的文体效果。

> 自由间接引语兼间接引语与直接引语之长。间接引语可以跟叙述相融无间，但缺乏直接引语的直接性和生动性。直接引语很生动，但由于人称与时态截然不同，加上引导句和引号的累赘，与叙述语之间的转换往往较为笨拙。自由间接引语却能集两者之长，同时避两者之短。由于叙述者常常仅变动人称与时态而保留标点符号在内的体现人物主体意识的多种语言成分，使这一形式既能与叙述语交织在一起（均为第三人称、过去式），又具有生动性和较强的表现力。①

《他们眼望上苍》中，为了寻找适合的叙事策略，赫斯顿在"《他们眼望上苍》中大量使用了自由间接引语"②，让整个故事充满"讲述性"特点。当故事中的珍妮在对第一次婚姻完全失望时，认识了要去远处寻找"地平线"的黑人乔。

> 他的名字叫乔·斯塔克斯，是的，从乔基来的乔·斯塔克斯。他一直都是给白人干活的，存下了些钱——有三百块钱左右，是的，没错，就在他的口袋里。不断地听别人说他们在佛罗里达这儿建一个新州，他有点想去。不过在老地方他钱挣得不少。可是听说他们在建立一个黑人城，他明白这才是他想去的地方。他一直想成为一个能说了算的人，可在他老家那儿什么都是白人说了算，别处也一样，只有正在建设的这个地方不这样。本来就应该这样，建成一切的人就该主宰一切。如果黑人想得意得意，就让他们也去建设点什么吧。他很高兴自己已经把钱积攒好

① 申丹：《叙述学与小说文体学研究》，北京大学出版社 1998 年版，第 350 页。

② Susan Sniader Lanser, *Fictions of Authority*: *Women Writers and Narrative Voice*, Ithaca and London：Cornell University Press, 1992, p. 207.

了，他打算在城市尚在婴儿阶段的时候到那儿去，他打算大宗
买进。①

　　这段话里包含了大量的自由间接引语，读起来就像一段引号引起
来的直接引语，但是，这段文字却没有引号，是人物的声音与叙述者
的声音混合在一起的话语。赫斯顿灵活地控制着叙述者和读者之间的
距离，用特殊的叙述方式记录黑人内心的声音，极大地保留了黑人语
言的特点，也传达了最大量的信息。对于赫斯顿来说，"寻找一种叙
事方式或叙事话语就是在寻找正式的黑人语言。这些都是为了定义自
我，是一种修辞策略和文本策略"②。通过此处自由间接引语的叙述，
聪明、自信、充满野心的黑人乔的形象跃然纸上，对于文本主题的拓
展和人物形象的塑造有着非常重要的意义。自由间接引语试图表达没
有叙事声音明显侵入的意识，使人物可以直接向读者展示其思想状
态。赫斯顿使用自由间接引语不仅是为了传达个体人物的话语和思
想，而且还想要表达黑人社区集体的话语和思想。"这种匿名的、集
体的、自由间接引语不仅不同寻常而且是赫斯顿的创新，似乎在强调
美国黑人文学传统中这种文学修辞，这种对话形式的无穷潜力，也表
达了文本对黑人口述传统的模仿。"③
　　珍妮在第二次婚姻中获得了以南妮为代表的大部分黑人妇女所认
可的有保障的生活，但珍妮并不幸福。乔并没有把珍妮看作与自己平
等的"人"，而将她看作自己的财产和装饰。当乔因为珍妮烤焦了面
包而殴打珍妮后，珍妮吃惊又绝望，她呆呆地站在那里：

①　[美] 佐拉·尼尔·赫斯顿：《他们眼望上苍》，王家湘译，北京十月文艺出版社 1998
　　年版，第 30 页。
②　Henry Louis Gates, Jr., *The Signifying Monkey: A Theory of African-American Literary Criti-
　　cism*, New York: Oxford University Press, 1988, p. 192.
③　Henry Louis Gates, Jr., *The Signifying Monkey: A Theory of African-American Literary Criti-
　　cism*, New York: Oxford University Press, 1988, p. 214.

　　她一直站到有什么东西从她心田的隔物板上掉下来，于是她搜索内心，要看看掉下来的是什么。是乔迪在她心中的形象跌落在地，摔得粉碎。但仔细一看，她发现这从来就不是她梦想中的有血有肉的形象，而只不过是自己抓来装饰梦想的东西。从某种意义上来说，她抛弃了这一形象，听任它留在跌落下的地方，进一步审视着。她不再有怒放的花朵和把花粉洒满自己的男人，在花瓣掉落之处也没有晶莹的嫩果。她发现自己有大量的想法从来没有对他说过，无数的感情从来没有让他知道过。有的东西包好了收藏在她心灵中他永远找不到的地方。她为了某个从未见过的男人保留着感情。现在她有了不同的内部和外部，她突然知道了怎样不把它们混在一起。①

　　此处的自由间接引语完整呈现了珍妮内心的想法，描述了珍妮内心细微的变化，是表达分裂自我的最好的戏剧化方式。此处的自由间接引语"反映了文本的主题和珍妮的双重自我以及珍妮作为讲述性主体和被讲述语言之间的矛盾关系"②。自由间接引语成为文本中重要的修辞方式，它是一种双声的表述，传递出人们无法说出来的话。就如伏都教咒语一样，这样的语言既是面对伏都神灵的语言，也是面对俗世巫师及信徒的语言。这种特殊的语言形式较为完整地记录了黑人语言的口语化、灵活性、多重意义等特点，取得了特殊的艺术效果。

　　《他们眼望上苍》表明，自由间接引语并不是二元声音，而是一种表达自我的戏剧性方法。我们已经看到，珍妮的自我是个

---

① ［美］佐拉·尼尔·赫斯顿：《他们眼望上苍》，王家湘译，北京十月文艺出版社1998年版，第112—113页。

② Henry Louis Gates, Jr., *The Signifying Monkey: A Theory of African-American Literary Criticism*, New York: Oxford University Press, 1988, p. 207.

分裂的自我。在珍妮意识到自身的分裂——也就是她的内部和外部之前，自由间接话语早已把这种分裂呈现给了读者。在珍妮意识到自身的分裂之后，自由间接引语修辞性地表现出她从外部到内部的穿行受到了阻隔。在《上苍》中，自由间接话语既反映出文本将珍妮的自我进行双重化这样的一个主题，也反映出作为言说主体的珍妮和口头语言之间的关系是有问题的。而且，自由间接引语也是文本修辞中的一个核心方面，它干扰了在珍妮的嵌入式叙述之中读者所期待的从第三人称到第一人称视角的必要转化。[1]

通过自由间接引语，赫斯顿将真正属于黑人的语言用书面形式记录下来。"自由间接话语并非既是人物的声音也是叙述者的声音；相反，它是个双声言说，同时包含直接引语和间接引语的元素。它是一种没人会真正去说的话，然而因为它特有的言说者性质，因为它渴望用书面语来追求口语的效果这种悖论性的做法，我们得以辨认它。"[2]故事中，为了帮助珍妮逃出大洪水，茶点（另译作"甜点心"）被得了狂犬病的狗咬伤。后来，茶点发病。失去理智的茶点在发病时经常殴打威胁珍妮，甚至想用枪射杀珍妮。后来，珍妮在自卫中失手打死了茶点，因而被整个黑人社区告上法庭。当法官要求珍妮进行自我陈述时，文本中有这样的内容：

> 她讲话时大家都探身听着。她首先必须记住她现在不是在家里。她在审判室，和某样东西斗争着，而这个东西并不是死神。它比死神更糟。是错误的想法。她不得不追溯到很早的时候，好

---

[1]　［美］小亨利·路易斯·盖茨：《意指的猴子：一个非裔美国文学批评理论》，王元陆译，北京大学出版社2011年版，第227页。

[2]　［美］小亨利·路易斯·盖茨：《意指的猴子：一个非裔美国文学批评理论》，王元陆译，北京大学出版社2011年版，第227页。

让他们知道她和甜点心之间是怎样的关系，因此他们可以明白她永远也不会出于恶意而向甜点心开枪。

她竭力让他们明白，命中注定，甜点心摆脱不了身上的那只疯狗就不可能恢复神智，而摆脱了那只狗他就不会活在这个世上，这是多么可怕的事。他不得不以死来摆脱疯狗。但是她并没有要杀他，一个人如果必须用生命来换取胜利，他面临的是一场艰难的比赛。她使他们明白她永远不可能想要摆脱他。她没有向任何人乞求，她就坐在那里讲述着，说完后就闭上嘴。①

此处的自由间接引语也是颇有深意的。在白人主宰的法庭上，虽然珍妮是被告，但整个描述中没有出现珍妮的直接引语，这样的处理方式暗示：在白人主流社会中，黑人是没有话语权的，是完全失语的。赫斯顿这样的叙述方式拓展和深化了小说主题。通过使用自由间接引语，赫斯顿既表现了黑人及黑人妇女在当时的社会地位和处境，还委婉批判了种族歧视和性别歧视。赫斯顿利用这种新的叙述形式控制着整个叙事行为和叙事节奏，适时调整叙述者和读者之间、人物与读者之间、人物与人物之间的叙述距离，让整个文本充满叙述张力，增加了文本的可读性和丰富性。"这种集体性的、非个人的自由间接引语反映了赫斯顿的观点……赫斯顿所使用的对话形式是自由间接引语，这种表达形式不仅表达了珍妮的思想和感情也表达了黑人声音的尊严和力量。"② 赫斯顿通过富有黑人方言特色的自由间接引语描述了人物意识的发展。"赫斯顿对自由间接话语的使用是复杂的也是成功的。"③

---

① [美] 佐拉·尼尔·赫斯顿：《他们眼望上苍》，王家湘译，北京十月文艺出版社 1998 年版，第 202 页。

② Henry Louis Gates, Jr., *The Signifying Monkey: A Theory of African-American Literary Criticism*, New York: Oxford University Press, 1988, p. 214.

③ Henry Louis Gates, Jr., *The Signifying Monkey: A Theory of African-American Literary Criticism*, New York: Oxford University Press, 1988, p. XXV.

　　赫斯顿不但用它来表现某个个体人物的言谈和思想，而且还用它来表现黑人社区集体的言谈和思想……这种匿名的、集体的自由间接引语不仅不同寻常，而且很可能是赫斯顿的创造。这种方法似乎是为了突出两方面的内容：一是强调这种受方言影响很深的文学用词对传统而言拥有巨大潜力，二是突出文本要去模仿口语叙述这一明显的追求……有方言特色的自由间接引语被用来表现珍妮的想法和情感，然而黑人声音尊严和力量的标志不单单是自由间接引语的这种用法，而更在于它被用作了叙述评论这一点。①

　　在黑人口述传统中，自由间接引语的使用非常普遍。赫斯顿在《他们眼望上苍》中将这种叙述形式通过书面形式记录和保留下来，创造了美国黑人文学领域内新的叙述形式，同时达到了新的艺术高度。《他们眼望上苍》中，赫斯顿通过记录两位黑人妇女在自家后门门廊上的对话开始整个故事的讲述。这样的讲述方式既符合黑人社区的生活习俗，又赋予整个文本"讲述性"特点，揭示了黑人社区普通民众的丰富精神生活。

　　这种揭示既是历时的也是共时的。在珍妮讲故事的开始，她所揭示的不是她的童年，也不是她与甜点心或其他什么男人的关系，而是她从祖母那里所继承的黑人民族的遗产。这种遗产是故事讲述的传统。这种遗产浓缩了黑人民族的特殊历史，奴隶制和强奸、暴力与混血儿，最终凸显的是黑人妇女所钟爱的讲述故事的传统。②

---

① ［美］小亨利·路易斯·盖茨：《意指的猴子：一个非裔美国文学批评理论》，王元陆译，北京大学出版社 2011 年版，第 235 页。

② Maria Eugenia Cotera, *Native Speakers: Ella Delorai, Zora Neale Hurston, Jovita Gonzalez and the Poetics of Culture*, Austin: The University of Texas Press, 2008, p. 182.

就如伏都教巫师需要大量练习才可以掌握如何与伏都神灵进行交流一样，赫斯顿通过各种探索，找到了既符合黑人文化传统又可以为白人读者所接受的叙述方式，取得了意想不到的艺术效果。故事中语言表述方式的不停改变也突出了小说中珍妮对自我声音的不断寻找。珍妮从一个不认识照片中的自己的"无身份"黑人女孩逐渐成长为一个勇敢追求自由的独立女性。在她成长的过程中，语言表达方式也发生了很大变化。故事中的珍妮在第一段和第二段婚姻里经常使用直接引语和间接引语，偶尔使用自由间接引语。但是，在第三段婚姻中，珍妮在直接引语和间接引语的基础上，经常使用自由间接引语。珍妮语言表达方式的变化强调了珍妮自我意识的发展和成熟，拓展了文本主题。珍妮对语言的操控能力及自我表达能力"使得《他们眼望上苍》成为一部大胆的女性主义作品，成为美国黑人文学领域内的第一部此类作品"[1]。

通过自由间接引语的使用，赫斯顿颠覆了早期美国黑人文学传统中以黑人男性为中心的创作习惯，凸显了黑人女性的自我觉醒和黑人女性逐渐获得自立、自强和自信的艰难过程。文本中自由间接引语的使用将文本的话语权部分地给予主人公珍妮，"赫斯顿让珍妮掌握话语自主权客观上就是对黑人文学传统中的男性权威声音和性别主义的修正与颠覆"[2]。赫斯顿使用自由间接引语成为她否定男性写作传统的重要策略之一。

　　赫斯顿确实是非洲裔美国黑人文学传统中第一个否定男性权威和性别主义的作家。赫斯顿所创造的叙述声音和她留给非裔美国小说的遗产是一种抒情性的、游离于身体之外的，但又个性化的声音。在这个声音中出现了一种独特的渴望和言说，出现了一

① Henry Louis Gates, Jr., "Afterword", in *Seraph on the Suwanee*, Zora Neale Hurston, New York: Scribner's Sons, 1948, p. 355.
② 嵇敏：《美国黑人女权主义视域下的女性书写》，科学出版社 2011 年版，第 245 页。

个远远超越了个体的自我，出现了一个超验的，说到底是种族的自我。赫斯顿找到了一个响亮的、真正的叙述声音，它呼应并追求黑人土语传统的非个人性、匿名性，以及权威地位。黑人土语传统无名无姓无自我，它是集体性的，有很强的表现力，忠实于共同的黑色性未曾写下来的文本（the unwritten text of a common blackness）。在赫斯顿看来，对自我的追寻完全依赖于对一种生动的语言形式的追寻，事实上也就是对一种黑人文学语言本身的追寻。①

《他们眼望上苍》中的所有文字都在努力效仿口语叙述形式。"看上去这个文本的主题本身主要并不是珍妮的追寻，而是对实际言语之中语音的、语法的与词汇结构的模仿，其目的是要制造口语叙述的幻觉。的确，在珍妮的被嵌入的故事中所效仿的每一个口语修辞结构都提醒读者，他或她在偷听珍妮给菲比的叙述。"② 为了表现富有代表性的、健康的、有活力的黑人文化和黑人传统，赫斯顿通过在写作中凸显黑人主体声音的方式建立了一种现代的文学传统。在独创的"言说者文本"中，赫斯顿非常得体地将美国南方黑人英语引入20世纪的文学之中，通过将黑人口头文学传统和白人主流文学传统相结合的方式获得了更丰富的、更具特色的文学形式，成为影响后代黑人写作的独特艺术形式。通过"言说者文本"的形式，赫斯顿将珍妮放在更为广阔的历史文化背景中，"珍妮的故事也不再是个体黑人妇女的奋斗而是反映了全体黑人妇女自我意识的觉醒和勇敢的斗争"③。

赫斯顿在自己的作品中大多使用两种甚至两种以上的叙述声音，

---

① 〔美〕小亨利·路易斯·盖茨：《意指的猴子：一个非裔美国文学批评理论》，王元陆译，北京大学出版社2011年版，第203页。

② 〔美〕小亨利·路易斯·盖茨：《意指的猴子：一个非裔美国文学批评理论》，王元陆译，北京大学出版社2011年版，第215页。

③ Maria Eugenia Cotera, *Native Speakers: Ella Delorai, Zora Neale Hurston, Jovita Gonzalez and the Poetics of Culture*, Austin: The University of Texas Press, 2008, p. 184.

突出了后现代主义特点、伏都教的混杂性及美国黑人的心理碎片状态。"赫斯顿在这些声音之间自由地、毫无痕迹地变换……贯穿于整部作品之中的语言特点有着不可抵挡的力量。"① 就如芭芭拉·乔纳森所指出的：

> 赫斯顿使用的是一种分裂的修辞，并不是心理性小说或整体文化的小说。佐拉·尼尔·赫斯顿，我们想要确定的真正的佐拉·尼尔·赫斯顿，就存在于这两种声音的沉默处：赫斯顿是这两种声音，同时两者都不是；赫斯顿是双语的，同时又是失语的。这一写作策略就可以解释为什么有那么多的当代批评家和作家一次又一次转向她的作品，想要发掘赫斯顿最为独特的艺术技巧。②

在其作品中，赫斯顿坚持使用源自非洲的民间文学口头叙事传统，给予口头语言极高的地位。通过借鉴黑人民间口述传统，赫斯顿创造了真正属于黑人文学的独特文学形式。赫斯顿的小说再次表明口头传统是人类文化的宝贵遗产之一，是后世作家和艺术家创作的宝库和源泉。

> 赫斯顿通过对黑人口头传统的借鉴、改造和活用，向读者展现了一个多姿多彩的黑人生活与文化世界。赫斯顿对黑人口头传统的反复运用，强化了作品的黑人文化色彩。除了艺术构思的需要以外，更重要的是通过这一手段的使用，反映黑人在白人中心主义社会中的境遇，让人们时刻看到、感受到黑人文化的存在，从而摆脱边缘化和文化认同危机，确立黑人文化存在的合法性，

---

① Henry Louis Gates, Jr., "Zora Neale Hurston: A Negro Way of Saying", in *Seraph on the Suwanee*, Zora Neale Hurston, New York: Scribner's Sons, 1948, p. 360.

② Henry Louis Gates, Jr., "Zora Neale Hurston: A Negro Way of Saying", in *Seraph on the Suwanee*, Zora Neale Hurston, New York: Scribner's Sons, 1948, p. 362.

抵制白人文化中心论。作为南方的女儿，她从出生之时起就接受了这一传统，作为一个人类学家，她通过多年紧张的、经常是危险的研究重新肯定了这一传统。作为一名小说家，她在选择场景、刻画人物、使用语言的时候继承了这一遗产。[①]

《他们眼望上苍》中的语言特点最能体现赫斯顿将个人性话语介入学术话语的实践。在这里，赫斯顿将富有个性特点的写作与人类学的写作结合起来，从而模糊了虚构性叙事话语与学术话语两种迥异的话语模式。赫斯顿以这种带有后现代性的叙事方法颠覆、挑战了传统人类学的叙述模式，也为后世黑人女性主义批评的言说方式开辟了道路。赫斯顿通过对学术话语、标准文类和标准英语的改造，以一种混杂性的话语言说方式，彻底颠覆了主流话语中所强调的"标准化""适当化"形式的文化，从而以一种非主流的话语言说方式摧毁了西方主流话语所依赖的标准话语的基础。赫斯顿的写作方式是一种边缘写作策略，"通过使用黑人土语、私人性话语以及对白人女性批评创造性的改写，完成了对主流话语符码的消解和对主导话语的颠覆"[②]。正如后来的美国黑人女性作家贝尔·胡克斯所说："她的声音包含了许多种语言——学术语言、标准英语、方言土语、街头语言。"[③] 赫斯顿的作品中，充满伏都美学特点的混杂话语模式彻底颠覆了所谓标准的、规范的写作可能性。

通过借鉴伏都咒语的语言特点，通过使用多种形式的语言表达形式，赫斯顿力图恢复黑人民族语言中固有的艺术魅力，恢复语言原本的生命力，让处于社会边缘的黑人民族语言获得应有的地位。赫斯顿的作品是宝贵的语言学资料、人类学资料。赫斯顿通过这种叙事形式

---

① Cheryl Wall, *Changing Our Own Words*: *Essays on Criticism*, *Theory*, *and Writing by Black Women*, New Brunswick, N. J.: Rutgers University Press, 1989, p. 371.

② 周春：《美国黑人女性主义批评研究》，四川大学出版社 2007 年版，第 175 页。

③ 周春：《美国黑人女性主义批评研究》，四川大学出版社 2007 年版，第 180 页。

揭示了黑人文化的独特性，提高了黑人民族的文化自信。"这次运动中最积极最富有戏剧性的青年艺术家赫斯顿——她在霍华德大学时曾是洛克的学生，其作品反映了这次运动的精神和对美国黑人文化传统的骄傲，她的作品中尤其突出了南方黑人民俗文化的复兴和对黑人方言土语富于技巧的使用。"[1]

在赫斯顿的作品中，"语言不仅是传递文化信息的工具，也是文化转型和个人生存的工具"[2]。赫斯顿通过个人的文学实践再次证明，"黑人方言不仅可以表达幽默和伤感，还是一种可以用来写小说的文学语言"[3]。赫斯顿笔下的人物，不管是城市的还是农村的、北方的还是南方的、男性还是女性、小孩还是老人、富有的还是贫穷的，那些黑人的声音是生动的、真实的。"她对于词汇、暗喻、句法——不管是直接引语还是某个人物思想的释义——都在黑人文学的领域内回响，尽管已经过去了这么多年，人们不得不佩服赫斯顿的写作技巧和黑人方言的生命力。"[4]

尽管赫斯顿被同时代的黑人政治家忽视甚至批判，但"她有关语言的理论和语言技巧的展示为后世的黑人文学做出了极大贡献"[5]。赫斯顿的文字是如此形象、传神、充满意象、口语化，"读者看见了赫斯顿的文字就会听见、闻见，甚至摸到她所描述的内容"[6]。通过

---

① Delia Caparoso Konzett, *Ethnic Modernisms: Anzia Yezierska, Zora Neale Hurston, Jean Rhys and the Aesthetics of Dislocation*, New York: Palgrave Macmillan, 2002, p. 80.

② LaJuan Evette Simpson, "The Women on/of the Porch: Performative Space in African-American Women's Fiction", Ph. D. Dissertation, Louisiana State University, 1999, p. 124.

③ Henry Louis Gates, Jr., *The Signifying Monkey: A Theory of African-American Literary Criticism*, New York: Oxford University Press, 1988, p. 250.

④ Sherley Anne Williams, "Foreword", in *Their Eyes Were Watching God*, Zora Neale Hurston, Urbana and Chicago: University of Illinois Press, 1978, p. ix.

⑤ Henry Louis Gates, Jr., "Zora Neale Hurston: A Negro Way of Saying", in *Seraph on the Suwanee*, Zora Neale Hurston, New York: Scribner's Sons, 1948, p. 358.

⑥ Robert Hemenway, "Introduction", in *Dust Tracks on a Road*, Zora Neale Hurston, Urbana and Chicago: University of Illinois Press, 1984, p. XXXVI.

直接记录黑人方言土语和特殊的语言表述形式，赫斯顿"呈现了复杂的美国黑人生活，挑战了白人主流文化中将黑人描写为原始的、异域的僵化形象，为人们描述了最为真实的黑人艺术、文化和传统"①。赫斯顿作品中富有创造性的语言补充了语言理论，丰富了语言实践。芭芭拉·克里斯丁进一步指出，赫斯顿的作品是"植根于黑人英语的……欣赏赫斯顿黑人英语的使用对美国黑人女性文学传统的影响是非常重要的，她作品中的语言与同时代'常规'小说的语言是如此不同"②。通过赫斯顿的作品，读者发现"黑人创造了自己独特的语言结构"③，用真正属于自己的语言尽情讲述着属于自己的故事。

赫斯顿深刻认识到黑人文化是黑人生存和反抗的策略，有其自身的美学品质和现实价值。以"自由间接引语"为代表的黑人民间口述传统的使用不仅增加了文学作品的艺术魅力，也反映了赫斯顿强烈的民族意识。在其创作生涯中，赫斯顿从伏都教中汲取灵感，借鉴伏都咒语的语言特点勇敢地进行文学创新，"她的作品不但大胆汲取黑人民间文化的丰富营养，继承黑人民族文化传统，并以此作为武器来揭露白人种族主义话语霸权，扭转了被白人主流话语格式化了的黑人负面形象；而且她以自己独特的创作特色智慧地将种族问题、政治、经济、文化、社会生活等融入小说创作中"④。

---

①　Sharon L. Jones, *Reading the Harlem Renaissance*: *Race*, *Class and Gender in the Fiction of Jessie Fauset*, *Zora Neale Hurston and Dorothy West*, Westport: Greenwood Press, 2002, p. 70.

②　Barbara Christian, "Trajectories of Self-Definition: Placing Contemporary Afro-American Women's Fiction", in *Black Feminist Criticism*, New York: Pergamon Press, Inc., 1985, p. 175.

③　Henry Louis Gates, Jr., *The Signifying Monkey*: *A Theory of African-American Literary Criticism*, New York: Oxford University Press, 1988, p. XXV.

④　颜李萍：《颠覆与抑制的动态平衡：〈摩西，山之人〉的新历史主义解读》，《短篇小说》（原创版）2015 年第 21 期。

第二节 《宠儿》中标准英语与黑人英语的混合

美国黑人作家的作品中，除了标准英语之外，还有黑人英语、俚语、方言和其他语言。通过借鉴伏都咒语的语言特点，美国黑人作家在语言上进行大胆实验，从语言范畴对白人英语的主导地位进行质疑和解构，对白人文学经典形式进行戏仿和颠覆，从而实现文化层面的狂欢，表现各种文化形式的平等与融合，从思想领域否定和抵抗种族歧视，伏都美学因此成为美国黑人抵制白人主流文化侵蚀的重要武器。19世纪最具影响力的美国黑人作家、废奴运动主将、演说家和政治活动家弗雷德里克·道格拉斯指出："黑人方言是非常珍贵的知识。"①

莫里森本科毕业于霍华德大学，在著名的康奈尔大学获得硕士学位。本科期间主修英语，辅修古典文学，其硕士学位论文是对伍尔夫和福克纳小说中自杀主题的对比研究。莫里森兴趣广泛，热爱阅读，熟悉欧美文学经典作家与作品，其标准英语的水平不容置疑。但是，在其创作中，莫里森有意识地使用黑人英语，借助黑人英语刻画人物形象、揭示人物身份、推动情节发展、传递黑人文化。以莫里森为代表的美国黑人作家对黑人英语的使用"实现了方言可能实现的功能，被赋予更多的真正民间创作的形象感与灵活性"②。处于夹缝中生存的美国黑人作家的作品语言总体呈现出杂语共生的模式。美国黑人作家作品中的语言混杂性现象策略性地凸显出黑人民族特殊的文化身份。

美国黑人文学作品中，标准英语与黑人英语的混合使用是非常普遍的现象。相对标准英语而言，黑人英语在语音、语法、词汇等层面

---

① 谭惠娟、罗良功等：《美国非裔作家论》，上海外语教育出版社2016年版，第39页。
② 王艳红：《美国黑人英语汉译研究——伦理与换喻视角》，山东大学出版社2012年版，第59页。

有着独有的特征。因为这些不同于标准英语的特征，黑人英语在很长时间内处于被贬抑的状态。随着民族交流、民族融合的历史进程，随着美国黑人的社会地位逐步提高，随着美国黑人文学的兴起和繁荣，黑人英语逐渐得到人们的关注和认可。

在学术界，有关"美国黑人英语"的定义还存在一些争议，这一情况的出现"不仅因为其本身复杂的政治和社会历史原因，还因为使用这一语言的人们没有特定的社会阶级和地理界线"①。"美国黑人英语"（Black American English，BAE），这一名称是相对于"美国标准英语"（Standard American English）而言。美国黑人英语还有不同的名称：非洲裔美国黑人英语（African American English，简称AAE）；非洲裔美国黑人语言（African American Language，简称AAL）；非洲裔美国黑人土语（African American Vernacular English，简称AAVE）；黑人土语（Black English Vernacular，简称BEV）等；此外，美国黑人英语也被俗称为黑人方言（Negro Dialect）。黑人英语研究专家、社会语言学家威廉姆·拉博夫指出，所谓美国黑人英语，是"指美国大部分黑人所讲的，相对统一的一种英语方言，是一种健康的、活的语言形式，它表明了黑人发展自己语法体系的一系列符号"②。

美国黑人英语是美国英语的一个重要分支。但是，长期以来，因为特殊的社会和历史原因，"美国黑人英语被认为是贫穷和无知的指征"③，是次等的或低劣的英语变体，是社会地位和经济地位低下的黑人所使用的一种不标准、不规范的方言土语，并不被主流社会所接受。但是，这种对黑人英语极其贬抑的观点在语言学上是没有依据

---

① Marcyliena Morgan, *Language*, *Discourse and Power in African American Culture*, Cambridge: Cambridge University Press, 2002, p. 65.

② William Labov, *Language in the Inner City*: *Studies in the Black English Vernacular*, Philadelphia: The University of Pennsylvania Press, Inc. , 1972, p. XIII.

③ Marcyliena Morgan, *Language*, *Discourse and Power in African American Culture*, Cambridge: Cambridge University Press, 2002, p. 70.

的。从语言起源来看，美国黑人英语起源于美国黑奴。美国黑人英语的形成和发展受到时间、地域、种族、社会等多种因素的制约，经历了漫长的演变和发展过程。简单来说，美国黑人英语是 16 世纪后期至 19 世纪中期盛行于美国南部奴隶制的产物，后来随着黑人向北迁移而扩展到遍布美国各州的贫民阶层。"1619 年 8 月，一艘荷兰船在英国海军的护航下驶到弗吉尼亚的詹姆斯镇，留下了 20 名非洲黑人，拉开了贩卖黑奴的序幕"①，宣告了美国奴隶制的开始，也宣告了美国黑人英语的诞生。在"中间通道"（Middle Passage）②的贩奴船上，在陌生的新大陆，来自非洲不同部落的黑人因语言不通而无法交流，为了生存，他们被迫学习和使用白人的语言——英语。早期的黑人奴隶使用一种西非部落方言和早期美国英语混合的语言，称作"西非混杂英语"，也被称作"黑人皮钦语"（Negro Pidgin），也被译作"黑人洋泾浜语"③。可以说，美国黑人英语脱胎于"黑人皮钦语"，是黑人奴隶为了适应新的生存环境，将非洲土语和欧洲英语混合在一起，在多种语言的交融中逐渐衍生出的一种语言，其语法结构与语言功能均来源于非洲传统文化和奴隶贸易过程中进行的社会调整，其词汇和表达方式尽可能保存了非洲文化的价值内核。

在新大陆背景下，西非混杂英语继续与美国文化、美国英语交融，形成了一种独特的语言体系，被称作"克里奥尔语"或"克里奥尔化的英语"④，"这种语言倾向于避免词尾辅音，词尾和元音后的 r 都不发音"⑤。随着美国南北战争的结束和美国南部黑人向北部城市

---

① 朱振武等：《美国小说本土化的多元因素》，上海外语教育出版社 2006 年版，第 123 页。
② 中间通道特指将黑人从非洲大陆运往美洲的海上旅程。因为旅途遥远，贩奴船上的食物匮乏，生活条件恶劣，很多黑人都死在贩奴船上，尸体被随手抛在大海中。这一过程成为黑人民族记忆中最为惨痛的伤痕，成为黑人民族心理上极大的创伤。
③ 洋泾浜语是指操不同语言的群体为完成某种有限的交际需要而发展起来的一种辅助语言。
④ 克里奥尔语是指已成为某一群体母语（本族语）的洋泾浜语，是用于该群体部分或全部的日常交际的一种语言。
⑤ 张雅如：《谈美国黑人英语》，《汕头大学学报》1996 年第 5 期。

迁移现象的出现，语言同化现象更为普遍，克里奥尔语与美国标准英语交融共生，逐渐成为一种与美国标准英语平行的语言变体，被人们称为"黑人英语"（Black English）。"1979 年底特律法庭决定承认黑人英语，这是黑人英语在法律上的一个里程碑。"① 随着社会和经济的发展，黑人英语逐渐流传到南方各大城市和北方很多城市，成为一种被美国社会普遍接受的英语方言。在学习英语的过程中，黑人英语在语音、语法等层面保留了大量非洲语言的特征，黑人也将他们的斗争和反抗隐藏在对标准英语的改造中，"包括对词汇的不规范使用和对标准惯用语的割裂，从而赋予英语一种崭新的精神文化生命力"②。

由于黑人民族特殊的历史经历，黑人在美国的社会、政治、经济、文化等方面都处于劣势，黑人英语也因此受到贬抑和歧视。虽然黑人英语一直是被白人鄙视的语言变体，但对于美国黑人来说，黑人英语承载着黑人群体丰富的历史和传统文化，对民族文化的延续及民族文学的生成有着特殊的重要意义，是美国黑人族群身份最重要的标志之一。黑人英语来源于生活，没有书面语言的生硬和造作，它生动、具体、丰富多彩，具有很强的表达能力，是"一种健康的、活的语言。它反映了一个正在发展中的民族语言的种种语法特点以及其他方面的语言学特点。在大量的研究基础之上，拉波夫得出结论：很明显，黑人英语没有向标准英语靠拢，相反，它在走自己的路"③。黑人英语的词汇、句法、语法及文化表述等方面都是丰富复杂的，随着社会的发展和语言自身的发展，黑人英语正在经历着新的变化。"美国黑人以自己的智慧创造了一种特殊的黑人语言，这种语言孕育了现代美国黑人的思维逻辑方式和特点，保留了黑人的民族语言特

---

① 潘绍嶂：《黑人英语中的否定句》，《外语教学与研究》1990 年第 4 期。
② 王艳红：《美国黑人英语汉译研究——伦理与换喻视角》，山东大学出版社 2012 年版，第 38 页。
③ Henry Louis Gates, Jr. , *The Signifying Monkey*：*A Theory of African-American Literary Criticism*, New York：Oxford University Press, 1988, p. XVI.

征、黑人民族的文化特色。"①

很多黑人作家认为,要想创造出真正属于黑人民族的文学就要使用真正属于黑人民族的语言来传递黑人民族的独特文化观,而不是屈从于白人主流文化及主流语言。著名黑人文学评论家及理论家盖茨指出:"是其语言,黑人文本中的黑人语言,才能表达我们文学传统中的那些特别的品质。"② 托妮·莫里森也强调了语言的重要性,她在颁奖演说中指出:"语言如果被统治者操纵,就会肆意地残杀智慧、摧毁良知、遏制人类的创造潜力。"③ 对于黑人文学来说,如果在创作中抹杀黑人语言的特点,黑人文学的内在精华就会消失,黑人作家相信"可以呼吸的人类的声音可以通过节奏、意象、词汇、句法和其他语言中的特点而在书面中获得生命"④。自美国黑人文学出现以来,美国黑人作家在创作时经常采用黑人英语来表达自己的民族特性,塑造贴近生活的黑人形象,反映生动真实的黑人生活,传递丰富多样的黑人文化。

和伏都咒语的特点非常相似,黑人英语作为一种语言变体,有属于自己的语法和规则,也有其特殊的词汇、句法、语法和修辞手段,是一个逻辑严密、结构完整的语言变体,是一个可以与标准英语平行使用的语言系统。与伏都咒语一样,其简化的语法、流畅的音韵和灵活的变化使得黑人英语具有强大的生命力,成为"黑人个体及黑人社区文化模式的编码"⑤。面临标准英语对黑人英语的冲

---

① 王艳红:《美国黑人英语汉译研究——伦理与换喻视角》,山东大学出版社 2012 年版,第 39 页。

② Henry Louis Gates, Jr., *Figures in Black: Words, Signs and the "Racial" Self*, New York: Oxford University Press, 1987, p. XXI.

③ 《20 世纪诺贝尔文学奖颁奖演说词全编》,毛信德、蒋跃、韦胜校译,毛信德译,百花洲文艺出版社 2001 年版,第 932 页。

④ John F. Callahan, *In the African-American Grain: The Pursuit of Voice in Twentieth Century Black Fiction*, Chicago: University of Illinois Press, 1988, p. 14.

⑤ Henry Louis Gates, Jr., *The Signifying Monkey: A Theory of African-American Literary Criticism*, New York: Oxford University Press, 1989, p. X.

击，面对主流文学的艺术欣赏标准对黑人文学审美规则的同化，莫里森敏锐地感觉到了黑人英语的价值和重要性，并在其作品中忠实记录了源自黑人日常生活的"活的"语言，为黑人文化的传播和保存贡献力量。

创作过程中，莫里森一直"在寻找隐藏于语言背后的诗意，从黑人社区内部视角来观察和精确记录源自黑人语言的节奏，而不是从外部视角来观察和记录"①。莫里森从黑人文化中获取灵感，在作品中真实记录黑人英语，挑战白人话语霸权，具有独特的审美价值和社会功能。总体来说，黑人英语在词汇、句法、语法、修辞方面都与标准英语有不同之处。

一 词汇

与标准英语相比，黑人英语中有很多拼写形式特殊的词汇。作为一种口头语言，黑人英语中的很多单词是根据其发音来拼写的。简单地说，黑人英语词汇中的特点有拟音、省略、缩写、增加音节等。

（一）拟音

黑人英语有自己的发音规则，而且黑人英语的单词拼写主要根据其发音来决定，因此，拟音特点成为黑人英语词汇最为突出的特点。所谓拟音，即以发音相同或相近的字母或字母组合代替单词原来的字母或字母组合。黑人英语的发音特点主要有以下几个方面：

（1）［θ］和［ð］的发音在黑人英语中有较为突出的特点：齿间音［θ］和［ð］根据不同的位置发生不同的变化。"th"出现在词首时，读音有三种不同情况：

［d］：then = den；they = dey；the = de；that = dat

［t］：thigh = tie；thing = ting；thought = tought；think = tink

---

① Mary Ann Wilson，"'That Which the Soul Lives By'：Spirituality in the Works of Zora Neale Hurston and Alice Walker"，in *Alice Walker and Zora Neale Hurston—The Common Bond*，ed. ，Lillian P. Howard，Westport：Greenwood Press，1993，p. 58.

［f］：three = free；throat = froat；thread = fread

当"th"出现在词的中间时，其读音也有三种情况：

［f］：nothing = nuf'n；author = ahfuh；ether = eefuh

［v］：brother = bruvah；rather = ravah；bathing = bavin'

［t］：arithmetic = 'ritmetic

当"th"出现在词尾时，有两种读音：

［f］：tooth = toof；south = souf；smooth = smoof

［t］：tenth = tent'；month = mont'

当"th"出现在词尾，前面是字母 n 时也存在 th 不读音的情况，如 tenth = ten'；month = mon'。

概括来讲，［θ］和［ð］的发音有如下几个特点：

在词首时，［θ］和［ð］分别发成［d］和［t］。

在元音后和词尾时，［θ］和［ð］分别发成唇齿擦音［v］和［f］，如 brother = ［brʌvə］；either = ［ifə］；mouth = ［mouf］；oath = ［ouf］；tooth = ［tuf］。

（2）位于词尾的辅音连缀，尤其是以爆破音［t］或［d］和咝音［s］或［z］结尾的辅音连缀常常被简化[①]，如 called = call；hits = hit；mend = men；missed = miss；past = passed = pass；that = dat；this = dis；with = wid；tooth = toof；lets = les；don't = don；madam = ma'am；help = hep；kind = kine；mind = mine；rift = riff；wind = wine；meant = men；hold = hole；old = ole；told = tole；such = sich；ask = ast。

（3）双元音变成单元音，如［ai］和［au］变为［ɔ］，如 why = wow；find = found = fond；like = lak；my = mah；hide = hid；myself = mahself；child = chile；here = heah。

（4）［u］和［ɔ：］在［r］音前合为一体，如 more = moor；pour =

――――――――――

① 张玉芳：《美国黑人英语现象探析》，《青海民族大学学报》（教育科学版）2011 年第 3 期。

poor；shore = sure；for = fuh；to = tuh；a = uh；you = yuh；on = uh；can = kin；as far as = as fur as；care = keer；again = agin；catch = ketch；careful = keerful；told = tole；dog = dawg。

黑人英语中，除去简单的拟音外，还有其他形式的拟音情况。

（二）省略

基于黑人英语的灵活性特点，其省略现象非常常见。

（1）"黑人英语中〔r〕和〔l〕出现在词首时一般是发音的，但位于辅音前和词尾的流音〔r〕和〔l〕常被省略"[①]，如 guard = god；par = pa；sore = saw；court = caught，fort = fought；pour = paw；all = awe；help = hep；tool = too；fault = fought；toll = toe 等。有时元音之间的〔r〕也出现省略，Carol = Cal；Paris = pass；world = worl。

（2）词首的字母发音经常省略，如 because = 'cause；without = 'thout；woman = 'oman；about = 'bout；him = 'im；excepting = 'ceptin；obliged = 'bliged；without = 'thout；them = 'em；along = 'long；about = 'bout。

（3）省略-ing 后缀中的 g 音发成〔in〕已经成为黑人英语的传统[②]，如把 no more dying 写成 no mo dyin。

（三）缩写

黑人英语中的缩写是指将两个单词缩写成一个奇特的形式。如将 going to 缩写成 gonna；黑人英语中经常把 am not，is not，are not，have not，has not 甚至 did not 缩写为 ain't，如 I ain't gonna tell your/It ain't mine/He ain't be there。此外，许多黑人在第三人称单数的谓语中用 don't 代替 doesn't，如 The man be there every night，he don't want no girl。除去助动词和实意动词的缩写之外，还有单词缩写的情况，如

---

① 杨卫东、戴卫平：《美国黑人英语的深层机理研究》，《西南农业大学学报》（社会科学版）2011 年第 6 期。

② 冯利：《黑人英语与标准美国英语差异之探讨》，《内蒙古农业大学学报》（社会科学版）2009 年第 4 期。

that is = dat's；let me = lemme。

（四）增加音节

黑人英语中还经常出现在单词后增加音节的现象，即在单词的末尾增加一个元音，使原来的单词增加一个音节，被增加音节的单词本身并没有意义上的改变。最常见的现象是在单词后增加音节/a/，如when = whena；this way = thisaway。黑人英语中增加音节的规律不是非常明显，黑人会在介词、实义动词、情态动词、名词等后面较为随意地增加音节，不会影响语言的表达和理解，可增加语言的节奏性和音乐化特点。

黑人英语词汇层面的特点反映出黑人语言的灵活性和口语化特点。莫里森在其作品中真实呈现了美国南方黑人的语言特点，既重现了黑人英语的灵活性和丰富性，最大程度地传递了信息，也塑造了更为立体的人物形象。美国黑人文学作品中的黑人英语体现出复杂的美学和社会文化功能。

二 句法

句法是语言最固定的部分。黑人英语中句法的变化最小，是受白人英语同化最慢的地方。从语言学角度来看，黑人英语与白人英语在句法结构上有较多不同，最为突出的是"wh-"问句和多重否定句的用法。

1. wh-问句：黑人英语常把助动词放在主语之后或者省略助动词。如 Why you don't like him？/Why I don't need greese？/Where they go？"Wh-"问句的特殊语序反映出黑人英语内部基本稳定的句法结构。虽然这样的结构并不符合标准英语的句法，但黑人英语形成了一套自己的，与标准英语并行的语言规则，在实现交流目的的同时凸显了黑人民族的创造性特点。

2. "黑人英语句法中的多重否定是非常重要的句法特点。"[①] 需要指出的是，与标准英语不同，黑人英语中的多重否定并不是为了表达肯定的意义，说话人在说话时仍旧表达的是否定的意义。黑人英语中广泛使用双重或多重否定，使否定意义得到增强。

通过对黑人英语句法方面的忠实记载，莫里森创造了自己独特的语言风格。黑人英语表达系统中需要说话者和听众具有相应的背景知识。在这一特定的表达系统中，单词、短语、语法和语音特点都强调、突出了美国黑人的特殊文化身份。莫里森笔下的黑人又哭又笑、又唱又跳、渴望尊重和爱。"存在于黑人口中的英语可以不再显得僵硬并且可以准确地表情达意"[②]，可以生动地刻画人物形象，细致地传达人物的内心活动。通过黑人英语的使用，莫里森邀请自己的同胞倾听自己民族有力而美丽的声音，同时通过特殊人物的塑造揭示黑人民族的局限所在，期望可以在整个民族的努力下超越那些局限。

三　语法

与标准英语相比，黑人英语的语法相对灵活，以表情达意为主要目的，并不拘泥于细微的语法规则。标准英语中的时态形式非常严格，有一般现在时、现在进行时、现在完成时、过去时、过去完成时、将来时、现在完成进行时等。但在黑人英语中，时态形式被大大简化。时态表达非常灵活，大部分时候到底是何种时态需要读者通过上下文去推测。《剑桥语言百科全书》列举了如下黑人英语方言的语法特点：

（1）第三人称单数的一般现在时动词词尾不加 s；
（2）在现在时句子中需要用到"系词"，也称"联系词"

---

① 杨卫东、戴卫平：《美国黑人英语的深层机理研究》，《西南农业大学学报》（社会科学版）2011 年第 6 期。

② Eva Lennox Birch, *Black American Women's Writing*, New York：Harvest Wheatshef, 1994, p. 52.

时，不使用动词 be 的各种形式；

（3）使用动词 be 表示一般意义，但不改变其语法形式（始终以 be 出现）；

（4）使用 been 表达和现在有关联的过去发生的活动；

（5）使用 be done 表达 will have 所表达的意义；

（6）使用 it 表达存在的意义；

（7）在句首涉及到助动词时使用双重否定形式。①

具体情况如下：

1. 如黑人英语有自己独特的助动词，like to、done 和 been，经常在动词之前出现，起着助动词的作用。Like to = nearly；done = already，强调动作已经完成。been 强调动作在很久以前已经发生，如 I like to died/After I done won all that money/I been had it there for about three or four year。

2. 黑人英语中主宾格形式可互换，在黑人英语中，主宾格形式可以互换，尤其是第一人称的主宾格形式经常互换。

3. 标准英语中反身代词的结构基本稳定，是宾格形式 + self/selves。黑人英语中反身代词的形式比较灵活，可以是宾格形式/主格形式/所有格形式 + self/selves。在不影响理解的情况下，黑人英语中的反身代词可以较为自由地使用。

4. 一般将来时和一般现在时的表达方式基本相同。

5. 现在进行时：黑人英语中存在两种情况。

如强调动作正在进行，助动词 be 的各种形式常被省略，只剩下现在分词②，如 He got a glass of water in his hand and he drinkin' some of it。

---

① 转引自董玲《〈即将成人〉中作为叙事策略的黑人英语方言》，《广西民族师范学院学报》2010 年第 4 期。

② 冯利：《黑人英语与标准美国英语差异之探讨》，《内蒙古农业大学学报》（社会科学版）2009 年第 4 期。

如强调动作一直在进行，就用 be + 现在分词，如 Mary all the time be sittin'in the front row so she can hear everything the teacher say。

黑人英语正在进行时的否定形式是否定词 be/ain't + 现在分词，如果用 ain't 表示强调：

She not singing. She ain't singing.

She in the river，but she ain't swimmin'.

6. 现在完成时的常见的情况

用助动词 have/has + 动词原形，如 I have talk three hour（过去分词的后缀-ed 经常被省略）。

直接用过去分词来表示动作的完成，如 I talked three hour。

直接用动词原形来表示完成的动作，但需要上下文的支持才可以理解，如 I talk three hour。

需要指出的是，黑人英语是活的、发展的语言，很难用某些规则来概括其特点，黑人英语中的其他一些特点需要在具体语境中通过上下文来判断。灵活多变的黑人英语语法规则极大程度地保留了黑人民族的口头语言特征，保留了蕴含在语言中的浓厚文化特色，旨在唤醒黑人的民族意识和民族认同感，增强黑人之间的凝聚力，发出他们想要获得社会认同的呼声。

美国学者理查德·刘易斯曾对黑人英语的文学功能做出过较为全面的总结，他认为，黑人英语主要有以下 16 种文学功能：

（1）确定场景和时间。

（2）提供背景信息和相关概念。

（3）表明作者的语调（对场景和读者的态度）。

（4）容许读者有情感反馈（对人物的情感反馈，将读者和作者联系起来）。

（5）可以强调作者话题的改变。

（6）通过非主要人物的描写解释主要人物的动机。

（7）通过伏笔预设悬念。

（8）将习语表达引入美国英语中。

（9）表明黑人作家对西方文学传统的继承（借鉴典型的情节设置）。

（10）发出作者的政治性和社会性评论。

（11）将所谓"原始"的生活范式与黑人分离开来。

（12）通过塑造黑人形象委婉讽刺种族歧视。

（13）通过借鉴民间故事完善黑人口头叙事传统。

（14）通过口耳拟声和口头的和听觉的意象创造令人愉快的节奏感。

（15）通过对话表达反讽和悖论。

（16）使情节更为动态化。[①]

黑人英语的形成、发展、特点等都与伏都教的形成、发展和特点非常相似。伏都教作为植根于黑人民族血液中的民族宗教，成为美国黑人作家创作灵感的宝库。黑人英语作为一种有系统、有规律的极富个性的语言，表现的是黑人民众最初的经验和感受，是发话主体独特的情感体验，具有本身独特的美学特征。霍伊特·富勒在其1968年发表的《走向黑人美学》一文中指出："黑人英语的独特风格、节奏和技巧，反映了黑人经验的特殊性质和要求。为了取得黑人社会内部的团结和力量，黑人必须找回并尊崇自己独特的文化之根。"[②]

以莫里森为代表的美国黑人作家作品中语言的混合使用避免了全部使用标准英语或全部使用黑人英语的单调和苍白，使语言成为真正活的语言，表达出多重主题和各种不同情感。莫里森在作品中尽量忠实记录黑人英语，模仿黑人英语的独特形态和表达方式，力图还原黑

---

① 参见王艳红《美国黑人英语汉译研究——伦理与换喻视角》，山东大学出版社2012年版，第58页。

② 周春：《美国黑人女性主义批评研究》，四川大学出版社2007年版，第53页。

人的真实生活状态。美国黑人作家的多语言创作否定了文学传统对黑人方言的歧视和漠视，更准确、更全面、更真实地反映出美国黑人生活的状态，表现出美国黑人的精神面貌，再一次印证："只有黑人作家才能最好地描述黑人——描写他的爱与恨、他的希望与恐惧、他的抱负、他的整个生活以至于世界上的人们都会为他哭为他笑……他们作品中的主人公是属于整个人类大家庭，是和其他人一样，具有喜怒哀乐的人们。"① 当然，记录语言不是莫里森的唯一目的，她最终目的是想要保存和弘扬黑人文化。莫里森的小说体现出了语言的文化政治意义。"南方黑人民间语言是一种特殊的交流系统，它表现了一种语言使用者的特殊世界观。"② 莫里森深刻认识到黑人语言是黑人生存和反抗的策略，有其自身的独特美学品质和现实价值。

　　这种语言的力量不仅使抵抗白人优越权势成为可能，它还为另类的文化生产和另类的认知——对于创造反统治的世界观至关重要的各种歧异的思考和认知方式——开创了空间。黑人方言的革命性力量在当代文化中不致丧失是绝对关键的，这个力量就是黑人方言有能力干预标准英语的界限和制约。③

莫里森小说中黑人英语的使用创造了凸显黑人性的文学空间，是对黑人文化的肯定。莫里森最为重要的贡献在于：她笔下的人物，不管是城市的还是农村的，北方的还是南方的，那些黑人的声音是生动的、活的、形象丰富的。莫里森的文字是如此形象、传神、充满意象、口语化，"读者看见了她的文字就会听见、闻见，甚至触摸到她

---

① Henry Louis Gates, Jr., *The Signifying Monkey*: *A Theory of African-American Literary Criticism*, New York: Oxford University Press, 1988, p. 175.

② Ayana I. Karanja, *Zora Neale Hurston*: *The Breath of Her Voice*, New York: Peter Lang Publishing, Inc., 1999, p. 113.

③ 徐宝强、袁伟选编：《语言与翻译的政治》，中央编译出版社2001年版，第112页。

所描述的内容"①。

"从文学作品的美学效果与功能来看，作为标准英语的他者，黑人英语的美学特征主要体现在节奏美、简洁美、含蓄美三个方面，其功能主要体现在人物刻画、传承文化、情感激发、身份认同、表达政治意识等方面。"② 莫里森认为，黑人英语充满了智慧和幽默，是黑人自己的语言，是黑人构建个人和文化身份的媒介，"用一个人自己的本族语言可以让自我表达变得更加真实且易懂，还能与自己的根与文化发生联系"③。黑人英语的使用不仅可以使小说中的人物更加真实可信，也是对黑人文化主体性的充分肯定。莫里森在其作品中将黑人英语与标准英语并置，精确地记述了黑人的民间话语，强调了黑人英语的表达效果，揭示了蕴藏在文字背后富有生命力的黑人文化。

第三节 《春季日语班》 中的多语言混合现象

与赫斯顿和莫里森间接吸纳伏都教因素不同，里德对伏都教的态度是肯定和直接的。在长期研究伏都教并梳理美国黑人文学史后，里德概括出伏都教的核心教义及特点，并在其文学创作中进行大量实践，将伏都教这一宗教元素转化为美国黑人文学中的写作策略，逐渐将其升华为"伏都美学"。"里德认为，伏都教的一些特征，如调和性，兼收并蓄，动态多元，口头，即兴的仪式，肯定生命和性活力等，是黑人拒斥种族压迫和死亡威胁的法宝，也是黑人艺术家创作的精神源泉和表现范本。"④ 伏都教的调和性和兼收并蓄的特点主要表

---

① Robert Hemenway，"Introduction"，in *Dust Tracks on a Road*，Zora Neale Hurston，Urbana and Chicago：University of Illinois Press，1984，p. XXXVI.

② 王艳红：《美国黑人英语汉译研究——伦理与换喻视角》，山东大学出版社 2012 年版，第 2 页。

③ Margaret Mitchell Armand，*Healing in the Homeland*：*Haitian Vodou Tradition*，New York：Lexington Books，2013，p. XXV.

④ 谭惠娟、罗良功等：《美国非裔作家论》，上海外语教育出版社 2016 年版，第 444 页。

现在不同因素在同一文本中的融合，如多种信仰、多种文化、多种语言等。

美国黑人作家非常重视语言在民族文化中的地位。赫斯顿在自己的作品中委婉使用伏都咒语；莫里森在接受诺贝尔文学奖的典礼演讲中强调了语言的灵活性和生命力；里德也非常重视语言的力量，他曾在一次访谈中说道："语言是有魔力的，可以作为咒语。"① 里德的作品中经常出现多种语言：英语、非洲黑人土语、Be-bop 语言、中文、日语、约鲁巴语等。在里德的创作中，《芒博琼博》《飞往加拿大》《鲁莽的注视》《春季日语班》等作品中都出现了多语种混用的现象。《春季日语班》是里德最为典型的多语言文本，在英语中穿插着日语和约鲁巴语。

出版于 1993 年的《春季日语班》以 20 世纪 90 年代的保守主义与族裔群体之间的"文化战争"为核心，聚焦于大学校园内的文化之战。《春季日语班》沿用校园小说的模式，讲述大学校园里以"文化多元主义"为名义的各种改革。故事发生在一个名为杰克·伦敦的学院（Jack London College）。主人公是一位名叫普特巴特（Chappie Puttbutt）的美国黑人学者。故事围绕普特巴特申请终身教职这一主要线索，讲述了发生在校园里的一系列故事。当趋炎附势、投机取巧、为了利益可以随时转变立场的普特巴特因为各种原因未能获得终身教职而深感失望时，故事突然发生了转机。一个日本财团出资购买了杰克·伦敦学院，并对学院各方面进行改革。普特巴特曾经的日语老师大和向普特巴特伸出了橄榄枝，希望在普特巴特的帮助下在整个学院推行渗透着日本文化的教育体系。大和老师看中的是普特巴特的美国黑人身份，因为大和老师认为，普特巴特的"边缘人"身份能够帮助他尽快扫清障碍，更快地完成校园改革。果然，在四处钻营的

----

① Pierre-Damien Mvuyekure, *The "Dark Heathenism" of the American Novelist Ishmael Reed*, New York：The Edwin Mellen Press, 2007, p. 11.

普特巴特的帮助下，整个学院开始推行日本文化，从课程设置、语言、教学、科研等方面进行改革。

故事开篇不久，叙述者就借着普特巴特学习日语这一细节暗示读者注意语言与文化之间的关系。当见风使舵的普特巴特感觉日本文化将在学院盛行后，他下决心学好日语，因为他坚信："一旦学好日语，未来就是属于我的。"① 普特巴特为了学习日语不惜花重金聘请私人教师，只为尽快掌握日语。小说中提到的日语地位的变化与当时日本在国际贸易中地位的变化相呼应，将语言、社会、经济、政治、文化等因素联系了起来，强调了语言的重要性。受日语老师的提携，普特巴特担任了校长助理的职位，随后，他要求整个学院结束只使用英语的时代，要求所有教师在课堂上使用日语，并发表了有关语言的讲话："你们白皮肤的单一性让我感到恶心。你们提倡单一文化，心胸狭隘。日语中有 3.5 万个汉字。日语里有汉字，还有朝鲜文化。日本人在被占领时期又从英语中汲取了语言成分，日语的片假名中有一部分是英语。"② 在硬性推行日本语言和日本文化的同时，大和校长做出更为离谱的规定：采用日本人提出的科学标准对全体教师进行智力测试，不合格者一律不许参与教学。因此，在《春季日语班》这一文本中，"日语被形容为种族民族主义、军国主义和跨国资本主义的一个象征……通过普特巴特这一人物的塑造，小说以辛辣的讽刺笔法，通过情节急转，描述跻身于黑人中产阶级的黑人知识分子受利益驱使表现出的投机主义"③。

《春季日语班》中的几位主要人物有着不同的文化背景，当他们在特殊情况下放弃标准语言转而选择某一民族语言时，文本就出现了潜文本。这说明在特定情况下，这一人物的民族文化已经让位

① Ishmael Reed, *Japanese by Spring*, New York：Atheneum, 1993, p. 48.
② Ishmael Reed, *Japanese by Spring*, New York：Atheneum, 1993, p. 108.
③ 王丽亚：《里德与文化多元主义："新伏都"叙事艺术略论》，外语教学与研究出版社2018 年版，第 50 页。

于他所选择的语言所代表的文化。以普特巴特为代表的"边缘人"
形象深刻讽刺了部分黑人放弃自我身份的社会现实，指出了黑人内
部存在的问题，深化和拓展了小说主题。"语言是文化表述的根本
问题。语言和叙述方式对于建构身份有着十分重要的意义。一个人
使用何种语言，往往代表他接受或被迫接受了一套价值观和文化身
份。"① 黑人精英知识分子普特巴特在利益面前放弃了自己的种族
语言和种族文化，成为黑人中少数人的代表。在《春季日语班》
中，里德通过叙事者的话语表达了语言的灵活性和重要性："语言
总是在法律之外，像狐狸一样不可捉摸"②；"语言如果不在发展中
扩充、吸收其他因素，那它只能死亡"③。故事中的克莱伯特瑞教
授曾经是非常坚定的欧洲中心主义者，为了惩罚他在很多场合对自
己的不尊重，普特巴特故意让他去讲授约鲁巴语，没想到克莱伯特
瑞教授竟然从学习约鲁巴语的过程中获得了顿悟："学习一种语言
就是学习一个新的世界，能让我的头脑开放，带我回到 2000 年前
的文化。他们有托尔斯泰吗？他们有很多。他们有荷马吗？是的，
他们有成千上万的荷马。我们只是太懒惰、太自以为是，所以我们
一直没有发现。"④

　　克莱伯特瑞教授因为语言学习而改变了自己的文化立场，或许是
一个不太真实的例子，但是却从侧面反映了语言与政治、文化、社会
之间的关系，强调了"多元文化主义"。里德在文本中肯定和使用英
语以外的语言，如日语和约鲁巴语，并且指出了这两种语言的包容
性。"Atatakakatta，日语中'温暖'这个词的过去式，听起来不就像
麦克斯·洛奇敲打的鼓点吗？'售票处'这个词听起来就像查理·帕
克写的歌的题目，或者鲍勃·卡夫曼的诗'Kippu Ypribu'。'男孩'

---

① 周春：《美国黑人女性主义批评研究》，四川大学出版社 2007 年版，第 81 页。
② Ishmael Reed, *Japanese by Spring*, New York：Atheneum, 1993, p. 47.
③ Ishmael Reed, *Japanese by Spring*, New York：Atheneum, 1993, p. 50.
④ Ishmael Reed, *Japanese by Spring*, New York：Atheneum, 1993, p. 155.

这个词 otoko no ko 更像是约鲁巴的鼓声。"①

里德通过在作品中发表对语言的态度表明自己多元文化主义的立场和观点。里德还在文本中使用了约鲁巴谚语来证明约鲁巴文化对现代黑人生活的影响。在《春季日语班》中，里德还将约鲁巴语的伏都咒语翻译为英语放置在文本中，如：

> Ori agbe ni I ba'gbe muno
> Ori eja l'eja fi I la bu
> Ori ahun ni I gbe f a hun
> Ki ori ba mi se②

此处被翻译为英语的伏都咒语只保持了语音上的特点，并未传递出真正的文化意义，但是，此处的伏都咒语可以激发读者兴趣，肯定了伏都教的存在，也反映出里德对伏都教的重视。另外，文本中出现的语言混杂现象解构了虚构与现实、世俗与信仰、科学与宗教之间的界限，造成了阅读张力，促使读者对隐藏在文本后的内容进行深刻思考，进一步深化了文本主题。

里德通过多个故事的讲述，多种语言的并置，各种社会历史背景的铺垫，使《春季日语班》这一文本不仅聚焦于大学校园里的文化之争，而且非常委婉地"揭露全球化资本主义下资本运作如何与媒体技术合谋，吞噬60年代开创的族裔平等与文化多元主义成果，最终将文化多元主义变为受控于资本和媒体的空洞符号"③。里德通过讲述大学校园里左、右翼同时打出的"文化多元主义"招牌，揭示族裔群体在主张族裔身份多样化的同时将文化多元主义推向"泛政

---

① Ishmael Reed, *Japanese by Spring*, New York：Atheneum, 1993, p. 50.
② Ishmael Reed, *Japanese by Spring*, New York：Atheneum, 1993, p. 222.
③ 王丽亚：《里德与文化多元主义："新伏都"叙事艺术略论》，外语教学与研究出版社2018年版，第58页。

治化"，致使原本具有积极意义的文化多元主义被右翼保守主义利用，成为装点门面的"政治正确"招牌。"同样重要的是，小说塑造了一位在保守与激进势力之间左右逢源的黑人知识分子，揭露了冠以权利平等的利己主义思想对族裔群体的侵蚀。"①《春季日语班》里对文化多元主义的审慎与批评姿态，"实际上向读者传递了一个类似的信息——提醒人们警惕差异/认同政治话语中的不平等思想以及各种装点门面的文化多元主义政治口号"②。

　　基于"文化多元主义"的故事情节，《春季日语班》中出现的多种语言体现了"最高程度上的后殖民文本对抗（最大程度地取消和挪用了英语语言）、非洲流散连接、多元文化诗学和全球主义"③。《春季日语班》中这些不同语言的使用呈现出异质话语并存的现象，也有研究者将其称作"杂语共生"现象。不同的话语形式通过不同方式交织、并置、交融、相互补充，在文本空间进行对话，形成张力，这种特征与巴赫金对话理论中的"共时性"话语特点有共通之处。各种语言之间保持着一种开放的、未完成的动态交流和即时对话，形成了别具一格的语言风格。

　　　　《春季日语班》中的不同的语言中渗透着不同的意识和观点。不同声音间的对话即不同意识和观念之间形成的一种相互对话和相互斗争的关系。小说由多种社会声音、意识和观念构成。这些不同的社会声音之间相互对话，相互斗争，从而生产出文本的意义。小说中的多声现象是对唯一权威的解构。从小说本身的形式来看，小说家容许各种声音进入自己的文本，这些不同的声

---

① 王丽亚：《里德与文化多元主义："新伏都"叙事艺术略论》，外语教学与研究出版社2018 年版，第 176 页。

② 王丽亚：《里德与文化多元主义："新伏都"叙事艺术略论》，外语教学与研究出版社2018 年版，第 213 页。

③ 参见蔺玉清《伊什梅尔·里德的"新伏都"多元文化主义研究》，知识产权出版社2015 年版，第 194 页。

音、不同的意识、不同的观念相互对话而形成一种多声部共存的状态，从而解构了单一声音的霸权。①

《春季日语班》中的多语言混合现象彰显出黑人口述传统的灵活性和重要性，指出黑人口述传统是黑人文化的重要根基之一，是黑人生活的精神支柱，也是美国黑人传统文化保持持续性和稳定性的重要方式，是确认美国黑人独立文化身份的重要坐标之一。对于美国黑人作家来说，在注重书面语言的西方坚持口头传统文化是美国黑人文化表达的特殊之处。口头叙事的开放式结构，动态变化，包容的、集体的、充满想象力的特点使它在某种程度上延续着美国黑人的文化表达。在使用语言方面，"里德努力地将他所期望的美国黑人美学与古老的方法/美学/历史相联系。通过伏都教的使用，达到了一定目的"②。

里德在其作品中极大地发挥了伏都教融合的特点，将各种语言形式并置：有标准英语、方言、暗语、新词、尾韵，大量使用英语情感词等。里德所使用的语言是：

> 一种创造性的、现代的语言，它的基本规则是从街头、流行音乐和电视中借鉴相关词语。里德的作品中出现这样的语言特征是常见的，他想让读者意识到流行文化对现代人的影响。通过有目的地使用源自不同领域的语言，里德创造出了一种对真实语言的文学模仿。有着非常特殊的讽刺效果。③

---

① 方小莉：《声音的权威：美国黑人女性小说的叙述策略研究》，科学出版社 2019 年版，第 29 页。

② Reginald Martin, *Ishmael Reed and the New Black Aesthetic Critics*, London：The Macmillan Press, 1988, p. 78.

③ Reginald Martin, *Ishmael Reed and the New Black Aesthetic Critics*, London：The Macmillan Press, 1988, p. 73.

通过多种语言的并置，里德对美国黑人文学传统做了形式上的修正和批判。《春季日语班》"以写实方式呈现的文化多元主义则相当于一种反转策略，揭示了文化多元主义在新保守主义与跨国资本主义合力下的机构化、符号化过程"①。通过借鉴伏都教的混杂性特点，里德在写作中试图将不同的文化融合在一起，借鉴、吸纳多种文化因素，使作品呈现出多元文化并存的特点。

通过在写作中继承和改造口头叙事传统，里德将口头叙述的灵活性和流畅性融合在书面文字中，创造出了新的文学类型。"不管黑人小说家们使用这些口头文学因素是为了情节的发展，主题的深化还是人物的塑造，或者文体的装饰，这些因素中所表达的悲伤和快乐都大大减轻了他们作为黑人所感受到的压迫，提升了他们灵魂的自由程度。"② 里德深谙黑人语言对美国黑人的精神滋养作用，将小说创作和美国黑人语言所要揭示的民间智慧和生存经验有机地联系在一起，从不同角度揭示美国黑人的艺术形式、生活方式及价值观，在反思历史和审视现实的过程中得到对未来的启迪。

伏都美学将美国黑人的艺术主张与政治诉求完美结合在一起。再读《春季日语班》，其主题"对全球化背景下国家民族关系的处理仍旧有重大意义，里德主张文化平等并且相互影响，劝诫美国应该通过正常的贸易和文化交流，而不是靠武器来寻找和镇压敌人，这些建议仍然可以运用到美国当今的政治和文化领域"③。里德通过《春季日语班》指出"单一文化主义的危害，再现了多元文化主义主题。里德成为小说文本里的一个人物，跨越了想象与现实的界限。里德深刻反思了20世纪80年代美国与日本的贸易战及其文

① 王丽亚：《里德与文化多元主义："新伏都"叙事艺术略论》，外语教学与研究出版社2018年版，第199页。

② Bernard W. Bell, *The Contemporary African American Novel: Its Folk Roots and Modern Literary Branches*, Beijing: Foreign Language Teaching and Research Press, 2007, p. 83.

③ 蔺玉清：《伊什梅尔·里德的"新伏都"多元文化主义研究》，知识产权出版社2015年版，第200页。

化和政治内涵"①。通过多种语言并置和混合使用的方法，里德从语言范畴发起了对白人语言及白人文化的攻击以及对白人经典文学传统的突破和颠覆，从而实现文化层面的狂欢，表现出各种文化形式的平等和融合。

美国黑人作家从伏都教中获取灵感，意识到了语言的特殊力量，通过在文学作品中使用多种语言的形式丰富了黑人文学的表现形式，赋予美国黑人文学作品独特的艺术魅力和不同寻常的审美效果。美国黑人作家在汲取主流社会白人话语精髓的同时，将自己的民族语言融入文学创作中，委婉地对白人主流文化进行抵抗和颠覆，表现对种族文化的认同和对话语权力的渴望。

---

① 林元富：《论伊什梅尔·里德后现代主义小说的戏仿艺术》，厦门大学出版社 2008 年版，第 V 页。

第三章 循环的伏都时间——开放性叙事结构

西方主流历史观认为历史是不断向前发展的，社会和文化是不断进步的，因此西方的时间观是线性的。但是，非洲约鲁巴文化中的时间不是平滑地向前延伸的平面，而是由无数节点互动形成的、共时存在的多维空间，过去、现在、将来可以共存，其特点是非线性、片段化和共时性。以约鲁巴文化时间观为代表的非洲文化极大影响了美国黑人作家的创作观念。他们的作品中经常出现时序错乱的现象，将不同时代、不同文化、不同人物并置在一起，文本突破了时间、空间的界限，作家挣脱了历史的枷锁，极大地拓展了叙事空间，丰富了小说主题。另外，美国黑人文学中时序错乱的叙事方式构成了独特的叙事张力，改变了现实与虚构的关系，质疑了主流文化中的历史和文化叙事，表达了美国黑人作家群体期待历史话语重写的愿望。

在西方人眼中，时间是直线状的，由一个长长的确定的"过去"，一个短短的充满各种可能性的"现在"和一个无限的"未来"组成。但是，在非洲黑人眼中，时间只有被经历过才是有意义的，才是真实的。因此，时间是一条长长的线段，开端是遥远的"过去"，终端是"现在"。在黑人的原始思想中，没有"未来"的概念，只有过去和现在。对非洲黑人来说，时间就是已发生的和正在发生的事件，就是"过去"和"现在"。"未来"的事件还未发生，不能经历和认识，不存在于他们的头脑中，因此不属于"时间"的范畴。在非洲黑人的观念中，时间是由"现在"向"过去"方向运动的，而不是投向"未来"。源于非洲文化的伏都教时间观也是"非线性"的、多重的、散点状的，甚至是循环的。"非洲的时间概念和死亡的意义与西方基督教中的观念是完全不同的。"① 非洲的时间观是非线性的、环形的，西方基督教的时间观是线性的。在基督教时间观中，时间可以被分为过去、现在和将来；在非洲人的时间观念中："一个长长的过去（zamani），一个作为过去的延续的现在（sasa）。时间是从 sasa 向 zamani 方向运动，而不是投向未来。人死后仍有自己的生活世界，并与生前的部落保持一定的联系，且直接影响着部落成员的生产和生活。"② 因此，在非洲人的时间观中，只有过去和现在。对于非洲人来说，"时间是向后的。人们并不为未来的事件所决定，而是取决于已经发生的事。未来是没有意义的，因为它和现在没有关系，也不存在于现实中。对于过去的重视是必需的，因为过去和永生相联系"③。

　　受伏都教时间观的影响，美国黑人作家笔下的人物塑造及叙事方式都不同于西方主流传统文学。美国黑人作家经常选择复杂叙事模式，挑战读者的阅读习惯，否定既定文学传统，改变传统书写模式，挑战主流媒体对美国黑人的传统认知模式。

　　在伏都教中，故事内容及讲述故事的方式都非常重要。伏都巫师通过讲述各个伏都神的故事，让信徒了解伏都神，信靠伏都神，同时

---

① Gloria Graves Holmes, *Zora Neale Hurston's Divided Vision: The Influence of Afro-Christianity and the Blues*, Stony Brook: State University of New York Press, 1994, p. 164.

② Vincent B. Khapoya, *The African Experience: An Introduction*, New Jersey: Princeton Hall, 1944, p. 57.

③ Gloria Graves Holmes, *Zora Neale Hurston's Divided Vision: The Influence of Afro-Christianity and the Blues*, Stony Brook: State University of New York Press, 1994, p. 164.

强调伏都教的发展历史。基于伏都教时间观，巫师们讲述故事的方式不是线性的、传统的，而是循环的、开放的。"作为一种文学方法，伏都教重新解释、重新创造，它的时间是非连续的、共时的，通过并置与它相对的，甚至相反的因素来揭示社会现实。"[①]

第一节　《他们眼望上苍》中"故事套故事"的叙事结构

传统的小说一般都是线性叙事结构，即讲述者根据故事发生的时间顺序讲述情节。但是，伏都教的共时观念消除了现实生活中过去、现在和未来之间的界限，是非线性的，甚至是循环的。美国黑人作家在创作过程中常体现出伏都教时间观特点，浓缩故事情节、拓展故事空间，将美国黑人民族的文化和历史在有限的文本中展现出来，丰富和深化了文本主题。

《他们眼望上苍》中，赫斯顿没有让全知叙述者从第三人称角度，根据时间的发展顺序来讲述珍妮的故事，而是让珍妮用倒叙的形式向自己的好友菲比讲述自己的故事。珍妮在讲述自己故事的同时插入很多身边人的故事，多条叙述线并置，打断了传统的线性叙事时间流。

经历过人生各种变故的珍妮从远处归来，在故乡人们的猜测和议论中径直回到自己的家，她没有和任何人打招呼，也没有和任何人交流。珍妮曾经的好友菲比不顾大家的议论和嘲讽，带着晚饭去珍妮家看望她，并与珍妮在门廊上促膝交谈。所有的故事在珍妮对菲比的讲述中徐徐展开，自然流畅，在有限的时间和空间结构中展现出整个黑人民族的苦难史及探索史。小说的叙事结构与黑人民间故事的叙述结构颇为相似：故事的主人公出于某个原因离家远行，在经历种种磨难

---

① Reginald Martin, *Ishmael Reed and the New Black Aesthetic Critics*, London: The Macmillan Press, 1988, p. 83.

和危险后胜利归来，并为听众讲述旅程中的故事。基于伏都教时间观和黑人民间口头叙述的特点，《他们眼望上苍》中即兴插入了几个或多个与主线相关的小的故事，形成较为复杂的镶嵌式故事结构。故事以珍妮的三次婚姻为主线，通过讲述珍妮追求爱情的过程，揭示她如何实现自我身份的追寻，最终获得精神的成长。整个叙事结构为"故事套故事"①的结构。

《他们眼望上苍》是以珍妮的三次婚姻为主线的，其中自然地镶嵌式插入了黑人社区其他女性的故事，从纵向和横向两个层面拓展了小说内涵，深化了小说主题。从故事情节来看：第一次婚姻的讲述中嵌入外祖母南妮的故事、母亲利菲的故事（图3－1）；第二次婚姻的讲述中嵌入波特家骡子的故事、门廊求爱的插曲、波格尔太太的故事、托尼·罗宾斯太太讨肉的故事；第三次婚姻的讲述中嵌入被情人抛弃的泰勒夫人的故事、特纳夫人的故事，整个文本的叙事呈现出"故事套故事"的结构。这种叙事结构极大地拓展了小说文本的时间

图3－1　"故事套故事"的结构（第一次婚姻）

---

① Dolan Hubbard, *The Sermon and the African American Literary Imagination*, Columbia：University of Missouri Press, 1994, p. 49.

和空间维度，将珍妮的故事与黑人民族的历史相联系，丰富且深化了小说主题。

珍妮的第一次婚姻是她与年老的黑人农夫洛根之间的婚姻。当外祖母南妮为珍妮安排第一次婚姻时，珍妮坚决反对。于是南妮向珍妮讲述了自己和珍妮母亲的故事。奴隶制下的南妮被自己的主人强奸，生下了混血的女儿，又遭到女主人的打骂和威胁，当女主人问她："黑鬼，你那孩子怎么会有灰眼睛和黄头发？"南妮对她说："我什么也不知道，只知道干让我干的事，因为我只不过是个黑鬼和奴隶。"①外祖母南妮的讲述让读者意识到奴隶制下黑人妇女所承受的多重压迫和多重剥削。奴隶制下的黑人女性不但要遭受种族歧视和性别歧视，还要承受来自白人奴隶主的性剥削。她们的处境着实让人同情和唏嘘。同时，南妮的故事也从侧面反映出白人妇女所遭受的不公平待遇。被背叛的白人妇女无法从丈夫那里讨回说法，只能把所有的怒气撒在黑人女性奴隶身上。白人女性在奴隶制下的无助和绝望也值得读者深思。作品中南妮的故事极大拓展了小说主题，将白人女性也纳入反抗性别压迫的队伍中来。

珍妮的妈妈利菲在整个故事中是"失声"的，她在整个故事和珍妮的成长中都是缺席的，她只存在于南妮的讲述中。利菲的故事揭示了奴隶制被取缔后所谓自由黑人妇女的命运，揭露了美国社会根深蒂固的种族主义及黑人女性受到的多重压迫和多重剥削。

> 女主人帮我培养她，就像对你一样。到了有学校可上的时候我送她进了学校，指望她能成为一个老师。可是有一天她没有按时回家，我等了又等，可她一夜未归。我提了盏灯四处问人，可谁也没有看见她。第二天早上她爬了回来。看看她的样子！那老

---

① 〔美〕佐拉·尼尔·赫斯顿：《他们眼望上苍》，王家湘译，北京十月文艺出版社 1998 年版，第 20 页。

师把她在树林里藏了一夜，强奸了我的宝宝，天亮前跑了。她才十七岁，可出了这样的事情！天哪！好像一切又重新出现在我的面前了。好久好久她才好起来，到那时我们知道有了你了。生下你后她喝上了烈性酒，常常在外面过夜，没有办法能让她留在这儿或别的什么地方，天知道现在她在哪里。她没有死，因为要是死了我会感觉到的，不过有的时候我真希望她已得到安息。①

作为二代混血的利菲虽然没有生活在奴隶制的社会中，但她的命运仍旧凄惨无比。美貌的利菲被自己的白人老师侵犯，怀孕。她自暴自弃，四处流浪。生活在奴隶制废除之后的利菲的经历与其母亲南妮的经历非常相似，也为珍妮的命运走向何处设置了悬念。通过珍妮祖孙三代的故事，《他们眼望上苍》一书讲述了自奴隶制至20世纪初期黑人妇女的经历和命运，拓展了小说的时间维度和空间维度。整部小说通过"故事套故事"的形式将珍妮的家族史展现在读者面前，使珍妮成为新一代黑人妇女的代表。

如前所述，伏都教时间观中只有现在和过去，在故事讲述中，基于"现在"开始讲述的珍妮的故事都是源自"过去"。故事的时间轴不是线性的，而是循环往复，甚至互相重叠的。《他们眼望上苍》中有明显的"故事套故事"，参见图3-2的叙事结构。以珍妮为主线的大故事中镶嵌或并置着小故事，通过这样的结构，叙述者不但讲述了珍妮的家族史，也讲述了黑人民族的历史，对小说情节的发展和主题的拓展起到了非常重要的推动作用。

珍妮的第二次婚姻是她与黑人乔迪的婚姻。第二次婚姻中的珍妮获得了外祖母南妮期望她获得的社会地位和经济保障。作为市长夫人的珍妮在其他黑人羡慕的眼光中守着精神上的孤独和寂寞。这一部分

---

① ［美］佐拉·尼尔·赫斯顿：《他们眼望上苍》，王家湘译，北京十月文艺出版社1998年版，第21—22页。

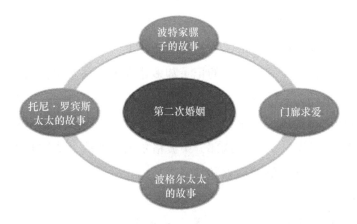

图 3 - 2　"故事套故事"的结构（第二次婚姻）

的讲述中也插入了其他故事。这些故事的出现似乎是"即兴"的，与故事主线没有太紧密的关系，但是，这样的叙事方式符合伏都教时间观，也符合黑人民间口述传统的特点，黑人读者在阅读的过程中感觉非常亲切自然。这样的讲述方式既适合黑人读者的阅读期待，也能激发白人读者的阅读兴趣，满足了"双重读者"的需求。

《他们眼望上苍》的前五章都在讲述珍妮的故事，但小说第六章讲述了波特家骡子的故事。全知叙述者指出，波特从不给骡子吃饱，却用鞭子威胁骡子干所有重活。整个社区的人都以那头瘦骨嶙峋的骡子为话题打趣波特，并不时捉弄那头骡子。珍妮很是同情那头骡子，却无能为力。财大气粗的乔迪为了讨好珍妮，也为了显示自己在社区和家庭中的重要地位，用五美元买下了骡子，为骡子准备了充足的饲料并让骡子在整个社区自由活动。但是，很快，获得自由的骡子就因为吃得太饱撑死了。为了博得众人的好感，乔迪和整个社区又为死去的骡子举行了隆重的葬礼。此处极尽渲染的骡子事件既为赫斯顿记录黑人民间习俗提供了机会，也暗示着珍妮当时的处境——虽然第二次婚姻中的珍妮衣食无忧，但她和波特家的骡子一样，在精神方面是贫乏饥渴、濒临死亡的。此处大费笔墨的骡子的故事也让读者想到赫斯顿的人类学作品《骡子与人》，将日常故事与伏都教研究相联系。

发生在珍妮第二次婚姻中的门廊求爱事件与故事主线也没有太紧密的联系，但门廊求爱游戏的记录却多达五页。赫斯顿在此处详细记录黑人社区的语言游戏，突出美国黑人极为出色的语言操控能力，为小说渲染浓烈的民俗气氛，反映了黑人生活的幽默和丰富多彩，有强烈的人类学色彩。另外，这部分中波格尔太太的故事从侧面表达了赫斯顿对黑人妇女价值的尊重和肯定。

> 她的第一个丈夫原来是个马车夫，为了能得到她，学了审判。最后他成了传教士，和她一直生活到去世。她的第二个丈夫在弗恩斯橘园工作，但当他得到她的青睐后就试图去做个传教士。他只当到讲习班的头头，但总算是对她的奉献，证明了他的爱情和自尊。①

此处，波格尔太太鼓励自己的两任丈夫成为传教士的细节反映出黑人妇女在家庭和社区中的重要性。故事中对于黑人妇女重要性的强调与伏都教中众神平等的概念相呼应。在伏都教中，所有的神都是平等的，人们不会因为伏都神的性别对他们的信仰有区别。主人公珍妮追寻自由和独立的精神历程也符合伏都教中的"自由精神"。

伏都教信仰承认伏都神的"不完美"，认为这样的神才是"接地气"的、值得信赖的。同样，赫斯顿所塑造的黑人形象也是性格迥异的，赫斯顿在《他们眼望上苍》中塑造了很多立体多维、有缺点有特点的黑人形象，如托尼·罗宾斯太太讨肉的故事。故事中的托尼·罗宾斯太太四处说丈夫的坏话，想要博得别人的同情。事实上，托尼·罗宾斯并没有像其太太所描述的那样坏。他努力工作，并把挣

---

① ［美］佐拉·尼尔·赫斯顿：《他们眼望上苍》，王家湘译，北京十月文艺出版社 1998年版，第 74 页。

来的钱全部交给妻子。但是，罗宾斯太太喜欢四处乞讨和赊账，她的目的很直接，就是想要存下最多的钱，用最少的代价获取最多的食物。同样，故事中的白人有凶残的奴隶主，也有热心善良的资助者。在《他们眼望上苍》中，赫斯顿并没有美化所有的黑人，也没有丑化所有的白人，而是将所有人当作真正的"人"来描述，客观真实地反映了美国南部农村黑人的生活，为读者提供了真实全面的图景。

图 3 - 3　"故事套故事"的结构（第三次婚姻）

珍妮的第三次婚姻是她与茶点之间的婚姻，是她找到真正幸福的平凡生活。因为珍妮比茶点年长十几岁，也因为珍妮前面已经有过两次婚姻，所以，珍妮在第三段婚姻中是不自信的。和茶点在一起的珍妮时而觉得甜蜜无比，时而焦虑不堪。珍妮会担心，会猜测，更会嫉妒。在珍妮与茶点的故事中穿插着被情人抛弃的泰勒夫人的故事，和有着强烈种族意识的特纳夫人的故事（图 3 -3），为故事的发展设置了悬念。

　　泰勒太太五十二岁时死了丈夫，留下很好的家和保险金……她的风流韵事，和十几岁或二十出头的男孩子的暧昧私情，她花钱给他们买套装、鞋子、手表之类的东西，他们想要的东西一到手就扔下她。等她的现款花光了以后小伙子"谁丢的"来了。

他斥责她的现任是个流氓，自己在她家住了下来。是他动员她卖了房子和他一起到坦帕去……"谁丢的"把她带到一条破败的街上的一所破败的房子里，答应第二天和她结婚。他们在那间房间里待了两天，然后她醒来发现"谁丢的"和钱都没有了。[1]

茶点比珍妮小十多岁，虽然相貌英俊但没有好的家庭背景，没有稳定的工作，而且喜欢赌博，敏感自傲。结婚后，茶点不愿意依靠珍妮的家产生活，他要求珍妮和他一起离开伊顿维尔，去大沼泽地工作挣钱。为了爱情，珍妮放弃了稳定优越的生活，跟着茶点奔赴未知的未来。珍妮的命运是否会和泰勒太太的一样？茶点是否真心？这样的问题促使读者继续阅读，期待故事的结果。

在珍妮与茶点的幸福相处中又穿插着特纳夫人的故事。在远离白人社会的大沼泽地，几乎没有种族之间的歧视和压迫，但还存在黑人内部的"肤色歧视"。特纳夫人是混血儿，她认为自己血统高贵，就排斥和歧视比自己肤色更黑的人。特纳太太因为混血的珍妮嫁给了黑皮肤的茶点而愤怒不已，认为珍妮亵渎了自己的肤色。特纳太太对珍妮说："你和我不同，我无法忍受黑皮肤的黑鬼，白人恨他们，我一点也不责怪白人，因为我自己也受不了他们。还有，我不愿看到你我这样的人和他们混在一起，咱们应该属于不同的阶层。"[2] 特纳夫人还因自己的肤色较白而将自己看作特殊的阶层："即使他们不把我们和白人归在一起，至少也应该把我们单独看成是一个阶层。"[3] 无法正视种族身份的特纳夫人歧视侮辱其他黑人，最终在其他黑人的排挤和孤立中离开了大沼泽地。在描写特纳夫人的"肤色歧视"时，赫

---

[1] ［美］佐拉·尼尔·赫斯顿：《他们眼望上苍》，王家湘译，北京十月文艺出版社 1998 年版，第 127—128 页。

[2] ［美］佐拉·尼尔·赫斯顿：《他们眼望上苍》，王家湘译，北京十月文艺出版社 1998 年版，第 151 页。

[3] ［美］佐拉·尼尔·赫斯顿：《他们眼望上苍》，王家湘译，北京十月文艺出版社 1998 年版，第 152 页。

斯顿用宗教来做比喻：

> 和其他虔诚的信徒一样，特纳太太为不可及之物，及一切人均具有白种人之特征，筑起了一座圣坛。她的上帝将惩罚她，将把她从极顶猛推而下，使她消失在荒漠中。但她不会抛下她的圣坛，在她那赤裸裸的语言背后是一种信念，即不管怎样她和别的人通过膜拜将能达到自己的乐园——一个直头发、薄嘴唇、高鼻骨的白色六翼天使的天堂。肉体上不可能实现这一愿望丝毫也无损于她的信仰。这正是神秘之处，而神秘事物是神的作为。除了她的信仰外她还有捍卫她的上帝的圣坛的狂热。从她内心的神殿中出来却看到这些黑皮肤的亵渎者在门前嚎叫狂笑，这太令人痛苦了。①

通过特纳夫人的故事，赫斯顿揭示了存在于黑人内部的问题。黑人中产阶级的观念异化导致黑人取得最后解放的斗争更加艰难。通过特纳夫人在黑人内部坚持的"肤色歧视"观点，赫斯顿指出："美国社会中体系化的种族主义、黑人社区中被异化的肤色意识等，都反映出西方意识形态中的隔离、控制、统治和恭顺，这与非洲文化中强调统一的和谐完全不同。"② 通过此处的描述，赫斯顿否定了白人世界中宗教的神圣性，批判了基于"肤色"特点的种族歧视的不合理性，也揭示出了黑人内部的问题，反映出黑人民族自我觉醒的开始。

在《他们眼望上苍》中，白人读者很难觉察到这种叙事方式是"来自佛罗里达的伊顿维尔的黑人女性赫斯顿最为熟悉并且用文字来描述的特殊黑人民间传统……这一特点主要是通过赫斯顿文本中插入

---

① ［美］佐拉·尼尔·赫斯顿：《他们眼望上苍》，王家湘译，北京十月文艺出版社1998年版，第156页。

② Gloria Graves Holmes, *Zora Neale Hurston's Divided Vision: The Influence of Afro-Christianity and the Blues*, Stony Brook: State University of New York Press, 1994, p. 182.

的对话、故事和事件来表现的"①。通过故事套故事的叙事结构，珍妮为读者讲述了几代黑人的故事，较为完整地描绘了美国南部的历史画卷，对美国黑人历史进行了质疑、修正和重建，解构了美国文化中的欧洲中心论。通过颠覆事实与虚构之间传统的二元对立关系，迫使读者重新思考历史现实。

为了讲述这个故事，赫斯顿使用了框架嵌入技巧：在情节方面，它打断了现实主义小说中线性叙述既定的叙述流；在主题方面，它使珍妮得以简单回顾、控制以及讲述自己的成长故事，而这个成长故事是个关键符号，意味着获得了深刻的自我理解。事实上，珍妮刚开始是个无名无姓的孩子，人们只知道她叫"字母表"，她甚至连照片上一个"有色的"自己都认不出来；到后来，她发展成了自己的自我意识故事中隐含的叙述者。

赫斯顿所使用的，源自伏都教时间观的"故事套故事"的叙事结构使整个文本"在结构的营造和内容的安排上表现出一种广博的兼收并蓄和大胆的综合"②。《他们眼望上苍》创新性地重构了一种叙事形式。利用伏都教的时间观描写了一个多重时空交错的美国社会场景，拓展了作品的表现力和丰富性，戏仿了传统历史叙事和文学文本。

> 故事套故事这种特别的叙述形式是否成功地将珍妮塑造成了一个最终了解了自己的能动形象，这一直是个有争议的话题。我不打算纠缠于这种毫无结果的争论，我认为这种巧妙的叙述策略使《上苍》得以表现它经常模仿的口语叙述形式，而其他叙述形式则做不到这一点……的确，在珍妮的被嵌入的故事中所效仿的每一个口语修辞结构都提醒读者，他或她在偷听珍妮给菲比的

① Maria Eugenia Cotera, *Native Speaker*：*Ella Deloria*, *Zora Neale Hurston*, *Jovita Gonzalez*, *and the Poetics of Culture*, Austin：University of Texas Press, 2008, p. 93.
② 宁骚主编：《非洲黑人文化》，浙江人民出版社 1993 年版，第 330 页。

叙述……这些游戏叙述，就其实质而言，每一个都是被嵌入的故事中所包含的故事，大部分是作为对修辞游戏的意指而不是作为推进文本情节发展的事件而存在。这些嵌入的叙述由大段的直接话语交锋所构成，它们实际上经常是情节发展的障碍。但同时也使多个叙述声音得以有机会控制文本，尽管也许不过是几页书上的几个段落而已。①

外祖母南妮用一种线性的方式讲述了她在奴隶制下的悲惨遭遇。相反，珍妮用环形的，或者说嵌入式叙述讲述了自己的故事。这个叙述把她的声音与一个全知叙述者的声音用自由间接话语融合起来。《他们眼望上苍》中的叙事结构反映了传统的非洲时间观，消解了现实与历史、生者与死者、过去与现在之间的界限。在"故事套故事"的叙事结构中，过去与现在并置，黑人通过了解自己的过去，尝试与整个民族的"悲痛记忆"和解，并获得自我身份的确立和精神上的成长。

另外，读者还应该注意到《他们眼望上苍》的"故事套故事"的结构中隐含的深层环形结构（图3-4）。珍妮在"一天的结束时"回到伊顿维尔，珍妮在"与茶点故事的结束后"回到故乡，但是，珍妮在外"旅行"的结束正是她讲述故事的"开始"。此处珍妮人生故事的暂时"落幕"是其回顾和讲述故事的开始。在珍妮的讲述中，珍妮"拒绝线性的时间，认可循环的'妇女的时间'"②。当菲比带着晚饭去看望刚刚回到故乡的珍妮时，珍妮正坐在房屋后面的台阶上："我正在泡脚，想解解乏，洗洗土。"③ 故事结束时，颇受启发的

① ［美］小亨利·路易斯·盖茨：《意指的猴子：一个非裔美国文学批评理论》，王元陆译，北京大学出版社2011年版，第215页。

② Caroline Rody, *The Daughter's Return: African-American and Caribbean Women's Fictions of History*, New York: Oxford University Press, 2001, p. 8.

③ ［美］佐拉·尼尔·赫斯顿：《他们眼望上苍》，王家湘译，北京十月文艺出版社1998年版，第5页。

菲比着急地想要回家，迫不及待地想与丈夫和其他人分享内心的体验和精神上的成长。与菲比告别后，"珍妮把结实的双脚在那盆水里搅了搅。疲劳已经消失，于是她拿毛巾把脚擦干"①。

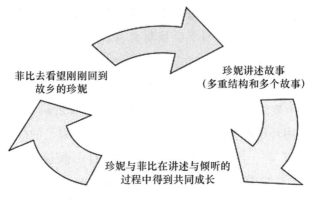

图 3 - 4　深层环形结构

这种前后呼应的环形故事结构使珍妮的人生故事开始于珍妮的旅程结束之时，而这次旅行不能简单地看作"时间上或空间上的，而应该是灵魂上和精神上的。此处的环形象征着持续和完满"②。环形是"非洲文化中生命过程的隐喻"③，这种环形的故事结构也赋予珍妮和茶点的故事新的含义。珍妮与茶点故事的结束在某种程度上象征着珍妮"新的精神生命"的开始。

通过珍妮的故事，赫斯顿重新阐释了生命与死亡的意义。在很大程度上，赫斯顿摒弃了传统的基督教观念。在其文本中替换和融入了她在人类学研究中颇为熟悉的传统非洲信仰。赫斯顿所

---

① ［美］佐拉·尼尔·赫斯顿：《他们眼望上苍》，王家湘译，北京十月文艺出版社 1998 年版，第 207 页。

② Gloria Graves Holmes, *Zora Neale Hurston's Divided Vision*: *The Influence of Afro-Christianity and the Blues*, Stony Brook: State University of New York Press, 1994, p. 169.

③ Sterling Stuckey, *Slave Culture*, *Nationalist Theory and the Foundations of Black America*, New York: Oxford University Press, 1987, p. 16.

使用的这种特殊结构不仅仅是一种艺术策略，而是一种不同于主流基督教，又不同于原始非洲的，真正属于非洲裔美国黑人的传统。[1]

珍妮的故事也因此成为真正属于美国黑人妇女的故事，成为个人寻求自我实现和自我肯定的代表。"赫斯顿的写作风格，不能说是没有瑕疵的，但是史无前例的、革新的、超越时代的。"[2]

第二节 《乐园》中的"百衲被"写作模式

作为获得诺贝尔文学奖的第一位美国黑人女性作家，莫里森的作品中潜藏着伏都教传统，与伏都教中兼收并蓄的特点相契合。莫里森在谈到自己创作《乐园》时曾经说：

> 我知道我不能按照年代顺序写，我的作品一向也不这么写。因为我认为虽然我们按照年代生活，但是我们的主观意识完全不是按时间思维的。每天我们不停地想起昨天或二十年前的事或未来的事。我们的思绪总是飘忽不定，一会儿计划未来，一会儿想起过去，一会儿又对某事后悔不已。因此，我想本书也应该如此。[3]

《乐园》是莫里森 1993 年获得诺贝尔文学奖之后创作的第一部长篇小说，因此备受学界关注。与之前的作品相比，《乐园》的叙事

---

[1] Gloria Graves Holmes, *Zora Neale Hurston's Divided Vision*: *The Influence of Afro-Christianity and the Blues*, Stony Brook: State University of New York Press, 1994, p. 169.

[2] Wendy Dutton, "The Problem of Invisibility: Voodoo and Zora Neale Hurston", *Frontiers*: *A Journal of Women Studies*, Vol. 13, No. 2, 1993, p. 136.

[3] 王晋平：《论〈乐园〉的叙述话语模式》，《武汉大学学报》（人文科学版）2002 年第 5 期。

模式更为精巧细致，莫里森的写作风格更为成熟。《乐园》与《宠儿》和《爵士乐》一起构成了梳理美国黑人百年历史的宏大篇章。与《他们眼望上苍》中的时间观一样，《乐园》中的同一事件由不同的人物来讲述。五位女主人公的讲述互相补充，互相交织。故事发展的时间不是线性的，而是循环和重叠的。通过这样的时间设计，那些看似只存在于黑人社区的问题，最终折射出整个美国的问题。

《乐园》共有9个章节，两条故事线索，一条以黑人居住的鲁比镇为中心，一条以不同肤色女子混居的修道院为中心。小说中鲁比镇中居民的祖先原来是密西西比州和路易斯安那州的黑人奴隶，为了寻找梦想中的乐园，1890年，他们在黑人领袖摩根的带领下长途跋涉，向西部拓展，途中遭遇白人和浅肤色黑人的各种歧视、排挤和拒绝。后来，历尽艰辛，终于在废墟上创建了黑文镇，这个名字的发音非常像英文中"天堂"（Heaven），表达了黑人美好的愿望，他们希望在这里，没有种族歧视，没有剥削压迫。这个镇子里的居民都是黑人，是以家族为核心发展起来的封闭小镇。小说中的摩根一家从爷爷撒加利亚到双胞胎兄弟第肯和斯图亚特，都在小镇中有着非常重要的地位。摩根家族不但可以影响小镇的各种决策，还垄断了小镇里的各个行业，将小镇的人控制在自己的权力范围内，逐渐成为另一种形式的"统治者"。

自从镇子建立以来，这里的黑人就过着故步自封的生活，他们保持着自给自足的自然经济，有自己的商店，有自己的集股银行。这里没有公共交通，没有外来游客，连白人的法律也对他们无可奈何。有趣的是，饱受种族歧视和各种压迫的鲁比镇黑人非常排斥白人和浅肤色的黑人，出现了另一种形式的"种族主义"。随着社会的发展，到了1949年，鲁比镇上出现了来旅游的白人，这让封闭的鲁比镇人惊恐不安，他们拒绝接受外来文化，拒绝任何变化和干扰，他们希望恢复到过去的封闭状态。但是，随着社会和经济的发展，鲁比镇里白人出现的频率越来越高，这让鲁比镇的"统治者"们苦恼不已。

离鲁比镇不远处有一个女修道院，这两个空间本来和谐相处，相安无事。但是，与全是黑人的鲁比镇不同，女修道院是一个不同种族、不同阶级、不同年龄的女人的混合体，其成员包括白人、黑人和混血，来自不同的阶级。最初，鲁比镇的人对女修道院持漠视的态度，两个集体在很长时间里毫无交集。但是，随着鲁比镇逐渐出现反常现象，如青年女性未婚先孕、新娘在新婚之夜逃跑、畸形儿接二连三地出生、兄弟两人因为争风吃醋举枪相见、母女两人因为同一个男人争风吃醋、年轻人不再遵循传统习俗、男人与修道院的女人纠缠不清、成双成对的秃鹫飞过小镇、在离修道院不远的地里发现了白人的尸体……鲁比镇的男人开始思考这些问题的源头。他们固执地认为是修道院中那些离经叛道的女人们带来了不良风气，是女修道院完全不同的生活理念和生活模式给鲁比镇带来了冲击和威胁，使鲁比镇多年的"乐园"受到威胁，他们坚持认为："与这一切大灾难相关联的一件事就是在女修道院中。而在这女修道院中的就是那些女人。"① 于是，鲁比镇的黑人们决定带着枪和绳子血洗修道院，希望可以通过这样的方式摆脱厄运，回到过去。

在故事的讲述中，莫里森打破了传统的线性叙事方式，委婉否定了西方时间观，采纳了伏都教的时间观，采取倒叙的方法。小说一开头就描述了修道院被血洗的惨状，然后通过不同人物的不同回忆逐渐展开对这一事件的讲述。不同人物从不同视角对同一事件进行了补充，最终呈现给读者的是较为完整的故事样貌。

表 3 - 1 章节信息

章节	题目	特征	备注
1	鲁比	黑人女性；病逝	女人名；小镇的名字
2	玛纳斯	无意中使两个孩子死在车里	女人名

① ［美］托妮·莫瑞森：《天堂》，胡允桓译，上海译文出版社 2005 年版，第 11 页。

章节	题目	特征	备注
3	格蕾丝	对外界的种族冲突充满恐惧	女人名
4	西尼卡	私生女；被强奸；自残	女人名
5	第外因	新婚之夜逃跑；孩子死去	女人名
6	帕特莉莎	被爱人背叛；出车祸；被强奸	女人名
7	康瑟蕾塔	修道院院长	女人名（安慰者）
8	娄恩	曾经是接生婆	女人名
9	拯救－玛丽	已夭折（意为恳求或哀悼）	死去孩子的名字

　　小说中每个章节的标题都是女性人物的名字，这些不同人物的故事跨越了四代人，穿过 100 多年的时间（表 3 - 1）。这些章节标题既回顾了黑人民族的历史，强调了黑人女性在社区中的重要地位，也抨击了黑人民族内部的父权制和夫权制。小说的每个章节之间相互独立又相互联系，同一个故事在不同人物的讲述中逐渐展开。这种看似随意的拼凑实则为精心设计的叙事结构，整体上和谐统一，与黑人文化中的"百衲被"文化有异曲同工之处，而"百衲被"的本质与伏都教的杂糅性和混合性是一致的。

　　"百衲被"是美国黑人文学中特殊的文化意象，既承载着非洲文化传统，又具有女性文化特色。美国当代著名女性主义批评家伊莱恩·肖瓦尔特在其专著《姐妹的选择：美国妇女文学的传统和变化》（*Sister's Choice*：*Tradition and Change in American Women's Writing*，1991）一书中探讨了了"百衲被"的历史发展、美学意义及"百衲被"这一文化现象对女性文学尤其是女性文学中小说形式和结构的影响。

　　根据肖瓦尔特的介绍，缝制"百衲被"最初源自欧洲，后来随着移民被带到美洲。因为早期殖民地艰苦的生活条件，"百衲被"成为一种必需品，人们早期主要是利用废旧布料缝制被子来御寒。在后来的发展中，缝制"百衲被"既是一种现实生活需要，也是一种女性传统文化。在奴隶制时期，"百衲被"也有着传递信息的作用，在当时营救奴隶和协助奴隶逃亡的"地下铁路"（Underground Railroad）① 组织内有着非常重要的意义。"百衲被"上经常隐藏着逃亡路线图、逃亡人员情况等重要信息。这样的传递方式非常隐秘，白人奴隶主很难发现，即使发现也很难解读。

缝制"百衲被"是一种特殊的、独属于女性的手工工艺。当时的女性将旧衣服或其他废旧布料收集起来，选取不同颜色、不同材质的碎布，根据自己的想象和喜好自由设计图案，再将这些碎片一块一块地缝在一起，拼成完整的图形，缝制出独具一格的"百衲被"。19 世纪末期，美洲大陆上有这样的传统：所有的女孩子都要学会缝制"百衲被"。一般来说，女孩子在 15 岁生日时要缝制出第一床"百衲被"，在订婚时要缝制出更多的"百衲被"作为未来的嫁妆，在结婚时要用家里可以负担的最好的布料缝制出结婚用的被子。而"婚被"的缝制是由其女性亲属和其他在本社区具有重要地位的女性集体参与完成，这种形式被称为"缝被聚会"（quilting bee）。美国黑人女性经常借助这样的聚会一起设计，一起工作，黑人女性在缝制中交流感情、相互学习、彼此帮助。缝制"百衲被"为黑人女性发挥想象力和创造力提供了机会，"缝制衣物可以帮助人们彼此之间建立联系，对于家庭关系尤其如此"②。

在缝制"百衲被"的过程中，缝被子的人及被缝制的材料都没

---

① 所谓的"地下铁路"并不是真的存在于"地下"，也不完全是"铁路"，而是较为抽象的概念。是 19 世纪美国南方黑人奴隶在同情者和废奴主义者的帮助下，由南方的蓄奴州向北方的自由州逃离的一系列道路网络的统称，其方式包括铁路、公路和水路。这里的"地下"指的是这些路径的秘密性，之所以将其称作铁路，是因为这个时代正好是铁路大发展的时代。地下铁路虽然路径众多，但最主要的有三条：西线是从新奥尔良、小石城和莫比尔等地出发，沿着密西西比河北上，抵达五大湖地区，并可通向英属的安大略地区；东线是从佛罗里达、亚特兰大等地出发，沿着阿巴拉契亚山北上，最终抵达波城和纽约，并进而连接英属的魁北克地区；海陆则是从萨凡纳、查尔斯等南方沿海城市出发，从海上抵达纽约和波士顿等北方港口。

② M. Teresa Tavormina, "Dressing the Spirit: Clothworking and Language in ' The Color Purple' ", *The Journal of Narrative Technique*, Vol. 16, No. 3, 1986, pp. 220 – 230.

有从属、没有等级，这一社会行为肯定和尊重个体差异、民族差异、文化差异。随着"百衲被"的流行和其社会文化意义的重要性被逐渐挖掘，人们意识到"百衲被"既有实用价值也有审美价值，更是传递和延续民族文化传统的主要载体。"百衲被"的缝制在美国社会、家庭和文化中都占有重要地位。需要指出的是，"百衲被"在缝制过程中不但体现了黑人民间艺术传统，也反映了包括印第安传统艺术等文化在内的其他传统，这就使"百衲被"这一文化概念跨越了种族、地域和阶级的局限，成美国女性主义写作实践的一个重要隐喻，"它的美学意义在于打破中心与边缘的对立，因为任何一块碎片都是整个被子中不可或缺的部分"[①]。"百衲被"体现了美国黑人女性作家对其他文化的认同，也是一种多元文化主义的象征。"百衲被"所蕴含的文化意义与伏都美学中的多元文化主义主张不谋而合，成为美国黑人女性写作的重要特点。

如前所述，"百衲被"是一种用多种不同形状、不同颜色的破旧布料拼接而成的被子，结实耐用且寓意美好。生活在奴隶制下的美国黑人妇女没有足够的食物，也没有足够的生活用品，但她们有灵巧的双手和丰富的智慧。随着历史的演变，"百衲被"的做工也越来越精美，价格越来越昂贵，意义越来越丰富。"百衲被"不仅是妇女团结的象征，也是黑人民族文化传统和艺术的象征。美国黑人妇女赋予"百衲被"新的生命和意义：

> 她们在缝制被面时所采用的图案大多源自非洲文化传统，从内容上颠覆了白人文化形式，同时被面图案的设计也反映了黑人女性对生活的体验和美的追求，因此，在黑人女性主义者眼里，百纳被成了颠覆白人文化中心和黑人父权制的文本。此外，一床

[①] 龚玲：《碎片的消融：〈宠儿〉的"百纳被"审美研究》，《广东外语外贸大学学报》2012 年第 3 期。

被面通常由多个家庭成员的衣料拼成，因此黑人女性的百纳被又常常被视为一部黑人历史，在许多黑人女性作家的笔下，它不仅记录了黑人女性的奋斗历程，而且也记录了整个黑人家族的历史。①

南北战争以后，随着工业技术的发展，特别是缝纫机的使用，手工缝制的"百衲被"逐渐蜕变为黑人女性文化传统的一部分。20世纪四五十年代是"百衲被"的衰落时期。但是，到了20世纪60年代末期，随着妇女解放运动的高涨，"百衲被"得到文化和美学领域内的复兴。艺术批评家露西·利帕德（Lucy Lippard）指出："自从1970年左右女权主义的新浪潮开始以后，'百衲被'就成为了妇女生活、妇女文化的基本视觉隐喻。"② 对于美国黑人作家而言，"百衲被"不仅是妇女团结的象征，更是民族文化遗产的标志。到了现代社会，"百衲被"仍旧被看作友谊、创造和分享的象征。因此，美国黑人作家在写作中模仿和借鉴"百衲被"的美学特征，将"百衲被"所蕴含的多元文化主义及兼收并蓄的特征反映在文学创作的各个环节，丰富了美国黑人文学创作的形式和内容，提升了美国黑人文学创作的质量和地位，并隐喻性地在黑人传统文化与伏都美学之间建立了内在联系。

对妇女文学来讲，缝制百衲被的过程就像写作的过程。缝制百衲被涉及艺术创作的四个阶段：首先要选择所需材料的色彩和面料，并将选好的布料剪成几何形状的小块；第二步，把这些小块按照一定的模式缝合成较大的方块；第三步，把大方块缝合成一个整体的图案，这个图案通常是传统的图案，它有一个名称，

---

① 曾竹青、杨帅：《〈戴家奶奶〉中百衲被的黑人女性主义解读》，《湖南科技大学学报》（社会科学版）2008年第2期。

② 参见张峰、赵静《"百衲被"与民族文化记忆——艾丽思·沃克短篇小说〈日用家当〉的文化解读》，《山东外语教学》2003年第5期。

表明了它在地域、政治或精神上的含义；最后把它缝在褥子上并在周边加上一定的花纹。写作的过程与缝制百衲被的过程颇为相似，要先选择题材，然后措辞、造句、布局，按照一定的主题和结构，运用种种艺术技巧和手段写出一部完整的作品。[1]

《乐园》中，莫里森通过不同人物的视角讲述了鲁比镇的历史和现实问题。一个章节经常出现多个人物，多个视角，每一个人物都是叙述者，叙述内容在过去和现在之间跳跃，各种事件在不同人物的讲述中逐渐清晰完整，读者看到了一部简写的美国黑人历史，如在第五章里出现了一段牧师主持婚礼时的大段祈祷文，接下来是不同人物的内心独白，鲁比镇的现状在这些人物的内心独白中逐渐被揭示出来。随着小说情节的发展，与鲁比镇共时存在的女修道院也在不断变化：

> 女修道院的成员在不断增加，集体在不断变化……修道院的变化不仅是增加了成员，而是每个成员带来了不同的历史、不同的声音。事实上，历史与集体从来都是相互建构的。集体与个人不断创造历史，丰富历史；同时集体和个人又因历史或在自我创造的历史中不断得到定义从而构建自己的身份。[2]

女修道院的历史与鲁比镇的历史相互交织，相互补充，将美国黑人历史与其他种族的历史并置，增加和丰富了文本的内涵和意义。

《乐园》的情节支离破碎，时间和空间并置，叙事角度多样化，人物形象多元化，人物关系复杂，几乎所有的故事都呈现出碎片状特征，但是，这些碎片之间又有着千丝万缕的联系。《乐园》的故事碎

---

[1] 程锡麟、王晓路：《当代美国小说理论》，外语教学与研究出版社 2001 年版，第 168 页。

[2] 方小莉：《声音的权威：美国黑人女性小说的叙述策略研究》，科学出版社 2019 年版，第 199 页。

片散落在文本的各个角落，通过不同人物的历史记忆将这些碎片之间的关系逐渐呈现在读者面前，召唤读者参与小说创作，在阅读的过程中充满挑战，在过去、现在和未来的时空中交错，在碎片中梳理出整体，在断裂中寻求弥合，突出了美国黑人女性所遭受的种族、性别、阶级、宗教等多重压迫，批判了男权主义、父权主义和黑人内部的狭隘民族主义。

《乐园》中不同叙述人讲述的故事就像一块块五颜六色的布片，形状各异、材质不同，但在莫里森的精心缝制下，组成了一床独具匠心的"百衲被"。莫里森将叙事文本打碎的用意就是希望读者可以按照自己的理解重新组织故事情节，甚至重新创作故事内容，实质性地参与文本创作，完成故事在读者层面的再次创作。"在阅读的时间轴上，这种叙事的破碎将打破读者传统阅读经验的连续性，并增加阅读的难度。但是，读者在破碎的叙事文本之间留出的空白却为读者重组小说结构留下了无尽的想象空间。"① 由此可见，莫里森创造性地采用了"百衲被"工序中的剪切、缝合、拼接等手法，就如选取和裁剪"百衲被"花色各异、质地不同的布块一样，故事情节在被选取之后按照作者的构思，被分割为不同单位的叙事碎片。在读者能动思维的参与下，这些破碎的叙事单位又被组合为具有作者和读者双重创作思维的叙事模块，最后整体呈现为具有独特主题的整体文本，成为一床具有叙事多重视角与多声部特质的、花色独特、寓意丰富的文学"百衲被"。

通过《乐园》中的"百衲被"形式，莫里森对美国社会中的各种问题进行了反思，涉及黑人社会生活的不同方面。《乐园》中的故事或来源于现实，或改编自历史事件，不同性别、不同年龄、不同身份的黑人揭示出不同时代、不同群体的物质生活和精神世界。整部小说的叙事模式拒绝完整性和连贯性，不具有明显的开头、高潮和结

---

① 庞好农：《非裔美国文学史（1619—2010）》，中央编译出版社2013年版，第352页。

尾，表现出反情节的倾向。整部作品结构松散凌乱，人物叙事虚实交替，看似逻辑混乱，但一直围绕着主要线索展开。读者和小说中的人物及情节保持着一定距离，需要读者阅读时的积极参与。这种叙事方法的特点是作者提供材料，读者提供想象空间和建构逻辑后互动而成的动感叙事。在这部小说中，"百衲被"的叙事方法不但填补了各个章节之间的意义空白，也为小说众多叙事人提供了多元的叙事空间。不同人物的身份通过其他人的叙述逐渐明晰起来，就如莫里森认为的那样："个人身份依靠集体身份，与集体不可分割。个人身份必须通过社会关系来建构。"①《乐园》中，莫里森站在种族的高度建立了一个故事讲述模式，为美国黑人群体和黑人文化的发展寻求新的生存空间和发展空间。莫里森作品中的"百衲被"给读者这样的启示：在破碎中求融合，在多元中求和谐，努力保持文化的多样性和统一性平衡。

> 莫里森通过百衲被的形式把历史空间以一个个生活横截面的形式艺术地展现在读者面前，把生活中的色彩、旋律、节奏、意境和氛围等非情节因素都用平行插入或多声部配合的方法，来来回回地切断了同时发生的若干不同行为，打破和取消了时间的顺序，突出和强调了原本叙述中前承后继的时间性所难达到的共时性效果，迫使读者埋头于这些纷杂的细节中，不得不参与情节和细节的组合。②

于是，读者不仅是文本的被动接受者，还是文本的主动创作者，读者的阅读和思考就是文本的再创造过程。《乐园》因此成为"疯狂的百衲被……故事的时间前后跳跃，呈现多层面特点，并富含神话意

---

① Lisa Cade Wieland, "Community", in *The Toni Morrison Encyclopedia*, Elizabeth Ann Beaulieu, ed., Westport: Greenwood Press, 2003, p. 83.
② 焦小婷：《文本的召唤性——小说〈宠儿〉的写作艺术初探》，《河南大学学报》（社会科学版）2002 年第 6 期。

义。总之，疯狂的百衲被故事比线性结构，或在某种程度上趋于现实主义的小说更具有隐喻和象征意义"[1]。

《乐园》中通过特殊叙事方式讲述的悲剧故事使鲁比镇成为美国社会的缩影，"影射了美国人种族观念中的血统优越论、历史观念中的上帝选民意识、逻辑思维中的二元对立、自我意识中的自高自大"[2]。通过"百衲被"的形式，《乐园》为读者展现出集体的历史和个人的历史。鲁比小镇和修道院成为彼此独立又彼此联系的两个集体。通过个人历史的讲述，读者看到了集体的历史：

> 一个集体的历史包含不同的个人历史，有的历史得到书写，有的历史却被抹去。然而，不同的历史总会有不同的方式保存下来，从而影响到集体的身份建构。同时，对于同样的历史，也会有不同的阐释，从而显示了历史的多样性和兼容性……集体的历史不断得到重新书写，而集体的身份也不断得到重新建构。[3]

"百衲被"式的叙述方式解构了文本中的"唯一性"，读者们听到了对同一事件的不同叙述，同一集体中的不同声音，给读者的深刻启示是：一个社会最终要达到和谐，必须是一个可以兼容各种声音、各种利益以及各种观点的集体。这一主题与伏都美学的本质完全吻合。

通过以莫里森为代表的美国黑人作家的继承和演绎，缝制"百衲被"从黑人女性日常生活中一项普通的家庭活动转化为代表美国黑人文化和民族身份的隐喻，体现出美国黑人优秀的民俗文化、独特

---

[1] Claudia Tate, ed., *Black Women Writers at Work*, Harpenden: Oldcastle Books, 1983, p. 176.

[2] 陈法春：《〈乐园〉对美国主流社会种族主义的讽刺性模仿》，《国外文学》2004年第3期。

[3] 方小莉：《声音的权威：美国黑人女性小说的叙述策略研究》，科学出版社2019年版，第208页。

的审美情趣和"求同存异"的核心价值观。通过莫里森的作品，读者了解到了黑人女性从裁剪、设计、拼贴到缝制的一整套过程，美国黑人作家就如工作中的黑人女性一样，发挥出惊人的想象力和创造力，提炼出一整套真正属于自己民族的独特美学思想，增强了小说的可读性和深刻性，促使人们深思如何建立真正的"乐园"，拓展和深化了小说主题。

通过《乐园》，"莫里森指出，包容、并进才是全体美国黑人的共同道路。黑人民族只有克服了自身的狭隘性，才能赢得民族的解放；只有融合与尊重，超越种族和性别的人间乐园才能真正建立"①。通过不同的叙事声音和叙事角度，莫里森强调了集体的兼容性和集体的动态发展。与同时代的其他作家相比，莫里森更重视集体不断构建的过程。莫里森期望富有兼容性的集体，"能够容纳不同的声音，不同的历史及不同的成员。他们之间的声音、故事、利益在这个集体中不断得到协商，从而不断赋予这一集体以新的意义，新的身份"②。《乐园》中"百衲被"的写作方式非常巧妙地解决了叙述难题，通过莫里森的精心"缝制"，那些破碎的、断续的故事片段被"缝合"在一起，组成一个完整的故事，最终在最浓缩的空间里拓展出最广阔的时空，展现出最完整的画面。

通过"百衲被"的写作形式，《乐园》描绘了一幅丰富多彩的黑人民族社会画面，显示了百年来的美国文化历史社会发展的过程。莫里森对"百衲被"美学特征的借鉴表明了她对文化多样性的追求，对主流文化霸权的解构，对主体与客体、自我与他者、白人与黑人等二元对立的超越，对民主、平等、自由、和平思想的渴望，对实现人类同一性的向往。

---

① 王春晖：《莫里森〈乐园〉中的黑人女性主体意识》，《外语教学》2011 年第 3 期。
② 方小莉：《声音的权威：美国黑人女性小说的叙述策略研究》，科学出版社 2019 年版，第 200 页。

在黑人女性作家的笔下，"百衲被"虽是黑人女性日常生活中的一项普通手工艺活动，但因其特殊的文化内涵而成为黑人女性集体的文化坐标，展现了黑人的民俗文化、审美情趣和核心价值观，黑人女性从裁剪、设计、拼贴到缝制这一过程中发挥了惊人的创造力、缔结了珍贵的友谊，也用特殊的方式书写了自己的美学思想，因此，"百衲被"是属于整个黑人民族的文化遗产。在"百衲被"上，过去与现在、痛苦与欢乐在这上面交汇，形成了一幅绚丽多彩的画面。它是平和的，不愿去征服任何人和事。它是开放性的，不仅能缝合同质的价值观，也能容纳异质的人生。它所代表的理念是美国黑人克服现实生活中的种种困难的力量源泉，也为世界提供了另外一种有价值的世界观。①

《乐园》中"百衲被"式的创作，使现实世界与虚幻世界交织、历史与现实交织、梦境与想象交织、过去与现在甚至未来交织，时间与空间的界限完全被打破，拓展了文学表达空间，丰富了文学表达意义。"百衲被"成为黑人社会的地图及记录不同时期的历史文本，具有丰富性和多样性。"百衲被"美学特征与伏都美学特征相互呼应，成为美国黑人文学中最独特、最富有表现力的方式。这种隐藏的美学特质深化了文本的主题：只有容许文化多元性并保持团结一致才能获得整个民族最后的解放和胜利。

美国黑人作家从伏都教中获取创作灵感，从"百衲被"中借鉴方法在叙事结构方面进行大胆革新，将黑人文化传统与文学创作相结合，否定和挑战主流叙事文化，强调叙事的流动性和不确定性。美国黑人文学大多通过循环、反复的多重叙述声音对事件进行多重阐释，以揭示事件本身、推进情节发展。这些小说的结构就像打破后被重新拼接

---

① 曾竹青、杨帅：《〈戴家奶奶〉中百衲被的黑人女性主义解读》，《湖南科技大学学报》（社会科学版）2008 年第 2 期。

的黑色玻璃，线性叙事时间完全被消解，故事情节的叙述也是随机跳跃。这样的创作方式虽然增加了阅读难度，但拓展了文本的广度和深度。

现当代美国黑人文学作品经常呈现出无处不在的碎片：物体碎片、身体碎片、精神碎片、家庭碎片、社区碎片等，在故事讲述的过程中又展现出缝制碎片的可能和希望。美国黑人作家用叙述碎片为黑人民族求声音、求生存、求在场；用历史碎片为他们求自尊、求自信、求未来。不同作家笔下不同的故事就如"百衲被"上不同的碎片，从不同角度展示了黑人民族社会的不同方面，所有的碎片缝合在一起后将谱写出一部完整的美国黑人的史诗，描绘出一个丰富多彩的黑人民族社会画面，展示了百年来美国黑人文化历史社会发展的进程。正如贝克指出：

> 一条百衲被，是将一块块从旧的外衣、破烂的制服、破旧的棉袄等衣物上取下的碎布片，经过辛苦的劳动和感情的投入缝制而成的。它象征了非洲移民作为一个整体的精神状态……传统非洲文学因为欧洲奴隶贸易的存在而散落在新大陆的各个地方。缝制百衲被也逐渐成为黑人妇女的民间艺术……那双白天为主人缝制固定款式的被子的手，在晚上，在奴隶居住的小屋中，变成了富有艺术创造力的手。缝制百衲被为美国黑人妇女提供了一种共同将碎片组合成整体的经验。那些处于社会边缘的、源自日常生活的故事也是在这一缝制的过程中被发现和讲述的。在许多方面，美国黑人妇女缝制百衲被就如同造物神的工作，他们将碎片和遗骸变为富有生命的新事物。①

根据美国黑人批评家的观点，真正的写作是没有等级差异的，"它要求打破等级制度，把所有材料组成多个中心，使各种因素均匀

---

① Houston A. Baker, Jr., and Charlotte Pierce-Baker, "Patches: Quilts and Community in Alice Walker's *Everyday Use*", Henry Gates, ed., *Alice Walker: Critical Perspectives Past and Present*, New York: Amistad, 1993, p. 309.

地展现出来而无突出的位置或时刻"①。因此，美国黑人文学也一直呈现出矛盾、分散、多元化的趋势，"百衲被"成为美国黑人文化身份和民族身份的中心隐喻。"百衲被"美学与伏都美学兼收并蓄的特点相吻合，成为美国黑人文学传统中不可分割的一部分：

> 百衲被的写作方式包容异己、尊重差异、消解中心、在碎片中求完整、在断裂中求弥合等喻义涵盖了现代社会对性别、种族、阶级、文化等内容的关注。它不仅改变和丰富了人们对行为、目标和个人创造力的理解，同时强化了形式与内容，媒介与意义，碎片与弥合的动态关系。②

第三节　《芒博琼博》中的"后现代"拼贴艺术

20世纪50—60年代，随着全人类进入后现代社会以及现代科技和信息产业的迅速发展，人类以往的思维模式和表达方式正在被逐渐解构和颠覆。后现代主义急迫地想要打破现代主义所设置的各种规矩和界限，进入一个多元的、不确定的、非传统的世界。简单地说，后现代主义是对现代主义的否定和批判，也是对人类认知模式的又一次挑战和突破。后现代主义作为一种认知范式是在第二次世界大战之后出现的文化现象。后现代主义反对用一成不变的单一逻辑、思维原则及普遍认同的规律和模式来呈现、说明和改造世界，它提倡变革和创新，主张多元性、丰富性和开放性，包容差异与个性，尊重并接受形式多样的社会思想、生活模式及文学形态。相对于传统文学而言，后现代主义文学无论从思维、内容、语言还是表现形式和艺术体裁上都

---

① 程锡麟、王晓路：《当代美国小说理论》，外语教学与研究出版社2001年版，第169页。

② 焦小婷：《多元的梦想——百衲被审美与托尼·莫里森的艺术诉求》，博士学位论文，河南大学，2006年，第11页。

比现代主义文学更具有反叛性和颠覆性，在解构和颠覆传统艺术模式和内容的同时重建独特的艺术特色。同理，后现代主义文学反对凝固、僵死的写作模式，尝试打破文学与非文学的界限，使作品出现非审美化、非文学化的倾向，从而形成了后现代主义文学的共同特点。后现代主义文学的所有特点与伏都美学所倡导的自由平等、多元开放等特点遥相呼应。美国黑人作家在创作过程中将伏都美学与后现代文学特点相结合的方式，呈现出了独具特色的文学形式。

里德是美国黑人文学中最具特点的后现代主义作家，他深受后现代主义思潮的影响，同时接受伏都教文化中各种因素，解构线性叙事传统，消解立体人物形象，颠覆稳定的深层叙事结构，在解构传统文学模式的过程中构建出了特殊的文本世界。里德的作品不具有传统小说的开头、高潮和结尾，故事中的大部分内容以碎片状呈现。

> 里德的小说充满拼贴和断裂式叙述、爵士乐式的即兴情节、伏都教暗语、黑人土话和标准英语相融合的叙事话语、时空颠倒、逻辑混乱、历史与虚构、神话与想象、戏仿与讽刺等相结合的特色……里德的戏仿植根于黑人与亚文化传统，又具有典型的后现代主义特征。里德意在重构以亚文化为中心的多元文化主义体系。①

里德作品中的拼贴特点最为明显。这种"拼贴"特点与伏都教中兼收并蓄的特点非常相近。汉语中所说的"拼贴"其实是法语词"collage"或"pastiche"翻译而来，原意为"粘贴"，在英汉词典中解释为"拼贴画"，指由纸片、布料或照片等粘贴在一个平面上所构成的图画。拼贴原本是一种绘画技巧，在 20 世纪初由毕加索和布拉克等人发展成为立体主义的一个重要分支：

---

① 林元富：《论伊什梅尔·里德后现代主义小说的戏仿艺术》，厦门大学出版社 2008 年版，第 V 页。

拼贴原先是装饰服务，后来它在绘画领域流行。画家将不相关的素材，如剪报、标签、布、木块、瓶盖或戏票等，收集起来一起贴于一个独特的表面，形成风格独特的画作。这种技法被后来的立体主义、达达主义以及超现实主义艺术家用得出神入化，也对当时和后来的文学家产生了巨大影响。至60年代，拼贴在艺术上形成了一种大众艺术，而拼贴作为一种写作技法，也在后现代主义小说中流行。在后现代主义文学中，拼贴技巧尤其指在文本中插入引语、隐喻、外来表达方式以及非词语的成分……随着国外不同学者对不同作品的评论解析，拼贴的含义不断扩大，拼贴技巧在文学作品中的特点也在不断增加。胡全生总结为，拼贴技巧在文学作品中的运用分两类，一类是综合了图画或照片的图画式作品，另一类是文字式的。[①]

拼贴实际上是一种戏仿，模仿其他文本中的人物、情节，戏拟其他文学体裁或文本内容，让这些看似毫不相干的片段构成相互关联的一体，在叙事上没有纵向历时的序列，而是共时的交错并置，突破一般意义上的叙事常规，完全符合伏都教时间观，极大地刺激了读者的期待视野。从传统文学对规范、秩序、平衡的追求，到现代与后现代文学对断裂、破碎、反逻辑的追求，西方文学结构经历了从整体到碎片的演变，反映出西方社会传统价值中心的消解。

里德曾指出，美国黑人作家应该"立足于民族文学传统，抵制文学创作和评论界的欧洲中心主义；但他同时指出，为了避免狭隘的民族主义，美国黑人作家应该从不同的文学传统中汲取养分，使作品既有民族文化身份，同时又不失个性化创作特点"[②]。为了实践自己的文学主张，里德于1972年出版了第三部小说《芒博琼博》，"他以

---

① 卢春晖：《〈杯酒留痕〉中的拼贴技巧及叙事意义》，《湖北科技学院学报》2017年第4期。

② Bruce Allen Dick, ed., *The Critical Response to Ishmael Reed*, London: Greenwood Press, 1999, p. 17.

美国黑人文化，尤其是黑人的伏都教为基点，反抗西方中心主义，发展了独特的伏都美学思想"①，引起评论界广泛关注和讨论，进一步促进了伏都美学的系统化和完整化。

《芒博琼博》中混合使用了照片、图画、脚注、引文、诗歌和书目等形式，解构了文本的小说特征，在结构上巧妙运用拼贴技巧，将不同的时间和地点并置，将时间空间化，使叙述呈现出空间化、立体化效果。每个章节之间的联系断裂也打破了情节的连贯性和整体性，使叙事呈现出零散化和碎片化的特征；文本的主题也不再是单一的和确定的。

里德所提出的伏都美学指不同民族文化之间的多元融合态势。他特别指出，在一个排他性的社会中，"对于非洲裔美国人而言，能为我所用的素材和形式并不多，所以，非洲裔美国作家只能因地制宜，就地取材。这就是'新伏都'的根本要义"②。

在《芒博琼博》中，里德有意识地、有目的地将碎片有机拼贴，提供了一种意义赖以生存的形式，建构了一个语言迷宫。小说人物的思绪在过去与现在之间自由穿梭，不同时空的人与事物融合到同一时刻、同一平面，模糊了机械时间的连续性，实现了文本时间的同时性。在里德的作品中，时间是抽象的本质，是一个过去与现在有机融合的概念。拼贴手法打破了线性叙事的方式，实现了由文本叙事向空间叙事的转变，这不仅给予作者足够的创作自由度和灵活度，而且给予读者自由想象的空间，避免了碎片因线性地累加而造成的审美疲劳。③

与伏都教蕴含的历史意义形成呼应，在《芒博琼博》中，"里德选择了古埃及、殖民时期的加勒比地区以及现代美国三个地理空间作为故事的核心场所；他将神话想象、民间故事和写实小说进行混合处

---

① ［美］伊什梅尔·里德：《芒博琼博》，蔺玉清译，北京燕山出版社 2019 年版，第 2 页。
② 王丽亚：《里德与文化多元主义："新伏都"叙事艺术略论》，外语教学与研究出版社 2018 年版，第 232 页。
③ 吴娟：《论纳博科夫〈微暗的火〉的拼贴手法及其叙事意义》，《北京第二外国语学院学报》2011 年第 8 期。

理，展现非洲裔美国人在这三个空间的现实生活与文化记忆"①。里德在写作中并不只是局限于单一的时间维度，而是会时空倒错，将过去与现实相联系，使故事呈现出不同的层面，文本中构造出无形的张力。文本中逝去人物的出现更是打破了传统的叙事模式，突破了时空限制，通过生死错乱的叙事构成张力，在解构西方传统线性时间的过程中追求历史话语重写，促使读者重新审视主流文化中的历史和文化叙事。《芒博琼博》中一系列越界人物的出现也进一步引起了读者对传统历史观的思考，读者开始重新审视美国历史、美国梦和美国精神。

在其伏都美学主张中，里德强调自己的美国黑人作家身份，认为这一称谓具有代表文化多样性的美学意义：

> 代表美国少数族裔作家和流散裔文化在这个移民国家的文化杂糅属性……与非洲裔美国人的"有色"标记一样，非洲裔美国人的文化表述方式一直被贬损为缺乏艺术性，或者被激进主义政治思潮冠以"政治"的标签，禁锢在族裔政治、社会控诉等程式化标准的评审框架中。更为糟糕的是，这些政治化的写作套路与评价标准通过主流文学打出"族裔"、"性别"、"文化多元主义"等旗号，离间非洲裔美国作家群体，打压族裔作家以差异和多样为特征的审美表述，抑制作家在文化领域对美国主流文化排他性的抵制。基于这种以审美多样性为出发点的文化诉求，里德将"新伏都美学"看作是一种写作立场和姿态，在形态各异、文类混搭的小说世界里表述他对不同文化、艺术、文明在差异中交互掺杂，同时又平等共存的美好向往，里德对美国社会实际存在的种族与文化歧视备感愤懑，也因此给予深切关注。②

① 王丽亚：《里德与文化多元主义："新伏都"叙事艺术略论》，外语教学与研究出版社2018年版，第31页。
② 王丽亚：《里德与文化多元主义："新伏都"叙事艺术略论》，外语教学与研究出版社2018年版，第234页。

　　《芒博琼博》是里德将伏都美学应用到文学创作中的代表作品。文本的开篇就是非传统的。它没有传统的故事开始时的各种细节交代，而是为读者呈现了源自真实生活的图片，将解说和引用拼贴在一起，制造出了特别的艺术效果（图3-5）。

　　一旦乐队开始演奏，人们开始从街道的一边摇摆着到另一边，尤其是加入进来跟在参加葬礼的人身后的那些人。这些人被叫作"第二线"①，他们可以是街上任何一个经过此处并且想听音乐的人。神灵击中了他们，然后他们开始追随。

（斜体部分由我②所加）

——路易斯·阿姆斯特朗

芒博琼博（Mumbo Jumbo）

　　［来自曼丁哥语mā-mā-gyo-mbō，指的是"让祖先受困的灵魂解脱的巫师"，mā-mā，祖母 + gyo，困境 + mbō，离开。］

——《美国传统英语辞典》

---

① 新奥尔良乐队游行中，"主线"或者"第一线"是游行演奏的主要部分，"第二线"指大街上喜欢听音乐加入来唱歌跳舞的人。
② 我，指作者伊什梅尔·里德。后同。

图3-5　《芒博琼博》开篇

　　《芒博琼博》开篇这一页的内容有图片，有直接引语，有历史上真实存在的人的话语，也有源自权威词典的官方解释，各种不同文体和不同内容并置在一页上，传递了大量的信息。紧接其后的，是本该在开篇出现的、似乎是小说内封的图片（图3-6）。"芒博琼博"一词被进一步强调。

Mumbo Jumbo

芒博琼博

伊什梅尔·里德

009

图3-6 《芒博琼博》内封

在内封面后，没有出现读者期待的小说开头，里德又使用了三段直接引语，进一步强调文本中的伏都教因素和黑人文化特点。在这些直接引语中没有出现里德的个人观点，只是客观地引用其他学者对伏都教及"叶斯格鲁"的解释和说明，巧妙呈现了伏都教的悠久历史和黑人文化的丰富性。这一页的脚注进一步丰富了文本的拼贴内容，突出了作品的拼贴特色。在本页的两个脚注中，里德委婉指出了赫斯顿在挖掘伏都美学上的重要地位，也指出"哈莱姆文艺复兴"在美国黑人历史上的特殊贡献，将《芒博琼博》的故事与美国黑人历史相联系，在故事的开始就吸引了白人读者和黑人读者的兴趣，解决了"双重读者"困境。《芒博琼博》中出现的直接引语及格式规范的脚注混淆了科学文体与文学文体之间的界限，消解了现实与历史之间的区别，丰富了小说的叙事内容，增加了小说叙事张力，增强了故事的可信度（图3-7）。

> 一些未知的自然现象出现了
> 人们无法解释
> 就把它命名成一个新的神灵。
> ——佐拉·尼尔·赫斯顿①关于新的神灵起源的解释

> 最早的拉格泰姆音乐，就像托普希一样，"叶斯格鲁"。

> ……我们挪用了叶斯格鲁歌曲中最后一首。
> 这是一首传唱已久的歌
> 传遍了南方。歌词是不雅的，但是
> 曲调极有魅力，并且不归任何人所有。
> ——詹姆斯·韦尔登·约翰逊②
> 《美国黑人诗歌》

---

① 佐拉·尼尔·赫斯顿（1891—1960），美国非裔作家、民俗学家。她曾经深入海地、牙买加等黑人聚居的地区研究伏都教，其成果有《美国伏都教》（1931）、《告诉我的马》（1938），代表作为小说《她们眼望上苍》（1937）。

② 詹姆斯·韦尔登·约翰逊（1871—1938），美国非裔作家、教育家以及民权运动家，他曾是美国有色人种协进会（NAACP）的第一任行政秘书，他的诗歌是哈莱姆文艺复兴的代表性作品，另外他还收集反映黑人文化的诗歌和小说。1914年，美国涉入海地政变时，他曾在海地调查美国军事占领给海地带来的问题，引起了世人对这个黑人国家的重视。小说中叶斯格鲁的说法正是来自于他，里德在书中反复提到他的贡献。

010

图3-7 《芒博琼博》小说内页

在满是直接引语的内容之后，又出现了似乎应该是小说扉页的内容：

献给我的外祖母

艾玛·柯尔曼·刘易斯

以及

克莱伦斯·希尔

第6大街东"天秤座"的经营者

并致敬乔治·赫里曼

非裔美国人

漫画《疯猫》的作者

011

图 3 - 8　《芒博琼博》小说内页

这样的排版特点，极大地延迟了读者的期待，增强了文本与读者之间的互动（图 3 - 8）。

然后，小说中出现了较为传统的文字段落，描写了叶斯格鲁的传染情况，还出现了历史上真实存在的历史人物的名字，模糊了虚构和现实之间的界限，消解了历史与传说的界限，凸显出伏都教时间观对里德的深远影响（图3–9）。

2

叶斯格鲁沿着一条奇怪的路线传遍了美国,速度和布克·T.华盛顿①的口口相传信息网②一样令人吃惊。它袭击了阿肯色州的派恩布拉夫和马格诺利亚,密西西比州的纳奇兹、默里迪恩和格林伍德也报告有情况发生。田纳西州的纳什维尔和诺克斯维尔也有零星的状况,而圣路易斯的碰撞和扭动开始失控,政府不得不请海军警卫队来帮忙。叶斯格鲁具有巨大的影响力,所到之处皆受其感染。

---

① 布克·华盛顿(1856—1915),美国黑人政治家、教育家。1895年,华盛顿发表了著名的亚特兰大演说,成为美国黑人的代言人。
② 出自布克·T.华盛顿的自传《超越奴役》,里面提到黑人奴隶靠着这种口口相传的信息网络,往往比白人更早获得时事信息。

012

图3–9 《芒博琼博》小说内页

故事的讲述一直延续到文本的第12页，在各类材料的拼贴之后，突然出现了暗示伏都教信仰的图片，意义含混，但效果显著：消解了现实与虚构的界限，进一步混淆了宗教与俗世的界限，让读者进入一个由大量拼贴组成的万花筒般的文字世界（图3-10）。

013

图3-10　《芒博琼博》小说内页

《芒博琼博》中拼贴出的碎片材料使文本呈现出多重且不确定的意义，让读者从中推断出多种意义的文本，也给读者带来巨大的阅读挑战。故事中的时间与地点随意设置，章节之间联系断裂，叙事情节零散化，呈现了非常明显的"拼贴"特征，凸显出秩序的混乱和气氛的神秘。读者可以通过表面的破碎将整个故事拼接起来，可以发现隐藏在碎片后的伏都教精神——兼容与和谐。以"新伏都"为写作策略，赋予文学艺术以促进社会正义的社会功能和政治意义，是里德文学创作的出发点。这一立场得到美国文学评论界许多学者的高度认可。通过《芒博琼博》中的拼贴，里德揭示了伏都美学的包容性、共时性、杂糅性特点，否定了白人主流文化中的单一文化主义和本质主义。在故事中，里德通过拼贴内容，进一步重构了伏都教历史，强调了融合开放、异质多元文化的重要性。

伏都美学主张自由、平等、开放、包容的美学原则，重视原创性和自发性。里德借助伏都美学，在艺术形式上勇于突破和创新。他结合后现代主义文学特色，丰富了自己的文化表达和政治表达，鼓励美国黑人作家摆脱一切束缚，发挥自主创造力。《芒博琼博》打破了传统的线性叙事和因果逻辑，呈现出不确定性、不连贯性和破碎性。里德在这一作品中大量使用拼贴技巧，把不同种类看似难以融合的素材糅合在一起，打破传统的完整统一的叙述风格，创作出一种另类的小说文本。《芒博琼博》中真实与虚构并置，历史与现实重合，进一步消解了传统意义上的深度叙事模式，挑战了传统的叙事等级，并对文本意义提出了挑战，邀请读者赋予文本意义，颠覆了以生活和艺术为代表的二元对立模式。

里德的后现代主义戏仿艺术既质疑文学再现形式，又高度关注与边缘文化，特别是非裔群体密切相关的历史、政治、文化等问题。里德解构西方"元叙事"和任何本质化的认知倾向，但他并没有抛弃自由、个性、社会和族裔的传统价值。他解构的目的是重构，即恢复一种以亚文化为中心的多元文化传统。①

---

① 林元富：《论伊什梅尔·里德后现代主义小说的戏仿艺术》，厦门大学出版社 2008 年版，第 Ⅵ 页。

里德在文学和文化领域内大力推行伏都美学，形成了自己独特的美学观点，以此来抵制美国主流文学和文化对黑人作家的同化、控制和压抑。里德以后现代的颠覆视角审视传统历史叙事，反思历史表征中的权力关系，进而与当今社会的话语表征进行对照。里德认为，当代美国黑人仍旧处于新殖民主义的经济剥削和新种族主义的精神束缚之中，新殖民主义体系以更隐蔽、更细微的方式继续着"奴隶制"，因此，美国黑人作家应该借助伏都美学摆脱僵化的文学规则，自由表达自我，通过探寻伏都教文化而获得心灵和精神自由的道路。就如里德所说：

> 一整只鸡——如果无法找到鸡，小牛肉也可以代替；一点儿火腿、蟹肉或虾，或者把这些东西都放进去，具体细节要依照顾客的品位来定。再按照汤的多少放入秋葵、洋葱、大蒜、香菜、红辣椒等，再多多加入大米，熬制浓汤。（别忘记了将秋葵切段）
>
> ……
>
> 为什么我要把它称为"新伏都美学"？
> 因为所用的成分比例全靠厨师掌握。①

伏都美学就如美国黑人日常饮食中的秋葵汤一般，不为既定规则所束缚，开放包容，灵活多变，充满自由和创新。伏都美学作为一种文学方法，也成为美国黑人民众处理日常事务的方法，它将文学与日常生活中美好的事物紧密相连。以里德为代表的美国黑人作家在文化上的表达方式与伏都美学的原则相符合，他们致力于强调多元文化主义，从边缘地位出发，对中心话语进行解构，进而反对文化霸权和政

---

① Ishmael Reed, *New and Collected Poems 1964–2007*, New York: Thunder's Mouth Press, 2007, p. 34.

治霸权。借鉴拼贴这一方法，里德"通过这种非官方的、无政府的、个性化的表达，非西方的声音来解构美国主流文化的权威地位，颠覆主流话语的宏大叙事，打破其控制模式，反对霸权与侵略，反对将大国意识强加在弱小国家的身上，反对种族歧视和分离"①。

---

① 刘晓燕：《伊什梅尔·里德诗歌中的新伏都主义美学》，《山东外语教学》2016 年第 3 期。

第四章 奇异的伏都人物——魔幻化人物塑造

美国黑人作家笔下的人物塑造大多从伏都教中获取灵感，通过魔幻化人物的塑造，将现实与想象、文学与传统、宗教与现实、历史与当下等融合在一起。有些作家会直接借鉴伏都教神话中的人物形象，让其作品具有伏都教色彩。有些作家则对伏都教相关原型进行改造和加工，制造"陌生化"效果，深化作品内涵，丰富作品表现力，激发读者更大的兴趣。

第一节 《他们眼望上苍》中的伏都教原型

赫斯顿将盛行于美国新奥尔良地区的伏都教看作"美国黑人宗教中本能的一部分，因为美国黑人可以通过伏都教在现实生活中主动控制自己的生活。这对于传统的基督教形式是一种补充"①。赫斯顿认为伏都教是一种合法的、成熟的宗教，"是以非洲方式呈现的古老

---

① Kimberly Rae Connor, *Conversions and Visions in the Writings of African-American Women*, Knoxville: The University of Tennessee Press, 1994, p. 124.

的神秘主义，是一种关于创世和生命的宗教。它崇拜太阳、水和其他自然力量，但是它的象征意义并没有得到很好的理解"①。赫斯顿认为伏都教信仰帮助美国黑人民族确定了民族身份和宗教身份。

一 《他们眼望上苍》中伏都教爱神俄苏里原型

1936—1938 年，赫斯顿在加勒比海地区收集黑人民俗材料。在此期间，赫斯顿在牙买加待了 6 个月，收集和整理有关伏都教的相关材料。1936 年，赫斯顿在伏都教盛行的海地停留了一段时间，在收集整理伏都教资料的同时，用 7 周的时间完成了其创作生涯中声誉最高的长篇小说《他们眼望上苍》。赫斯顿研究专家玛利亚·T. 史密斯认为，《他们眼望上苍》的特点之一"就是文本中大量伏都教因素的体现，其中主人公珍妮和伏都教中的女神俄苏里有着很多内在的联系"②。

伏都教没有经典、没有教规、没有教皇、没有等级。在伏都教的神灵系统中，有很多职能不同的神。除去最高神大巴拉（Dambala），喻指之神里格巴（Legba），最重要的神就数爱神俄苏里（Eezulie）。在伏都教中，男性神灵与女性神灵的地位是同等重要的。伏都教中的女神俄苏里有着三重身份：俄苏里·戴托、俄苏里·弗瑞德和俄苏里·拉·瑟瑞纳：

> 俄苏里·戴托代表贫苦的黑人妇女和黑人母亲；俄苏里·弗瑞德，肤色稍浅，戴着很多首饰，是黑人男性和黑人女性的完美偶像；俄苏里·拉·瑟瑞纳，肤色很浅，有长长的直发，将黑人妇女带到她潮湿的房间，用治疗的知识、有医疗作用的植物以及领导力量帮助黑人妇女。③

---

① 程锡麟：《赫斯顿研究》，上海外语教育出版社 2005 年版，第 241 页。
② Maria T. Smith, *African Religious Influences on Three Black Women Novelists: The Aesthetics of "Vodun"*, New York: The Edwin Mellen Press, 2007, p. 38.
③ Maria T. Smith, *African Religious Influences on Three Black Women Novelists: The Aesthetics of "Vodun"*, New York: The Edwin Mellen Press, 2007, p. 50.

《他们眼望上苍》中的珍妮一生都在寻找生活的真谛，除去她特别的血统、特别的相貌，她还具备与大自然交流的神秘能力。小说中珍妮的成长经历也符合俄苏里的这三重身份。小时候的珍妮生活在白人的后院里，没有母亲也没有父亲，是外祖母把她艰难地抚养长大。外祖母南妮认为黑人妇女有了经济保障就会有家庭的幸福。因此她软硬兼施，强迫16岁的珍妮嫁给了拥有房产和地产的中年黑人鳏夫。珍妮结婚前的身份代表着广大的黑人贫苦妇女，符合女神俄苏里的第一重身份。在第二次婚姻中，市长夫人的身份使珍妮成为黑人小镇伊顿维尔的重要人物。虽然在自己的家庭内部珍妮也遭遇性别歧视，但珍妮优雅的外表及优越的生活使其成为社区中黑人男女的完美偶像。在第二次婚姻中珍妮获得了俄苏里的第二重身份。与茶点相爱后的珍妮决定放弃自己在伊顿维尔的优越生活，和茶点一起去大沼泽地做季节工。珍妮和茶点的家成为黑人每天聚会的场所。珍妮为所有人免费提供食物。黑人们整夜地在珍妮和茶点的家里喝酒、跳舞、掷骰子。珍妮和茶点家中的舞蹈、音乐以及其他富有黑人文化特色的活动促进了黑人民族的团结，为很多黑人提供了帮助。在第三次婚姻中，珍妮在某种程度上获得了女神俄苏里的第三重身份。珍妮的三次婚姻与女神俄苏里的三重身份相对应，这样的描写从最大范围反映了黑人妇女的生活状况，从不同角度反映了黑人社区的问题，极大程度地拓展了小说主题，为读者较为完整地呈现了当时美国南方社会的全貌。

（一）俄苏里和珍妮都是混血儿

在伏都教中，俄苏里是风情万种的年轻女子。"她是一个混血儿，因此当黑人们扮演她时，都用滑石粉化妆脸部。从外表来看，她有着坚实丰满的胸部和其他完美的女性特征。她很富有……对于男人们来说，她非常美丽、和善、慷慨。"[①]《他们眼望上苍》中的珍妮也

---

① Zora Neale Hurston, *Folklore*, *Memoirs*, *and Other Writings*, New York：Literary Classics of the United States, Inc. , 1995, p. 384.

是黑白混血儿，她肤色较浅，头发笔直，有着几乎完美的女性特征。即使在珍妮年近 40 岁的时候，人们还在感叹她的美貌。珍妮的美丽引起了社区男人们的无尽想象和社区女人们的嫉妒，正如珍妮的第三任丈夫茶点所评价的：珍妮"能使一个男人忘记他会老，会死"①。成年后的珍妮也是富有的。在第二任丈夫死后，珍妮继承了他所有的财产。寡居的珍妮拥有自己的房子，自己的商店，大量出租房，还有银行里的大笔存款。珍妮对所有人的态度都是和蔼慷慨的，她商店的门廊成为整个社区聚会的场所，几乎所有的男人都梦想着可以与珍妮结婚。珍妮成为整个黑人社区中所有男人和女人的完美偶像。同时，赫斯顿通过珍妮的混血儿形象肯定了黑人社区中的混血儿形象，讽刺了黑人民族内部及白人对混血儿的歧视。

（二）俄苏里和珍妮都没有孩子

伏都教中的俄苏里是"爱之女神"，主管信徒们对情感的需求。"在希腊罗马神话中，爱之女神是有丈夫和孩子的，但是在伏都教中，俄苏里是没有孩子的，她的丈夫是海地所有的男人。也就是说，她可以选择他们其中的任何一个作为自己的丈夫……她相当于女性的大巴拉。"② 小说中的珍妮一生都在寻找真爱，渴望获得自己梦想中的爱情和婚姻。珍妮有过三次婚姻，但没有孩子，她的三任丈夫来自不同的阶级，代表着所有的黑人男性。珍妮的第一任丈夫是拥有地产和房产的中年黑人农民，是摆脱了佃农身份的黑人代表。珍妮的第二任丈夫乔迪是一位对生活充满了野心的黑人男性。通过不懈的努力，他成为伊顿维尔的市长，成为拥有大量财产的黑人中产阶级。珍妮的第三任丈夫茶点是没有任何财产的季节工，他来自真正的工人阶级。因为各种客观和主观的原因，珍妮每一次的婚姻都不长久，经历了三

---

① ［美］佐拉·尼尔·赫斯顿：《他们眼望上苍》，王家湘译，北京十月文艺出版社 1998 年版，第 148 页。

② Maria T. Smith, *African Religious Influences on Three Black Women Novelists*: *The Aesthetics of "Vodun"*, New York: The Edwin Mellen Press, 2007, p. 38.

次婚姻也没有自己的孩子。珍妮的人生经历与其生活状态非常符合伏都教中俄苏里的形象。

（三）俄苏里和珍妮都是嫉妒心很强的女性

有关俄苏里的记载和描述中都强调了俄苏里的嫉妒心。"因为俄苏里是嫉妒心非常强的女神。在她的崇拜日里，几乎所有的妻子都要因为俄苏里的原因而退居一旁。"[1] 美国黑人信仰伏都教，崇拜爱神俄苏里，他们希望俄苏里能够赋予他们力量，帮助他们在困苦的生活中获得爱情，可以在爱情中一帆风顺。为俄苏里举行的仪式总是正式热烈的，给俄苏里的祭品也是最丰富最昂贵的。但是，"作为一位完美女性，俄苏里必须被爱、被服从。她的爱是强烈的，占有性的，因此她不能容忍在爱里有竞争对手"[2]。和女神俄苏里一样，珍妮的嫉妒心也很强。在大沼泽地，有个叫南基的女孩总是和茶点调情，这使珍妮深感担忧的同时也忍受着嫉妒的折磨。当珍妮看见茶点和南基为了工作票拉扯在一起时，她愤怒不已。珍妮冲上前去想教训南基，但南基逃跑了。虽然茶点一直解释那是一个误会，但嫉妒令珍妮无法冷静。回到家中的珍妮仍旧不想原谅茶点。在他们的小屋里，珍妮再次和茶点厮打在一起，他们"一直扭打到他们自己的身体散发出的气息使他们亢奋，打到撕光衣服。打到他把她推倒在地按在地上用他炽热的身体烫化了她的反抗，用身体表达了无法表达的一切"[3]。珍妮不同于常人的嫉妒心既反映了她对茶点的爱，也丰富了人物形象，呼应了珍妮与俄苏里形象的共同之处。

（四）俄苏里和珍妮都可以和神秘力量交流

伏都教的基本规则之一就是证明自然的神圣性，证明大自然力

---

[1]　Zora Neale Hurston, *Folklore*, *Memoirs*, *and Other Writings*, New York: Literary Classics of the United States, Inc., 1995, p. 383.

[2]　Maria T. Smith, *African Religious Influences on Three Black Women Novelists*: *The Aesthetics of "Vodun"*, New York: The Edwin Mellen Press, 2007, p. 1.

[3]　［美］佐拉·尼尔·赫斯顿：《他们眼望上苍》，王家湘译，北京十月文艺出版社1998年版，第148页。

量的不可战胜。伏都教中的神是世俗化的，是人类和神秘大自然的中介，女神俄苏里也不例外。女神俄苏里可以和大自然中的各种神秘力量进行交流，可以驾驭一些神秘力量。珍妮与女神俄苏里一样，与大自然有着神秘的联系。小说中的珍妮可以和微风、落叶说话，可以看见分裂的自己，可以感觉到死去的茶点。伏都教认为，神灵会以不同的方式为人类传递知识，提供选择，同时面对现实和神灵的世界。在伏都教的世界里，生者和死者、神圣与世俗、过去与现在、历史与现实之间都是没有界限的。伏都教的最终目标是一种精神性的寻求，它的"本质不在于充满恶意的巫术行为本身，而在于提供各种仪式使人们可以与地球上的各种神灵进行交流。这些精灵是连接可视世界和不可视世界的中介，全能的真神就在那个不可视的世界里"①。

《他们眼望上苍》"这部小说中最重要的伏都教因素就是出现了女神俄苏里。赫斯顿将这个神的两个方面融合在主人公珍妮身上……这两种不同身份之间的冲突引起张力，反映出美国黑人的现状和诉求……因此，赫斯顿借助俄苏里的形象带领读者进入了美国黑人文化当下和未来的语境"②。同时，赫斯顿借助俄苏里的形象的三维特点，批评和挑战了决定和限制着黑人女性传统审美观念的主流思想，表达了反对种族歧视和性别歧视的主题。"通过使用伏都教次文本和伏都教意象，赫斯顿参与了政治运动和社会评价。"③

二 《他们眼望上苍》中的伏都教死神盖德原型

1937—1938 年，在其人类学导师弗朗兹·博厄斯的帮助下，赫

---

① Maria T. Smith, *African Religious Influences on Three Black Women Novelists*: *The Aesthetics of* "*Vodun*", New York: The Edwin Mellen Press, 2007, p. 4.

② Daphne Lamothe, "Vodou Imagery, African-American Tradition and Cultural Transformation in Zora Neale Hurston's Their Eyes Were Watching God", *Callaloo*, Vol. 22, 1999, p. 161.

③ Daphne Lamothe, "Vodou Imagery, African-American Tradition and Cultural Transformation in Zora Neale Hurston's Their Eyes Were Watching God", *Callaloo*, Vol. 22, 1999, p. 159.

斯顿两次申请到古根海姆研究基金，去牙买加、巴哈马、海地和百慕大群岛等地进行田野调查。在有关伏都教的研究中，赫斯顿拜访并投师于当时最有名的伏都教巫师玛丽（Marie Leveau）门下，成为美国历史上第一位对伏都教仪式和信仰有着亲身体验并将自己的心理活动和精神历程记录下来的人类学家。1937 年年底出版了《他们眼望上苍》，1938 年年初出版人类学著作《告诉我的马》。当时，赫斯顿几乎是在同时创作《他们眼望上苍》和其他有关伏都教的文章。"她经常在同一天里处理两种形式的材料……通常，在收集了一整天的伏都教素材（《告诉我的马》）后，她会在深夜创作其小说《他们眼望上苍》。"① 在《他们眼望上苍》中，赫斯顿有意识地融入伏都教元素，小说主人公珍妮是以伏都教爱神俄苏里为原型的，而小说中的茶点则是以伏都教死神盖德为原型的。

　　茶点是小说主人公珍妮的第三任丈夫，是能满足珍妮对爱情所有想象的男人，也是带领珍妮融入黑人文化，走向精神独立，最终获得新生的重要人物。"如果读者可以创造性地将珍妮看作俄苏里，伏都教中爱神和特权女神的象征，那么读者们也应该将茶点看作盖德（Guede），死亡和贫穷之神。"② 盖德在海地被人们尊为死神，"是海地普通大众的神……他完全属于海地。他既不是欧洲的，也不是非洲的。他的出现满足了海地当地人的需要，现已植根于黑人文化之中"③。作为一名有天赋的小说家，赫斯顿"将隐藏着的西方伏都教神学意义融入艺术性世俗创作中"④。《他们眼望上苍》中，茶点的形

① Wendy Dutton, "The Problem of Invisibility: Voodoo and Zora Neale Hurston", *Frontiers: A Journal of Women s' Studies*, Vol. 8, No. 2, 1996, pp. 131 – 152, 146.

② La Vinia Delois Jennings, ed., *Zora Neale Hurston, Haiti, and Their Eyes Were Watching God*, Evanston: Northwestern University Press, 2013, p. 222.

③ Zora Neale Hurston, *Tell My Horse: Voodoo and Life in Haiti and Jamaica*, New York: Perennial Classics, 1990, p. 220.

④ La Vinia Delois Jennings, ed., *Zora Neale Hurston, Haiti, and Their Eyes Were Watching God*, Evanston: Northwestern University Press, 2013, p. 243.

象与盖德的形象有很多内在联系。

（一）茶点与森林的关系

茶点和盖德都与树木和森林有着千丝万缕的联系。在海地人的信仰中，盖德"经常居住在榆树或森林里，人们可以在森林的任何地方敬拜他"①。《他们眼望上苍》中，主人公珍妮的成长与树木和森林的意象紧密相关。在故事的开始，珍妮将自己比作一棵树，"珍妮感到自己的生命像一棵枝叶繁茂的大树，有痛苦的事、欢乐的事、做了的事、未做的事。黎明与末日都在枝叶之中"②。青春期的珍妮在梨树下，借助神秘力量的引导和启示，获得性的顿悟：

> 她仰面朝天躺在梨树下，沉醉在来访的蜜蜂低音的吟唱、金色的阳光和阵阵吹过的清风之中，这时她听到了这一切的无声之声。她看见一只带着花粉的蜜蜂进入了一朵花的圣堂，成千的姊妹花萼躬身迎接这爱的拥抱，梨树从根到最细小的枝丫狂喜地战栗，凝聚在每一个花朵中，处处翻腾着喜悦。原来这就是婚姻！她是被召唤来观看一种启示的。这时珍妮感觉到一阵痛苦，无情而甜蜜，使她倦怠无力。③

珍妮对爱情和婚姻的理解源于对梨树和大自然的观察，树木与森林意象的重复出现为故事的发展奠定了基础，也为茶点最后的出场埋下了伏笔。珍妮的第一任丈夫洛根是一位相貌丑陋但拥有自己财产的黑人中年男子。珍妮在外祖母的逼迫下嫁给了洛根。婚后的珍妮做了各种努力，但是她无法爱上洛根，因为"洛根·基利克斯的形象亵

---

① La Vinia Delois Jennings, ed., *Zora Neale Hurston, Haiti, and Their Eyes Were Watching God*, Evanston: Northwestern University Press, 2013, p. 223.

② ［美］佐拉·尼尔·赫斯顿：《他们眼望上苍》，王家湘译，北京十月文艺出版社 1998 年版，第 10 页。

③ ［美］佐拉·尼尔·赫斯顿：《他们眼望上苍》，王家湘译，北京十月文艺出版社 1998 年版，第 13 页。

渎了梨树"①。洛根的房子"是一个孤独的地方，像一个从来没有人去过的树林中央的一个树桩"②。结婚不到一年，洛根也开始厌倦珍妮，要求珍妮劈柴做饭，还计划让珍妮下地干活，为他积累更多的财富。对洛根完全失望的珍妮偶遇想要成为"大人物"的黑人男子乔，并被乔的野心所吸引。在乔坚持不懈的求婚下，珍妮决心离开洛根，跟着乔去冒险，虽然"乔并不代表日出、花粉和开满鲜花的树木，但他渴望遥远的地平线，渴望改变和机遇"③。与乔在一起的日子里，作为市长夫人的珍妮衣食无忧，但是，她并不快乐。在乔带领大家建设城市的过程中，小说中多次出现木材、木料和刚刚砍倒的圆木等意象。这些没有生命的树木与乔的财富积累紧密相关，也暗示了乔和珍妮之间的关系——不和谐，更不幸福，乔并不是珍妮想要的那个人。随着地位和财产的增加，乔越来越大男子主义，他不再像过去那样温柔地对待珍妮。

从最初要求珍妮戴上包头巾到不许珍妮参与大家的聊天，再到乔当着其他人的面侮辱或打骂珍妮，珍妮"不再有怒放的花朵把花粉撒满自己的男人，在花瓣掉落之处也没有晶莹的嫩果……她为了某个未见到过的男人保留着感情"④。乔得病去世后，珍妮拒绝了很多追求者，她并不觉得孤单寂寞，相反，她"大多数时间都沉浸在自由的快意之中"⑤。

珍妮在莫名的等待中遇到了茶点。茶点的名字"Vergible Woods"

---

① ［美］佐拉·尼尔·赫斯顿：《他们眼望上苍》，王家湘译，北京十月文艺出版社1998年版，第16页。

② ［美］佐拉·尼尔·赫斯顿：《他们眼望上苍》，王家湘译，北京十月文艺出版社1998年版，第23页。

③ ［美］佐拉·尼尔·赫斯顿：《他们眼望上苍》，王家湘译，北京十月文艺出版社1998年版，第31页。

④ ［美］佐拉·尼尔·赫斯顿：《他们眼望上苍》，王家湘译，北京十月文艺出版社1998年版，第77页。

⑤ ［美］佐拉·尼尔·赫斯顿：《他们眼望上苍》，王家湘译，北京十月文艺出版社1998年版，第101页。

意为"繁茂的森林",有着特殊的象征意义。茶点与珍妮一见钟情,很快陷入热恋。珍妮终于等到了真正属于她的那棵"生命之树",开始了她渴望已久的幸福生活。"茶点不仅是珍妮心目中树的化身,他就是树木本身,是宜人的、名副其实的森林,他的名字就说明了这一点。"① 为了和茶点在一起,珍妮毅然放弃了优越的城市生活,跟随茶点去大沼泽地工作、生活。在大沼泽地,珍妮收获了爱情,找到了自我,融入了黑人社区,了解到真正的黑人文化,并在与其他种族的人相处时懂得了世界和生命的广阔。

(二) 茶点一贫如洗

茶点和盖德都是一贫如洗的。伏都教中的死神盖德"一贫如洗,就站在生死的十字路口"②。茶点是珍妮的第三任丈夫,是珍妮经历两次婚姻后的慎重选择,但是茶点一无所有,非常贫穷。珍妮的前两任丈夫都有着非常坚实的经济基础,是各自社区中的"中产阶级"。珍妮的第二任丈夫乔更是伊顿维尔这一城市的缔造者和管理者。乔去世后留给珍妮大笔遗产,人们猜想她会和某个有钱的黑人再次结合,但是,珍妮选择了贫穷的茶点,让人们大跌眼镜。当珍妮和茶点公开恋情时,没有人看好他们,因为"那长腿甜点心可是个穷光蛋"③。茶点的一贫如洗与珍妮前两任丈夫的经济情况有着明显的反差,同时,珍妮与茶点在一起时的快乐甜蜜也和珍妮与前两任丈夫在一起时的压抑窒息形成了鲜明对比。珍妮与前两任丈夫的家庭生活压抑痛苦,精神濒临"死亡"。在漫长的等待中,茶点终于出现,虽然他在物质方面一贫如洗,但他带给珍妮生活的希望,使她成为一位精神富足的黑人女性。

---

① [美] 佐拉·尼尔·赫斯顿:《他们眼望上苍》,王家湘译,北京十月文艺出版社 1998 年版,第 210 页。

② La Vinia Delois Jennings, ed., *Zora Neale Hurston, Haiti, and Their Eyes Were Watching God*, Evanston: Northwestern University Press, 2013, p. 231.

③ [美] 佐拉·尼尔·赫斯顿:《他们眼望上苍》,王家湘译,北京十月文艺出版社 1998 年版,第 111 页。

　　在与珍妮的交往中，茶点经常为钱发愁。他经常会连续消失几天，四处打零工赚钱；茶点与珍妮约会后经常会在凌晨时离开，因为没有钱坐车，他得提前出发，步行到工作的地方去；为了租一辆汽车带珍妮去参加舞会，茶点甚至卖掉了自己心爱的吉他……各种细节表明茶点非常贫穷，只能基本保证自己的生活，无法带给珍妮稳定的经济生活。虽然在交往的过程中茶点不让珍妮花一分钱，但珍妮心里仍旧是忐忑的。有时候，她会怀疑茶点与自己交往的目的。但是，最终，感情战胜了理智，珍妮决定和茶点结婚。与珍妮结婚几天后，茶点就偷偷拿了珍妮藏在内衣里的 200 美元，一个人跑出去玩了一天一夜，挥霍掉了大部分的钱，因为"他这辈子手里还没有过这么多钱呢"①。后来，茶点和珍妮决定远离城市，去偏远的大沼泽地工作。在那里，茶点和珍妮一起勤劳工作，快乐生活。但是，好景不长，很快，他们遇到了飓风。在飓风来临之前，茶点和珍妮不顾印第安人和巴哈马人的建议，放弃了离开沼泽地的机会，因为"沼泽地挣钱太容易了"②；飓风后大沼泽地附近的物价飞涨，只为找一个可以睡觉的地方，珍妮和茶点就几乎花掉了所有的钱，茶点又一次一贫如洗；茶点生病后，珍妮不得不取出自己在银行的存款，为茶点治病……直到茶点去世，在物质生活方面，他一直是贫穷的。但是，如伏都教死神盖德一样，茶点出现在珍妮精神历程的"生死路口"，为她指出了走出绝望的路，也带领她融入黑人文化，帮助珍妮获得了自我身份和文化身份，实现了珍妮在精神上的成长。

　　（三）茶点开朗幽默，喜欢欢闹

　　茶点与盖德都是开朗幽默、喜欢玩闹享乐的。与其他文化中的死神形象不同，伏都教中的死神盖德"不是阴沉和死板的，他总是四

① ［美］佐拉·尼尔·赫斯顿：《他们眼望上苍》，王家湘译，北京十月文艺出版社 1998年版，第 131 页。

② ［美］佐拉·尼尔·赫斯顿：《他们眼望上苍》，王家湘译，北京十月文艺出版社 1998年版，第 167 页。

处雀跃，做出很多粗俗的手势，像马一样大踏步地走，一边饮酒，一边聊天"①。盖德"如茶点一般，喜欢享乐、笑声、玩笑和游戏"②。小说的茶点幽默、滑稽，爱聊天、爱玩乐、爱饮酒。自从珍妮认识了茶点，她就完全不顾社区其他人的非议，整天和茶点在一起玩乐。整个社区都在谈论：

> 甜点心和珍妮去打猎了。甜点心和珍妮去钓鱼了。甜点心在珍妮的院子里做花坛，给她的菜园撒籽了。把餐厅外她一直都不喜欢的那棵树给砍了。具有一切着迷的迹象。甜点心用借来的汽车教珍妮开车。甜点心和珍妮下跳棋，玩碰对碰游戏，整个下午都在商店的门廊上玩佛罗里达牌，就好像别人都不存在似的。一天又一天，一星期又一星期，都是这样。③

对于珍妮而言，茶点是她幸福的源泉。"在无聊的时候，他可以拿起几乎任何一样小东西，创造出夏天来。我们就靠他创造出的那幸福生活着，直到出现更多的幸福。"④

茶点幽默开朗，喜欢开玩笑，更喜欢用自己的方式解决问题。小说中最典型的事件是茶点与特纳夫人之间的矛盾。茶点性格开朗，与周围的人相处和谐。但是，崇尚白皮肤的混血儿特纳夫人认为茶点的黑皮肤配不上混血的珍妮，想要挑拨珍妮和茶点之间的关系，还想把珍妮介绍给自己浅肤色的弟弟。无意中听到珍妮和特纳夫人谈话的茶

---

① Zora Neale Hurston, *Tell My Horse：Voodoo and Life in Haiti and Jamaica*, New York：Perennial Classics, 1990, p. 120.

② La Vinia Delois Jennings, ed., *Zora Neale Hurston, Haiti, and Their Eyes Were Watching God*, Evanston：Northwestern University Press, 2013, p. 223.

③ ［美］佐拉·尼尔·赫斯顿：《他们眼望上苍》，王家湘译，北京十月文艺出版社 1998 年版，第 119 页。

④ ［美］佐拉·尼尔·赫斯顿：《他们眼望上苍》，王家湘译，北京十月文艺出版社 1998 年版，第 151 页。

点非常愤怒，他决定用自己的方式进行报复。某天，茶点的朋友去了特纳夫人的饭店，故意制造事端并开始打架。茶点假装热心地去帮忙，"特纳太太沮丧地看到，甜点心要把他们弄出去，结果比他们待在店里还糟"①。最后，特纳夫人的手受伤了，饭店里的大部分财产也被损坏。最终，特纳一家被迫离开了大沼泽地。在朋友的帮助下，茶点以幽默滑稽的方式回击了种族歧视问题，正如死神盖德一样，"他的滑稽颠覆了既定的阶级结构，嘲讽和鞭挞轻视他的阶级，使有优势的一方成为被嘲笑的对象"②。

（四）茶点与死亡的关系

根据伏都教哲学，生死是循环的，死亡与生命之间没有明显的分界。在故事的开始，茶点已经去世，但他却一直存在于故事中，甚至在某种程度上控制着整个故事的叙述节奏和叙述内容。正如伏都教死神盖德一样，茶点的精神生命并没有随着物质生命的结束而结束。茶点在肉体上是死去了，但他活在珍妮的记忆中，也永远活在读者的记忆中。

在故事的发展中，茶点与死神有着隐秘的联系。当第二任丈夫乔病危时，"珍妮开始想到死神。死神，住在这个遥远的西方有着巨大的方方脚趾的奇特的存在"③。乔去世后，珍妮穿着丧服忙碌，但她感到很快活，因为她摆脱了乔对她精神的控制和禁锢，开始期待一种新的生活。可以说，乔的肉体的死亡是珍妮新的精神生活的开始。乔死后，珍妮曾经被桎梏在夫权制下的精神生命逐渐焕发出生机，而茶点的出现则正式开启了珍妮生活的新篇章。珍妮一直等待着的人与死亡有着千丝万缕的内在联系。

---

① ［美］佐拉·尼尔·赫斯顿：《他们眼望上苍》，王家湘译，北京十月文艺出版社1998年版，第163页。

② Zora Neale Hurston, *Tell My Horse*: *Voodoo and Life in Haiti and Jamaica*, New York: Perennial Classics, 1990, p.220.

③ ［美］佐拉·尼尔·赫斯顿：《他们眼望上苍》，王家湘译，北京十月文艺出版社1998年版，第91页。

正如盖德一样，茶点总是站在"生与死的十字路口"。乔死亡后，珍妮才有机会和茶点相遇。珍妮与茶点去了大沼泽地，遭遇飓风时，死神意象随处可见。小说中有关大飓风的描写既真实记录了海地历史上的飓风事件又使茶点与死神形象密切联系。在茶点与珍妮逃生的过程中，他们目睹并经历了太多死亡与恐惧。大飓风后的洪水中，茶点将珍妮从死神的手里救了出来，但他自己又被患有狂犬病的疯狗咬伤，陷入死亡的威胁之中。茶点犯病后，珍妮又一次看到了死神："他，那个有着方方脚趾的存在又回到了他的房子里，他再一次站在他那高大的平台样的既无侧墙又无房顶的房子里，手里笔直地举着那把无情的剑。"① 大飓风后，再次变得一贫如洗的茶点想要出去找份工作，却被白人抓去干活，"甜点心发现自己是被强迫拉来清理公共场所和埋葬死者的小小队伍中的一员。需要搜寻尸体，然后抬到某个地方集中起来，再埋掉"②。此时的茶点成为坟墓的挖掘者和尸体的埋葬者。这样的情节安排使茶点的形象和盖德的形象完全统一起来，因为伏都教中的死神"盖德也是坟墓的挖掘者"③。

后来，茶点狂犬病发作，完全失去理智，多次出现幻觉，想要杀死珍妮。珍妮为了自卫，失手杀死了茶点，但是，对于珍妮来说，"他当然没有死。只要她自己尚能感觉、思考，他就永远不会死。对他的思念轻轻撩拨着她，在墙上画下了光与影的图景。这儿一片安宁"④。茶点的故事印证了伏都教的死亡哲学："所有生命都是一个循

① ［美］佐拉·尼尔·赫斯顿：《他们眼望上苍》，王家湘译，北京十月文艺出版社1998年版，第181页。
② ［美］佐拉·尼尔·赫斯顿：《他们眼望上苍》，王家湘译，北京十月文艺出版社1998年版，第183页。
③ La Vinia Delois Jennings, ed., *Zora Neale Hurston*, *Haiti*, *and Their Eyes Were Watching God*, Evanston: Northwestern University Press, 2013, p.223.
④ ［美］佐拉·尼尔·赫斯顿：《他们眼望上苍》，王家湘译，北京十月文艺出版社1998年版，第209页。

环的链条——生命、死亡、神化、变形、重生。"① 茶点留给珍妮的是对生活和生命的热爱，是正确面对性别歧视和种族歧视的勇气，他将永远活在珍妮的心中。

《他们眼望上苍》中茶点与伏都教死神盖德之间的内在联系极大地丰富了人物形象、拓展了小说内涵、深化了小说主题，获得了特殊的艺术效果。"这一小说中的伏都教次文本使赫斯顿涉足 20 世纪 20—30 年代黑人知识分子领域中的重要主题，如阶级、性属、种族之间和种族内部的冲突。"②

通过专业的学术研究和大量的田野调查，赫斯顿更加确定伏都教对美国黑人的象征意义，因此她对伏都教因素的使用贯穿于《他们眼望上苍》整部小说。赫斯顿在"其民族文化和民族宗教中的朝圣之旅使她更加了解自己，并在本民族文化的启发下为读者讲述了新的故事"③。《他们眼望上苍》中的伏都美学特征体现了赫斯顿在种族、社会、性属、身份上独特的个人经验和她的边缘性身份。通过对伏都教因素的借鉴，赫斯顿"客观评价非洲传统文化信仰，将其作为黑人民众获得自我身份和从白人主流文化控制下获得精神解放的积极因素"④。

第二节　《秀拉》及《宠儿》中的伏都教原型

与赫斯顿不同，莫里森对伏都教的借鉴是隐秘的。虽然莫里森从

---

① Maya Deren, *Divine Horsemen: The Voodoo Gods of Haiti*, London: Thames and Hudson, 1953, p. 33.

② La Vinia Delois Jennings, ed., *Zora Neale Hurston, Haiti, and Their Eyes Were Watching God*, Evanston: Northwestern University Press, 2013, p. 82.

③ Kimberly Rae Connor, *Conversions and Visions in the Writings of African-American Women*, Knoxville: The University of Tennessee Press, 1994, p. 126.

④ Maria T. Smith, *African Religious Influences on Three Black Women Novelists: The Aesthetics of "Vodun"*, New York: The Edwin Mellen Press, 2007, p. 1.

未公开承认她从伏都教中获取创作灵感，但她每部作品中都有一个形象特殊的女性，而且这些形象都与伏都爱神俄苏里有着千丝万缕的联系。《秀拉》中主人公秀拉与伏都教中的爱神俄苏里有很多共通之处。

如前所述，俄苏里是海地最重要的神，是"爱之女神"。在希腊罗马神话中，爱神是有丈夫和孩子的，但伏都教中的爱神俄苏里既没有丈夫也没有孩子，"俄苏里是与大巴拉相对应的女性神……在海地，最流行的伏都教歌曲除去歌唱里格巴的，就是歌颂爱神俄苏里的……每个星期四和每个星期六，成千上万只蜡烛以爱神之名点燃"①。在有关伏都教宗教仪式的记录中，"敬拜俄苏里的仪式是海地最完美的仪式。海地上层社会的人们为俄苏里献祭食物比对其他任何神都多"②。信奉伏都教的美国黑人相信俄苏里是女性权利的浓缩，是一切生命的源头，也是神圣信仰的源头。

一 《秀拉》中的伏都教爱神原型

《秀拉》发表于1973年，故事中的时间跨度从第一次世界大战结束到黑人民权运动和妇女解放运动高涨的20世纪60年代中期，是美国黑人女性文学中非常重要的作品。《秀拉》结合复杂的社会历史背景，深刻探讨了种族歧视与黑人女性的自我成长，秀拉也因此成为美国黑人女性文学中的代表人物。细读《秀拉》，读者可以发现秀拉与伏都教爱神俄苏里有许多共通之处。

（一）秀拉的胎记

"在伏都教里，出生时脸上有印记的人被认为是具有神力的人。"③ 伏都教认为有胎记的人是被神做了标记的人，这个人的人生

---

① Zora Neale Hurston, "Tell My Horse", in *Folklore*, *Memoirs and Other Writings*, New York: The Library of America, 1995, p. 383.

② Zora Neale Hurston, "Tell My Horse", in *Folklore*, *Memoirs and Other Writings*, New York: The Library of America, 1995, p. 389.

③ ［美］伊什梅尔·里德：《芒博琼博》，蔺玉清译，北京燕山出版社2019年版，第46页。

注定与其他人不同。秀拉的脸上有一个胎记，这个胎记在故事中被多次提到。故事中对胎记的多次强调反映出秀拉的特殊性，暗示秀拉与众不同的人生。有趣的是，在不同人的眼里这块胎记的形状不尽相同，象征意义也大不相同。故事叙述者说，"秀拉皮肤深棕色，长着一双大大的沉静的眼睛，在一只眼的眼皮上长着一块胎记，胎记形状如一朵带枝的玫瑰。这块胎记使本来平淡无奇的面孔平添了一些令人震惊之处"①。随着年龄的增长，秀拉脸上的胎记颜色越来越深，"样子越来越像带枝叶的玫瑰花了"②。在秀拉亲友的眼里，这个胎记为秀拉增添了别样的魅力，使她成为周围人关注的焦点。在其闺蜜奈尔的眼里，那胎记就像一枝娇艳欲滴的玫瑰花；在秀拉的朋友夏德拉克的眼里，秀拉的胎记像一只可爱的蝌蚪。但是，在不喜欢秀拉的人眼里，那个胎记是非常不吉利的。有人认为，那块胎记是"一块毒蛇般的古铜色胎记"③，甚至有人认为，秀拉的那块胎记"不是一株带枝的玫瑰，也不是一条毒蛇，而是从一开始就在她脸上的汉娜的骨灰"④。神奇的胎记使秀拉成为被"神"标上记号的人，在喜欢她的人眼里，秀拉是天使和爱的象征；在痛恨她的人眼里，她是撒旦和魔鬼的化身。秀拉的形象与颇有争议的伏都教爱神俄苏里的形象非常相似。在敬拜俄苏里的信徒眼里，她是最美貌、最性感、最有神力的；而在否定俄苏里的人眼里，她是放荡的、癫狂的、有破坏力的。

在生活细节方面，秀拉与伏都教爱神俄苏里有更多的相似之处。比如，秀拉长相很年轻，数十年过去她的容貌也没有改变，和俄苏里

① ［美］托妮·莫瑞森：《最蓝的眼睛——托妮·莫瑞森长篇小说集》，陈苏东、胡允桓译，南海出版公司2005年版，第172页。
② ［美］托妮·莫瑞森：《最蓝的眼睛——托妮·莫瑞森长篇小说集》，陈苏东、胡允桓译，南海出版公司2005年版，第188页。
③ ［美］托妮·莫瑞森：《最蓝的眼睛——托妮·莫瑞森长篇小说集》，陈苏东、胡允桓译，南海出版公司2005年版，第208页。
④ ［美］托妮·莫瑞森：《最蓝的眼睛——托妮·莫瑞森长篇小说集》，陈苏东、胡允桓译，南海出版公司2005年版，第216页。

一样可以永葆青春；秀拉小时候从不生病，从来不招蚊虫叮咬，喝啤酒从不打嗝，和俄苏里一样具有神力。虽然秀拉不知道自己的父亲是谁，但她对这一点从来都不好奇，她的身世如俄苏里一样神秘。秀拉终生未婚，她的生活中没有固定的男性，因此，她也从未感受过父权制和夫权制的剥削，她的身体和灵魂都是相对独立的。就如俄苏里一样，她属于所有的男性也独立于所有的男性。

秀拉的胎记就如命运打在她身上的烙印，注定她的一生与众不同。秀拉形象与俄苏里形象的一致性增添了小说的神秘性，也揭示了伏都教对美国黑人作家的潜在影响。

（二）秀拉对性的痴迷

长久以来，性的话题在很多文化中都带有禁忌色彩。但是，伏都教中对爱神俄苏里的崇拜解放了信徒的性观念。在有关伏都教的资料记载中，在海地"人们为爱神献上甜点、饮料、香水和鲜花。成千上万的、不同阶层的、不同年龄的男人为爱神献上自己的身体"①。按照海地人的理解，爱神俄苏里属于所有海地的男人，而不属于其中任何一个个体。爱神可以随时享受性爱，信奉爱神的信徒也可以自由地追求性爱的快乐。故事中的秀拉就是这样一个女人，她不属于任何一个人，却又属于每一个人，任何男人都无法抵挡秀拉的诱惑。秀拉对待性爱的态度与伏都教中的爱神俄苏里对待性爱的态度是极其相似的。

通过小说中的细节推断，秀拉的家里从来不缺男人，因为她的母亲汉娜对性的态度也是极其开放的。从小耳濡目染，秀拉认为性爱是非常美好的事，她从来都不觉得性是羞耻的。在秀拉的成长过程中，她通过与不同男人的性爱来填补内心对爱的极度需求。虽然秀拉不爱自己的母亲，但她认可自己母亲对性爱的态度。故事中的"汉娜对

---

① Zora Neale Hurston, "Tell My Horse", in *Folklore*, *Memoirs and Other Writings*, New York: The Library of America, 1995, p. 383.

性的态度使她的身体从父权制建构的女性身体的所属关系中解放出来。她没有使身体委身于父权话语下的伦理牢笼，而是给身体享乐的空间"①。受母亲汉娜的影响，秀拉认为，"性是令人愉快和可以随时进行的，此外也没什么可大惊小怪的"②。秀拉对性爱的痴迷和享受更加印证了她身上伏都教爱神原型的色彩。伏都教中的爱神俄苏里可以和不同的男人做爱，而且她的这些行为也不会受到信徒的指责，因为爱神俄苏里是通过性爱来传递力量的，如俄苏里一样，秀拉"尽可能多地和男人睡觉。床笫是她能够得到她所寻求的东西的唯一之处……男女欢情在她最初看来是一种特殊的快乐的创造。她认为她喜欢性爱及其胡闹的阴暗之感"③。

> 在传统文化中，黑人女性没有对自己身体的表述权，她们的身体被随意书写，随意标记，随意想象，尤其在白人主流文化中，黑人女性总是被构建为"性欲化"的客体，莫里森在秀拉的塑造上正是利用了白人的这一想象，又对其予以颠覆。秀拉不再是被书写、被标记的性欲客体，而是一个主动掌控自己身体，以身体的漫游和试验构建自我的主体。④

故事中的秀拉几乎和所在黑人社区中的所有男人睡过觉，哪怕是自己好友的丈夫她也毫不避讳。在秀拉的眼里，即使是好友奈尔的丈夫，那也不过是一个可以给自己带来不同体验的男人。另外，秀拉也

---

① 李芳：《母亲的主体性——〈秀拉〉的女性主义伦理思想》，《外国文学》2013 年第 3 期。
② ［美］托妮·莫瑞森：《最蓝的眼睛——托妮·莫瑞森长篇小说集》，陈苏东、胡允桓译，南海出版公司 2005 年版，第 166 页。
③ ［美］托妮·莫瑞森：《最蓝的眼睛——托妮·莫瑞森长篇小说集》，陈苏东、胡允桓译，南海出版公司 2005 年版，第 221 页。
④ 马粉英：《托妮·莫里森小说的身体叙事研究》，博士学位论文，北京外国语大学，2014 年，第 83 页。

和白皮肤的男子发生亲密关系，因为秀拉认为白人和黑人没有什么不同，他们都是男人，是她获取快乐的工具和对象。秀拉放荡不羁的行为激起了黑人社区对她的愤怒和疏离。黑人群体将怒火、不满、嫉妒等复杂情绪指向离经叛道的秀拉，对她进行打击和排挤。但是，性格独立的秀拉丝毫不被周围人的态度影响，她无视其他人对她的看法，我行我素、随心所欲地追求和享受她自己想要的快乐。秀拉对性爱的痴迷与伏都教爱神俄苏里有共通之处。秀拉对生活的热爱、对传统的挑战、对生命原动力的积极态度颠覆了早期刻板的黑人女性形象，为美国黑人女性文学增添了新的风景。

（三）秀拉与神秘现象之间的联系

根据伏都教相关资料记载，爱神俄苏里可以在任何时候、任何地点、与任何喜欢的人谈情说爱。如果有人得罪了俄苏里，那他/她就会受到严厉的惩罚。俄苏里与主神大巴拉地位相等，她是无忧无虑，不受约束，具有神秘力量的。

《秀拉》中的秀拉和奈尔是一对亲密无间的好朋友，她们相互陪伴、相互依赖，一起成长。成年后的秀拉在好友奈尔结婚后离开了家乡，在外漂泊十年。当她再一次回到自己的家乡时，家乡梅德林突然出现了一场知更鸟灾害。成千上万的知更鸟到处乱飞，很多鸟会突然掉下来，死在人们的脚边，这种诡异现象给当地居民造成极大恐慌。黑人社区的人们无法解释这一灾难，他们认为秀拉的出现是不祥的预兆。回到家乡的秀拉依旧特立独行，我行我素，她既不结婚生子，也不安分守己，她随心所欲，自由自在。秀拉接受所有男人的追求，并与他们睡觉，然后就不再理睬他们。秀拉从不在乎来找自己的男人是谁，哪怕是自己好友的丈夫她也无所顾忌。秀拉大吃大喝，大哭大笑，尽情享受，肆意挥霍。秀拉蔑视一切规矩、习俗、道德、传统，秀拉的反叛、肆意的生命力和破坏力都具有摧毁一切的力量。虽然黑人社区把秀拉视为邪恶的存在，但秀拉的身上充满神秘力量，"她破坏着现存的一切，却为黑人社区开创了另一种新生活"①。反讽的是，秀拉这个看似不和谐因素的存在却大大促进了黑人社区的团结。黑人社区中的妻子更加疼爱自己的丈夫，丈夫也更加眷恋自己的妻子，孩子们更加孝顺自己的老人，他们史无前例地团结一致，互相爱护，互相支持，目的就是要孤立和打击秀拉。从某种意义上说，秀拉是破坏者，更是促进者。秀拉的一生是短暂而又寂寞的，但是，她的一生是在发现自我和追求自我的过程中度过的。

另外，故事中的秀拉总是与死亡相伴。十二岁时，秀拉失手淹死了黑人小男孩"小鸡"；当秀拉对一个五岁的孩子说"不"时，这个孩子会跌倒，并且检查出骨折；吮了十三年鸡骨头的芬雷先生因为抬头看见秀拉而被鸡骨头卡住喉咙，当场断气；有人偷偷看了秀拉一会儿，回家后眼睛就发炎；秀拉眼见自己的母亲被大火吞噬，既不求救也不施救；秀拉死后的那年冬天灾难不断，连绵的冻雨使庄稼颗粒无收，家禽暴死，孩子们得了传染病，大人们得了冻疮、风湿、耳痛等很难治愈的疾病，还发生了"隧道事故"，很多黑人在事故中死去……秀拉最终去世似乎解决了黑人社区的一些麻烦，但他们面临着更多、更严重的问题。秀拉的一生启发了她最好的朋友奈尔，故事结尾处的奈尔对着镜子说："我就是我。我不是奈尔。我就是我。我。"② 奈尔因为丈夫的背叛曾经一蹶不振，她迁怒于秀拉，与秀拉绝交多年。但是，当秀拉病重时，奈尔选择了原谅秀拉，并去照顾秀拉。秀拉的存在让奈尔看清楚了父权社会和夫权社会的本质，走出了被传统禁锢的牢笼，开启了追求自我的精神旅程，获得了新的精神生命。秀拉的死不再是悲剧性的，而是启示性的。秀拉的一生反映出黑人妇女对新生活的向往和对自由与梦想的追求，秀拉与伏都教爱神俄苏里

---

① 马粉英：《托妮·莫里森小说的身体叙事研究》，博士学位论文，北京外国语大学，2014年，第90页。

② ［美］托妮·莫瑞森：《最蓝的眼睛——托妮·莫瑞森长篇小说集》，陈苏东、胡允桓译，南海出版公司2005年版，第269页。

的内在联系凸显了黑人文化的重要性，极大地深化和拓展了小说主题。

二 《宠儿》中的伏都教爱神原型

《宠儿》发表于 1987 年，是莫里森获得诺贝尔文学奖的奠基之作。作品自出版之后，好评如潮。故事主人公宠儿身份神秘莫测，具有神奇的力量，与大自然有特殊的联系，与伏都教爱神俄苏里有共同之处。

（一）宠儿与神秘力量之间的联系

与伏都教爱神俄苏里一样，宠儿既具有神秘的破坏力量，也具有启示力量。宠儿给周围人的生活带来了麻烦，同时，也为他们带来了重生的机会。故事中的保罗 D、丹芙和塞丝三人在与宠儿的相处中情感和性格逐渐成熟和完善，完成了他们人生中的重要蜕变。

首先，宠儿的出现使故事中的人物可以勇敢地正视现在和过去，最终完成精神上的成长。保罗 D 因为宠儿的到来失去了塞丝的宠爱，他对宠儿的憎恨一天也没有停止过，但他们之间奇特的性关系却开启了他那"烟盒"般的记忆，他又可以去感受、去爱、去忘记了。宠儿的出现也给自我封闭多年的丹芙带来了很多的变化。起初，丹芙一味地依赖宠儿，坚信宠儿如果不在了，她就会失去自我。后来，宠儿越来越喜怒无常，越来越以自我为中心，她开始在精神上剥削和控制塞丝，甚至想要杀死她。宠儿的这些变化使丹芙认识到宠儿所代表的过去是多么的危险。124 号因为宠儿一贫如洗，不得不接受社区的帮助。自闭多年的丹芙最终勇敢地走出了 124 号，开始进入社会，积极工作，供养塞丝和宠儿。丹芙离开 124 号标志着她社会人格的形成和她追求独立和自足的开始。

同样，宠儿对塞丝的性格发展也有着非常重要的作用。神秘归来的宠儿认为，塞丝是自己一直寻找的母亲，因此，她狂热地迷恋塞丝，而塞丝认为宠儿是自己多年前杀死的女儿，她也同样狂热地回应她，两人谁也离不开谁，他人无法介入，她们之间陷入了一种"相爱相杀"的毁灭性关系。与宠儿相处时，塞丝就会陷入不堪回首的过去，无法自拔，她想尽一切办法就是为了让宠儿明白，当年自己为什么会亲手结束自己孩子的生命。同时，宠儿的出现也具有另外一方面的积极意义。只有给宠儿讲故事时，塞丝才能非常自然地讲出深埋在内心的秘密，如她被自己的母亲抛弃后的感觉，她在"甜蜜之家"所遭受的可怕的侮辱以及她杀死自己女儿的动机，等等。因为宠儿的存在，塞丝通过回忆自己的过去，开始了解自己、了解生活，开始正视自己周围的人和事，最终从梦魇般的回忆中逃了出来，重新鼓起勇气面对生活。故事中保罗 D、丹芙和塞丝的巨大变化是小说的希望所在，也是所有黑人同胞面对将来的希望所在。

小说中的宠儿代表了具有毁灭性的、痛苦的过去，也代表着可能得到的美好的未来。她给 124 号里的女人们，最终也给整个社区的人们以及所有黑人同胞们提供了面对过去，重新认识和思考那些被遗忘、被忽视的岁月，并从中受益的机会。宠儿与伏都教爱神俄苏里的内在联系强调了黑人文化和黑人宗教的治愈力量，深化和拓展了小说的主题，增强了小说的政治意义和社会意义。

（二）宠儿对甜食的贪恋

伏都教爱神俄苏里非常喜欢甜食，是伏都教神中的"甜神"。信徒在献给她的祭品中，一定要有甜食，包括甜酒和甜点，并且数量越多越好。俄苏里会根据祭品的多少和信徒的信仰情况决定是否帮助这位信徒达成心愿。故事中的宠儿与俄苏里一样，对糖和甜食极为贪恋。借尸还魂的宠儿一直处于饥饿状态，她会无节制地吃完家里的所有食物，其中，甜食是她的最爱：

> 从那一刻起，一直到后来，糖总是能用来满足她，好像她天生就是为了甜食活着似的。蜂蜜和蜂蜡都时兴起来，还有白糖三明治、罐子里已经干硬的糖浆、柠檬汁、胶糖，以及任何一种塞丝从餐馆带回家来的甜点。她把甘蔗嚼成亚麻状，糖汁吮净后好

长一段时间还把渣子含在嘴里。①

宠儿吃完家里的甜食后，开始有了更多的要求。她利用塞丝的愧疚之心，在精神和情感上对塞丝进行折磨和控制。在宠儿的要求下，塞丝拿出所有的积蓄，为她买昂贵的布料，做漂亮的裙子，买各种各样她没有品尝过的甜点和美食。宠儿像一个无底洞一般消耗着塞丝的生命。塞丝的身体逐渐透支，后来精神恍惚，无法出去工作。即使124号食物匮乏，宠儿仍旧变本加厉地提出各种要求，向塞丝索要各种甜食。塞丝无法满足宠儿的要求时，宠儿就会在家里大闹，并在精神上刺激塞丝。多年来闭门不出的丹芙最终承担起了养家的重任，克服了自己社交恐惧的心理疾病，在养活塞丝和宠儿的同时，完成了对自己的救赎。同时，丹芙也意识到了宠儿的危险，她向整个黑人社区求救，完成了124号与黑人社区的和解。124号在黑人妇女的集体祈祷中获得了新生，宠儿也在大家的祷告声中离开了124号。

回顾美国历史，美国南方奴隶制的盛行以及黑人贸易的繁荣都与当时的制糖业有关。奴隶制下的黑人种植大量的甘蔗和甜菜，生产大量的糖以及与糖相关的产品，为白人奴隶主赚取了大量利润，但是，讽刺的是，生产和制造糖的黑人却无法维持自己的温饱，无法吃上糖及用糖制作的甜食。在美国黑人文学作品中，糖及甜食因此成为富有黑人文化隐喻的特殊意象。黑人对糖和甜食的喜爱也逐渐演变为黑人对爱、对自由、对平等的渴望和追求。故事中的宠儿对糖和甜食的贪恋既揭示出宠儿与俄苏里的共同之处，也讽刺了美国社会的种族歧视和种族压迫。

（三）宠儿对爱的强烈占有欲

伏都教爱神俄苏里有着强烈的嫉妒心，她甚至不容许自己的信徒在敬拜自己的日子里与他们的妻子发生亲密关系。如果出现信徒

① ［美］托妮·莫里森：《宠儿》，潘岳、雷格译，中国文学出版社1996年版，第66页。

"背叛"自己的行为,俄苏里就会做出报复行为。俄苏里美貌、任性、固执,对"爱"有着极大的占有欲。故事中的宠儿对爱也有着近乎执拗的占有欲,与俄苏里有共同之处。

自从宠儿来到124号,她就想和母亲塞丝整天整夜地守在一起,一分钟也不分开。宠儿无法忍受塞丝的视线从她的身上移开,甚至无法忍受塞丝关心丹芙和保罗D。因此,宠儿想尽办法排挤丹芙,逼迫丹芙出去干活养家,而她待在家里,独享塞丝的陪伴。当宠儿发现塞丝与保罗D的亲密关系后,她很是愤怒和嫉妒。宠儿认为,塞丝在情感上背叛了自己,她决定以自己的肉体为代价,诱惑保罗D,并将他彻底赶出塞丝的生活,独占塞丝的爱。故事中的保罗D明显感觉到了宠儿的危险,但他对宠儿的所有行为都是无力招架的。面对宠儿的恶意诱惑,面对宠儿的神秘力量,虽然保罗D极力抗拒,但无法控制自己,与宠儿发生性关系并导致宠儿怀孕,最终与塞丝之间的关系彻底破裂。

> 保罗D说话的时候,宠儿撂下裙子,用空荡的眼睛望着他。她悄没声息地迈了一步,紧挨在他身后站着。
> "她不像我爱她那样爱我。我除了她谁也不爱。"
> "那你到这儿来干什么?"
> "我要你在我身体里抚摸我。"
> "回屋睡觉去。"
> "你必须抚摸我。"①

虽然保罗D主观上是拒绝宠儿的,他对宠儿也没有特殊的感情,但是,在神秘力量的驱使下,保罗D仍旧与宠儿发生了亲密关系。清醒后的保罗D非常内疚和自责,他第二天就搬出了124号,离开

---

① 〔美〕托妮·莫里森:《宠儿》,潘岳、雷格译,中国文学出版社1996年版,第140页。

了塞丝。

故事快要结束时文本中出现了宠儿的内心独白，她一次次地强调她对塞丝的依赖和爱：

> 我是宠儿，她是我的。
>
> ……
>
> 我是太爱她了。
>
> ……
>
> 我一直等着你
>
> 你是我的
>
> 你是我的
>
> 你是我的①

在莫里森的笔下，秀拉和宠儿的形象都与伏都教中的爱神俄苏里有很多共同之处。"通过俄苏里的形象，伏都教赋予女性不同于其他人的特质：超越现实的想象力，超越满足的欲望，超越需求的创造。通过俄苏里，伏都教向女性这一充满梦想的神圣物致敬……在某种程度上，她符合男人们构思和创造神圣物的所有原则。"②

秀拉和宠儿的形象塑造从侧面反映出莫里森创作与伏都教因素的深层呼应，进一步证实了伏都教对美国黑人作家的深远影响，既反映出伏都教的强大生命力，也揭示出伏都教对黑人群体构建宗教身份和文化身份的重要意义。同时，美国黑人作家对伏都教元素的借用成为他们的写作策略、文化策略，甚至生存策略。

---

① ［美］托妮·莫里森：《宠儿》，潘岳、雷格译，中国文学出版社1996年版，第259页。

② Maya Deren, *Divine Horsemen: The Voodoo Gods of Haiti*, New York: McPherson, 1953, p. 138.

第三节　《芒博琼博》中的伏都教原型

　　赫斯顿在文学创作中直接借鉴伏都教因素，莫里森在其文学创作中较为隐蔽地与伏都教因素达成了共振，里德则公开表明他是从伏都教中获取创作灵感的。里德曾经说："我借用了伏都教，就像欧洲作家采用希腊神话一样……我只是寻找一种能将我和我的过去、我的文化联系起来的体系。"① 在其代表作《芒博琼博》中，里德讲述与伏都教直接相关的故事，借助伏都教的力量批评和讽刺无所不在的美国政治专制和形形色色的文化霸权。

　　从故事情节来看，《芒博琼博》是一部侦探小说。小说以追查叶斯格鲁病毒为主线，故事中充满谋杀、悬疑和各种谜团，小说中有明显的伏都教色彩。故事中很多人物的名字来自伏都教，有些人物的原型也来自伏都教。"里德作品中的人物都是有象征意义的，因为他们拥有伏都教中神的一些特点。"② 故事一开篇出现的人物就是"新奥尔良的市长"，让读者想到了伏都教在美国的盛行之地。美国的"新奥尔良地区"是伏都教最为盛行的地区，故事发生的地点和出现的人物身份将读者的思绪与伏都教紧密联系。在接到一个神秘电话后，这位市长带着自己的情人开车到了"圣路易斯大教堂，这里曾是 19 世纪伏都教女王玛丽·拉芙常来做弥撒的地方"③。故事的开场笼罩着神秘的伏都教色彩。在故事推进过程中，文本中总是出现伏都教不同神的名字或提及伏都教的各种宗教仪式，如"1920 年，查理·帕克出生了，任何其他大师都没有资格授予这位恩贡巫师响铃"④。里

---

① 转引自林元富《美国后现代的一头黑牛——伊斯米尔·里德其人其作》，《外国文学》2004 年第 6 期。

② Reginald Martin, *Ishmael Reed and the New Black Aesthetic Critics*, London：The Macmillan Press，1988，p. 91.

③ ［美］伊什梅尔·里德：《芒博琼博》，蔺玉清译，北京燕山出版社 2019 年版，第 2 页。

④ ［美］伊什梅尔·里德：《芒博琼博》，蔺玉清译，北京燕山出版社 2019 年版，第 16 页。

德将爵士乐历史上最为重要的演奏家和伏都教中的巫师相提并论，表明了里德对伏都教的肯定态度，同时将音乐元素与宗教元素并置。①

《芒博琼博》的第 10 章出现了故事中的主人公帕帕·拉巴斯。拉巴斯脸上有印记，被人们称作神。根据伏都教资料记载，身上有印记的人都是被神做了标记的人，这个人可能拥有伏都教神才可能拥有的神力。拉巴斯到底是谁，故事中给出了很多答案：

> 据说他的祖先长期担任尼日利亚东部阿诺的守护者，能够传达神谕，当年他坐在山洞口，他的信徒们恭敬地站在浅水中聆听。另一种说法说他是夏宫里赫赫有名的摩尔人的化身，苏菲教文献里说他是让欧洲的女巫们发疯的那个黑吉卜赛人。不管他的祖先是谁，不管他的血统如何，大家都知道他的祖父是被奴隶船带到美国来的，他和其他奴隶把非洲的宗教带到了美国，这种宗教保留发展至今。②

有关拉巴斯的身份，众说不一。但是，所有人都承认拉巴斯是一位神秘的伏都教领袖：

> 一个小男孩踢了他的狗，那只名叫"伏都三分钱"的纽芬

---

① 里德的作品中经常出现查理·帕克，解构了文学与历史之间的对立。查理·帕克（Charlie Parker, 1920—1955），是爵士乐史上最伟大的中音萨克斯演奏家，对 Be-bop 爵士乐的贡献非常大。他对整个爵士乐发展起到了决定性的影响。帕克的吹奏技术堪称完美、无与伦比。他超人的演奏速度、细腻的音色处理技术是其他人无法相提并论的。"波普"或者"比波普"是一种开始于 20 世纪 40 年代的极具革命性的爵士乐。其主要特点为：在 8 小节之内开始新的乐句。这打破了传统上以 8 小节为相对独立单位的爵士乐演奏方式。过去的布鲁斯演奏中以 12 小节为一个基础单位。波普演奏家常常做出更为革命性的演奏，如他们仅仅保留和声框架，即兴添加新的和弦进去。虽然波普一度宣告消失，但它独特的演奏形式对后世音乐有着非常深远的影响。
② ［美］伊什梅尔·里德：《芒博琼博》，蔺玉清译，北京燕山出版社 2019 年版，第 30 页。

兰犬，结果男孩整晚都躁动不安，不停地磨牙。一家仓库拒绝给他的教堂某种特殊的草药，结果着火了。他那座位于褐色石头街的教堂是个心灵杂货店，他诊断顾客的灵魂，拿出适合美国人的方案。这个总部被批评者们嘲笑为"芒博琼博"的巫术教堂，其实是个经营珠宝、黑人星象图、草药、药剂、蜡烛和护身符的作坊，这里治愈和帮助了许多人。①

《芒博琼博》中，拉巴斯是故事的主线人物，故事情节随着拉巴斯的行踪而推进。通过拉巴斯这一人物，读者不但了解到黑人民族的历史，还了解了伏都教的起源和历史，强调了伏都教在黑人生活中的生命力及重要性。随着故事的发展，拉巴斯的身份越来越含混复杂，"帕帕·拉巴斯——正午的伏都、逃亡的隐士、巫术师、植物学家、动物模仿者、双头人、什么身份都有可能……拉巴斯来自一个历史悠久、和自然达成了协议的部落"②。人们对拉巴斯多重身份的猜测更加强调了伏都教的神秘力量，因为"拉巴斯是美国东北部为数不多的能随心召唤洛阿的人之一"③。也有人认为："在海地他就是帕帕·洛阿，在新奥尔良他叫帕帕·拉巴斯，在芝加哥他叫帕帕·乔。地域会发生变化，但是他的功能保持不变。"④ 还有人认为，"帕帕·拉巴斯打开他那中空的伏都教巫师手杖"⑤。

里德借文本中的拉巴斯之口，传递出大量有关伏都教的知识。

---

① ［美］伊什梅尔·里德：《芒博琼博》，蔺玉清译，北京燕山出版社2019年版，第30—31页。
② ［美］伊什梅尔·里德：《芒博琼博》，蔺玉清译，北京燕山出版社2019年版，第56页。
③ ［美］伊什梅尔·里德：《芒博琼博》，蔺玉清译，北京燕山出版社2019年版，第58页。
④ ［美］伊什梅尔·里德：《芒博琼博》，蔺玉清译，北京燕山出版社2019年版，第101页。
⑤ ［美］伊什梅尔·里德：《芒博琼博》，蔺玉清译，北京燕山出版社2019年版，第62页。

"伏都教是泛神的、变化的，伏都教有数以万计的神灵，竭尽人的想象，无穷的精灵和神。这么多的神灵，全世界所有的神书都盛不下，而且伏都教里还会有新的神灵出现。"① 里德描述了海地人信奉伏都教的情况："他们和海地的精英一样，表面上信奉天主教，背后却会偷偷地敬奉伏都教的恩贡。"② 故事中的夏洛特非常崇拜拉巴斯，他总是劝说拉巴斯："老爹，你不能把你的法术这么完美的东西藏起来，这些法术有利于整个世界。"③ 拉巴斯说："我不知道海地的法术能多大程度地在美国转化过来。如果洛阿们跟随着我借用的法术也来到我们身边呢？这意味着我们必须供奉满足他们。"④ 故事中的拉巴斯为了保持自己的神力，供奉着 21 个伏都教神灵：

> 在一张长长的枫木桌子上，铺着白得耀眼的亚麻布，上面的 21 个托盘里装满了利口酒、糖果、朗姆酒、烤鸡和牛肉等各种美味。桌子上有美丽的花瓶，里面插了各种玫瑰。这间屋子是神灵进食的地方，拉巴斯要求里面的供品一旦享用完了就立刻续上，这件事由助教负责。屋子里点着各种颜色的蜡烛，桌子上燃烧的是天蓝色的蜡烛。另一个大厅里，参加者正在指导下练习，洛阿会不时地占据他们的灵魂。⑤

通过讲述拉巴斯的故事，里德巧妙地将伏都教仪式融入文本中，

---

① ［美］伊什梅尔·里德：《芒博琼博》，蔺玉清译，北京燕山出版社 2019 年版，第 59 页。
② ［美］伊什梅尔·里德：《芒博琼博》，蔺玉清译，北京燕山出版社 2019 年版，第 45 页。
③ ［美］伊什梅尔·里德：《芒博琼博》，蔺玉清译，北京燕山出版社 2019 年版，第 65 页。
④ ［美］伊什梅尔·里德：《芒博琼博》，蔺玉清译，北京燕山出版社 2019 年版，第 67 页。
⑤ ［美］伊什梅尔·里德：《芒博琼博》，蔺玉清译，北京燕山出版社 2019 年版，第 63 页。

宣传和肯定了伏都教在黑人文化中的重要性。

在文本中，与拉巴斯关系密切的厄琳也是一位非常神秘的女子。厄琳美貌能干，是拉巴斯的得力助手，是以伏都教爱神俄苏里的原型来创作的。就如俄苏里一般，厄琳在故事中声称"所有的黑人男人都是我的丈夫"①。当故事中的厄琳被俄苏里附身时，拉巴斯和赫尔曼便举行非常正式的伏都教仪式来敬拜爱神俄苏里：

> 这些年长的女人们是沉稳、冷静的内行，她们围在厄琳的床边。她们穿着白色的制服：白色的裙子、白色的袜子和白色的鞋子，戴着护士的白帽子。她们把熏香炉放在房子里，上面漂着混合料"高约翰征服者"、鸢尾草、檀木和滑石粉与薰衣草。百叶窗已经拉开了，窗帘上的图案是被匕首刺穿的一颗爱心。一个女人正在屋子里挤些白玫瑰的精油，另一个在浴室里往浴缸里放热水，旁边的帮手往里面撒上罗勒叶。布莱克·赫尔曼在厨房里穿着白色的围裙，勾兑大米、面粉、鸡蛋、薄荷甜酒、2只鸽子和2只鸡的汤、马得拉白葡萄酒，煮成液体状的混合物。②

故事中所描述的宗教仪式与伏都教中敬拜爱神俄苏里的仪式非常相似，进一步暗示了厄琳的伏都教爱神原型，增加了故事的趣味性和神秘性。借助伏都教元素，里德采用多层次、不连续和片段式的时间结构，在历史与现实之间游走，展现了其博学和创新的特点。小说中的伏都教原型唤醒了黑人民族的黑色记忆。

故事中的拉巴斯与不同信仰和不同文化背景的人打交道，里德也因此将不同宗教和不同文化并置在这一文本中。故事中的其他人物在

---

① ［美］伊什梅尔·里德：《芒博琼博》，蔺玉清译，北京燕山出版社2019年版，第161页。
② ［美］伊什梅尔·里德：《芒博琼博》，蔺玉清译，北京燕山出版社2019年版，第171—172页。

和拉巴斯谈话时表达了他们对伏都教的态度："我们只是表面信奉天主教，背地里信伏都教。"① "有句玩笑话：海地人95%是天主教徒，100%是伏都教徒。"② 里德通过拉巴斯的话委婉表达了对基督教的否定和批判：

> 耶稣永远是严肃的，不苟言笑，和狱警一样阴沉……拉巴斯相信，当有一天，人们解除了这些折磨非裔美国人灵魂的骗子、压抑的原型时，整个大地上的人会如释重负，灵魂就像是跋涉千里踩过钉子、鹅卵石、热炭和荆棘之后的双脚泡在了温泉水里……耶稣这个外来者，是非裔美国人大脑中危险的侵入者，是灵魂之家伊费中不受欢迎的闯入者。③

另外，里德还通过拉巴斯之口对各种社会现象包括文学作品进行讨论，如对各种社会理论，包括种族主义、社会主义、无政府主义、加尔文主义、民族主义进行评述；对各种历史事件进行评论，如对女巫审判案，对美国南部私刑，对各种黑人民间团体及伊斯兰教民间团体进行评价；对莎士比亚的《奥赛罗》，对弗莱的原型批评，对弗莱泽的《金枝》进行评述；对凡·高的作品，对西班牙画家戈雅的作品，对《浮士德》的故事等进行讨论。这些散落在文本各处的信息使得《芒博琼博》这一文本成为后现代主义的经典之作。故事中的拉巴斯洞悉历史与未来的所有事，成为无所不知的神，与伏都教中的主神洛阿原型契合。

《芒博琼博》的叙事者时常游离于文本和现实之间，模糊了叙事

---

① ［美］伊什梅尔·里德：《芒博琼博》，蔺玉清译，北京燕山出版社2019年版，第181页。

② ［美］伊什梅尔·里德：《芒博琼博》，蔺玉清译，北京燕山出版社2019年版，第182页。

③ ［美］伊什梅尔·里德：《芒博琼博》，蔺玉清译，北京燕山出版社2019年版，第128页。

时间和叙事角度，这样的叙事符合伏都教的时间观。

通过融合和共时的特点，《芒博琼博》侧重于社会环境的描写，并从中指出伏都教在美国社会的发展情况。在文本中，里德还通过引用其他书籍中的话，揭示了主流社会对伏都教的态度：

> 尽管如此，巫术还是坚持存在，而且偶尔……它不再潜藏在黑暗的角落和下流的藏身窟，而是不知羞地在官殿的朝堂上，大白天在迷信的人眼前，炫耀它那令人作呕的恶行。
>
> ——蒙太古·萨莫司《魔法和魔鬼学的历史》①

里德也通过拉巴斯之口讲述了伏都教的特点。"美国人把海地伏都教成功合成了美国伏都教，他们了解伏都教的过程、伏都教真正的精髓，分离、提取了导致洛阿出现的未知因素。"② 里德通过消解虚幻与真实、历史与现实的界限来表达非常严肃的主题：现在来自过去，现在决定未来。美国黑人作家将过去、现在、未来并置，是想提醒自己的人民，不能忘记过去，但也不能沉湎于过去，要展望未来，争取未来美好生活。黑人民族想要塑造完整的自我就不能割裂与过去的联系，应当重新审视自我，审视民族的历史，获得健康健全的个人身份及集体身份。通过将美国黑人民族历史浓缩在故事讲述中，美国黑人文学作品的主题不再充满痛苦和质疑，而是充满了希望和美好。通过并置各种文化因素，美国黑人文学的主题也逐渐从关注黑人群体自身拓展到关注全人类共同面对的问题，极大提升了美国黑人文学的整体质量。同时，通过对伏都因素的移用，里德用自己的方式解构了西方侦探小说的基本模式，科学推理为伏都暗喻所代替：

---

① ［美］伊什梅尔·里德：《芒博琼博》，蔺玉清译，北京燕山出版社 2019 年版，第 121 页。

② ［美］伊什梅尔·里德：《芒博琼博》，蔺玉清译，北京燕山出版社 2019 年版，第 205 页。

　　非裔美国小说家在戏仿西方侦探小说时往往通过文类改写和价值重构将种族主题融入作品，形成了具有鲜明的自身文化特色的侦探小说的变异模式……里德通过戏仿，巧妙地将政治、文化和种族等主题嵌入作品之中。里德的改写主要表现在对侦探小说的三大要素——罪案之谜（神秘事件）、侦探形象和叙事结构的解构上。①

　　对于美国黑人来说，"任何形式的宗教都是与争取自由相联系的"②。伏都教的存在也是为了获得精神上的自由。"如果没有处于边缘的伏都教和其特殊力量将黑人民众团结在一起，就没有黑人民间传说和黑人传统文化。"③

　　在其代表作《芒博琼博》中，里德干脆用 mumbo-jumbo 这个白人世界中"胡言乱语"的同义词而从根本上消除了黑人主体存在的可能性，将黑人主体变成了一个无法言说也无法表现的虚构。《芒博琼博》是后现代主义作品，它对黑人文学中有关黑人主体性的想象及其形而上学含义做了严厉的批判，同时彰显了意义的不确定性、多重性以及能指自身的游戏。④

　　基于伏都人物、伏都仪式、伏都历史及其他伏都元素的使用，《芒博琼博》成为里德通过文学创作寻找伏都精神的最佳代表，最完

---

① 林元富：《论伊什梅尔·里德后现代主义小说的戏仿艺术》，厦门大学出版社 2008 年版，第 V 页。
② Pinn B. Anthony, *Black Religion and Aesthetics*, New York: Palgrave Macmillan, 2009, p. 22.
③ Baker A. Houston, Jr., *Workings of Spirit: The Poetics of Afro-American Women's Writings*, Chicago: The University of Chicago Press, 1991, p. 94.
④ ［美］小亨利·路易斯·盖茨：《意指的猴子：一个非裔美国文学批评理论》，王元陆译，北京大学出版社 2011 年版，第 9 页。

美地体现了其"新伏都主义"的观点。

　　美国黑人作家借鉴伏都教因素进行创作已成为其文学传统。在对伏都因素进行挪用和改写的过程中，美国黑人作家实现了文字层面的解放和精神层面的自由，同时表达了对白人主流文化的否定和批判，强调了黑人文化对于黑人群体身份和民族身份的重要意义。这种将传统文学与伏都因素混合的文体体现了美国黑人作家作为边缘群体进入美国历史叙事的政治身份诉求。重写历史成为美国黑人作家不断探索的主题，他们借助伏都教的颠覆性和不确定性进行写作的创新，创造了美国文学史乃至世界文学史上的一个又一个里程碑式的作品。

第五章　混杂的伏都文化——互文性混合体裁

　　因为特殊的政治和历史原因，美国黑人群体曾经被剥夺话语权和受教育权利，他们表达自我、寻求自由的道路异常曲折，于是，他们从文化的边缘发出呐喊，努力用新的文学形式解构主流文学传统，保持自己的民族独立性和文化独立性，以伏都文化为灵感的写作方法因此进入历史叙事空间。与西方传统的基督教思想相比，伏都教最大的特点是对任何信仰、任何文化都没有偏见。伏都教在传播过程中秉承兼收并蓄的原则，根据具体情况吸收其他文化元素，凸显出多元文化特点。通过借鉴伏都教的多元文化特质，美国黑人作家对传统的小说文类进行了彻底颠覆。在他们的作品中，戏仿、拼贴、互文，平面无深度的漫画式人物、历史与虚构、神话与想象的自由穿插，都体现了伏都美学特点。通过伏都美学，美国黑人作家以自己的方式反思过去、修正历史，甚至重写历史，其目的在于批评和讽刺无所不在的美国政治专制和形形色色的文化霸权。

　　美国黑人作家强调黑人文学艺术，尤其是黑人民间文学、民间音乐及民间宗教的独特性，强调黑人文化的"灵魂"和传统，寻求黑人文学的自主性，力图建立创作和批评黑人文艺的独特模式，从而建立一种黑人美学。回顾美国黑人文学史，赫斯顿将基督教与伏都教并置；莫里森将文学与音乐糅合；里德则完全打破了各种文体之间的界限，将不同文体的材料拼贴、堆积在一起，创造出了特殊的艺术效果。

第一节　《摩西，山之人》中伏都元素与圣经元素的融合

　　赫斯顿早期的作品尝试将人类学素材与文学创作相结合，引起了评论界褒贬不一的声音。在其仿写圣经的小说《摩西，山之人》中，赫斯顿在保留圣经旧约《出埃及记》基本故事情节的基础上，巧妙地融入伏都教因素，解构了人物形象和圣经文体，拓展了文本主题。通过讲述基督教先知摩西的故事，赫斯顿揭示了伏都教对黑人群体的重要性。

　　伏都教因素在赫斯顿文本中的使用是显而易见的，"尤其在赫斯顿使用自然意象、颜色和数字时……想要了解这些小说伏都教的知识虽然不是必需的，但如果具备伏都教的相关知识，就可以更好地理解这些小说"①。伏都教中的时间与数字都有着特殊含义。根据伏都教信仰，不同的时间段有着不同的含义。根据伏都教研究专家的记录，不同的时间是有吉利和不吉利之分的（表5-1）：

表5-1　　　　　　　　　伏都教时间的特殊含义②

吉利的时间	不吉利的时间
2点	8点
4点	3点

① Ellease Southerland，"The Influence of Voodoo on the Fiction of Zora Neale Hurston"，*Sturdy Black Bridges*：*Visions of Black Women in Literature*，Vol. 22，No. 1，1979，p. 9.

② Rosalind Alexander，*Voodoo Essentials in Zora Neale Hurston's Published Fiction*，Washington：Thesis of Howard University，1986，p. 35.

续表

吉利的时间	不吉利的时间
5 点	10 点
6 点	1 点
7 点	9 点
11 点	
12 点	

《摩西，山之人》中最为突出的伏都教因素是其时间的使用。故事中的米利安是摩西的妹妹，她追随摩西四处奔走，为摩西从埃及带出希伯来人做出了巨大贡献。米利安对摩西非常依恋，她不希望摩西成家，也嫉妒摩西妻子的美貌，无法忍受自己在族群中的地位受到威胁，因此米利安决定赶走摩西的妻子。在故事中，米利安用了一整天的时间来游说其他妇女，在"下午三点的时候，摩西的帐篷周围聚集了两三千妇女，要求赶走摩西的妻子"①。但是，摩西根本不理会米利安的要求。米利安恼羞成怒、步步紧逼、胡搅蛮缠，最后逼迫摩西在自己和妻子之间选一个。一直沉默的摩西被激怒了。愤怒的摩西用神力让米利安得了麻风病，并将米利安驱逐出希伯来营地七天之久。后来，历经痛苦的米利安诚心忏悔，一再请求摩西治好她的病，让她回到营地。摩西看到了米利安的臣服，最终原谅了米利安，米利安也成为一个完全遵从摩西命令的人。根据伏都教的观点，"四点被认为是开始工作的最好的时间"②。在《摩西，山之人》中，为了说服埃及法老放走希伯来人，摩西在埃及制造了各类灾祸。埃及法老和民众被摩西的神力征服，最终同意摩西带走希伯来人。当法老示弱，

① Zora Neale Hurston, *Moses, Man of the Mountain*, Urbana and Chicago: University of Illinois Press, 1984, p. 297.
② Zora Neale Hurston, *Folklore, Memoirs, and Other Writings*, New York: Literary Classics of the United States, Inc., 1995, p. 378.

要求摩西解除诅咒，使整个埃及恢复正常时，"下午四点，摩西将神杖从左手换到右手，举起来，回到家中。在正好五点钟的时候，苍蝇从埃及突然消失，就像它们突然出现那样"①。

与伏都教中的时间一样，在伏都教中，每个数字也都有自己的含义。"3 是一个神圣的数字"②，3 的特殊使用在《摩西，山之人》中有很好的体现。《摩西，山之人》中的摩西拥有上帝所赐的神杖，他的命令与请求都与神的力量相关，"3"这个数字在小说中重复出现。在与埃及法老的对峙中，摩西通过各种方式想让埃及法老相信自己是"自有永有的神"派来的使者，他在埃及降下了十次灾难。摩西让"埃及有三天的黑暗"③；摩西在杀死埃及人的头生子时要求希伯来人在"门口涂三道血迹"④；在激烈的战斗之后，"摩西要求希伯来人休息三天"⑤；"摩西带领希伯来人花了三天三夜的时间走向塞纳山"⑥；在塞纳山下，希伯来人"花了三天的时间建起一个营地"⑦；"摩西计划宿营三个晚上"⑧；"上帝要求以色列人洁净身体并在第三天接受律法"⑨；

① Zora Neale Hurston, *Moses, Man of the Mountain*, Urbana and Chicago: University of Illinois Press, 1984, p. 206.

② Zora Neale Hurston, *Folklore, Memoirs, and Other Writings*, New York: Literary Classics of the United States, Inc., 1995, p. 86.

③ Zora Neale Hurston, *Moses, Man of the Mountain*, Urbana and Chicago: University of Illinois Press, 1984, p. 210.

④ Zora Neale Hurston, *Moses, Man of the Mountain*, Urbana and Chicago: University of Illinois Press, 1984, p. 220.

⑤ Zora Neale Hurston, *Moses, Man of the Mountain*, Urbana and Chicago: University of Illinois Press, 1984, p. 202.

⑥ Zora Neale Hurston, *Moses, Man of the Mountain*, Urbana and Chicago: University of Illinois Press, 1984, p. 240.

⑦ Zora Neale Hurston, *Moses, Man of the Mountain*, Urbana and Chicago: University of Illinois Press, 1984, p. 244.

⑧ Zora Neale Hurston, *Moses, Man of the Mountain*, Urbana and Chicago: University of Illinois Press, 1984, p. 247.

⑨ Zora Neale Hurston, *Moses, Man of the Mountain*, Urbana and Chicago: University of Illinois Press, 1984, p. 250.

在公牛神的崇拜仪式中，"摩西叫了亚伦三次"①，才将亚伦从异教崇拜的沉迷中唤醒；摩西认为"悔改也需要三天的时间"②。另外，"伏都教中大巴拉的日子是星期三，在小说中，摩西总是说要在下一个星期三回来"③。摩西与法老的每一次见面都在星期三。数字"5"代表"创造力"与"再生产"④。摩西在回到埃及的第五天开始寻找圣书的行动。摩西在三天之内来到了藏书的地方。通过阅读圣书，摩西获得了更大的神秘力量，这使他有信心去和埃及法老斗争，更有信心将埃及奴役下的希伯来人解救出来。数字"7"也是伏都教中非常神圣的数字，"7 这个数字表示完整、变革和智慧"⑤。故事中的约书亚看见塞纳山顶的摩西"周围有七个太阳环绕，月亮就踩在脚下"⑥。因为米利安对摩西妻子的嫉妒和刁难，摩西"求上帝让米利安得了麻风病，并将她驱逐出驻地达七天之久。人们惧怕、厌恶和唾弃她"⑦。在岳父去世之后，摩西"哀悼岳父七天"⑧。伏都教中的数字"10"代表"自我与完成"⑨。为了将希伯来人带出埃及，摩西通过杀死所

① Zora Neale Hurston, *Moses, Man of the Mountain*, Urbana and Chicago: University of Illinois Press, 1984, p. 288.

② Zora Neale Hurston, *Moses, Man of the Mountain*, Urbana and Chicago: University of Illinois Press, 1984, p. 86.

③ Rosalind Alexander, *Voodoo Essentials in Zora Neale Hurstons' Published Fiction*, Washington: Thesis of Howard University, 1986, p. 104.

④ Rosalind Alexander, *Voodoo Essentials in Zora Neale Hurstons' Published Fiction*, Washington: Thesis of Howard University, 1986, p. 88.

⑤ Rosalind Alexander, *Voodoo Essentials in Zora Neale Hurstons' Published Fiction*, Washington: Thesis of Howard University, 1986, p. 97

⑥ Zora Neale Hurston, *Moses, Man of the Mountain*, Urbana and Chicago: University of Illinois Press, 1984, p. 354.

⑦ Zora Neale Hurston, *Moses, Man of the Mountain*, Urbana and Chicago: University of Illinois Press, 1984, p. 301.

⑧ Zora Neale Hurston, *Moses, Man of the Mountain*, Urbana and Chicago: University of Illinois Press, 1984, p. 350.

⑨ Rosalind Alexander, *Voodoo Essentials in Zora Neale Hurstons' Published Fiction*, Washington: Thesis of Howard University, 1986, p. 89.

有埃及人的头生子使"埃及痛苦了十天的时间"①。面对摩西这样的神力，埃及法老不得不同意摩西将希伯来人带出埃及。在历经艰险，将希伯来人带出埃及后，在塞纳山上，"摩西从上帝那里学到了十个单词，而且摩西用这十个词造出了十大律法。每个词的背面都是可以带来毁灭的符咒"②。从上帝那里接受律法对希伯来民族来说，是成为一个独立的民族的转折时刻。十个单词，十大律法表示希伯来民族自我解放道路上阶段性的完成。

《摩西，山之人》中的数字象征使这一戏仿《圣经》故事的文本弥漫着伏都教色彩，委婉否定了白人主流文化霸权，否定了基督教的唯一性及圣经的权威性。通过将摩西伏都教化的描写方式，赫斯顿想要证明：

> 在美国黑人、非洲、加勒比海地区和亚洲的神话中，摩西都被看作是神——同时被看作是曾经出现过的最伟大的伏都教巫师。在这本书的序言中赫斯顿写道："哪里有因为奴隶制而存在的非洲后裔，哪里就有对于摩西的接受和崇拜，摩西被看作是神秘力量的源泉。甚至有人认为耶稣的故事就是摩西故事的重新讲述……在赫斯顿研究的所有神话中，摩西被人们描述为一个讲故事的人。根据这一传统，赫斯顿重新创造了摩西形象，将摩西描述为黑人，有自我控制力的、热爱自然的、精通伏都教的、成熟的思想家和伟大的领袖——但他从来都不是统治者。赫斯顿笔下的摩西是大众神话和即兴讲述的产物，这样的形象使摩西对全世界的有色人种来说都是有着特殊意义的。当然，摩西这一形象也源自赫斯顿本人独特的、诗化的视角。"③

---

① Zora Neale Hurston, *Moses, Man of the Mountain*, Urbana and Chicago: University of Illinois Press, 1984, p. 209.

② Zora Neale Hurston, *Moses, Man of the Mountain*, Urbana and Chicago: University of Illinois Press, 1984, p. 281.

③ Valerie Boyd, *Wrapped in Rainbows: The Life of Zora Neale Hurston*, New York: Scribner, 2003, p. 330.

赫斯顿在其人类学作品中将伏都教描述为"有着自己独特特点的宗教"①。赫斯顿在其学术研究中重点追溯了伏都教的起源、历史、现状、特点等方面。在美国黑人历史上，伏都教信仰使黑人民众不断地反思作为美国黑人的边缘身份并争取一切机会去分享他们的集体经验，为自己的同胞提供可以借鉴的生存策略：

> 伏都教通过独特的神和独特的仪式纪念非洲的文化传统、美国的奴隶制以及历史遗留的社会问题。作为无处不在的宗教，它希望人们与那些鼓励、指导、建议、批评甚至惩罚人们的神灵建立私人联系。在伏都教那里，信徒与主神拉建立亲密关系是最终目标。这种亲密关系是通过精神上的追求而获得的，如通过民间故事、神话、魔咒或者通过充满咒语和音乐的集体性仪式——讲述故事、唱歌、跳舞和敲鼓等。拥有伏都教的知识并参与其中可以使其追随者从笼罩在新殖民主义氛围的社会、政治和文化语境中解放出来。②

作为一位美国黑人女性、一位浸礼会牧师的女儿、第一位亲身经历伏都教仪式的人类学家，赫斯顿在其作品中"用多样化的创作策略调和了世俗与神圣、迷信与科学、政治与历史之间的关系"③。对于黑人群体来说，伏都教是内化于黑人民众的精神生活的，在黑人民众的物质生活和精神生活中有着不可低估的作用。"赫斯顿依靠和信仰自己的民族的独特神灵，并食用黑人文化之玛哪，并使玛哪发挥特

---

① Kimberly Rae Connor, *Conversions and Visions in the Writings of African-American Women*, Knoxville: The University of Tennessee Press, 1994, p. 127.

② Maria T. Smith. *African Religious Influences on Three Black Women Novelists: The Aesthetics of "Vodun"*, New York: The Edwin Mellen Press, 2007, p. 5.

③ Gloria Graves Holmes, *Zora Neale Hurston's Divided Vision: The Influence of Afro-Christianity and the Blues*, Dissertation, Stony Brook: State University of New York Press, 1994, p. 154.

殊的作用。"① 各种宗教文化因素的混合使用使赫斯顿成为黑人民族历史的忠实记录者，她为读者呈现了有关黑人民族艰苦斗争的真实画面。"同时，她也用最为诗化的形式记录了黑人民族的故事和生活。在她的笔下，黑人民族不再是屈从于随意的暴力和无序竞争下的无助受害者，而是有着自己独特信仰和文化的种族。"②

第二节　《爵士乐》中伏都元素与
爵士乐元素的融合

伏都教是一种包含宇宙知识的体系，存在于黑人民众生活的各个方面，隐藏在流行文化、音乐、舞蹈、歌曲、绘画、装饰华丽的旗帜和其他一些仪式性的东西中。

> 伏都教不是依靠文字记载的宗教……伏都教与神学话语最为接近的形式是歌曲，那些歌曲中有着双重、三重，甚至四重的内容。那些多重的含义有时甚至是彼此冲突甚至对立的。在伏都教仪式上这些歌曲会被多次唱起来，鼓点是保持语言中动态平衡的能量所在。③

在伏都教仪式中，巫师、敲鼓者、舞者、歌者和所有的信徒们一起，通过大声唱歌、集体进行屈膝舞和转圈舞的方式，帮助所有参与者与神灵沟通。伏都教仪式是一种可以消除等级的、解放灵魂的、将

---

① Baker A. Houston, Jr., *Workings of Spirit*: *The Poetics of Afro-American Women's Writings*, Chicago: The University of Chicago Press, 1991, p. 96.

② Baker A. Houston, Jr., *Workings of Spirit*: *The Poetics of Afro-American Women's Writings*, Chicago: The University of Chicago Press, 1991, p. 94.

③ Karen McMarthy Brown, "Plenty Confidence in Myself: The Initiation of a White Woman Scholar into Haiti Vodou", *Journal of Feminist Studies in Religion*, Vol. 3, No. 1, 1987, p. 74.

黑人集体紧密团结在一起的方式。与伏都教仪式相关的音乐和舞蹈在美国黑人生活中有着非常特殊的文化意义。源自伏都教的音乐和舞蹈也深刻影响了美国黑人文学创作。美国黑人作家借鉴伏都教音乐中即兴创作、呼唤应答、多重结构等模式，将文学叙事与音乐、舞蹈相结合，消解了西方文学传统模式，体现出美国黑人作为边缘群体进入美国叙事的诉求。

以莫里森为代表的美国黑人作家在文学作品中融入音乐元素，文字与音乐彼此诠释，极大地丰富了作品主题。富有美国黑人民间音乐特点的作品在美国文学乃至世界文学舞台上绽放出别样的光彩。莫里森借助伏都教音乐解释美国黑人群体如何挖掘和呈现本民族文化传统，如何在民族文化中获得力量，如何通过欣赏和使用民间音乐去进一步认识和接纳族裔文化传统，并在回归传统中修复亲情、发现自我，最终获得民族自信心。莫里森早期的作品中已经出现大量音乐元素，如劳动号子、民间歌谣、灵歌、布鲁斯等，但是，其文学与音乐的结合在小说《爵士乐》中得到最完美的体现。

爵士乐在 20 世纪 20 年代成为美国多元文化的象征符号，它的特点是很多乐器参与到表演中，如钢琴、吉他、萨克斯、小号等。乐手们相互配合又各显身手，在一定程度内保留即兴发挥的功能，乐手和歌手也在合作的前提下随时互动，即兴发挥。重复和即兴发挥成为爵士乐的结构共性。音乐中每一次的重复都是不尽相同的。切分①的出现也丰富了爵士乐的音乐形式。"伏都教与爵士乐之间有着深刻的联系……爵士乐是新奥尔良地区的伏都教为了对付警察而出现的一种隐藏形式。在美国，伏都教不是走入地下，而是戴上了面具。"②

---

① 切分是指重音提前或滞后于节拍，出现弱拍强调或重音延迟，使音乐更有节奏感和辨识度。

② Pierre-Damien Mvuyekure, *The "Dark Heathenism" of the American Novelist Ishmael Reed*, New York: The Edwin Mellen Press, 2007, p. 22.

早期的爵士乐定义很宽泛，凡是源自南方城市新奥尔良，由不识谱的黑人乐手结合白人音乐元素，创造出的即兴演奏旋律，不区分七和弦和切分音的演奏形式，都可以被看作爵士乐。爵士乐不排斥任何其他形式的音乐元素，要传达的是一种和谐共融的精神。有关爵士乐的起源虽然有很多争议，但大部分学者仍然把美国的新奥尔良地区看作爵士乐的摇篮：

> 1803 年，美国从拿破仑的手中买下了法国在北美洲的殖民地路易斯安那和佛罗里达，总价 1500 万美元……新奥尔良就在路易斯安那州，地理位置非常特殊。新奥尔良是密西西比河的入海口，汇集了北部宾夕法尼亚的阿勒根尼河、俄亥俄州的俄亥俄河，发源于西北部的密苏里河、阿肯色河、红河和中部的田纳西河。新奥尔良地区的经济地位非常重要，是南来北往的物资交流中心，北方明尼苏达州、西北内陆怀俄明州的土产，或匹兹堡的钢铁，都会运到这里。新奥尔良地区的人口因素非常复杂，是各种族的杂居地，这里有欧洲人、非洲人、拉丁美洲人和他们的混血后裔。新奥尔良地区也有营垒分明的社会阶层，有钱人住东区，穷人住西区，码头区则挤满连家都没有的苦力。另外，新奥尔良是美国南部最大的海军基地，对于美利坚合众国控制墨西哥湾和加勒比海有着极大的战略意义，这对美国军队的战斗力意义也非常重大。新奥尔良地区对爵士乐的发展意义也同样重大，因为这里是一个文化混杂的地方。[①]

在 19 世纪末期，美国新奥尔良地区出现了很多种源于布鲁斯、美国民歌和灵歌等的音乐形式，曲调灵活，节奏多样，其中以切分音

---

① 陈铭道：《黑皮肤的感觉——美国黑人音乐文化》，世界知识出版社 1999 年版，第 180 页。

节奏为主的复杂节奏配上即兴式的旋律，被当时的音乐研究者称作"爵士乐"。后来，随着黑人大量涌向北方，爵士乐在美国北方城市中逐渐兴盛和发展起来。1913—1915 年，爵士乐开始广泛流传。早期的爵士乐演奏家大都是从事劳动生产的奴隶，他们不识乐谱，即兴演奏成为他们演奏音乐的重要手段。"黑人乐手创造了一种炫技的即兴变奏、强烈切分节奏的混合体。这种狂放不羁的音乐形式很快就像冲击波一样冲击了美国主流社会，进而席卷全世界。"① 爵士乐包含多种音乐成分，有着非常复杂的社会背景和文化因素。黑人音乐大师路易斯·阿姆斯特朗说："在我看来，这些是一回事儿，钢琴曲叫拉格泰姆，伴奏舞曲叫爵士，伴奏唱歌叫布鲁斯，只不过名字变了，而本质没变，都是黑人的玩意儿。后来这些东西征服了世界，得到全世界的承认，我们荣耀了自己的非洲祖先。"②

爵士乐是非洲文化和欧洲文化经过两个世纪的对抗、碰撞和近50 年的孕育，才整合出的音乐形式。"爵士乐以非洲黑人音乐为主体，融入了欧洲音乐元素，是黑人音乐在美国的结晶。"③ 黑人乐手宣称，真正的美国音乐是从爵士乐开始的：

> 事实上，对他们来说，爵士乐就是他们的灵魂和历史，他们支撑着非洲的文化传统，承担着荣耀非洲祖先、使黑人文化永存的使命。评论家们认为，爵士乐是新大陆黑人争取自由的斗争必不可少的组成部分，爵士乐将作为美国黑人的文化史、价值观和世界观而放射光彩。JAZZ 在第一次使用时，拼写为JASS，是指伴奏舞蹈的乐队。据考证，这一词是源自新奥尔良

---

① 罗虹：《从边缘走向中心——非洲裔美国黑人文化》，中国社会科学出版社 2013 年版，第 258 页。
② 陈铭道：《黑皮肤的感觉——美国黑人音乐文化》，世界知识出版社 1999 年版，第 190 页。
③ 朱振武等：《美国小说本土化的多元因素》，上海外语教育出版社 2006 年版，第 148 页。

地区的脏话。①

　　随着历史的沉淀，爵士乐成为最有价值的美国音乐形式，是现代美国主流文化中非常重要的一部分，是黑人文化最重要的象征符码。20世纪后期，以莫里森为代表的美国黑人作家已经开始摆脱那种表层的社会抗议方式，将黑人文化传统和当代美国社会有机结合在一起，把种族道义责任提升到弘扬生命意义的层面上，为黑人美学思想注入新的内涵。

　　爵士乐是在布鲁斯音乐的基础上做了一些改变而形成的，很多人将布鲁斯音乐与爵士乐混淆，这是可以理解的。在结构方面，爵士乐将布鲁斯乐的"A－A－B"结构发展为"A－A－B－A"结构；在爵士乐中，"即兴"特征得到了最大程度的发挥；另外，爵士乐的演奏乐器更为丰富，爵士乐手的唱歌方式更为灵活多变，观众和听众们都期待乐手和歌手可以有临时突变的曲风，为整场演出增添惊喜，取得意想不到的艺术效果。

　　随着美国黑人文学的逐渐成熟，美国黑人作家摒弃了早期以理查德·赖特为代表的"以暴制暴"观念，他们更愿意用宽容、诚恳的态度唤醒黑人民众的民族自豪感，呼吁种族平等，为美国黑人争取相关权利。结合当时的文化语境与现实语境，美国黑人作家将艺术触角伸展到黑人音乐领域，运用音乐的情绪、结构来表达自己对黑人生活、文化、命运的理解。对于美国黑人来说，爵士乐不仅仅是一种音乐，更是一种传奇，被人们称为"美国之光"。如果说布鲁斯主要表达了黑人民族在奴隶制下的悲伤情绪，那爵士乐则更多地表达出黑人民族的反抗和斗争精神。

　　莫里森指出："在将自己的经历用艺术形式，特别是音乐形式

①　陈铭道：《黑皮肤的感觉——美国黑人音乐文化》，世界知识出版社1999年版，第177页。

表现出来的过程中，美国黑人才得以维持生计，抚平创伤，并得以发展。"① 莫里森还进一步指出："与西方古典音乐正式、封闭和圆满的不同之处是，黑人音乐故意留下一些意犹未尽的东西，激起人们自由的情感反应。"② 莫里森于 1992 年创作的《爵士乐》将黑人音乐与文字书写紧密结合，成为美国黑人文学史上最具代表性的、将音乐与文学结合的作品。《爵士乐》中音乐形式的巧妙使用使莫里森的作品以独特的写作风格、浓郁的文化底蕴，在思想和美学上达到了美国黑人文学的巅峰。莫里森也因此成为她自己时代最具代表性的美国黑人作家。

莫里森在《爵士乐》的文本叙述中糅合了爵士乐即兴演奏、自由发挥的特点，使小说的叙述艺术别具特色。小说的非线性叙述呈明显的随意性，一如爵士乐的即兴演奏。"莫里森把《爵士乐》的写作视为她的'即兴创作'，她想捕捉黑人从南方迁移到北方的城市生活中无数的可能性，试图把黑人的生活即兴化表现。爵士乐的躁动不安与爵士乐时期黑人'饥饿与躁动的气质'十分符合。"③ 小说中多重的叙述声音糅合了爵士乐中不同乐器的即兴演奏，而多变的叙述方式则糅合了爵士乐演奏方式的即兴变化。

一 爵士乐多种乐器的即兴演奏与《爵士乐》叙述声音的多重性

爵士乐是和声的艺术，由独奏者和协奏者一同演奏形成和声。因此，爵士乐的演奏是集体演奏和个人演奏的相互合作。爵士乐演奏既强调乐器的即兴演奏，也强调每种乐器的独特角色，"尽管萨克斯和小号是独奏最常用的乐器，但独奏也可以由演奏主旋律的任何乐器来

---

① Paul Gilroy, *Small Acts*: *Thoughts on the Politics of Black Culture*, New York: Serpent's Tail, 1993, p. 181.

② 程锡麟、王晓路：《当代美国小说理论》，外语教学与研究出版社 2001 年版，第 218 页。

③ 曾梅：《托尼·莫里森作品的审美特征》，《山东大学学报》（哲学社会科学版）2007 年第 5 期。

演奏。协奏者通常负责节奏部分，包括贝斯、吉他和鼓……节奏部分的演奏者一起即兴演奏来协助、启发独奏者"[1]。爵士乐是集体智慧的结晶，与此相应，《爵士乐》的文本叙述也不是由一个叙述者完成的，而是通过多个叙述者的多重视角即兴阐发的。

阅读《爵士乐》时，读者"犹如置身于20年代哈莱姆爵士乐师即兴演奏的旋律之中"[2]。小说开篇第一段，叙述者就介绍了发生在维奥莱特、乔与多卡丝之间的情杀故事，为全书的叙述定下了基调。这正如爵士乐演奏的引子，叙述者是领奏主旋律的钢琴，后面的篇章则是在主旋律基础上的即兴变奏。

小说前三章和第六、第七两章，也是由叙述者的叙述来完成的。记叙了与情杀事件中三位主人公相关的一些故事：维奥莱特从多卡丝的姨妈那里要来遗像；她曾想要孩子想得去偷抱别人家的小孩；她和乔于1906年离开弗吉尼亚前往纽约；20年后，乔找了个情人名叫多卡丝；乔向玛尔芳借房准备跟多卡丝幽会；1917年东圣路易斯市种族骚乱，多卡丝的父母惨死；乔和多卡丝相遇；维奥莱特几次拜访爱丽丝，戈尔登·格雷根据特鲁·贝尔的描述寻父而沿路救下乔的母亲；乔寻母等。这几章的叙述性和故事性均很强，其间有从叙述者角度出发的客观叙述和叙述者全知全能的叙述，出现了众多人物，这些部分恰似爵士乐演奏中各种乐器的和声部分。

小说中从人物角度叙述的部分，意在对人物情感进行剖析和演绎，恰似爵士乐的独奏部分。这时其他乐器声音逐渐减弱成为背景，烘托出单独一种乐器的表演，这样的叙事方式可以流露出演奏者更多的主观情愫。第四章是从维奥莱特的角度叙述的。她"深陷于少年为奴和中年无子女的心结之中不能自拔，加上对多卡丝的嫉妒，举止

---

[1]　Mark C. Gridley, *Jazz Style: History and Analysis*, New Jersey: Simon & Schuster/A Viacom Company, 1978, p. 21.

[2]　翁乐虹：《以音乐作为叙述策略——解读莫里森小说〈爵士乐〉》，《外国文学评论》2000年第2期。

行为变得有些疯癫和可笑"①，她的意识流就像吹出滑稽颤音的萨克斯。第五章从乔的角度叙述，并出现了叙述者的评述：

> 乔的独白如同长号吹奏出的低沉声音，是布鲁斯的忧伤和深沉情感。从奴隶到城市自由人的经历，伴随着七次脱胎换骨的心理变化，虽然有着黑奴解放后的幸福欢欣，但是主旋律却是哀伤的，他对多卡丝付出的刻骨铭心的爱情，对妻子不能生育的内疚，以及不知所踪的疯母亲，都是他心灵中永远的伤口。②

这部分可以看作乔的长号独奏，叙述者间断地在协奏。第七章间插有乔在杀死多卡丝之前的心理独白。前面的和声部分激发并补充着乔的长号独奏。第八章从多卡丝的角度叙述。"多卡丝的独白是小号，作为布鲁斯的陪衬出现，如同她的反叛性格让她追求刺激事物和离奇爱情，虽然她被乔开枪打死，不过人们的同情和道德天平均斜向他。"③ 第九章从费莉丝的角度叙述，就如一曲欢快的小提琴独奏，"出现在一曲爵士乐曲的结尾，如同她名字的含义是快乐一样，是她揭穿了多卡丝性格中轻浮无聊的另一面，经常去看望并且拯救了乔夫妇悲伤的灵魂，让他们挣脱过去，重新开始新的生活"④。

小说最后一章交代了主要人物的去向，正如爵士乐演奏的结尾和声。在最后两段，叙述者以第一人称"我"的口吻向读者发出爱的呼唤：

---

① 张清芳：《用语言文字弹奏爵士乐——托尼·莫里森的长篇小说〈爵士乐〉赏析》，《名作欣赏》2007年第15期。
② 张清芳：《用语言文字弹奏爵士乐——托尼·莫里森的长篇小说〈爵士乐〉赏析》，《名作欣赏》2007年第15期。
③ 张清芳：《用语言文字弹奏爵士乐——托尼·莫里森的长篇小说〈爵士乐〉赏析》，《名作欣赏》2007年第15期。
④ 张清芳：《用语言文字弹奏爵士乐——托尼·莫里森的长篇小说〈爵士乐〉赏析》，《名作欣赏》2007年第15期。

我只爱过你，把我的整个自我不顾一切地献给了你，除你之外没有给任何人。我想让你也用爱回报我，向我表达你的爱。……如果能够，我要说：创造我，重新创造我。你完全可以这样做，而我也完全允许你这样做；因为，瞧，瞧，瞧你的手放在哪儿呢。赶快！①

这部分的内容恰如叙述者独奏这曲爵士乐的结尾，要唤起听众的回应，达到集体创作的艺术效果。莫里森借鉴爵士乐的叙述手法，启发读者的思考，期待读者加入到"即兴创作"中。《爵士乐》的结尾因此是开放式的，故事在读者的想象中延续，主题将被进一步拓展和延伸。

莫里森在《爵士乐》的叙述中采用多重叙述声音，正如爵士乐即兴演奏的多种乐器，如果把整部小说的叙述过程看成爵士乐演奏，则可得到表 5 - 2 所示的"《爵士乐》的爵士乐演奏曲记"：

表 5 - 2　　　托尼·莫里森《爵士乐》的爵士乐演奏曲记

第 1 页	叙述者钢琴（领奏）独奏主旋律开场
第 1—91 页	各种乐器和声
第 93—120 页	维奥莱特萨克斯独奏，叙述者钢琴和其他乐器协奏
第 123—142 页	乔长号独奏，叙述者钢琴和其他乐器协奏
第 145—171 页	各种乐器和声
第 173—195 页	各种乐器和声，乔长号独奏，叙述者钢琴协奏
第 197—204 页	多卡丝小号独奏，叙述者钢琴协奏
第 207—230 页	费莉丝小提琴独奏
第 233—243 页	各种乐器和声
第 243—244 页②	叙述者钢琴独奏结束

① ［美］托妮·莫里森：《爵士乐》，潘岳、雷格译，南海出版社 2006 年版，第 243—244 页。

② 页码为中译本页码。

通过《爵士乐》文本中的多重视角的运用，"哈莱姆街道上的萨克斯声、鼓声、单簧管声、吉他声和歌声回荡在《爵士乐》中"[1]，小说文本不再是单纯的文字记录，而是莫里森即兴创作的一曲爵士乐。故事通过不同人物的叙述角度慢慢展开，对同一事件不同叙述者有不同立场和不同角度的解释和说明，"同一事件不是以一个人或一个声音为中心一次性讲述的，而是通过'泛中心'多次讲述的。每个人讲的虽然是同一事件，但都不是有头有尾的完整故事，而是从不同层面为故事提供和积累了互为补充的信息"[2]。这正符合了爵士乐即兴演奏的原则，即"演奏者之间要彼此顾及，如果一个演奏者演奏过度，那其他的演奏者就没有空间可发挥了"[3]。然而，"爵士乐在构成莫里森行文风格的同时，更成为她笔下非洲裔美国黑人所特有的生存境遇的一种隐喻"[4]。

二 爵士乐演奏方式的即兴变化与《爵士乐》叙述方式的多变性

爵士乐最鲜明的一个特征就是"即兴性"，即兴演奏是其重要表现手段，渗透在整个作品的演奏过程中，是爵士乐的精髓和灵魂，反映了黑人渴望无拘无束、自由自在生活的愿望。爵士乐是以"拉格泰姆"的切分式节奏风格为主，切分则示意动荡和不安定，表达了黑人希冀自己不能总是低人一等，生活能有所改变。爵士乐还受到布鲁斯的影响，反映出一种悲伤情绪。在黑人美学思潮的语境中，爵士乐被认为是代表性的美国

---

[1] Aoi Mori, *Toni Morrison and Womanist Discourse*, New York：Peter Lang Publishing, Inc.，1999，p. 113.

[2] 吕炳洪：《托妮·莫里森的〈爱娃〉简析》，《外国文学评论》1997 年第 1 期。

[3] David W. Megill and Paul O. W. Tanner, *Jazz Issues：A Critical History*, Dubuque：Wm. C. Brown Communications, Inc.，1995，p. 142.

[4] 翁乐虹：《以音乐作为叙述策略——解读莫里森小说〈爵士乐〉》，《外国文学评论》2000 年第 2 期。

黑人艺术形式。①

正如莫里森在与阿伦·莱斯的访谈中说道："黑人艺术的要旨正如爵士乐的演奏所表现的，看似粗糙、随意、不着痕迹……而爵士乐手们可谓经验老到，我是指长时间的练习，以至于你与音乐水乳交融，甚至可以在台上即兴奏出。"② 爵士乐演奏者在演奏时可以随意运用自己喜欢的方式进行即兴演奏，即使是同一曲调，不同的演奏者采用多样的演奏方式也会奏出不同的效果，莫里森正是糅合了爵士乐演奏的这一即兴特点，使《爵士乐》的叙述方式呈现出多变性。在整个故事的叙述中，她除了运用并置、跳跃、断裂或倒转等叙述者的客观叙述方式，还无规律地拼贴上小说人物的对话、意识流和内心独白，将爵士乐的即兴特点发挥到了极致。

《爵士乐》里，莫里森在叙述维奥莱特给顾客烫发（第一章）、乔向玛尔芳借房（第二章）、维奥莱特多次拜访爱丽丝（第三章）、乔与维奥莱特初遇（第四章）、戈尔登·格雷遇见黑人男孩昂纳尔（第六章）、格雷见到父亲亨利（第七章）时，均以人物对话呈现。这种"直接引语"拉近了叙述者和读者的距离，使读者有身临其境的感觉。小说第四章则是大篇幅的对维奥莱特意识流的描写：

> 多卡丝活着的时候喜欢《科利尔之家》吗？《自由杂志》呢？……他在一个月内卖掉了所有存货，因而赢得了价值二十五美元的一盏蓝灯罩、闺房台灯和一条淡紫色仿缎连衣裙作为奖金——他把那些都给了她吗，那个小母牛？星期六带她去"靛青"夜总会，坐在紧后头……而那时我在哪儿呢？在冰面上一

---

① 朱振武等：《美国小说本土化的多元因素》，上海外语教育出版社 2006 年版，第 148 页。

② Alan J. Rice, "Jazzing It up a Storm", *Journal of American Studies*, Vol. 28, No. 3, 1994, p. 424.

步一滑地忙着赶到某个人家的厨房里给她们做头发？在一个门洞里躲着等电车？……就是因为那个，才要费那么大力气把我摔倒，把我按住，让我离开那个棺材……

那个维奥莱特不是什么披着我的皮、使着我的眼睛，在城里奔波、满街乱跑的人，狗屁，不，那个维奥莱特就是我！那个在弗吉尼亚拖运甘草、拉着缰绳赶一辆四架骡车的我……

在"靛青"的那张桌子底下，她敲着他那软得好像婴儿的大腿……

我变得沉默了，因为我不能说的东西总是从我嘴里冒出来……

在月光下，独自一人坐在桌子旁……可是一个人，一个女人，就会向前摔倒，在地上待一会儿，盯着杯子，杯子可比她结实，起码没碎，就在她的手边不远处躺着。恰好够不到。①

维奥莱特的意识在多卡丝、多卡丝和乔、自己及母亲之间来回任意地流淌着。莫里森"灵活运用各种不同的叙述技巧，叙述声音突破人称局限，让读者更真切地了解人物内心"②。正是在即兴创作的过程中叙述者获得了极大的自由，生动地表现了维奥莱特在得知丈夫背叛自己之后的内心状态和自救意识。

《爵士乐》还借助小说人物的内心独白来完成故事的叙述。内心独白是指："尽量如实记录一个人物的内心活动。其特点通常是：第一人称；现在时；完全采用符合讲话者语言特色的词、句和语法；对内心活动所涉及的，读者不知道的事不加解释，全盘记录；没有假定的听众或受述者。"③ 小说的第五、第八、第九章主要是乔、多卡丝

---

① ［美］托妮·莫里森：《爵士乐》，潘岳、雷格译，南海出版社 2006 年版，第 98—102 页。
② 李公昭主编：《20 世纪美国文学导论》，西安交通大学出版社 2000 年版，第 286 页。
③ Seymour Chatman, *Story and Discourse*: *Narrative Structure in Fiction and Film*, London: Rutledge, 1978, p. 189.

和费莉丝的内心独白。在这些内心独白的内容中，叙述者随时切入，进行客观叙述或主观评议。"人物的精神活动与叙述者的讲述并置在一起，使叙述的结构模式与形态呈现出叙述主体精神的贫困、分裂和异化。"①

通过以上分析，《爵士乐》看似随意的、多变的叙述方式实则借鉴了爵士乐演奏方式的即兴变化特点。若把《爵士乐》看成一曲爵士乐演奏，文本的叙述者的叙述即为演奏者的演奏，而不同的叙述者采用的不同的叙述方式为不同的演奏者采用的不同的演奏方式，见表 5 - 3：

表 5 - 3　　《爵士乐》乐曲演奏者采用的演奏方式

演奏阶段	演奏者	演奏方式
第一章第 1 段	叙述者	客观叙述
第一章至第三章	叙述者、维奥莱特、烫发顾客、乔、玛尔芳、爱丽丝	客观叙述、主观评议、对话
第四章	维奥莱特、叙述者、乔	客观叙述、全知全能叙述、意识流、对话
第五章	乔、叙述者	内心独白、客观叙述、主观评议
第六章	叙述者、戈尔登·格雷、昂纳尔	客观叙述、全知全能叙述、对话
第七章（第 3 节第 3 段、第 4 节和第 6 节）	叙述者、戈尔登·格雷、亨利（乔）	客观叙述、全知全能叙述、对话（内心独白）
第八章	多卡丝、叙述者	内心独白、客观叙述
第九章	费莉丝、叙述者	内心独白、客观叙述
第十章	叙述者	客观叙述
第十章最后两段	叙述者	内心独白

---

① 焦小婷：《话语权力之突围——托尼·莫里森〈爵士乐〉中的语言偏离现象阐释》，《天津外国语学院学报》2006 年第 6 期。

　　爵士乐是"世界上最有生命力的艺术形式之一"①，而即兴创作是它的灵魂所在，象征着自由和创新。莫里森在《爵士乐》的叙述中糅合了这种特点，在叙述的展开中重现了爵士乐的表演性与随意性，使小说成为由文字、音符与意象汇成的网络，交织着几代美国黑人的命运，体现了他们在特定环境下渴求真正自由、追求自我价值的民族精神。

　　借助爵士乐的音乐结构，这部小说构思缜密、匠心独具，呈现出独特的叙事风格。莫里森"根据一张照片，演绎出一段动人故事，并以此作为切入点，展现19世纪末20世纪初来自南方农业地区的黑人对北方城市生活艰难的调整、适应过程"②，抒发了他们追求真正自由的美好愿望。作为一名美国当代黑人女作家，莫里森致力于保存和弘扬黑人文化，她的作品也"始终以表现和探索黑人的历史、命运和精神世界为主题，思想性和艺术性达到完美结合"③。音乐可以突破理性的限制，吸引读者进入迷醉状态，给人身心两方面的享受。爵士乐的题材和曲调一般是较为传统的，但在演奏的过程中"即兴"的特点则赋予爵士乐独特的自由风格。爵士乐这一音乐形式为黑人文学提供了具有种族特征的叙事模式，从而进一步赋予美国黑人文学更加鲜明的民族性和独立性。文学上的独立在一定程度上促进了黑人民族争取自由平等的决心。莫里森把音乐看作是一种写作技巧：

　　　　她的每一部作品都像是一部配乐小说，她形容小说的声音时而和谐，时而刺耳，有一种内在的、听不见的声音。她用黑人音

---

① Danille K. Taylor-Guthrie, ed., *Conversations with Toni Morrison*, Jackson: University Press of Mississippi, 1994, p. 275.

② 王守仁、吴新云：《性别·种族·文化：托妮·莫里森的小说创作（修订版）》，北京大学出版社1999年版，第168页。

③ 刘海平、王守仁主编，王守仁主撰：《新编美国文学史》（第四卷），上海外语教育出版社2002年版，第20页。

乐元素来凸显黑人的文化身份，把爵士乐作为一种美学手段来强调黑人性，把黑人音乐中的应答轮唱、即兴性、与听众互动等艺术形式用在文本中。[①]

《爵士乐》被《世界》杂志赞誉为"吟唱布鲁斯的莎士比亚"，被认为是"莫里森最具实验性创作手法的小说"[②]。小说的爵士乐特色，引起了学术界的高度关注。爵士乐"不仅给小说设置了背景，更预示了作品的结构"[③]，爵士乐本身成为小说极恰当的隐喻。其实，小说的命名就"意味着这部作品与爵士乐这一诞生于美国本土的重要艺术形式之间的必然联系"[④]。美国著名黑人批评家盖茨在评论《爵士乐》时指出："这部小说引人入胜之处不只是情节的安排，还有故事的叙述。"[⑤]

正如休斯指出，爵士乐是"美国黑人生活这内化的表达方式之一，是黑人灵魂中永恒的节奏。这种节奏是黑人用以消除在白人世界中，在地铁火车中，在工作、工作、工作中的疲惫的节奏。那是一种快乐和欢笑的节奏，也是一种在微笑中吞咽痛苦的节奏"[⑥]。爵士乐可以帮助美国黑人作家表达自己的艺术审美和政治诉求。美国黑人作家努力将音乐形式、节奏、主题与作品紧密结合，音乐元素反过来又加强了严肃主题的表达，更多意义隐藏在音乐面具之下，隐藏在继承黑人文化的表层文本之中。莫里森认为音乐无处不在，以爵士乐为代表的黑人音乐有着自己的独特意义。"古典音乐令人愉快且有封闭式

---

① 曾梅：《托尼·莫里森作品的文化定位》，山东人民出版社 2010 年版，第 185 页。

② Sandra Adell, *Toni Morrison*, New York: The Gale Group, 2002, p. 39.

③ 李公昭主编：《20 世纪美国文学导论》，西安交通大学出版社 2000 年版，第 285 页。

④ 翁乐虹：《以音乐作为叙述策略——解读莫里森小说〈爵士乐〉》，《外国文学评论》2000 年第 2 期。

⑤ 翁乐虹：《以音乐作为叙述策略——解读莫里森小说〈爵士乐〉》，《外国文学评论》2000 年第 2 期。

⑥ Langston Hughes, "The Negro Artist and the Racial Mountain", *The Nation*, June 23, 1926, p. 692.

结尾。而黑人音乐不是这样，爵士乐总是让听众情绪紧张，没有封闭式结尾，总会让人心潮澎湃。我想让我的作品有这样的效果。"①《爵士乐》整个文本借助音乐的感染力，感染读者，激发读者对种族歧视和种族压迫做出深刻思考。黑人音乐帮助非裔群体审视生活、宣泄情绪、获取力量。黑人音乐"是黑人生活的组成部分，是黑人自我文化身份的认同，是一种超越自我，战胜困难的民族精神"②。

《爵士乐》中音乐元素的使用增强了作品的音乐性，丰富了作品的表达方式，表达了黑人追求自由平等的心理诉求，是一种反抗种族歧视和文化边缘化的策略。黑人音乐元素在文学作品中的体现提高了黑人的民族自信心和自豪感，为黑人民族抵抗边缘文化、确认自我身份、在文化夹缝中寻找勇气提供了文化源泉。《爵士乐》中的黑人音乐也是黑人民族共同经历的直接反映和现实写照。基于黑人音乐强大的生命力，黑人音乐总是被再分析、被再创造、被改变，成为个人情感和民族情感的特殊表达方式，逐渐"独立于其他艺术形式，不再屈从于那种外在的规则和强制力，成为一种政治诉求"③。黑人音乐形式成为"当代美国黑人文化的定义性陈述"④，"体现了黑人民族在异文化语境中保持自身差异性的生存特质，其意义、表现策略和风格反映了美国黑人民族特有的言语和思维模式的特征"⑤。

　　黑人音乐也是即兴的集体性仪式的产物。它们并不像其他一些观察者所说的那样，是全新的创作。它们是在早期创作的歌曲

---

① Nellie Mckay, "An Interview with Toni Morrison", *Contemporary Literature*, Vol. 24, No. 4, 1983, p. 429.

② 宓芬芳、谭惠娟：《黑人音乐成就黑人文学——论布鲁斯音乐与詹姆斯·鲍德温的〈索尼的布鲁斯〉》，《北京第二外国语学院学报》2011 年第 4 期。

③ Henry Louis Gates, Jr., *Figures in Black: Words, Signs and the "Racial" Self*, New York: Oxford University Press, 1987, p. 31.

④ Ben Sidran, *Black Talk*, New York: Da Capo Press, 1983, p. 17.

⑤ 李美芹：《用文字谱写乐章：论黑人音乐对莫里森小说的影响》，浙江大学出版社 2010 年版，第 15 页。

中加入新的曲调和抒情成分，虽然这样的创作是有传统的，但并不是静止的死板的模式。它们是个人和集体创造力的结晶，是集体重新创作的成果。通过这样的方式，老的歌曲总是被加入新的成分。[1]

综上所述，莫里森在《爵士乐》的叙述中吸收了爵士乐即兴演奏、自由发挥的特点，小说中叙述声音的多重性正是借鉴了爵士乐中不同乐器的即兴演奏，而叙述方式的多变性则是糅合了爵士乐演奏方式的即兴变化。即兴在成为莫里森叙述技巧的同时，隐喻了小说的主题，使《爵士乐》具有了巨大的叙事学研究价值。

在黑人文化中，黑人音乐"不仅是一种娱乐形式，而且是一代非洲人表达和保留非洲历史、文化以及哲学的手段。黑人音乐远非仅仅是娱乐而已，它是黑人生活的组成部分，是自我文化身份的认同。没有本民族的音乐就会丧失文化的灵魂"[2]。美国黑人作家对黑人民间音乐形式的借鉴极大丰富了作品的表现力。美国黑人文学与黑人音乐的结合不仅使文学文本具有浓厚的美国黑人文化色彩，也显示了美国黑人精神文化遗产对美国黑人群体的指引作用。

第三节　《芒博琼博》中的"秋葵汤式"多重文体

生活在 20 世纪 30—40 年代的赫斯顿需要通过圣经文体的掩护表达自己的真实想法，只有那样才可以避开种族歧视和出版审查；生活在 20 世纪末期的莫里森需要将音乐元素与文学创作相结合，为保存和发

---

[1] Lawrence Levine, "Slave Songs and Slave Consciousness: An Exploration in Neglected Sources", in *Anonymous American*, ed., Tamara K. Hareven, Englewood Cliffs, N. J.: Prentice-Hall, 1971, p. 107.

[2] 陈铭道：《黑皮肤的感觉——美国黑人音乐文化》，世界知识出版社 1999 年版，第 99 页。

展黑人文化做出自己的贡献；生活在后现代主义时期的里德，则打破了文学创作的各种规则和界限，在创作中使用多重文体，赋予文本极大的不确定性。《芒博琼博》中的多重文体最终呈现出一种更高层次的整体美，就如里德自己所说的那样：

> 秋葵汤是我写作风格的暗喻……秋葵汤包括各种精致和美味东西的混合。我想那就是我一直尽力在做的，把精致和美味的东西混合在一起……你从西方历史中找到了一个有关骑士的想法，然后把新奥尔良的爵士乐、绘画和音乐这些东西全部都放在秋葵汤中去……现在我所做的就是画家们说的拼贴，这是他们一直在使用的古老形式，也是我想要融合在我的作品中的东西。因此我将不同的，甚至全异的因素用一种有组织的形式统一起来。画家在这样做，音乐家在这样做。为什么作家不能这样做呢？①

里德在 1972 年出版了《芒博琼博》，这是一部充满伏都教元素的后现代小说，也是里德在文学创作中进行"新伏都主义"的实验作品。里德在 1990 年重新出版了赫斯顿的人类学作品《告诉我的马》，并在前言中指出："赫斯顿最伟大的成就就在于揭示出远比基督教、佛教、伊斯兰教要古老很多的一种信仰的美和吸引力。这种信仰（伏都教）在可怕的坏名誉和其他人的可怕迫害下幸存了下来。"② 《芒博琼博》这一题目反映出里德的创作思想。

在《芒博琼博》中，里德用自己的方式解构了西方侦探小说的基本模式。在《芒博琼博》这一小说中，里德混合了浪漫传奇故事、新奥尔良爵士乐、巫术、圣徒传、埃及古生物学、伏都教理论、美国文

---

① A. L. Young, "Interview: Ishmael Reed", in *Conversation with Ishmael Reed*, Jackson: University Press of Mississippi, 1995, p. 45.

② Ishmael Reed, *Foreword to Tell My Horse*, by Zora Neale Hurston, New York: Harper and Row, 1990, p. XV.

明、西方历史、电影技术、黑人舞蹈、科幻故事和奇幻小说因素。小说文体复杂多变，主题丰富多重。读者无法简单地将这一小说归于某一文体或某一类型。如里德所说："这本书存在各种文体风格。有自然主义的段落也有非自然主义的段落。有些段落是画家们的风格，用旁枝末节来解释整个事件，将现实与想象混合在一起。"① 随着情节的发展，读者发现传统侦探小说中的科学推理被伏都教暗喻所代替。

《芒博琼博》中不同文体的并置营造了特殊的阅读效果，在具体语境中孕育出多元化的历史视角。

《芒博琼博》共有五十五个章节和一个尾声。正文部分中的每个段落间都有不同于传统的分隔方式——有些地方是用空格分开，有些地方是用特殊符号分开；小说中有阿拉伯数字也有大写的罗马数字；文本中大部分内容为普通字体，有些地方是斜体，还有手写体；有从报纸杂志上借来的图片，也有从正规词典中引来的定义；有从其他作家作品中借来的内容，也有从历史书中借来的史料；有伏都教人物，也有伊斯兰教元素和埃及神话故事；小说中有虚构性人物，有历史人物，还有里德自己……里德在创作的过程中，对于自己需要的内容信手拈来，看似随意拼贴，却在用心为读者准备营养丰富的"秋葵汤"。

在整个创作过程中，除了惯常使用伏都教元素外，里德还将视野拓展到电视、电影、报刊新闻、流行歌曲、漫画等当代大众文化。在他看来，这些大众文化为美国普通民众所熟悉，代表与精英文化对立的平民生活，蕴含社会抵抗力量，但他也意识到这种力量在新媒体技术、跨国资本主义时代呈现出的脆弱性。王丽亚的研究指出：

> 里德的"新伏都"将口口相传且带有奇幻色彩的叙事样式作为小说基本范式，突出故事元素和叙事样式的非洲特点，这一

① John O'Brien, ed., *Interviews with Black Writers*, New York：Liveright, 1973, p. 18.

叙事方式代表了里德对非洲民族文化之根的强调；与此形成张力关系，他把伏都教故事与小说样式（如成长小说、校园小说、侦探故事、圣诞故事、美国西部小说），以及美国大众文化元素（如广播剧、黑人说唱、新闻报道、卡通画）进行并置，使得"新伏都"与非洲裔美国人产生寓意关联；同时，通过塑造、戏仿一系列具有典型意义的非洲裔美国人形象，里德将非洲裔美国人及其杂糅文化形容为一个双向背反的文化象征：一方面，非洲裔美国人比喻由不同族裔构建的美国文化多样性；另一方面，与其他有色人种及其族裔文化在美国的际遇一样，非洲裔美国人在美国文化精英眼中呈现为一个"有标记的"文化符号，备受打压。①

在《芒博琼博》中，里德一改传统小说通过侦探对案件的蛛丝马迹进行分析，进而破案的套路，让他的侦探用"伏都教"的巫术和直觉去破案，嘲弄了侦探小说所蕴含的西方理性思想意识和这一思想所代表的西方文明，挑战了西方中心主义的思想。但是，里德对于各种文体的选用不是随意的，相反，他是精心设计的，任何材料的出现都是有意义的，对故事情节的发展也是有推动作用的。

比如，在第8章当作者谈到当时的社会背景时，很自然地出现了源自马克·苏利文所著的《我们的时代》第6卷的内容：

哈定当选总统时的美国

由于战时的紧张结束，这个时代的人们处于精神疲惫的状态；由于战时刻意形成的团结结束，国家之间不和；战时的高额成本持续，导致罢工不断；战时的物价开始下跌，造成经济危机，在一定程度上，由于战争及战后经济错位造成了各种动荡……当哈

---

① 王丽亚：《里德与文化多元主义："新伏都"叙事艺术略论》，外语教学与研究出版社2018年版，第11页。

定当选总统时，一切都显示这是个不幸的国家。①

　　此处源自历史材料的评价代替了作者的观点，里德既巧妙地使用了其他人的观点，也将历史文体与文学文体相融合，打破了历史文体与文学文体之间的界限，消解了历史与文学之间的二元对立，启发读者严肃思考历史与文学之间的区别，委婉地为美国黑人发声。同样，当里德评价代表黑人文化的爵士乐时，他也非常客观地引用了他人的评论：

　　　　爵士对流行音乐以及都市生活有巨大影响。不管爵士是原因，还是更广泛的原因的一个结果，这并不重要，它加速了生活的节奏。新的音乐精神一旦到来，很快就发展渗入媒体——甚至每夜的活动。没过多久，原先的音乐喜剧类型开始变得过时。全国各地听到的都是"活力"这个词，我们过去是"拉格泰姆"风格，如今一切都是"爵士活力"。

　　　　　　　　　　　　——伊西多尔·维特马克、伊萨克·古德伯格
　　　　　　　　　　　　　　《从拉格泰姆到摇摆时代》②

　　这些内容的使用既反映出里德广阔的知识面，也借用其他人的评论增强了小说的说服力，将文学文体与历史文体相混合。另外，当小说中的人物读报纸时，文本中就会非常自然地出现报纸上的内容：

　　黑人煽动分子罪有应得
　　怀疑系黑人帮派之间的纷争

① ［美］伊什梅尔·里德：《芒博琼博》，蔺玉清译，北京燕山出版社 2019 年版，第 26 页。
② ［美］伊什梅尔·里德：《芒博琼博》，蔺玉清译，北京燕山出版社 2019 年版，第 153 页。

邪教徒谋杀案尚无嫌疑人①

此处的报纸内容简洁明了，对故事情节有着小结和推动作用。省去了里德对故事发展的赘述和解释，将新闻文体与文学文体自然融合。在提到地下室的印度尼西亚餐厅时，文本中又很自然地出现了具有异域风情的菜单：

椰奶鸡

烧烤鱼

印尼玉米饼

油炸菠萝②

印尼菜单的出现为略显严肃的小说叙事增添了活泼轻松的气氛和色彩，否定和解构了传统的侦探小说叙事方式。在第53章中，当阿卜杜勒被杀死后，他留下了一首诗，关于《美国—埃及棉花》的短诗：

似线似团；成捆地跳动

在中心之下

躺着大鸟③

此处出现的短诗不但增加了情节的复杂性，强调了文本的侦探小说特点，也进一步推进了情节的发展。

在人们对阿卜杜勒的死亡产生各种猜测后，里德突然引用了客观

---

① ［美］伊什梅尔·里德：《芒博琼博》，蔺玉清译，北京燕山出版社2019年版，第132页。

② ［美］伊什梅尔·里德：《芒博琼博》，蔺玉清译，北京燕山出版社2019年版，第133页。

③ ［美］伊什梅尔·里德：《芒博琼博》，蔺玉清译，北京燕山出版社2019年版，第251页。

严肃的历史材料："对非洲魔法和仪式的研究……确认了一种看法，那就是非洲黑人从事的所有扰乱意识的做法都源自古埃及。——彭尼索斯·休斯，《巫术》（1965）"① 虚构与历史相互呼应又相互对立，让读者在文学、现实与历史之间来回穿梭，认真梳理美国黑人民族的历史，认真思考美国黑人群体的未来。

不同文体的混合使用为故事的发展渲染了气氛，奠定了基础。在描述紧张局势时，文本中突然出现黑体的、新闻体的文字："伏都将军包围太子港的美国海军"②。小说里，里德没有花费笔墨去描写时局的细节，但读者可以感觉到故事中一触即发的紧张气氛。因此，当故事出现"一阵巨大的爆炸声响起。周围的摩登女郎们四下散开，人们的身体飞向空中，然后血肉横飞地倒在地上"③，读者毫不吃惊。

　　　　通过融合和共时的特点，里德的小说经常侧重于社会环境，其中可以看到黑人在美国社会的发展情况。这种讽刺是基于现实的。里德从历史、新闻等非文学事件中获取灵感讽刺美国的一元文化，描述"非重要人物"在主流文化和拜金主义下所遭遇的不公平待遇。里德用神话、事实、来自历史的数据等来证明他所说的"伏都教是美国传统中非常重要的部分"。④

文本中不时出现的与伏都教相关的诗歌及图片则暗示了伏都教的悠久历史、顽强生命力及伏都教信仰的神秘性。故事的开始，当叙述

---

① ［美］伊什梅尔·里德：《芒博琼博》，蔺玉清译，北京燕山出版社 2019 年版，第 251 页。
② ［美］伊什梅尔·里德：《芒博琼博》，蔺玉清译，北京燕山出版社 2019 年版，第 27 页。
③ ［美］伊什梅尔·里德：《芒博琼博》，蔺玉清译，北京燕山出版社 2019 年版，第 27 页。
④ Reginald Martin, *Ishmael Reed and the New Black Aesthetic Critics*, London：The Macmillan Press, 1988, p.108.

者提到叶斯格鲁病毒时，文本便出现了与伏都教有关的图片，强烈暗示了叶斯格鲁病毒与伏都教之间的内在联系，为整个文本的伏都教色彩叙述奠定了基础。在第五十一章，在描述一个聚会场景时，里德写到有人开始朗诵史诗《哈莱姆手鼓》，然后文本中长达 3 页都是这首历史上真实存在过的诗：

> **哈莱姆手鼓**
> **献给 BJF**
> I
> 啊，哈莱姆，动荡的黑人海洋
> 容许我把脚伸进你那黑色的
> 水里，那里荡妇们游得像
> 眼睛悲伤的鱼儿
> 吞噬我吧，哈莱姆。把我淹没在你水样的
> 卡巴莱，直到只有一只手露出水面
> 是的！是的！
> ……
> 啊哈莱姆，你知道吗？
> 这有许多，还有许多
> 啊哈莱姆，我下笔的源泉
> 我是一条鲤鱼，一个
> 微不足道的人，比起你来
> 是条鲤鱼……①

　　此处诗歌的自然引入消解了小说文本和诗歌文本的界限，做到了

---

① ［美］伊什梅尔·里德：《芒博琼博》，蔺玉清译，北京燕山出版社 2019 年版，第212—214 页。

文体混合，丰富了文本内容，使整体叙事风格活泼生动。这首诗歌高度赞扬哈莱姆文艺复兴时期的黑人文化，强调了黑人艺术对整个美国历史甚至人类历史的重要贡献，消解了历史和虚构之间的界限，在歌颂哈莱姆文艺复兴的同时指出这一黑人运动对当时及后代黑人知识分子的深远影响。

到了第五十二章，叙述内容突然游离于故事主线。整个五十二章都在讲述埃及神话中的奥西利斯、《托特之书》、摩西、叶太罗之间的关系，以证明"摩西从叶太罗那里学会了所有的伏都教秘术，并教给了他的追随者"①。

此处出现的奥西利斯手捧《托特之书》的图片（图5-1）丰富了小说内容，既在合适的语境中引入了历史图片，强调了埃及神话对黑人文化及西方文化的重要影响，又突破了侦探小说的固定文体，凸显出文本的后现代主义特点。同样，在第五十三章，出现了伊西斯的图片（图5-2），将埃及神话、基督教先知摩西及伏都教联系在一起，强调了伏都教对不同文化的启发性。

图5-1　奥西利斯手捧《托特之书》②

---

① ［美］伊什梅尔·里德：《芒博琼博》，蔺玉清译，北京燕山出版社2019年版，第246页。
② ［美］伊什梅尔·里德：《芒博琼博》，蔺玉清译，北京燕山出版社2019年版，第226页。

图5-2　伊西斯①

在小说的末尾，更是出现了手写体书信（图5-3），突出了文本的拼贴性特点，解构了真实与虚构的界限。

另外，《芒博琼博》中还会出现与文本内容毫不相关的插图，在不和谐中制造视觉冲突，让读者更加严肃地思考相关问题。如在第五十二章，整章内容都是在讲述埃及神话奥西利斯和伊西斯的故事，但是，在故事的中间突然出现了美国在3次战争中使用的炸弹吨位的插图（图5-4），令人吃惊。此部分的内容既不是文字形式，也和叙事主线偏离，于是格外惹人注目。这张看似突兀的图片暗含着对美国军国主义的批判，充满了反战情绪，丰富了文本的内容和主题。

此外，里德在其《芒博琼博》中还加入了报纸、词典、传单、手写信件、图片、广播、电影，甚至长达5页的参考书目，将不同形式的文化产品囊括其中，将小说变得立体化，在类文本之间也产生了文化的互文性。

---

① ［美］伊什梅尔·里德：《芒博琼博》，蔺玉清译，北京燕山出版社2019年版，第240页。

1

Dear LaRas;

It was a pleasure meeting you the other night. You and that German fellow groove the … I called them anachronisms … have their charm! … you so that you could have a look at the manuscript translated into the language of "the brothers on the street."

A copy sent to a publisher was lost in the mails. All I received was a rejection slip indicating that it had been returned. O well, maybe it will turn up someday. Does it really matter. They say they can no longer find a market for that work. Isn't that incredible!! A Sacred Black work, if it came along today would go unpublished!

They seem only interested in our experience's seamy side. But that is necessary now. Lots of reform works, which will assist these backward, untogether niggers in getting themselves together. We must change these niggers! Change niggers! Niggers, change! Change! Change niggers! Make them … niggers!

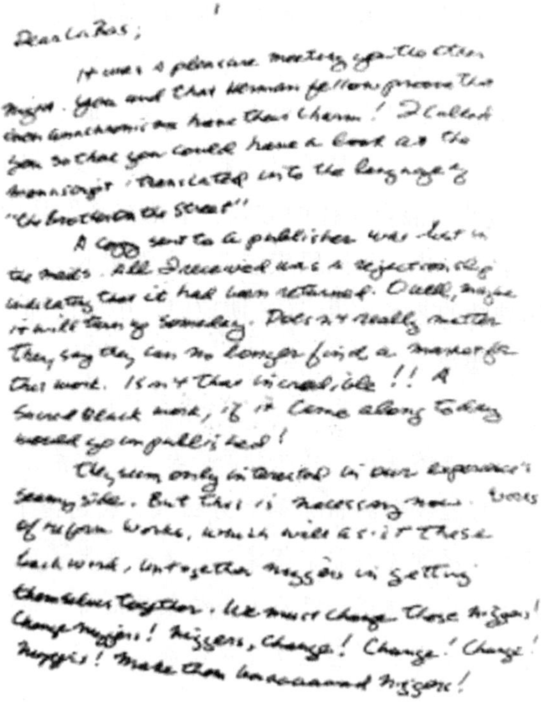

图 5－3　手写体书信①

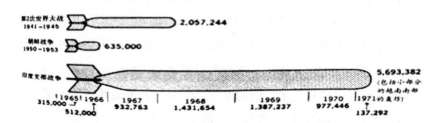

图 5－4　美国在 3 次战争中使用的炸弹吨位②

① ［美］伊什梅尔·里德：《芒博琼博》，蔺玉清译，北京燕山出版社 2019 年版，第 258 页。

② ［美］伊什梅尔·里德：《芒博琼博》，蔺玉清译，北京燕山出版社 2019 年版，第 219 页。

随着故事的发展，文本中人物对伏都教的源起及发展进行了各种争辩。通过不同人物的视角和观点，读者发现："从《芒博琼博》来看，伏都教接受了穆斯林思想，黑人民族主义，城市作家、基督教牧师的思想和马克思主义。从某种程度来说，这些思想都是变化的、非教条的。"① 通过使用混合文体的方式，里德在其作品中将美国黑人传统、民间故事、历史，不同民族艺术、文学文本及其他文体等结合起来，创造出独特的艺术效果。《芒博琼博》中的伏都教时间观也得到充分体现。里德曾说：

> 我想用一种像现在一样的时间来写作，或者用过去来预示将来——这一过程我们的祖先称之为巫术。我选择了 20 年代因为那一时期的情况和先祖非常相像。这是一种非常有效的方法，从远古时代就有作家使用。没有人会责备詹姆斯·乔伊斯创造各类东西，用一个国家的过去或文化来评价现在。②

通过伏都教因素的大量使用，《芒博琼博》成为寻找新伏都美学的最佳代表，"《芒博琼博》的神秘性就在于它是真正的美国黑人美学的源头和组成"③。《芒博琼博》中的戏仿和互文既是文本间的活动，又超越文本进入了社会政治语境，体现了里德对历史事件及其叙述的反思，揭示了后现代主义文学既有鲜明的历史性又目光朝内、以自我指涉的方式研究艺术话语的本质、局限性和可能性。美国黑人作家通过"反抗性的写作"质疑先在的文学传统和文学话语。将熟悉

---

① W. Lawrence Hogue, "Traditional Cultural Forms and the African American Narrative: Major's Reflex, Morrison's Jazz and Reed's Mumbo Jumbo", *Novel: A Forum on Fiction*, *Contemporary African American Fiction and the Politics of Postmodernism*, Vol. 35, No. 2/3, 2002, p. 187.

② Ishmael Reed, *Shrovetide in Old New Orleans*, New York: Avon, 1978, p. 157.

③ Reginald Martin, *Ishmael Reed and the New Black Aesthetic Critics*, London: The Macmillan Press, 1988, p. 85.

的文学模式变形，使熟悉的情节陌生化。通过陌生化来颠覆将黑人抽象化的做法，将黑人还原为有血有肉的人物。《芒博琼博》中的历史考据与文学想象并置，消解了历史与文学之间的界限，启发读者对现存的历史进行严肃反思，对现实的社会和政治问题进行深刻剖析，极大地拓展和深化了文本主题。

《芒博琼博》中多种文体的混合以及信息的多重性，使读者在潜意识里质疑文本的讲述。读者只有通过自己的推理、判断，甚至想象，才能保证故事的连续性。在这一文本中，里德将现实与传说相结合，制造出历史与现实之间的张力，赋予小说更大的叙事空间。通过大量使用伏都教因素，里德委婉揭示了美国黑人成为"他者"的复杂原因，同时，里德在这一小说中用文学实践颠覆了统治西方近500年的欧洲中心主义。

里德一直提倡的伏都美学象征着压迫下的自由、神秘、善变、独特性和自发性。里德通过大量借鉴伏都教因素解构西方传统思想中的二元对立，如中心与边缘、理性与非理性、基督教与异教、白人和黑人等。在长久的思考、研究和对比中，里德最终选择了伏都教作为自己文学创作的重要源泉，因为："伏都教的现状是折中的，而其历史一直都是折中的。它会接受周围任何一种思想。因此它是现代的……伏都教不区分思想。它是开放的。一直都可以增加新的体验，真实的或不真实的。"① 里德选择伏都教的另外一个原因是伏都教中倡导的平等和自由思想，这与美国黑人的群体诉求如出一辙：

> 海地伏都教传统，源自埃及的神秘体系，不仅奠定了一个民族真正的平等，并且远离那些给整个社会带来混乱的偏见和歧

---

① Robert Gover, "An Interview with Ishmael Reed", *Black American Literature Forum*, Vol. 12, No. 1, 1978, p. 13.

视。伏都教不会歧视你，不管你是男性还是女性，是孩子还是成人，是同性恋还是异性恋。伏都教传统中包含真正的民主，就如任何一个体系中的任何一个因素都有自己的作用，但是每一种因素又有自己的独立性，不会威胁到其他因素的存在。伏都教组织是基于集体智慧之上。如伏都教中的里格巴神，不会将自己的权力行使于其他神的身上，超出自己的行使范围。每个神都有自己的作用。就如在精神体系中，男性和女性有着同等重要的作用。伏都教中不同身份的巫师也有着同样的作用。[1]

在强调伏都教"折中"特点的同时，里德还强调伏都教的个性化："个性化是不会被同化，也不会被整体化。它如冬天的冰花一样，在一场暴风雪中降临却彼此完全不同。它们消失之后会怎么样呢？和你所想象的一样吗？如果你无法预期它们的思想，会发生什么样的事情呢？"[2] 在《芒博琼博》的创作中，里德通过借鉴伏都元素，宣扬其"新伏都"美学思想，强调伏都教在美国黑人文化中的特殊性和重要性。

因为不同文体的并置，"《芒博琼博》是一部关于多个文本的文本，同时又是一部含有多个文本的文本。包含在故事中的多个潜文本、故事正文前后的多个附加文本，以及镶嵌在主要故事中的次要故事，这些特点都使得整部作品成为一个多重复合结构。这种现象也反映了美国黑人文化的特点及其变化"[3]。里德在《芒博琼博》中对传统小说体裁进行了彻底颠覆，戏仿、拼贴，平面化无深度的漫画式人物塑造，历史与虚构、神话与想象的自由穿插，以及黑人土语与

---

[1] Margaret Mitchell Armand, *Healing in the Homeland: Haitian Vodou Tradition*, New York: Lexington Books, 2013, p. 139.

[2] Ishmael Reed, *Mumbo Jumbo*, New York: Atheneum, 1972, p. 140.

[3] Henry Louis Gates, Jr., *The Signifying Monkey: A Theory of African-American Literary Criticism*, New York: Oxford University Press, 1988, p. 220.

学究味十足的标准英语的并置，体现了后现代主义的文学特色。里德以其独特的写作方式促使读者反思过去、修正历史，直面现实，创造未来。里德和《芒博琼博》因此成为美国黑人文学史上不可或缺的内容。

第六章 兼容的伏都教义——多重性主题

　　伏都教在发展过程中吸收和接纳源自其他文化的各种因素，具有兼收并蓄的特点。本质上，伏都教是一种文化的杂糅，这种开放性、模糊性与西方文化中的理性、法律、秩序等观念形成鲜明对比。伏都教重视人与自然的联系，信奉多神，教徒之间没有严格的等级制度，强调平等，具有开放性，尊重个体，善于从其他宗教中吸取各类因素。富有伏都美学特点的美国黑人文学作品大多有着多重主题。伏都美学涉及美国社会中的阶级、民族、性别、经济、文化等话题，提倡各民族正视自己的文化传统，主张各文化之间的交流和融合，希望各族人民都可以在美国社会找到属于自己的位置和归属，平等交流、互相尊重、取长补短、追求幸福和谐的生活。美国黑人作家为了颠覆白人文化霸权和西方中心主义，大多有意识地借助伏都美学来丰富和创新文学表达形式。随着社会的发展，美国黑人文学大多表现出对其他种族和人类共同问题的关注，凸显了文学的社会意义和现实价值。

　　主题成分是指有助于逐步展现并形成文本主题的再现结构、对比或文学手段。传统的文学作品可能只有一个主题，而现代及后现代的文学作品是可以有多个主题的。多种语言混杂、碎片式叙事结构、混合性文体等特殊性都决定了美国黑人文学作品主题的多重性，这一特点与伏都美学一脉相承。

第一节　《摩西，山之人》中的多重主题

《摩西，山之人》出版于 1939 年 11 月，与赫斯顿的前两部小说截然不同，这部小说不是以她的家乡伊顿维尔为背景，而是依据圣经故事来创作的。这一小说的故事情节大部分取自旧约《出埃及记》，但赫斯顿并非照搬圣经故事，而是对其中的很多细节进行改写，大量融入伏都教因素，取得了特殊的艺术效果。

一　《摩西，山之人》的宗教主题

美国黑人作家在创作时经常借用圣经典故，巧妙改写圣经故事，将黑人民族的政治诉求与社会现实相结合，基督教和圣经也成为黑人民族反抗种族压迫和种族歧视的主要工具。《摩西，山之人》最受人关注的特点是这一文本对圣经旧约中《出埃及记》的改写。《出埃及记》，记述了希伯来人在摩西带领下离开埃及，去往迦南福地的史事。《出埃及记》不是独立的，它与《创世纪》《利未记》《民数记》及《申命记》合为一个单元，称为"摩西五经"，相传为摩西所作。《出埃及记》是摩西五经的第二卷，把《创世纪》和另外三卷记载希伯来人旷野 40 年生活的历史书连贯起来。《出埃及记》解释了为什么约瑟时代自迦南集体去埃及且备受欢迎的希伯来人后来竟然沦为奴工，以及他们是如何在先知摩西的带领下走出埃及回到迦南，建立了立国的宪法、宗教体制和道德规范的。"《出埃及记》隐含了一个民族摆脱苦难历史的历程。这一历程充满邪恶的诱惑和艰辛的磨炼。但这一历程也给予人们对美好远景的希望。"[1]《出埃及记》的故事成为

---

[1]　朱小琳：《回归与超越——托妮·莫里森小说的喻指性》，博士学位论文，中国社会科学院研究生院，2003 年，第 76 页。

美国黑人口头文学和书面文学的创作源泉之一。

《摩西，山之人》出版于 1939 年 11 月，是"在赫斯顿的个人生活和创作事业处于巅峰时期的作品"①。与其前两部小说迥然不同，这部小说不是以赫斯顿的家乡伊顿维尔为背景，而是依据圣经故事改写的。

回顾美国历史，奴隶制被取缔后，种族主义成为一种更为微妙的内在形式，存在于社会的各个角落、各个领域，存在于人们的潜意识里。随着美国社会经济的发展，大量黑人离开南方去北方城市谋生。在城市大迁移中，黑人们认为："离开是逃离南方非理性压迫的方式之一，去北方是寻找种族平等的新天地。"② 这一时期的黑人知识分子也在努力寻找真正适合黑人的解放之路。在这种政治背景下，赫斯顿发现了《出埃及记》中的隐含主题，并对《出埃及记》的故事进行改写和戏仿。《摩西，山之人》中，赫斯顿改写了很多内容，尤其是有关摩西和上帝之间的关系。首先，摩西的身世变得扑朔迷离。摩西的父母亲到底是谁？摩西是否有个姐姐？婴儿时的摩西是否被埃及公主收养？"在这些含糊的线索中，读者得知，摩西不是希伯来人，而是西亚的闪米特人，是非洲人中的一个，因此，摩西可能是一个黑人。赫斯顿的摩西是非洲人和亚洲人的结合。"③ 其次，赫斯顿将摩西塑造成为一个有权力的，"通过自己的努力实现一切的人……因为摩西坚定的信念和积极的世界观，摩西从一个坐在岩石上的人成为了一个站在山顶的人"④。再次，在文本中赫斯顿通过伏都教因素和黑

---

① Blyden Jackson, "Introduction", in *Moses, Man of the Mountain*, Zora Neale Hurston, Urbana and Chicago: University of Illinois Press, 1984, p. XⅣ.

② Robert E. Hemenway, *Zora Neale Hurston: A Literary Biography*, Urbana and Chicago: University of Illinois Press, 1980, p. 37.

③ Deborah G. Plant, *Every Tub Must Sit on Its Own Bottom: The Philosophy and Politics of Zora Neale Hurston*, Chicago: University of Illinois Press, 1995, p. 128.

④ Deborah G. Plant, *Every Tub Must Sit on Its Own Bottom: The Philosophy and Politics of Zora Neale Hurston*, Chicago: University of Illinois Press, 1995, p. 130.

人方言土语的使用消除了摩西的神秘性。通过赫斯顿对摩西形象的改造，整个故事被非洲化，摩西成为黑人民间故事中无人可及的英雄，成为自由和解放的象征。赫斯顿选择写摩西的故事就意味着她选择了黑人民俗文化中最重要、最有权力、最为人熟知的象征物。通过将摩西描述为普通人，描述为黑皮肤，赫斯顿否定了几十年来被贬低的黑人种族形象。摩西与上帝的关系使摩西成为"山之人"，一个拥有权力的、神圣化了的人。赫斯顿通过将被上帝拣选的犹太人置换为黑人这一人物设置，挑战了美国主流宗教信仰，委婉否定了白人文化的优越性。

通过《摩西，山之人》的创作，赫斯顿表达了这样的宗教主题：圣经中的摩西带领希伯来人历经千难万险来到了迦南福地，现实中的黑人民众将在其民族领袖的带领下努力奋斗，克服各种障碍，争取到自己的权利和自由。《摩西，山之人》是一部主题严肃复杂的作品，从中可以看到赫斯顿对基督教的批判和对历史的修正。文本中大量的伏都教因素增加了文本的神秘性、趣味性和多义性。

> 随着基督教的传播，黑人在白人基督教中找到了属于自己的东西，在旧约希伯来人和埃及人的故事中，他们找到了自己的故事；在耶稣基督身上，他们找到了和自己一样遭受痛苦的品质。在黑人宗教中，摩西成为基督，基督成为摩西，这是美国黑人的宗教诉求。他们希望有一种力量可以将他们拯救。①

摩西的故事成为美国黑人作家最为关注的圣经原型，《出埃及记》一书更是具有寓言性质。美国黑人作家"可以从《出埃及记》中看到上帝如何使希伯来人逃离政治控制。当然，因为各种特殊原

---

① Kimberly Rae Connor, *Conversions and Visions in the Writings of African-American Women*, Knoxville: The University of Tennessee Press, 1994, p. 16.

因，文本要求读者在阅读时有更强的自我意识和敏感性"①。《摩西，山之人》中，伏都教因素传递出革命的话语、反抗的声音和温暖的力量，也传递出一种世界观。

二 《摩西，山之人》的讽刺主题

在《摩西，山之人》中，赫斯顿"重新阐释了黑人宗教和圣经故事，极大程度地凸显了自己的创作目的"②。在黑人传说中，摩西的地位几乎可以与上帝等同。摩西带领希伯来人走出埃及的故事更是与美国黑人想要回归非洲大陆，获得肉体和精神自由的梦想有相似之处。贯穿于黑人民族斗争史的主题是争取平等和自由，因此"摩西的英雄事迹对于黑人奴隶来说是非常有吸引力的，因为非洲史诗中的英雄人物总是有着不同寻常的出身，童年时代经历了很多危险甚至驱逐，在获得权力前经受了很多试探"③。

在美国黑人文学中，摩西和《出埃及记》的故事因为关系到美国的黑人历史和奴隶制而有了特别的寓意。对于黑人奴隶来说，摩西在是灵感、权力和超自然力量的源泉，拥有无边的法力，代表着上帝对解放的应许。通过借用圣经中的摩西原型和《出埃及记》的故事，赫斯顿将美国黑人口头文学中非常重要的人物形象摩西引入了书面文学。在创作过程中，赫斯顿对摩西的故事进行了大胆的改写。"赫斯顿笔下摩西的故事中充满了黑人方言、黑人宗教仪式和黑人习俗。"④在这部小说中，"赫斯顿以异常大胆的方式把黑人民间故事及伏都教

---

① Pinn B. Anthony, *Black Religion and Aesthetics*, New York: Palgrave Macmillan, 2009, p. 162.

② Gloria Graves Holmes, *Zora Neale Hurston's Divided Vision: The Influence of Afro-Christianity and the Blues*, Dissertation, Stony Brook: State University of New York Press, 1994, p. 146.

③ John Lowe, *Jump at the Sun: Zora Neale Hurston's Cosmic Comedy*, Urbana: University of Illinois Press, 1994, p. 209.

④ John Lowe, *Jump at the Sun: Zora Neale Hurston's Cosmic Comedy*, Urbana: University of Illinois Press, 1994, p. 100.

因素、基督教文化传统与小说结合起来，赋予《圣经》中摩西带领希伯来人离开埃及的故事以新的意义"①。

在《摩西，山之人》中，赫斯顿赋予摩西多重身份：摩西是上帝的使者，能与上帝交谈，能代表上帝讲话；摩西是超自然力量的代表，是一个能理解自然、能与自然和谐相处的人；同时摩西又是一位黑人伏都教法师，他利用伏都教巫术克服法老的各种阻挠，带领希伯来人逃离埃及，获得了最后的自由，成为黑人民众的解放者。

在赫斯顿的创作中，《摩西，山之人》是以寓言的形式出现的，因为"赫斯顿将故事中受压迫的希伯来人和美国黑人的经历联系了起来"②。有关"应许之地"的说法对希伯来人来说是个永恒的话题，对乘坐"五月花"号去北美大陆的清教徒来说是上帝的应允，对戴着镣铐来到美洲的非洲黑人来说更是民族之梦。在《摩西，山之人》中，赫斯顿"用圣经的故事隐喻了当时的政治状况，表明了自己对奴隶制的态度"③。

赫斯顿在其人类学著作《告诉我的马》中谈到了圣经故事中的摩西形象在泛非文化中的重要性。而在《摩西，山之人》中，赫斯顿从更深远的意义上探究了摩西神话的文化含义。赫斯顿指出："在更为宽泛的寓言意义上，传统认为摩西是散居于非洲和亚洲的魔术师的先祖。"④ 但赫斯顿努力"将摩西的出生及源起放置在非洲大陆，可能是想将摩西的故事与黑人历史相联系，使小说内容与争取自由的主题相吻合……为了塑造一个具有非洲特点的摩西，她肯定了圣经中的摩西故事，同时保留了领导艺术、爱国主义和民族主

---

① 程锡麟：《赫斯顿研究》，上海外语教育出版社 2005 年版，第 141 页。

② Laura Baskes Litwin, *Zora Neale Hurston*: "*I Have Been in Sorrow's Kitchen*", New York: Enslow Publishers, Inc., 2008, p. 87.

③ Sharon L. Jones, *Critical Companion to Zora Neale Hurston*: *A Literary Reference to Her Life and Work*, New York: Facts on File, Inc., 2009, p. 100.

④ Zora Neale Hurston, *Folklore*, *Memoirs*, *and Other Writings*, New York: Literary Classics of the United States, Inc., 1995, p. 117.

义等因素"①。

  但是全世界都有着有关摩西的不同传说。在亚洲和整个近东都有着摩西的故事。这些故事数量众多，情节不同，这使得很多研究者怀疑基督教概念中的摩西是否真实。在非洲流传着属于非洲大陆的有关摩西的传说。整个非洲大陆都传颂着摩西的伟大，不是因为他的胡子，也不是因为他去西奈山将上帝的律法带了回来。摩西之所以受到尊重是因为只有他可以去山上将律法带下来。很多人都可以爬山，任何人都可以将别人放在手里的东西带下来，但是，有谁可以和上帝面对面地对话？有谁可以要求上帝做事情的？有谁可以要求上帝在山上准备好管理整个民族的律法？有谁亲眼看到过上帝的荣耀？谁可以号令风、浪、光和黑暗？这都需要特殊的能力。这就是摩西在非洲受到崇拜的原因。摩西在非洲被看作是神。将摩西当作最高神来崇拜的传统不仅局限在非洲……哪里有从奴隶制下流散出去的非洲子民，哪里就有对摩西神秘力量的信仰。这样的信仰也不局限于黑人中。在美国，有无数其他种族的人们在精神上依赖于某些神秘象征、符咒和声音，他们相信这些都是摩西在显神迹时所使用的。有成千上万本的《摩西的第六和第七书》被人们阅读或秘密查阅，因为人们信仰摩西。有一些人甚至相信有关耶稣的神迹是摩西故事的再次讲述。没有人可以说得清楚，在世界上到底流传着多少版本的摩西故事，这样的故事到底在多少国家存在，到底有多少故事被集聚在摩西的名下。②

赫斯顿用圣经故事的结构表达了她在其他作品中表达的主题，如

---

① Nathan Grant, *Masculinist Impulses: Toomer, Hurston, Black Writing and Modernity*, Columbia: University of Missouri Press, 2004, p. 108.

② Zora Neale Hurston, *Moses, Man of the Mountain*, Urbana and Chicago: University of Illinois Press, 1984, pp. 21–22.

宗教、性属、阶级、自由和自然。《摩西，山之人》完成于20世纪初，出埃及事件暗指美国历史上的奴隶制度。事实上，赫斯顿遵循了利用圣经故事评述当下社会和政治问题的古老传统。小说中希伯来人的困境相当于美国黑人的困境，而埃及人则相当于废奴运动之前的美国白人奴隶主。迦南之地象征着自由，并不仅仅指获得自由的人们所居住的地理范围，同时也象征着一种思想状态。"通过摩西的故事，小说暗指美国黑人为获得自由所要进行的奋斗以及作为自由民族所要寻找的新的身份。"①

在《摩西，山之人》中，赫斯顿"按照时间顺序记述了摩西领导希伯来人从埃及的奴隶制下解放并得到自由的故事。很明显，希伯来人想要摆脱奴隶制的奋斗相当于美国的黑人奴隶当时所面对的情况。小说是有关压迫的本质和有关自由平等的记述"②。在《摩西，山之人》中，赫斯顿还指出，从奴役走向自由的过程是非常复杂的。"小说证明，自由除去肉体上的解放还涉及思想、情感和心理各方面的因素。从受压迫和被控制到获得自由并不是获得一个可以自由行动的地理空间就可以的。小说进一步指出，真正的自由——从希伯来人到美国黑人——都是在肉体上获得自由的同时在精神上也要获得自由。"③ 不论赫斯顿本人的意图如何，这部作品所具有的鲜明黑人性使读者得到这样的结论："美国黑人作为一个民族，要获得真正的自由，不能等待别人来解放自己，必须自己解放自己。"④ 赫斯顿"把她的故事建立在这样的前提之下，即大多数美国黑人都认为他们的传统与古埃及希伯来人的传统是相似的。赫斯顿把《摩西，山之人》

① Sharon L. Jones, *Critical Companion to Zora Neale Hurston*, New York: Facts On File Inc., 2009, p. 100.
② Sharon L. Jones, *Critical Companion to Zora Neale Hurston*, New York: Facts On File Inc., 2009, p. 89.
③ Sharon L. Jones, *Critical Companion to Zora Neale Hurston*, New York: Facts On File Inc., 2009, p. 104.
④ 程锡麟：《赫斯顿研究》，上海外语教育出版社2005年版，第148页。

写成了一部关于美国奴隶制的寓言小说"①。通过将摩西的故事黑人化，"赫斯顿创造了一个与历史对应的宗教寓言：希伯来人在埃及被控制和被奴役与黑人在美国的情况相似"②。在某种意义上，《摩西，山之人》中的希伯来奴隶影射美国南北战争前的黑人，埃及影射美国的南方，法老王朝的埃及人影射美国白人，古代希伯来人在摩西的带领下离开埃及这一事件则喻指着南方黑人向北方的大迁移。在《摩西，山之人》中，赫斯顿的黑人民俗文化观念渗透在小说的各个方面。在这一小说中，赫斯顿在讲述一个被埃及人奴役的希伯来人奔向应许之地，获得解放的寓言故事。从这一层面来说这一故事似乎与圣经中的《出埃及记》有很多重复之处。但是，文本中赫斯顿有关黑人民俗的应用使得每一个读者都很自然地将埃及法老统治下的希伯来人与美国社会白人统治下的美国黑人相联系，这一故事又成为一个真正属于美国黑人的故事。《摩西，山之人》因此不仅是一个寓言故事，也是一个讽刺性故事。

> 其中包含赫斯顿对美国黑人智慧深刻的观察：如黑人上流社会的分裂、黑人资产阶级的特点以及黑人普通百姓的生活状况等。黑人资产阶级中混血儿的重要性也没有逃过赫斯顿敏锐的眼睛。在小说中，赫斯顿将摩西塑造为混血儿，尽管他的非埃及人血液中大多为亚述人而非希伯来人。除去摩西的形象，赫斯顿还塑造了米利安和亚伦这样的黑人领袖。他们是从黑人平民阶层逐渐进入黑人资产阶级的两个人物。赫斯顿笔下的摩西是不完美的、苛刻的，但更为真实。
>
> ……
>
> 黑人作家重写摩西的故事在某种程度上也是美国黑人反对种

---

① Draper P. James, ed., *Black Literature Criticism*, (Vol. 2), Detroit: Gale, 1992, p. 1069.

② Gloria Graves Holmes, *Zora Neale Hurston's Divided Vision: The Influence of Afro-Christianity and the Blues*, Dissertation, Stony Brook: State University of New York Press, 1994, p. 269.

族歧视的抗议之声——《摩西，山之人》是在思想和情感领域
内反映美国黑人想要获得自由的斗争情况。虽然《摩西，山之
人》没有黑人抗议小说典型的特点，其语气不是激烈的、痛苦
的、好斗的、刺耳的，而是幽默的，这就使得这一文本与其他黑
人所写的、有关摩西的诗歌和散文类作品大不相同。①

　　通过《摩西，山之人》，赫斯顿再次证明，"美国黑人小说是美
国文学乃至世界文学不可分割的一部分。即使《摩西，山之人》不
是赫斯顿最受赞誉的作品，这一小说也不应该受到忽视。这是一部最
美丽的抗议之作"②。赫斯顿在《摩西，山之人》中严肃思考了自由
和权利的主题，对美国黑人的解放进行了深刻的反思，具有国际性
的主题。小说开始时希伯来人屈服于埃及法老的残酷统治，他们甚
至怀疑摩西带领他们逃离埃及的意义。小说结尾处，历经千难万险
从埃及逃出来的希伯来人又屈服于摩西所立的法律。故事中的希伯
来人并不真正懂得什么是真正的自由，也不知道如何才可以获得真
正的自由。因此，如何获得自由这一命题成为所有受压迫民族必须
思考的问题。

　　要想全面理解赫斯顿在这一小说中所要传达的主题，读者一
定要时刻记得在埃及的以色列人的后裔与被迫成为奴隶的美国黑
人在身份上的相同之处。这样就可以理解摩西在美国黑人民俗中
的特殊地位。借着美国黑人奴隶被选择的身份，赫斯顿讲述着摩
西的故事，因此摩西的身份是充满了复杂性的。被选择的人民的
形象证明了奴隶是如何创造他们想象中的思想世界的，又是如何

①　Blyden Jackson, "Introduction", in *Moses*, *Man of the Mountain*, Zora Neale Hurston, Ur-
bana and Chicago: University of Illinois Press, 1984, p. 18.
②　Blyden Jackson, "Introduction", in *Moses*, *Man of the Mountain*, Zora Neale Hurston, Ur-
bana and Chicago: University of Illinois Press, 1984, p. 19.

在被压迫的地位下获得生存的。①

　　美国黑人用自己的民族经历诠释着圣经中蕴含的各种主题。基督教中的耶稣基督曾经受到过不公正的待遇，却从死亡中得到了永生。美国黑人也相信，他们将从奴隶制所经历的"社会死亡"中获得新的生命，最终获得自由和平等。小说末尾的摩西的思考是非常严肃的。"赫斯顿嘲笑被奴役的思想，因为她知道真正的解放到来之前是荒野中的摸索，只有精神上获得新生的民族才可能到达应许之地。在小说末尾，当跨越约旦河的时刻越来越近时，有关解放的主题就显得很有讽刺意味。"② 摩西在思考：

　　　　他想要塑造完美的人民，自由、公正、高尚、坚强。他们将是整个世界永恒的光明。现在，他不敢确定自己是否做到了。他发现，没有人可以使其他人解放。自由是人们内心的事情。外部的特点只是人们内心的一些表征或象征。你所能做的就是为其他人提供机会，只有那些人自己才能解放自己。③

　　通过摩西的故事，赫斯顿表达了自己对美国黑人民族的思考。就像故事中的希伯来人一样，美国黑人在精神上仍旧无法摆脱"铁的枷锁"：

　　　　赫斯顿所期望的完美的政治状态就是摩西所期望的。小说中的希伯来人无法从精神上摆脱那种自我挫败的、被奴役的状态。他们痛恨"奴隶主"，但他们习惯被奴役。他们祈求得到仁慈，

---

① Robert E. Hemenway, *Zora Neale Hurston: A Literary Biography*, Chicago: University of Illinois Press, 1980, p. 258.

② Robert E. Hemenway, *Zora Neale Hurston: A Literary Biography*, Chicago: University of Illinois Press, 1980, p. 268.

③ Zora Neale Hurston, *Moses, Man of the Mountain*, Urbana and Chicago: University of Illinois Press, 1984, p. 345.

但他们自身崇尚暴力。小说中写道："他们不相信自己可以为自己负责任。他们一直希望有人替他们这样做。"①

赫斯顿用摩西的故事来暗指存在于 20 世纪美国社会甚至整个世界中的社会、政治和经济问题。尽管故事的背景是在圣经时代，但其中表现的社会、政治和经济问题是 20 世纪 30 年代小说发表时美国所面临的，甚至可以说今天还在面临的问题。"赫斯顿对于现代人的启示就是，解放只有自己可以给自己。更深入一些地分析，这部小说是有关美国黑人身份问题的严肃思考。或者这就是为什么赫斯顿要强调奴隶一代的心理活动以及为了生存和自我肯定而奋斗的思想活动。"②在《摩西，山之人》中，赫斯顿将各种有关摩西的神话结合在一起，讲述有关解放、自由、民主和建立国家的故事：

> 赫斯顿从美国南方黑人民俗故事中挖掘出作为伟大解放者的摩西，他领导上帝的选民逃出了奴隶制并且建立了自己的国家。这个作为国家缔造者的摩西与美国黑人传说中的摩西以及加勒比海一带的伏都教文化相结合。故事里的宗教是与巫术和国家政治相联系的。③

赫斯顿通过黑人民俗文化的使用塑造了"一个世界主义的摩西。他成为不同文化和不同地区、不同历史中的世界公民"④。

---

① Deborah G. Plant, *Every Tub Must Sit on Its Own Bottom*: *The Philosophy and Politics of Zora Neale Hurston*, Chicago: University of Illinois Press, 1995, p. 133.

② Robert E. Hemenway, *Zora Neale Hurston*: *A Literary Biography*, Urbana and Chicago: University of Illinois Press, 1977, p. 268.

③ Rita Keresztesi, *Strangers at Home*: *American Ethnic Modernism between the World Wars*, Lincoln: University of Nebraska Press, 2005, p. 107.

④ Rita Keresztesi, *Strangers at Home*: *American Ethnic Modernism between the World Wars*, Lincoln: University of Nebraska Press, 2005, p. 112.

三 《摩西，山之人》的寓言主题

《摩西，山之人》是赫斯顿作品中"最复杂最有野心的作品，这一作品将小说、民间故事、宗教、喜剧等元素用不同寻常的方式结合在一起"①。1934 年，赫斯顿在《挑战》杂志上发表了短篇小说《火和云》，故事中讲到摩西。1939 年发表的《摩西，山之人》将《火和云》的故事进行拓展，并戏仿《出埃及记》，从更深远的意义上探究了摩西神话的文化和政治含义。

如果说赫斯顿不是一个预言家，不是一个先知，没有用她的小说来提前描述未来社会，但至少在细节上，她提出了一个走向更新更好的社会秩序的朝圣之旅，整部小说是对人类非教条的、非美化的、历史性的、接近现实的思考。②

赫斯顿把黑人民俗文化的种种因素及美国黑人的历史同关于摩西的圣经故事融合在这部小说中。黑人民俗文化影响了全书的内容和气氛，完全可以说，这是一部浸润在黑人民俗文化传统中关于摩西的圣经故事，是一部具有鲜明黑人性的作品。在这部作品中，摩西这个人物包含了三重身份：他既是犹太先知，又是伏都教法师，也是黑人领袖。③

摩西在基督教传统中的身份充满了神秘性，隐藏在圣经的威严之中。"一旦摩西被去神秘化，圣经故事和美国黑人的历史立刻有了类比，使得这一故事成为反映黑人民族面临各个时代压迫的暗喻。"④ 赫

---

① Lillie P. Howard, *Zora Neale Hurston*, Boston: Twayne Publishers, 1980, p. 182.
② Blyden Jackson, "Introduction", in *Moses, Man of the Mountain*, Zora Neale Hurston, Urbana and Chicago: University of Illinois Press, 1984, p. XⅢ.
③ 程锡麟：《赫斯顿研究》，上海外语教育出版社 2005 年版，第 149 页。
④ Robert E. Hemenway, *Zora Neale Hurston: A Literary Biography*, Chicago: University of Illinois Press, 1980, p. 260.

斯顿的传记作家海明威也指出："赫斯顿将犹太教—基督教传统中的摩西'绑架'到了非洲—美国黑人文化中，声明摩西真正的血缘是非洲人，他的民族则是美国黑人。"① 摩西因此成为"代表了黑人性的一个重要形象"②。

面对现实生活中的种种歧视和压迫，美国黑人转向宗教，想要寻求生存和发展的策略。"美国黑人作为民族中的民族，发展出了一种宗教中的宗教。这在黑人历史上有着特别的精神价值和种族价值。在黑人宗教中，个人精神的解放是非常重要的因素。"③ 杂糅了很多异质文化成分的伏都教在发展过程中逐渐形成了自己的特点。在美国黑人文化中，"通过宗教达到自我实现的状态是黑人学者对宗教重要性的理解"④。在日常生活中，人们很难将宗教从审美中分出来，也很难将"世俗和神圣分辨开来"⑤。伏都教满足了黑人的心理需求，为黑人减轻了痛苦，提供了希望，平定了骚动，指引了道路。伏都教也赋予黑人群体自由和尊严，深刻影响了他们的生活和观念，成为黑人颠覆白人文化霸权的有效工具。伏都教成为黑人精神活动的中心，也是黑人在恶劣的社会环境下得以生存的重要手段。

"黑人神学总是与历史上要求自由的斗争相联系，这一特点总是通过黑人宗教传统和黑人流行文化体现出来，如布鲁斯、文学和其他。"⑥

---

① Robert E. Hemenway, *Zora Neale Hurston：A Literary Biography*, Chicago：University of Illinois Press, 1980, p. 257.

② Susan Edwards Meisenhelder, *Hitting a Straight Lick with a Crooked Stick：Race and Gender in the Work of Zora Neale Hurston*, Tuscaloosa：The University of Alabama Press, 1999, p. 116.

③ Kimberly Rae Connor, *Conversions and Visions in the Writings of African-American Women*, Knoxville：The University of Tennessee Press, 1994, p. 16.

④ Pinn B. Anthony, *Black Religion and Aesthetics*, New York：Palgrave Macmillan, 2009, p. 27.

⑤ Kimberly Rae Connor, *Conversions and Visions in the Writings of African-American Women*, Knoxville：The University of Tennessee Press, 1994, p. 17.

⑥ Pinn B. Anthony, *Black Religion and Aesthetics*, New York：Palgrave Macmillan, 2009, p. 20.

因此伏都美学在某种意义上来说是一种富有解放精神的美学，具有强烈的批判和反传统性。黑人创造了一种借鉴白人宗教又不同于白人宗教的信仰，其核心充分体现了黑人独特的文化，是黑人民族集体智慧的结晶。就如白人信仰基督教、信仰耶稣基督一样，美国黑人信仰伏都教也是为了获得灵魂最终的救赎。事实上，"在人类历史语境中的救赎就是获得精神上根本的自由……救赎并不是人类获得的奖励，而是在社会变革中与上帝斗争取得的成果。简单来说，如大部分黑人神学家所认为的，救赎是一种救援性的历史事件，这种救赎通过在整个社会建立正确的关系来获得"①。美国黑人在现实生活中努力理解历史、建构历史，实现了文化身份的不断修正和自我定义。

通过仿写圣经旧约《出埃及记》，赫斯顿的《摩西，山之人》以寓言的形式出现。在这一故事中，受压迫的希伯来人和美国黑人的民族经历联系了起来。

> 赫斯顿的作品是完成于20世纪初的，作品暗指美国历史上的奴隶制度，成为现代事件的预言。事实上，赫斯顿遵循了利用圣经故事评述当下社会和政治问题的古老传统……通过摩西的故事，小说暗指美国人为获得自由所要进行的奋斗以及作为自由民族所要寻找的新的身份。②

摩西带领希伯来人离开埃及的呼声和行动成为美国黑人想要争取自由平等的表达。但有趣的是，《摩西，山之人》这一小说本身缺少黑人文学中抗议小说的所有特点。文本中充满幽默、智慧、暗喻和民俗文化。赫斯顿将抗议的声音隐藏在不动声色的仿写中，通过基督教

---

① Pinn B. Anthony, *Black Religion and Aesthetics*, New York：Palgrave Macmillan, 2009, p. 22.

② Sharon L. Jones, *Critical Companion to Zora Neale Hurston*, New York：Facts On File Inc., 2009, p. 100.

因素与伏都教因素的混合使用，使这一文本充满矛盾和分裂，叙述张力增加。从某种程度上来说，"这真的是一种抗议，美好的是，这是一种比以前的抗议更为深刻的抗议，虽然它看上去都不像是抗议"①。《摩西，山之人》是作为人类学家、民俗学家和文学家赫斯顿的一次大胆尝试和创新，它所表达的主题、蕴含的幽默、显示的挑战精神都是值得赞扬的。赫斯顿对圣经旧约《出埃及记》的大胆改写委婉表达了黑人民族对圣经的特殊理解，表达出黑人民族对白人基督教的否定和挑战，间接肯定了黑人民族的勇敢和智慧。《摩西，山之人》是由一个黑人作家在 20 世纪 30 年代的新黑人运动时期写的一份种族抗议。

赫斯顿在《摩西，山之人》中重新讲述了摩西和《出埃及记》的故事，探讨了圣经时代的种族、阶级和政治问题，并通过主题、人物、象征和情节的塑造将这些问题与 19 世纪和 20 世纪的美国相联系。通过采用成长小说的模式，赫斯顿探讨了主人公在身体、情感、精神、性属和思想方面的觉醒。摩西的成长、进步、经历和他作为领袖的身份使赫斯顿通过圣经的寓言、叙事和暗指探讨了种族、阶级和性属问题。埃及的政治、社会和经济结构以及后来平等了许多的麦甸的社会结构都是微缩了的世界，是美国黑人所面临的未来世界的剪影。《摩西，山之人》因此具有更为深刻的社会意义和政治意义。

第二节　《宠儿》中的多重主题

莫里森在康奈尔大学接受过有关文学创作的正规训练，她的作品大多呈现后现代主义特点。发表于 1987 年的《宠儿》是莫里森获得诺贝尔奖的奠基之作。莫里森在创作过程中有意识地使用了伏都教因

---

① Blyden Jackson, "Introduction", in *Moses, Man of the Mountain*, Zora Neale Hurston, Urbana and Chicago: University of Illinois Press, 1984, p. XIX.

素，丰富了《宠儿》的多重主题。不同的读者可以从《宠儿》中读出不同的主题，不同的评论家也对《宠儿》的不同主题从不同角度进行了研究。多重主题使得《宠儿》成为一本读者多、争论多、影响大的作品。一般来讲，《宠儿》的多重主题主要包括以下几个方面：对种族歧视的抨击，对奴隶制下奴隶自我身份摧毁的揭露，反映黑人自由意识的逐渐觉醒，描述奴隶制下扭曲的母爱，反映语言的局限性，指出团结是黑人获得真正自由的唯一途径。这些多重主题的交叉与并置与伏都教美学的兼收并蓄特质达成了契合。《宠儿》这一文本的文学意义、历史意义、社会意义及现实意义都得到极大的凸显。

一　对奴隶制和种族歧视的强烈抨击

在美国历史上有一段人们不愿提及的过去，一个难以启齿的过去，一个宁可被遗忘的过去，一个美国历史上最黑暗的时期，这就是极其残忍和不人道的奴隶制时代。在很长一段时间里，蓄奴制与种族歧视是美国社会、政治和文化的严重问题。在现当代美国文学中，很多白人作家有意回避奴隶制这一令人尴尬的历史现象。美国黑人通过坚持不懈的努力，终于废除奴隶制，获得人身自由，但是，美国现实让他们失望。他们发现，虽然官方宣布终止奴隶制度，但沉淀在主流文化中的种族歧视以更隐蔽的形式存在。因此反映种族歧视的主题成为美国黑人文学永恒的话题。

《宠儿》出版于 1987 年。莫里森敏锐地意识到美国黑人民族对现实的麻木和对历史的遗忘。于是，她在人们已经几乎忘记奴隶制的历史阶段重新回顾过去，描写奴隶制下黑人奴隶们悲惨的生活，揭露奴隶制的非人性和残酷性，呼吁现代的美国人不要忘记历史。在《宠儿》中，莫里森描述了奴隶制废除以后美国社会中黑人的真实生活状况，揭露种族歧视对整个社会和文化的危害性。《宠儿》因其多重主题被《洛杉矶时报》评为"不能想象少了它的美国文学"的力作。林登·彼奇在《托妮·莫里森》一书中指出："当代的美国社会呼吁对奴隶制，尤其是黑人女奴所承受的深重灾难加以充分记述。白人文化应当对奴隶制的野蛮性与种族性加以重视，这些性质远未随着19世纪的废奴运动而消失，而是直到20世纪晚期仍有所残留。"[1]

作为一名美国黑人女性作家，莫里森在人们逐渐忘记奴隶制的时候意识到了自己的社会责任，她想用自己的文字唤醒当代社会中忘记了历史的人们，想用自己的文字再一次呈现奴隶制的残酷性和落后性，正是在这样的社会文化背景之下，《宠儿》出版了。

《宠儿》的扉页上写着"献给六千万甚至更多"，这里的数字来自莫里森对奴隶制下死去的黑人的人数调查。她在一次访谈中说："有些历史学家告诉我说有2亿人死了。我从别处得知的最小的数字是6000万。有些在宽阔的刚果河旅游的人在游记中写道：'我们的船无法在河中行驶，因为河里堵满了尸体。'那就像圆木阻塞。很多人死了，有一半的人死在运奴船上。"[2] 这样的开篇已经点明了《宠儿》的主题所在——揭露奴隶贸易及奴隶制存在的不合理性，抨击种族歧视。

在《宠儿》中，莫里森通过让故事中人物对自己过去生活进行回忆的方法，为读者描述了奴隶制下一幕幕骇人听闻的场面：黑人奴隶被白人私刑处死，并被吊在树上；怀孕的妇女被强暴并被皮鞭疯狂抽打；年轻的黑人姑娘被关在一间小屋里供白人发泄性欲；白人可以给自己的女性奴隶随意配种；奴隶的孩子们可以在任何时候因为任何原因被卖给任何人……故事中凡是经历过奴隶制的人都对奴隶制有着不堪回首的记忆。

《宠儿》的核心事件是一位奴隶母亲在面临奴隶主的追捕时毅然杀死了自己的女儿。值得注意的是孩子并非被白人杀死，而是被黑人，被自己的母亲所杀。莫里森选择这一不同寻常的事件，回顾了奴

---

[1]　Linden Peach, *Toni Morrison*, Hampshire: Macmillan Press Ltd., 1995, p.110.

[2]　Danille K. Taylor-Guthrie, ed., *Conversations with Toni Morrison*, Jackson: University Press of Mississippi, 1994, p.275.

隶制下黑人悲惨的处境，揭露了奴隶制对黑人身心的摧残。当主人公塞丝解释她的杀婴行为时说道："任何一个白人，都能因为他脑子里突然闪过的一个什么念头而夺走你的整个自我。不只是奴役、杀戮或者残害你，还要玷污你。玷污得如此彻底，让你不可能再喜欢自己。玷污得如此彻底，让你忘记了自己是谁，而且再也不能回想起来。"① 黑人在奴隶制下的非人地位注定了他们悲惨的命运。

贝比祖母在奴隶制下生活了60年，她对奴隶制的理解是"龌龊"。她认为"奴隶生活摧毁了她的双腿、后背、脑袋、眼睛、双手、肾脏、子宫和舌头，她什么都不剩了……那些白鬼夺走了我拥有和梦想的一切，还扯断了我的心弦。这个世界上除了白人没别的不幸"②。当塞丝提议搬出闹鬼的124号时，她说："在这个国家里，没有哪座房子不是从地板到房梁都塞满了黑人死鬼的悲伤。"③ 奴隶制不仅使她浑身伤残，也使她心如死灰，她对奴隶制下发生的很多事是麻木的，"悬在生活的龌龊与死者的刻毒之间，她对生或死都提不起兴致……她的过去和她的现在一样——不堪忍受。既然她认识到死亡偏偏不是遗忘，她便用残余的一点精力来玩味颜色"④。贝比祖母在临死前对颜色的思考是有特殊意义的，这一细节暗指了种族歧视的荒诞。

1861—1865年，美国南北战争结束了罪恶的奴隶制，工业化的北方战胜了种植园的南方，结束了有史以来最残暴、最野蛮的人奴役人的形式。然而，这场战争在为黑人奴隶砸碎了有形枷锁的同时，也为美国社会留下了一具无形的枷锁，一份痛苦的遗产——种族歧视与种族压迫。莫里森在《宠儿》中不但为读者们展现了奴隶制下黑人

---

① ［美］托妮·莫里森：《宠儿》，潘岳、雷格译，中国文学出版社1996年版，第299页。
② ［美］托妮·莫里森：《宠儿》，潘岳、雷格译，中国文学出版社1996年版，第103—106页。
③ ［美］托妮·莫里森：《宠儿》，潘岳、雷格译，中国文学出版社1996年版，第6页。
④ ［美］托妮·莫里森：《宠儿》，潘岳、雷格译，中国文学出版社1996年版，第3—4页。

的悲惨生活，也为读者描述了奴隶制废除后黑人的生活状况。奴隶制下黑人的地位极其低下，黑人不能从白人家的前门出入，不能和白人平起平坐，不能和白人在一个餐厅吃饭，更不能和白人在一个教堂做礼拜。即使是奴隶制已经被废除，黑人仍旧不能从前门进白人的家，也不能在白人商店的前门买东西。当丹芙敲开废奴主义者鲍德温家的前门时，开门的女佣告诉她，"你先要知道该敲哪一扇门"①。此处对鲍德温"废奴主义者"身份的强调充满讽刺，进一步揭示出美国社会中一些白人的伪善以及种族歧视的隐蔽性。

主人公塞丝为了避免在白人商店买东西的尴尬，她时常从自己工作的餐厅里偷一点日用品，"有时是火柴，有时是一点煤油、一点盐，还有黄油——她也时不时地拿这些东西，并且觉得可耻，因为她买得起；她只是不愿和其他人一道窘迫地等在菲尔普斯商店外面，直到俄亥俄的每一个白人都伺候到了，店主才转身面对那些从他后门的洞眼上往里窥望的一张张黑脸"②。文本中的这些细节描述非常细微地揭示出黑人在奴隶制废除之后遭遇的无处不在的、旷日持久的歧视。日常生活中的种族歧视都不是最可怕的，可怕的是白人可以对黑人随便使用私刑：

> 到了 1874 年，白人依然无法无天。整城整城地清除黑人；仅在肯塔基州，一年就有八十七人被私刑处死；四所黑人学校被焚烧；成人像孩子一样挨打；孩子像成人一样挨打；黑人妇女被轮奸；财物被掠走，脖子被折断。③

在美国社会中，种族歧视的顽疾并没有随着奴隶制这一体制的消失而消失，私刑肆虐让黑人的生命财产受到前所未有的威胁。黑人们

① ［美］托妮·莫里森：《宠儿》，潘岳、雷格译，中国文学出版社 1996 年版，第 302 页。
② ［美］托妮·莫里森：《宠儿》，潘岳、雷格译，中国文学出版社 1996 年版，第 226 页。
③ ［美］托妮·莫里森：《宠儿》，潘岳、雷格译，中国文学出版社 1996 年版，第 214 页。

想要找到一份体面的工作基本是不可能的。塞丝从早到晚的辛勤工作只能换来"一周三块四毛钱的工资"①，外加每天的午餐；年轻力壮的保罗 D 在屠宰业发达的辛辛那提市也无法找到比较稳定的工作，只能在码头上打零工，靠出卖劳动力赚得一点点维持生活的费用；即使是年过六旬的斯坦普也不得不在码头上干苦力活……黑人可以选择的工作就是那些白人不屑也不愿意去做的事。事实上，奴隶制废除之后黑人的社会地位和经济地位都没有得到根本的改善，种族歧视和种族压迫成为黑人无法摆脱的阴影。

二　奴隶制对黑人自我身份的摧毁

在美国历史上，奴隶制的存在不仅使六千万甚至更多的黑人丧失了生命，而且使更多的、不可计数的黑人生活在奴隶制的阴影之下。《宠儿》在揭露奴隶制罪恶时，着重探讨了奴隶制给黑人心理上造成的创伤。奴隶制不仅对奴隶们造成肉体上的劫掠，这一制度给黑人带来的心理创伤更是不可估量的，即使在他们获得身体的自由以后仍旧无法摆脱心理上的阴影。蓄奴制的最危险之处莫过于它给曾为奴隶的黑人在自我观念上带来的负面影响。在《宠儿》中，人人都在思考"我到底是谁"这一问题，没有哪个黑人对自我身份非常肯定。故事中人物自我身份的不确定性在他们的心理活动中都有描述。他们总是觉得自己被分成了一块一块的，时刻都有破碎的可能。这里的"碎片"意象象征着黑人在种族歧视下备受伤害的内心世界。故事里的主人公宠儿在不到两岁时就被自己的母亲亲手杀死，因为没有得到充足的母爱，她的心理是不健全的。内心没有安全感的宠儿一直担心自己会成为碎片。当宠儿掉了一颗牙时，她想：

下一回该是她的一只胳臂、一只手、一个脚指头了。她身上

---

① ［美］托妮·莫里森：《宠儿》，潘岳、雷格译，中国文学出版社 1996 年版，第226页。

的零件也许会一点一点地、也许会一股脑地全掉下去。或者哪一天早晨，在丹芙醒来之前、塞丝上班之后，她会四分五裂。她独自一个人的时候，很难让脑袋待在脖子上。在她记不得的事情中有这么一件：她第一次得知她会在哪天醒来，发现自己已成为一堆碎片。她做过两个梦：爆炸，和被吞噬。①

一直生活在孤独和寂寞中的丹芙对于自我也没有正确的认识，她既不了解自己的过去也不清楚自己的将来。当宠儿来到124号后，她把所有的注意力都放在了宠儿的身上，似乎宠儿的存在才可以证明她自己的存在价值。当宠儿消失在地下室里的黑暗中时，丹芙哭了。"现在她哭，是因为她没有了自己。死亡与此相比不过是一顿空过去的午饭。她能感觉到厚重的自己在变稀、变薄、消融殆尽。她抓住太阳穴上的头发，想把它们连根拔下来，使消融暂停片刻。"② 作为一个已经成年的女子，丹芙完全没有自我，她惧怕外面的世界，惧怕失去身边的人和物。虽然丹芙生活在奴隶制废除后的美国，但奴隶制对周围人的所有负面影响在她的身上都有所体现。通过丹芙这一形象，莫里森揭示出奴隶制影响的持久性和破坏性。

塞丝的自我完全寄托在自己的孩子身上。因为她深爱自己的每一个孩子，塞丝认为自己被分成了几部分。贝比祖母为她清洗时也是一部分一部分地来洗的。贝比"把塞丝领进起居室，在酒精灯下一部分一部分地清洗她，先从脸开始洗起……"③ 当保罗 D 重新来到124号，想和塞丝一起面对明天时，他提议为塞丝洗洗身子，"塞丝合上眼睛，紧闭双唇。她心里想的是：不。……他会分成几部分来洗吗？先洗脸，然后洗手、大腿、脚、后背？最后来洗她疲倦的乳房？就算

---

① ［美］托妮·莫里森：《宠儿》，潘岳、雷格译，中国文学出版社1996年版，第159页。
② ［美］托妮·莫里森：《宠儿》，潘岳、雷格译，中国文学出版社1996年版，第146页。
③ ［美］托妮·莫里森：《宠儿》，潘岳、雷格译，中国文学出版社1996年版，第110页。

他会一部分一部分地洗，那些部位能绷得住劲吗?"① 奴隶制剥夺了黑人做人最基本的权利，奴隶制下的黑人是没有资格谈情说爱的。没有正常感情生活的黑人没有安全感，更没有自我意识。他们的内心是被"物化的"，很多时候，他们仍旧默认自己是白人的财产，不应该也不配拥有自己的生活。在《宠儿》中，行为方式别具一格的西克索对保罗 D 讲起他的爱人时说："她是我精神上的朋友。是她把我捏拢的。老弟。我是一堆碎片，她把它们用完全正确的次序捏拢了，又还给我。"②

为了突出黑人民族被损害的自我身份，莫里森将这部小说的结构也设计为"碎片式"的。对于这种叙述手法，评论家瑟曼做了一个很贴切的比喻：作家如同将灾难性事件的场面画到一块黑色玻璃上，"她把这块玻璃打碎，然后以互不关联、令人迷惑的现代形式将其重新组合"③。整部小说就像一个由无数碎片镶嵌而成的有机整体，想要完整地理解这一小说的意义，必须把各个部分的碎片拼凑在一起，使其有机地联系起来。

蓄奴制的危害不仅在于它影响了作为该体制受害者的黑人，而且还波及维护蓄奴制的白人，同时也破坏了美国人的集体身份。莫里森在 20 世纪 80 年代重新探索奴隶制带给黑人民族的心理创伤是有深刻的社会意义的。莫里森在《宠儿》中指出：不仅小说主人公的人格需要疗治，美国的民族身份也需要疗救。美国的未来依赖于它对自己历史的正确认识。几个世纪以来，由于那个被压迫民族刻意地遗忘，他们的历史几乎被抹杀，而这本书的目的就是要修补这段历史。"这是一个不能忘记的故事" 在小说末尾处多次重复，强调和重申了小说主题。莫里森想要提醒美国人民及所有曾经受压迫的民族牢记自己

---

① ［美］托妮·莫里森：《宠儿》，潘岳、雷格译，中国文学出版社1996年版，第324页。
② ［美］托妮·莫里森：《宠儿》，潘岳、雷格译，中国文学出版社1996年版，第326页。
③ 王守仁、吴新云：《性别·种族·文化——托妮·莫里森的小说创作（修订版）》，北京大学出版社1999年版，第133—134页。

的历史，并从中获取经验和教训。

三　黑人自由意识的觉醒

《宠儿》中黑人奴隶的遭遇的确让人同情，白人的行径着实让人愤怒，但对奴隶制的批判、对种族歧视的揭露以及对奴隶制破坏黑人自我身份的揭露都只是莫里森想要表现的多重主题的几个方面。《宠儿》还从多个角度让读者感受到黑人自由意识的逐步加强，看到他们为得到自由所做的种种努力。因此，当故事结束时，读者们看到了黑人民族的希望，看到了他们不可摧毁的精神。

小说中的贝比·萨格斯祖母是经历了奴隶制的黑人典型代表，她受尽了奴隶制的折磨，对白人有着刻骨铭心的仇恨，但只是仇恨而已，没有任何行动。她曾说：白人们"不懂得适可而止"①。从这句话里可以看出来，她对白人的要求只是希望他们不要做得太过分，而她对自己的地位似乎已经习以为常。在小说中她从来没有为自己的命运抗争过，是她的儿子黑尔把她从奴隶制下解放出来。当她的双脚踏上自由的土地时，"她不能相信黑尔比自己知道得更多；不能相信从没有呼吸过一口自由空气的黑尔居然懂得自由在世界上无可比拟；她被吓着了"②。以保罗 D 为代表的贝比·萨格斯之后的一代对于自由和生命有着自己的理解和追求，他们不再认命，而是为了自由努力奋斗。白人的折磨和压迫促使他们开始思考自己的命运。保罗 D 曾问长者斯坦普："就告诉我一件事，一个黑鬼到底要受多少罪？"斯坦普回答："能受多少就受多少。"③ 斯坦普和贝比·萨格斯祖母是同一代的人，他和贝比·萨格斯祖母对待自己命运的态度是一样的——接受自己的命运，忍受到死。但保罗 D 无法同意斯坦普的看法，他从

---

① ［美］托妮·莫里森：《宠儿》，潘岳、雷格译，中国文学出版社1996年版，第124页。
② ［美］托妮·莫里森：《宠儿》，潘岳、雷格译，中国文学出版社1996年版，第168页。
③ ［美］托妮·莫里森：《宠儿》，潘岳、雷格译，中国文学出版社1996年版，第282页。

心底发出了呐喊："凭什么？凭什么？凭什么？凭什么？凭什么？"①这样的质问是保罗 D 自由意识的觉醒，也是他争取自由的起点。拿他自己的话来讲："一个黑人长了两条腿就该用，坐下来的时间长了，就会有人想方设法地拴住他们。"② 这句自然而又形象地表达了他对"自由"的朴素看法。塞丝是在怀孕六个月时独自逃跑的，当保罗 D 问她为什么那么急切时，她说："没办法，等不下去了。"③ 关于自由，黑尔、保罗 D 和塞丝他们不懂得什么高深的理论，他们的想法是朴素而现实的。对于塞丝来说，自由就是"到一个你想爱什么就爱什么的地方去——欲望无须得到批准"④，所以当塞丝被白人追捕，女儿面临重新沦为奴隶的可能时，她毅然结束了她的小生命。黑尔认识到了自由的价值，所以他用五年的星期天的劳动换取了他的妈妈贝比·萨格斯的自由，他也认识到了知识的价值，他愿意学其他黑人不愿意学的数字，因为他知道，"如果你不会数数，他们就会蒙骗你；如果你不会识字，他们就会欺负你"⑤。

在奴隶制下，黑人奴隶们被剥夺了受教育的权利，大部分的黑人奴隶是文盲。黑尔对于知识最朴素的理解反映了他的自由意识的觉醒。丹芙在走出 124 号、走出过去的阴影后开始学习新的知识，并打算去大学深造。这迟来的成熟在她与保罗 D 的谈话中表现得很明显：她比过去更有教养、更真诚、更有主见。当保罗 D 想要表达自己对宠儿的看法时，丹芙制止了他，她说："我有我自己的。"⑥ 故事结束时的丹芙是那么成熟、自信，她知道自己是谁，知道自己需要什么，完全肯定了自己的主体性，成为莫里森笔下的"宠儿"，成为黑人民族的希望和未来。通过《宠儿》的故事，以及故事中人物的成长，

① ［美］托妮·莫里森：《宠儿》，潘岳、雷格译，中国文学出版社 1996 年版，第 282 页。
② ［美］托妮·莫里森：《宠儿》，潘岳、雷格译，中国文学出版社 1996 年版，第 12 页。
③ ［美］托妮·莫里森：《宠儿》，潘岳、雷格译，中国文学出版社 1996 年版，第 9 页。
④ ［美］托妮·莫里森：《宠儿》，潘岳、雷格译，中国文学出版社 1996 年版，第 194 页。
⑤ ［美］托妮·莫里森：《宠儿》，潘岳、雷格译，中国文学出版社 1996 年版，第 248 页。
⑥ ［美］托妮·莫里森：《宠儿》，潘岳、雷格译，中国文学出版社 1996 年版，第 319 页。

莫里森想要告诉那些至今有着种族歧视的人，黑人民族有着强大的战斗力和顽强的战斗精神，他们将为自己享有和其他民族一样的权利而不懈地斗争，这一民族是充满希望的。

四　奴隶制下扭曲的母爱

舐犊之情人皆有之，母爱更是人类的天性。奴隶制下浓烈而畸变的母爱贯穿《宠儿》这一小说的始末。奴隶制是罪恶之源，它扭曲了伟大的母爱，这一制度逼迫母亲亲手杀死女儿，其目的是保护女儿免遭奴隶制的践踏和蹂躏。

《宠儿》中，莫里森用细腻的笔触揭示了人物的内心世界，展现了一幅幅白人奴役、屠杀黑人的血腥场面，更为可怕的是，这种屠杀不仅是身体上的，更是人格和精神上的。在奴隶制下，黑人自从生下来的那一刻起就注定命运悲惨。他们没有名字、没有自由、没有财产、没有生命权，奴隶主像对待动物一样对待奴隶，他们可以随意打、骂、卖、凌辱甚至杀死自己的奴隶。奴隶制下的女性奴隶地位最为悲惨，她们被看作免费繁殖劳动力的机器，没有权利选择配偶，成立家庭。奴隶主为了得到更多的免费奴隶，他们可以随意指派任何一位男性奴隶同女奴隶"配种"，然后将生下来的孩子卖掉。在白人奴隶主的眼里，所有黑人都是他们的财产，死去一个黑人就意味着损失了一笔财产。奴隶制和种族歧视严重扭曲了黑人女性的母子情感，许多黑人妇女将伤害自己的孩子作为报复白人的手段之一。

《宠儿》中，黑人母亲的遭遇都是非常悲惨的。"地下铁路"的主要成员艾拉在青春发育期被一对白人父子锁在一间屋子里发泄兽欲。"艾拉领教过好多种打法，就是没有被打垮。她还记得被车闸敲掉的下牙，记得腰上一圈因为车铃留下的绳子粗的伤疤。她生下了一个毛茸茸的白东西，却拒绝给它喂奶，它的爸爸是'迄今最下贱的人'。它活了五天却未吭一声。"① 贝比祖母曾经在奴隶主的逼迫下和六个男人睡觉，并生下了八个孩子，其中七个孩子在很小的时候就被卖掉或送掉，只有最小的儿子黑尔奇迹般地留在她的身边。贝比祖母对于自己孩子的记忆是残缺不全的，她只记得自己最大的女儿爱吃糊面包底儿。黑尔"是她最后一个孩子，生下时她几乎没瞧上一眼，因为犯不上费心思去认清他的模样，你反正永远也不可能看着他长大成人。她已经干了七回了：抓起一只小脚；用自己的指尖检查那些胖乎乎的指尖——那些手指，她从没见过它们长成能认出的男人或女人的手。她至今不知道他们换过牙是什么样子；他们走路时头怎么放"②。贝比祖母曾深爱自己的孩子，但白人几乎夺走了她所有的孩子。

> 在贝比的一生里，还有在塞丝的生活中，男男女女都像棋子一样任人摆布。所有贝比认识的人，更不用提爱过的了，只要没有跑掉或吊死，就得被租用，被出借，被购入，被送还，被储存，被抵押被赢被偷被掠夺……她惊愕地发现人们并不因为棋子中包括她的孩子而停止下棋，这便是她所说的生活的龌龊。③

塞丝的母亲是白人从非洲运来的黑人之一，在漫长的海上航行中，她曾被白人船员多次奸污，多次怀孕。她对白人的恨是无法用言语来表达的，她也憎恨自己与白人生下的孩子。她认为做这些孩子的母亲是耻辱的，她扔掉了所有与白人所生的孩子，只留下了塞丝，因为塞丝是她和一位黑人所生，而且"她还抱了他的脖子"。"她把他们全扔了，只留下你。有个跟水手生的她丢在了荒岛上。其他许多与白人生的她也都扔了。没起名字就给扔了。只有你，她给起了那个黑

---

① ［美］托妮·莫里森：《宠儿》，潘岳、雷格译，中国文学出版社1996年版，第309页。
② ［美］托妮·莫里森：《宠儿》，潘岳、雷格译，中国文学出版社1996年版，第165页。
③ ［美］托妮·莫里森：《宠儿》，潘岳、雷格译，中国文学出版社1996年版，第28页。

人的名字。她用胳膊抱了他。别的人她都没用胳膊去抱。从来没有。从来没有。"①

　　同样，塞丝是奴隶制下一位普通的黑人女性，也是一位普通的黑人母亲。塞丝在"甜蜜之家"这个特殊的奴隶制庄园中与丈夫黑尔一起生活了六年，生了三个孩子。她曾想当然地认为孩子是自己生命的一部分，但这种感情和想法显然是与奴隶制的实质相悖的。作为奴隶，塞丝没有权利拥有自己的孩子。在强大而又根深蒂固的奴隶制下，在面对奴隶主的追捕和把孩子们重新送到奴隶制的阴影中去的时刻，她没有别的办法来保护自己的骨肉不受摧残和奴役，把自己"最美好的部分"送到上帝那儿去是她唯一的选择。伟大的母爱以这种残暴的形式表现出来，这中间包含着多少椎心泣血的感情挣扎。在惨无人道的外在压力下，塞丝只好用暴力对抗暴力。对她来讲，当时的选择是她表达母爱的唯一途径。塞丝杀死自己的爱女表现了在非人的奴隶制下黑奴女性的残酷爱意。这种爱是以超乎平常人的生命选择的方式来实现的。奴隶制下的母爱成为不堪叙述的残酷悲剧。上帝为救赎整个人类的罪孽而献祭了他的独生子，基督教中的圣人亚伯拉罕接受神的考验，把自己的爱子奉上了祭坛。

　　　　深重的苦难只能通过尊严的死亡来救赎。这在平常人的生命选择方式中、在平常心的思想维度上是难以接受的，一般的伦理规范和普遍的道德标准在这里失去了作为绝对命令的制约力量。在黑人文化中，尤其是在黑人女性文化中爱和自由是一种深沉的形而上意蕴。这种意蕴往往通过坚执的回避和极限的反抗表现出来——对不堪叙述的苦难历史的回避和对不堪忍受的奴隶制的反抗。亲手杀死自己的血肉至亲，亲手毁灭生命中最值得珍贵的东西，便是一种永远的仪式和救赎的仪式。杀婴，是白人世界的禁

①　[美]托妮·莫里森：《宠儿》，潘岳、雷格译，中国文学出版社1996年版，第74页。

忌，却是黑人女性最显示尊严的救赎仪式。这种救赎仪式，一方面升华了黑人女性的爱和自由的渴望，另一方面显示了黑人女性坚执的回避和极限的反抗。在黑人文化语境中，作家们常常写到黑奴为了爱和自由而亲手杀死血肉至亲，如祖父杀死自己的孙子，母亲溺死她的女儿，青年男子击毙自己的女友，这些残酷的悲剧都是不能用通常的语言来陈述的，更不能用占统治地位的白人的道德尺度来评判。塞丝在绝境中锯断刚刚会爬行的女儿的咽喉，最能显示杀婴这种残酷救赎仪式的形而上意蕴。[1]

作为母亲，选择亲手杀死自己的孩子是残酷和野蛮的。故事中的塞丝杀死自己的女儿不仅是对白人的反抗，更是出于一种母爱。在被剥夺了所有做人的权利的奴隶制下，人与人之间的爱只能通过扭曲的方式表现出来。塞丝杀死自己的女儿的选择是在浓厚的母爱的驱使下做出的，是一位母亲在奴隶制下万般无奈的反抗方式。与成千上万的黑人女性一样，塞丝是黑人生命的孕育者、黑人家庭的护持者和黑人文化的延续者，她守护着家园和生命，一旦灾难降临她必须有所行动。杀婴行为反映出塞丝深深的母爱，也显示了母亲对罪恶的奴隶制的反抗姿态。宠儿以及成千上万的黑人的孩子的生命是珍贵的，但他们的精神自由更加珍贵。通过宠儿和深爱她的似乎残忍的母亲塞丝的形象塑造，《宠儿》的故事控诉了种族意识对黑人生活世界的摧残，也升华了黑人灵魂深处那被损害被压抑的民族记忆。当读者们思考是什么原因导致了这一悲剧的发生时，答案是不言自明的——真正的杀婴凶手是万恶的奴隶制。

五　语言的力量和局限性
语言是人类区别于其他动物的最大特征。在奴隶制下，白人不把

---

[1] 王小晴：《不堪叙说的故事——论托尼·莫里森的小说〈宠儿〉》，《安庆师范学院学报》（社会科学版）2002 年第 1 期。

黑人当人看，为了更好地控制和统治黑人，他们想尽办法剥夺黑人奴隶的语言权利，包括读和写的权利。

首先，白人从根本上剥夺黑人奴隶受教育的权利，绝大部分的黑人不识字，也不会算术。他们对于白人的命令言听计从，很少自己去思考。小说中的保罗 D"目不识丁、只会背自己名字的字母"[1]；塞丝只认识五六十个单词；大部分的黑人一个字也不认识。目不识丁的黑人即使有机会逃出去，也逃不远，很容易被白人抓回来。剥夺黑人的受教育权利成为白人统治和剥削黑人的最重要"策略"。

其次，白人不允许黑人使用自己的语言。被掠夺到新大陆的黑人为了生存只能学习使用白人的语言，黑人语言的消失反映了白人对黑人的文化破坏。塞丝不记得她小时候说过的语言，不记得自己的母亲使用过的语言，这种语言能力的丧失反映了黑人奴隶遭受的文化劫掠。在没有话语权，在无法表达自己的不满和愤怒时，塞丝杀死了自己的孩子，在这一行为中，"锯条成了笔，女儿则是书写的文本，她脖子上的疤痕则是书写的符号。从白人的价值观来看，这一行为上是杀戮，是毁灭。而按黑人的价值观来看，它是爱，是反抗，是否定"[2]。

再次，奴隶制下的黑人是没有发言权的，没有主人的许可，他们就没有权利发表自己的意见和想法；黑人彼此之间的交流也是非常谨慎的，稍有出格可能会招来杀身之祸。在奴隶制下经历了很多事的贝比·萨格斯也是"尽量少说话，以免惹麻烦，在她的舌头根底下又有什么可说的呢？"[3]当西克索用"学校老师"的话来为自己的违反规定进行辩解时，"学校老师"狠狠地打了他一顿，目的是让他明白他没有使用语言辩解的权利："定义属于下定义的人——而不是被定

---

① ［美］托妮·莫里森：《宠儿》，潘岳、雷格译，中国文学出版社1996年版，第62页。

② 杜维平：《呐喊，来自124号房屋——〈彼拉维德〉叙事话语初探》，《外国文学评论》1998年第1期。

③ ［美］托妮·莫里森：《宠儿》，潘岳、雷格译，中国文学出版社1996年版，第167页。

义的人。"① 报纸作为大众媒体的主要形式之一也反映了美国社会存在的种族歧视。有关黑人的普通报道是没有资格上报纸的。白人文化控制着反映整个社会文化的大众传媒，黑人根本没有机会发出自己的声音，他们被剥夺了参与社会生活的权利。

> 保罗 D 从斯坦普的手掌下抽出那张剪报。上面的铅字他一个也不认得，所以他根本就没瞥上一眼……不管那些黑道道写的是什么，也不管斯坦普想让他知道些什么，反正不是。因为即便在地狱里，一张黑脸也不可能上报纸，就算那个故事有人想听。你在报纸上刚看到一张黑人的脸，恐惧的鞭挞就会掠过你的心房，因为那张脸上报，不可能是因为那个人生了一个健康的婴儿，或是逃脱了一群暴徒。也不会因为那个人被杀害、被致残、被抓获、被烧死、被投进牢房、被鞭打、被驱赶、被蹂躏、被奸污、被欺骗，那些作为新闻报道根本不够资格。它必须是件离奇的事情——白人会感兴趣的事情，确实非同凡响，值得他们回味几分钟，起码够倒吸一口凉气的。②

这里出现的登载着塞丝杀婴故事的报纸反映了白人对黑人母爱的否定，黑人社区中许多人对于这件事的看法就是以白人的观点为导向的。白人不仅在肉体上统治着黑人，他们在精神上也极力控制和麻痹黑人。他们剥夺了黑人的话语权，使他们没有机会、没有能力表达自己的想法和观点。

当斯坦普走近代表着黑人苦难过去的 124 号时，他无法进入这个房间，也无法理解 124 号里混杂的声音。"混杂在房子周围声音里的，斯坦普能够辨认却不能破译的，是 124 号宅子里女人们的思绪，

---

① ［美］托妮·莫里森：《宠儿》，潘岳、雷格译，中国文学出版社 1996 年版，第 227 页。
② ［美］托妮·莫里森：《宠儿》，潘岳、雷格译，中国文学出版社 1996 年版，第 186 页。

不能诉诸言语，也没有诉诸言语。"① 往昔的奴隶生活不堪回首，过去的事件如此痛苦可怕，无法用言语来表达，但黑人在奴隶制下遭受的折磨和压迫不能被人们忘记，莫里森在自己的小说中为历史上的黑人提供一个诉说的机会，恢复他们被剥夺的话语权。小说的结尾也表现出了话语的局限性："This is not a story to pass on"（"这是一个不能忘记的故事"），

> 这句话微微变化地重复了三次，造成一种一咏三叹、荡气回肠的效果，语言在这里只能哑默。语言哑默，这是语言遇到了它不可超越的界限，对于不可言说者，语言只有保持沉默。但作家不能哑默，因为她的哑默就意味着对苦难和伤痛的永久亏欠，意味着出卖良知，意味着自我玷污灵魂。说着那些骇人听闻的故事，是一道绝对命令，也是一道神秘的魔咒。莫里森被迫以一种罕见的迂回策略让爱意超凡又罪孽深重的塞丝叙述这一人间惨剧。②

综上所述，《宠儿》这本小说是想在故事中赋予黑人诉说和辩解的机会，恢复他们的话语权，让整个美国听到被压抑、被遗忘的黑人的声音，让整个美国听到黑人母亲被歪曲和忽视的声音。这样的作品是对美国历史的矫正，是对黑人历史的正视。

六　团结是美国黑人永久的社会责任

在对《宠儿》主题的研究中，也有许多人认为整部作品在呼吁美国黑人彼此团结的重要性，正如 D. D. 莫伯莉亚在她的研究中指

---

① ［美］托妮·莫里森：《宠儿》，潘岳、雷格译，中国文学出版社 1996 年版，第 238 页。
② 王小晴：《不堪叙说的故事——论托尼·莫里森的小说〈宠儿〉》，《安庆师范学院学报》（社会科学版）2002 年第 1 期。

出——"团结才是解决的办法"①。

　　首先，小说的结构是具有象征意义的。整个故事都是由不同的人物从不同的角度来讲述不同的侧面，整个故事被肢解得支离破碎，只有将整部作品读完，将全部内容联系起来，读者们才会了解整个故事。在阅读的过程中，读者只有将不同的部分"团结起来"才能理解这一小说的主题。莫里森让故事情节同时在两个时间层面上展开，深刻地指出不管是奴隶制下的黑人奴隶还是内战结束后的黑人自由民，团结一致是反对种族歧视、反对经济和政治压迫的唯一途径。莫里森在讲述故事的同时还将个人斗争与集体斗争并置，并暗中进行比较，最终得出团结的重要性和集体力量的伟大。

　　获得自由的贝比"成为一位不入教的牧师，走上讲坛，把她伟大的心灵向那些需要的人们打开"，开始了帮助其他黑人的生活。她在"林间空地"布道，号召黑人同胞们团结起来，学会自爱、自尊、自立；她在 124 号"爱、告诫、供养、惩罚和安慰他人"②。但是后来她在社区里的特殊地位及她在 124 号的大摆宴席招致了整个社区其他黑人的嫉妒：

　　　　这让他们生气。太过分了，他们想。凭什么都让她占全了，圣·贝比·萨格斯？凭什么她和她的一切总是中心？凭什么她总是知道什么时候恰好该做什么？又出主意；又传口信；治病人，藏逃犯，爱，做饭，做饭，爱，布道，唱歌，跳舞，还热爱每一个人，就好像那是她独有的职业。③

　　因为嫉妒，当奴隶主追踪而来时，没有人去 124 号报信，也没有

----

① Doreatha Drummond Mbalia, *Toni Morrison's Developing Class Consciousness*, New York：Associated University Presses, Inc. , 1991, p. 89.

② ［美］托妮·莫里森：《宠儿》，潘岳、雷格译，中国文学出版社 1996 年版，第 186 页。

③ ［美］托妮·莫里森：《宠儿》，潘岳、雷格译，中国文学出版社 1996 年版，第 163 页。

人组织援救，塞丝不得不面对奴隶主的追捕。面对要被抓回去的厄运，塞丝毅然杀死了自己的女儿，原因只是不想让自己的孩子再次经历残酷的奴隶制。如果脱离黑人社区，脱离黑人集体的帮助，个人悲剧是不可避免的。贝比因为整个社区的背叛而几乎精神崩溃，她不再相信其他人，不再帮助其他人，很快，她失去了对生活的兴趣，躺在床上玩味颜色，放弃了与生活的斗争，郁郁而终。

因为其他黑人的背叛，塞丝和丹芙不与社区的其他人来往，她们在闹鬼的124号中顽强地斗争着。塞丝每天都在努力"击退过去"，丹芙则孤独地生活在自己的幻想里。借尸还魂的宠儿更是加剧了124号与其他人的疏远。宠儿首先赶走了保罗D，然后又将塞丝完全拖住，使她失去了工作，失去了自我，再后来她又将丹芙挤出了游戏圈，独霸了塞丝的注意力和爱。宠儿在情感上的贪得无厌使124号处于贫困、饥饿和绝望之中。有着社交障碍的丹芙为了养活母亲和姐姐勇敢地走出家门，寻求帮助，积极工作，承担起了照顾塞丝和宠儿的责任。黑人社区里的其他人也默默帮助着塞丝一家，丹芙总是在家门口看到其他黑人悄悄送来的食物。丹芙对于黑人集体的信任为124号与整个社区重归于好提供了契机。在黑人集体的帮助下，124号渡过了难关，宠儿也被三十位黑人妇女的集体祷告赶走。塞丝终于摆脱了过去十八年来她独自一人无法摆脱的悲惨记忆的折磨，开启了新的生活。

小说中另外一个主要人物是斯坦普。斯坦普曾经是一位奴隶，他的妻子被奴隶主霸占，他自己历经艰险，最终逃离南方，成为"地下铁路"的主要成员。斯坦普尽心尽力地为他的黑人同胞奉献着自己的一切：

> 他把逃犯藏起来，把秘密消息带到公共场合。在他合法的蔬菜下面藏着逃亡的奴隶。就连他春天里杀的猪也为他的种种目的服务。整家整家的人靠他分配的骨头和下水生活。他替他们写信

和读信。他知道谁得了水肿，谁需要劈柴；谁家孩子有天赋，谁家孩子需要管教。他知道俄亥俄及其两岸的秘密：哪些房子是空的；哪些住着人；谁的舞跳得最棒，谁的嘴最笨，谁的嗓子最美，谁根本就唱不出调。①

斯坦普不顾一切地帮助黑人奴隶逃离南方，帮助他们生存下去并赢得所有人的尊重和爱戴。通过对斯坦普这个人物的塑造，莫里森指出，热爱并无私地去帮助自己的同胞是任何一个黑人不可推卸的责任。

作品中其他地方也有许多有关团结的叙述。如保罗 D 和其他 45 人在佐治亚州被铁链锁住干苦力时，"嗨"师傅是他们所有人的生活及精神领袖。从"嗨"师傅那里他们学到，"一个人可以拿自己的性命冒险，却不能拿兄弟们的性命冒险……因为一旦有一个迷失，大家就会全部迷失"②。在 46 个人被锁在一根铁链上的情况下，团结才是唯一的生路。

另外，作品中涉及穷苦白人艾米的情节和土著印第安人的章节深化了小说主题。穷苦白人女孩爱弥的母亲是契约奴，虽然是白人，但因为契约奴在经济上的地位，她也遭受着其他白人的剥削和压迫。通过爱弥的叙述读者们可以推测出她是拥有她的那个奴隶主的女儿。但她仍旧遭受毒打、因为逃跑而被关进地牢。她被剥夺了受教育的权利，她的语言与其他黑人奴隶的语言没有太大区别。她心地善良，毫不犹豫地帮助了正在逃跑的塞丝，帮她生下了丹芙。艾米的出现拓展了小说主题，使《宠儿》的内容不再局限于黑人，而是将作者的同情转向了所有受压迫的人。在讲述土著印第安人帮助逃跑的黑人奴隶时，莫里森用简洁的语言叙述了土著印第安人的历史：

---

① 〔美〕托妮·莫里森：《宠儿》，潘岳、雷格译，中国文学出版社 1996 年版，第 201—202 页。
② 〔美〕托妮·莫里森：《宠儿》，潘岳、雷格译，中国文学出版社 1996 年版，第 132 页。

人口大批死亡以后，切罗基人仍旧很顽固，宁愿去过一种逃犯的生活，也不去俄克拉何马。现在席卷他们的这场疾病让人想起二百年前曾经要了他们半数性命的那一场。在这两场灾祸之间，他们去拜见了伦敦的乔治三世，出版了一份报纸，造出了篮子，把奥格尔索普带出了森林，帮助安德鲁杰克逊与克里克人作战，烹调玉米，制定宪法，上书西班牙国王，被达特茅斯学院用来做实验，建立避难所，为自己的语言发明文字，抵抗殖民者，猎熊，翻译经文。然后都是徒劳无功。他们协助大克里克人的那个总统一声令下，他们就被迫迁往阿肯色州，已经残缺不全的队伍又损失了四分之一。①

同样，莫里森对于土著印第安人历史的介绍是非常必要的，这使得作品内容不只是针对奴隶制的批判，还有对所有类型种族歧视和种族压迫的批判，对整个资本主义制度的批判。

莫里森在《宠儿》中充分体现了所有受压迫者的共同体验，使作品内容不再局限于奴隶制下的种种情况，而是从客观的角度去抨击资本主义制度下下层人民遭受的经济和政治压迫。莫里森在作品中严肃地回答了"黑人如何才能获得真正的自由和解放"的问题——只有全世界所有受压迫、受剥削的人们团结起来，一起努力奋斗，这个世界才会没有阶级压迫和种族歧视。

莫里森的伟大之处在于她不把自己的作品局限于某一时间段的某几个人物身上，而是通过伏都教元素将故事的时空拓展为对整个黑人民族史的回顾与展望，有着特殊的现实意义。《宠儿》的多重主题增加了文本的可读性，丰富了文本内涵。

---

① ［美］托妮·莫里森：《宠儿》，潘岳、雷格译，中国文学出版社1996年版，第133页。

第三节 《飞往加拿大》中的多重主题

基于里德提出的"新伏都教主义"及其在文学创作中的相关实践，里德成为后现代黑人文学的集大成者。在其作品中，里德不再简单地揭示和批判种族歧视和性别歧视，而是将虚构与真实相融合，将历史与现实相融合，将反思与预言相融合，将各种文体、各种形式、各种主题、各种语言拼贴混合使用，其文学效果独树一帜。里德惯用非线性情节结构，表现出明显的后现代主义特点，通过转换空间、并置历史与虚构事件等方式使整部作品呈现出奇幻叙事的特征。在其作品中，里德尝试最大程度地并置各种文化及不同传统，用文学实践来表达其伏都教美学的主张。里德在其访谈录中指出：

> 我称之为伏都（Vodoun 或 Voo Doo），用于强调美国黑人文学具有融合多种传统的基本特点。美国黑人文学以非洲文化为基础，但它具有很强的适应性。这种特点使得美国黑人文学能够与基督教文化、美国印第安文化以及其他文化融合、调和。我在自己的作品中尝试着展现这一基本特点。[1]

里德的《飞往加拿大》（亦有中译名《逃往加拿大》）是一部典型的多重主题文本，体现了里德将伏都教美学付诸文学实践的尝试。

一 "新奴隶叙事"

美国奴隶叙事不仅在美国文学中具有举足轻重的地位，在美国历史学、政治学、经济学、心理学、人类学等学术领域也备受重视。

---

[1] Bruce Dick and Amritjit Singh, eds., *Conversations with Ishmael Reed*, Jackson: University Press of Mississippi, 1995, p. 137.

"作为一种文学体裁，奴隶叙事指的是前黑奴在逃离奴隶制之后关于自己生活的自传式叙述。奴隶叙事具有很强的政治色彩，它揭露了奴隶制的罪恶以及奴隶对于自由的向往与追求，曾在反对奴隶制的斗争中扮演了重要角色。"① 奴隶叙事兴起于 18 世纪，兴盛于 19 世纪，成为学界研究美国历史、文化、政治、文学等方面的重要资料来源。传统的奴隶叙事一般采取奴隶口述②或奴隶书写③的方式来记录奴隶的故事。在叙事过程中用各种方法来证明故事的真实性，并通过这样的故事批判和谴责奴隶制。20 世纪 70 年代，随着黑人政治话语体系的成熟，越来越多的作家开始重新考虑奴隶制时期的历史，新奴隶叙事应运而生。

《飞往加拿大》出版于 1976 年，正值美国独立 200 周年之时。与这一特殊的历史时刻相呼应，故事的背景设置为美国南北战争时期。围绕废奴运动这一重大历史事件，故事讲述了发生在 1865 年的黑人逃跑事件。《飞往加拿大》围绕逃奴瑞温·魁克斯基尔（Raven Quickskill）和一心想追捕他的奴隶主阿瑟·斯维尔（Arthur Swille）之间的较量展开。在那时，加拿大对所有黑人来说是象征自由的国度。主人公瑞温通过自己的写诗能力赚取了飞往加拿大的经费，并获得了逃亡机会。黑奴瑞温还写了一首名为《飞往加拿大》的诗来嘲讽奴隶主斯维尔。但是，当瑞温到达加拿大之后，他震惊地发现种族歧视依旧随处可见。最终，在经历奴隶主一系列追捕和接受罗宾叔叔（Uncle Robin）的自传撰写邀请之后，瑞温选择从加拿大重新回到种植园。在故事的结尾处，瑞温深知逃避退让不是解决问题的最终方法，唯有依靠自己手中的"笔"去不停地书写，不停地促进黑人群

---

① 金莉：《西方文论关键词　奴隶叙事》，《外国文学》2019 年第 4 期。

② 早期的黑人奴隶不容许读书识字，他们无法自己书写。于是，他们将自己的故事讲述给富有人道主义精神的白人，由白人替他们记录、整理，最终出版。这样的奴隶叙事经常会有白人修改和增加的成分。

③ 奴隶制后期的一些黑人奴隶在比较开明的奴隶主那里学会了读写，用自己的方式来进行记录，随后再通过白人的帮助进行出版。

体的集体觉醒才能慢慢争取到自由。

《飞往加拿大》刻意营造了一个时序错乱的现代奴隶社会，将虚构人物置于历史事实当中。除了面对以斯维尔为代表的奴隶制压迫外，瑞温他们还要面对以扬基·杰克（Yankee Jack）为首控制下的现代跨国资本公司的隐形压迫。书中还描绘了其他黑人形象，如不惜出卖自己和奴隶主做交易的利奇菲尔德（Leechfield）、选择暴力反抗奴隶主的40s，以及表面恭敬忠诚但却在背后谋取奴隶主财产的罗宾叔叔。另外，通过刻画大资本家扬基·杰克以及来自印第安部落的夸夸公主（Quaw Quaw），里德还审视了新殖民体系下的个体自由与"奴隶"思想，凸显了新殖民语境下个体自由的重要性。

在这一故事的讲述中，里德引入美国内战、废奴运动、林肯遇刺等历史事件。这种虚实相间、传统与现代融合的叙事手法使作品呈现出特殊的美学效果。里德在这一故事的讲述中大量借鉴了奴隶叙事的写作技巧，也增加了很多后现代主义叙事手法，使"奴隶叙事"的故事形式在这一作品中呈现出新的特点。有评论家将《飞往加拿大》这一文本称作"新奴隶叙事"，"这些被冠以新奴隶叙事的作品不仅力图修正历史记录中被扭曲的历史，还以文学想象的方式将奴隶制历史中被忽视的历史表达出来"①。

与传统奴隶叙事中"汤姆叔叔"的形象不同，故事中的主人公瑞文受过良好的教育、擅长文学创作，经常思考历史与写作之间的关系。瑞文渴望的自由不仅仅是摆脱奴隶主对他的人身控制，更为重要的是，他要用自己的方式重新书写南北战争与废奴运动的关系。与"逃跑"的寓意相映成趣，小说为瑞文设计了在美国和加拿大之间一来一回两趟旅行：逃往加拿大是为了摆脱奴隶主的控制，从加拿大返回美国是因为加拿大的种族歧视丝毫不亚于美国。故事中的瑞文通过

---

① 参见曾艳钰《伊什梅尔·里德〈逃往加拿大〉中的新伏都教美学思想及历史书写》，《当代外国文学》2010 年第 4 期。

"写作"这一属于白人主流文化的行为获得稿费，购买了飞往加拿大的机票，并计划秘密出逃。但是，瑞文得以发表的诗作《飞往加拿大》却泄露了他的逃跑计划，导致他的"出逃"屡屡受挫，无法在短时间内顺利完成。"由'逃跑'和'写作'构筑的寓言结构使得作品不仅具有贝尔所说的历史意义，更为重要的是，这一结构让里德的'新奴隶叙事'具有历史叙事所蕴含的真实性。"①

《飞往加拿大》采用多角度叙事、时序倒错、虚构与真实相间等后现代主义特色的方法解构了传统奴隶叙事的结构和主题。小说的题目、开篇和主线都是"飞往加拿大"，但小说的结尾却是主人公从加拿大重新返回美国。这样的环形叙事手法强调了种族歧视的根深蒂固，委婉揭示了黑人在美国社会的真实生活地位和政治文化状况，同时指出少数族裔在现实生活中的困境。通过《飞往加拿大》中瑞文的经历，里德想要指出："事实上，我们现在依然生活在新的奴隶制度下，种族、文化、政治等社会层面的各种歧视现象并没有因为奴隶制度终止而消失，'奴隶'既是历史事实，也是象征意义。"②

在这部小说中，里德不但展现了美国历史上黑奴的真实生存状况，揭示了美国社会的荒诞性和内战之后美国黑人追求自由与解放的窘境，同时也映射了现当代的美国社会，对根深蒂固的、隐形存在的种族歧视进行了深刻的反思。《飞往加拿大》表面上所烘托的是一种娱乐、轻松的气氛，但其中渗透的却是里德对历史、民族、国家和个人命运的担忧以及里德作为一名知识分子的社会责任感。通过借鉴"新奴隶叙事"，里德试图以自己的方式揭示悖论、反思过去、修正谬误。故事中主人公瑞文最终返回美国的情节与传统奴隶叙事产生强烈对照，强调了小说的现代隐喻意义：

① 王丽亚：《里德与文化多元主义："新伏都"叙事艺术略论》，外语教学与研究出版社2018年版，第101页。
② 王丽亚：《里德与文化多元主义："新伏都"叙事艺术略论》，外语教学与研究出版社2018年版，第106页。

里德不止一次强调，奴隶制虽然已经成为过去，但是，这并不意味着奴隶制残余已经消失；相反，以种族歧视为主要形式的奴役现象广泛存在于美国当代社会；为了解释现代奴役与奴隶制的关系，里德认为，有必要重新审视 19 世纪的奴隶制度，以现代视角重新审视 19 世纪南北战争时期的历史。①

二 对历史的反思和修正

在《飞往加拿大》中，里德巧妙借鉴了很多历史事件并对其进行改写，强调了美国黑人文学重新叙述历史、评估历史的必要性。通过重写和改写美国南北战争的历史，里德从新的角度再现了林肯、亚瑟王等历史人物，重新审视了奴隶制，解构了官方历史的真实性和权威性。

在对历史的修正中，伊什梅尔·里德力图挖掘出美国黑人历史中的阴暗面，挖掘出那些长期以来不被重视、被忽略的东西，另一方面他又融入其特色的"真正的美国黑人美学"思想，以"伏都教"神话为基础，借用伏都教的调和性（syncretism）和"共时"时间观（synchronicity）两个概念作为自己的文学方法，重新构建已被接受的历史真实。里德以历史和想象为对抗叙事策略，以时空倒错将过去与现实相连，从而在文本中构造出无形的张力，将主人公对历史的客观描述和对历史的重构有机杂糅在一起，让读者紧随主人公在过去与现在、历史与现实之间来回穿梭，思索"美国黑人的历史到底是什么？"②

---

① 王丽亚：《里德与文化多元主义："新伏都"叙事艺术略论》，外语教学与研究出版社 2018 年版，第 113 页。
② 曾艳钰：《伊什梅尔·里德〈逃往加拿大〉中的新伏都教美学思想及历史书写》，《当代外国文学》2010 年第 4 期。

　　《飞往加拿大》中有对既定历史话语及观念的反思，对官方历史叙述虚构性的揭示，对历史发展规律的怀疑，还有对主题感知性的强调。与一般的"历史书写"不同，里德提供了一个用文学来"书写历史"的独特案例。在里德的作品中，历史是一个值得切实反思的对象，并非一种修辞手段。"更为重要的是，这种深度思考与作品形式融合为一体，里德对于历史的理解，不仅分散在文本里，更渗透在稳步的叙述方式中，他的历史理念在作品中得到了全面且有效的贯彻。"①

　　在《飞往加拿大》中，里德还将美国内战、民权运动及现实社会中的时间交织在一起，在解构历史的同时又重构了历史，小说主题在空间和时间上得到最大拓展，在有限的文本空间中传递了最大的信息量，启发读者认真思考过去、审视现在、展望未来。《飞往加拿大》的故事发生在美国南北战争时期（1861—1865），但是，故事中却出现了电话、电视等高科技产品，还穿插着福特汽车、假日酒店等，这样的叙事让读者模糊了历史与现实的区别、混淆了过去与现在的界限，并通过这样的写作方式赋予这一作品政治寓意，深化和拓展了小说主题。这些将不同历史时间进行合并的手法显然不是为了拆解文字虚构与历史真实之间的界限，而是为了突出"奴隶"一词的现代政治寓意，"将批评矛头直指当代依然存在的种族、文化歧视"②。主人公瑞文历经千难万险，成功逃到加拿大，最后却决定重新回到美国。这个选择表达出瑞文对加拿大种族问题现状的失望，揭示出种族歧视现象的危害性和广泛性。通过这一情节的设置，《飞往加拿大》的主题也从反映美国社会的种族问题拓展到世界范围内的种族问题，丰富和深化了文本的现实价值。

---

① 曾艳钰：《伊什梅尔·里德〈逃往加拿大〉中的新伏都教美学思想及历史书写》，《当代外国文学》2010年第4期。

② 王丽亚：《里德与文化多元主义："新伏都"叙事艺术略论》，外语教学与研究出版社2018年版，第219页。

此外，通过引用、借用文学经典作品等方式，"小说将以往叙述奴隶历史的文学经典作为多个潜文本，与小说自身关于奴隶历史的叙述构成相互参照、彼此对立的历史叙事，表达了里德本人强调通过小说叙事重述历史的后殖民批判立场"①。在《飞往加拿大》中，里德用自己的方式探讨了道格拉斯的奴隶叙事，斯托夫人笔下的汤姆叔叔，历史上的林肯总统形象等问题。在创作过程中，里德非常重视文学叙事与历史事实之间的指涉关系，如小说中对林肯的人物塑造非常夸张，与其他作品中和其他资料中的林肯形象完全不同。这样的描述消解了传统中的林肯形象，带领读者对真实的历史叙事提出了质疑。

> 从这个意义上看，《逃往加拿大》对林肯的改写并不仅仅是形象塑造层面的戏仿，也不纯粹是关于历史事实本身的记述，而是集历史事件及其展现方式的双重叙述。一方面，历史事件在重新叙述中再度呈现，并与编年史记载的事实吻合；另一方面，以往关于历史事件的叙述及其套话在重新叙述中显现为一种不同的权力话语，并与小说改写后的形象和故事构成对立。②

另外，小说中还出现了"剧中剧"的情节。通过在文本中指涉《美国表兄》这一戏剧，里德借戏剧人物之口表达了以英国为代表的外界对美国的看法：美国是一个野蛮、残酷的"后殖民"国家。同时，里德也借戏剧人物之口批判了美国的社会现状。

《飞往加拿大》这一文本体现了伏都美学提倡的"杂糅"特点，融合了不同民族的神话、宗教、民俗、传统、音乐、舞蹈等因素，完成了新的文学尝试，丰富了里德本人提出的伏都教美学文学实践，同

---

① 王丽亚：《里德与文化多元主义："新伏都"叙事艺术略论》，外语教学与研究出版社2018年版，第212页。
② 王丽亚：《里德与文化多元主义："新伏都"叙事艺术略论》，外语教学与研究出版社2018年版，第217页。

时也丰富了美国黑人文学史上的伏都教美学。里德指出："印第安人、黑人、白人、中国人，甚至蓝色人种都在书页间展现了他们的经历。"[①] 通过这样的写作方式，里德强调了多元文化主义思想，强调了平等、自由、融合的重要性。

通过对历史的认真反思，通过文本中历史和想象的混淆、时空倒错以及真实与虚构的混合，里德带着读者在过去和现在、历史和现实之间穿梭，让读者在阅读中回顾过去，反思现在，展望未来，并深刻思考黑人民族面临的困难和困境。"作为抵抗策略，里德提倡以民族文学的差异性为策略，从边缘迂回进入中心，并在这一过程中不断产生新的差异，而差异本身因为社会语境不同显现为介入现实的政治力量。"[②] 里德在《飞往加拿大》中的叙事策略符合后现代叙述特征，也充满了伏都教美学的特点，进一步深化和拓展了文本主题。文本主题从单纯揭示出存在于美国的种族歧视拓展到揭示出存在于全球的种族歧视现象。同时，这一文本不只是反对美国白人对黑人的压迫和歧视，还反对白人对其他少数族裔的不公平待遇，启发读者思考这些现象背后的深层社会原因和政治原因，在一定程度上质疑了白人主流叙事的真实性和权威性，解构了美国社会白人叙事的霸权地位。

三　伏都美学的文学实践

在《飞往加拿大》中，里德通过伏都美学的形式，呈现一部多声部的、复调的叙事作品。里德主张文化的多元并存与兼收并蓄，并否定了固定的文学规则，鼓励美国黑人作家解放思想，创新写作模式。伏都教在发展过程中不断吸收外来文化因素，不断调整和适应白人主流文化，最终在多元的美国社会占有了一席之地。在其创作中，

---

① Ishmael Reed, *19 Necromancers from Now: An Anthology of Original American Writing for the 1970s*, Garden City: Anchor, 1970, p. 24.

② 王丽亚：《里德与文化多元主义："新伏都"叙事艺术略论》，外语教学与研究出版社2018年版，第47页。

里德不停地进行文学实验和文学实践，进一步完善和补充其伏都教美学理论。《飞往加拿大》就是其文学实践之一。

在这一文本中，里德避开了伏都教中的怀旧成分及传统思想，通过表现伏都教形而上的、认识论的、美学的价值来揭示伏都教在美国黑人群体中的重要作用。对于想要信仰伏都教的人来说，历史是可操作的、可体验的，是非文本的、非逻各斯中心主义的。里德在小说叙述上的实践是将伏都美学作为一种文学模式来看待的。与他同时代那些白人作家不同，里德通过从伏都美学中获取灵感的方式找到创作小说的方法。当然，里德非常谨慎，他没有将伏都美学标榜为一个流派，只是把"伏都"视为一种未被写出的文本。里德认为，只有通过这些潜文本，美国南方的各个社区被奴役的集体记忆才有可能保存下来。

在《飞往加拿大》中，里德通过伏都教美学挑战传统历史叙述的意识形态，质疑单一、线性历史的合法性，将历史变为一个多元的，可能性的问题。通过对黑暗地带的描述、想象、填补来挖掘历史盲点。将宏大叙事与个人叙事相结合，将理性与感性相结合，利用神话和宗教来重建新的民族历史。从根本上说，我力求把非洲裔美国黑人小说的丰富性解释为一种混合型叙述，这种叙述的独特传统和生命力根源于沉积的美国黑人民俗的土著之根和西方世界的文学体裁。①

著名美国黑人文学批评家贝尔指出："里德对非洲裔美国黑人小说传统的主要贡献，在于重塑古代伏都教神话和讲故事的挽救力以及带给黑人读者的讽刺性的笑声。"②《飞往加拿大》中的多重主题符合

---

① ［美］伯纳德·W.贝尔：《非洲裔美国黑人小说及其传统》，刘捷等译，四川人民出版社2000年版，第2页。
② ［美］伯纳德·W.贝尔：《非洲裔美国黑人小说及其传统》，刘捷等译，四川人民出版社2000年版，第410页。

伏都教构建出的属于自己的伦理体系：

> 在伏都教中，一个个体可以通过与其他事物的联系而获得能量，如与自然，与同胞，与神灵。这些联系都会提供理解、成长和治愈的机会。每一样东西都是有灵魂的，从最小的沙粒到宇宙，这些动态的力量存在于所有工作和思想中，不管是精神的还是物质的，经历它们就是学习的过程。在伏都教中，每一种舞蹈、每一首歌曲都是一个祷告，每一句话和每一种行为都是一个教谕。换句话说，一个人可以在任何时候、任何地方学到很多东西。①

《飞往加拿大》中的多重主题体现了伏都美学中的兼容性和开放性特征，是里德将伏都美学理论付诸文学实践的经典之作，值得研究和思考。通过伏都美学的写作方式，里德指出：虽然奴隶制已经结束，但美国黑人却未获得真正的自由。如今的他们正在经历新的文化奴役，这种精神文化层面上的殖民为种族主义的进一步发展提供了可能。通过瑞文这一形象的塑造，里德指出：逃避退让不是解决问题的最终方法。消除种族歧视的重要方法之一就是依靠文字重新掌握自身的话语权，重写美国黑人的民族文化，重新树立美国黑人的民族自信心。

伏都美学对里德而言不仅是一种叙事手段和表达方式，更是一种反抗策略和文化策略，它代表了里德对美国殖民历史和现代跨国资本主义压迫的强烈抨击。另外，通过运用伏都教美学的书写手法，里德得以重新与原始的非洲文明连接，凸显了里德创作思想中强烈的民族意识和民族立场，为美国黑人获取真正的平等和自由提供了启示。

---

① Claudine Michel and Patrick Bellegarde-Smith, ed., *Vodou in Haitian Life and Culture*: *Invisible Powers*, New York: Palgrave Macmillan, 2006, p. 34.

结　　语

　　回顾美国黑人文学史，很多美国黑人作家将伏都教因素融入虚构的历史叙事中，戏仿主流文学传统，利用伏都美学叙事来争取新的历史叙事自由和艺术创作自由，为美国文学注入新鲜因素的同时改写了主流文学传统和叙事陈规，呈现出黑人文化传统和历史的自主性，否定和反抗了白人主流文化，有着独特的美学特征和艺术效果。

　　对于美国黑人来说，文学创作不仅是一种记录历史的行为，更是一种修正和改写历史的行为，是对历史问题的重新认识和认真反思，是将传统文化融入主流社会的一种策略，也是继承和发扬本民族文化的实际行动。伏都美学重视原创性和自发性，鼓励美国黑人作家摆脱一切束缚，发挥自主创造力，并以此来对抗白人霸权文化。美国黑人作家尊重各种不同文化之间的差异，主张平等和融合，在文化上强调对黑人传统文化的继承，在文学上尝试新的叙事方式，在政治上反对暴政和霸权，批评种族歧视和分离，为美国黑人群体获得民族身份、文化身份、宗教身份做出了巨大贡献。美国黑人作家借用伏都美学的各种特点，通过文学创作否定并解构了西方主流文化的价值观，创作出一批又一批具有挑战性和颠覆性的后现代艺术作品，对美国的历史、政治、文学、文化等方面进行新的探索和评价。

伏都教在"更高的层次上寻求终极和生命意义，并在这一过程中构建人类历史。虽然没有正规的教堂、牧师、书面的教义和其他公开发布的指导性资料，但伏都教在政治和社会生活的各个方面却是全知的、无处不在的、影响深远的"①。基于伏都教的各种特点，美国黑人作家在借鉴同时代文学主流写作手法的同时，继承和发展黑人民间文化，努力打破传统规范，以边缘和他者的身份挑战主流文化体制和社会经济体制，消解"白人中心论"，反抗西方殖民霸权话语，强调美国社会中的多元文化，强调兼容和融合的重要性，指出美国社会的进步离不开以美国黑人为代表的其他少数族裔的贡献。

美国黑人作家对伏都美学的借鉴符合詹姆斯·韦尔登·约翰逊的美学观点。约翰逊呼吁"美国非裔艺术家们将非裔的种族文化背景与艺术创作紧密结合，创造兼具艺术性和宝贵文化价值的作品"②。借助伏都美学，美国黑人作家建构了独特的文学景观，发出了真正属于自己民族的呼声，在世界文学史上占有了一席之地，同时提醒美国黑人同胞：既要努力融入现实社会，也要继承和发扬自己独特的民族文化。正如里德所说："当代非洲裔美国黑人小说的丰富性、多样性和持久性，迫使读者和评论家在接近黑人小说世界的时候，需要像创作它们的艺术家一样，具备独立的智慧和大胆的想象力。"③

历史上，伏都教一直被歧视、被压迫、被他者化、被陌生化、被边缘化，但是，伏都教深深植根于黑人民族文化中，任何力量都无法将伏都教从美国黑人生活中抹去。美国黑人作家则有意识地将伏都教因素融合在其创作中，同时借鉴现代主义及后现代主义的各种写作方式，将伏都教隐藏在主流话语的面具之下，使黑人话语消除了陌生化

---

① Claudine Michel and Patrick Bellegarde-Smith, ed., *Vodou in Haitian Life and Culture：Invisible Powers*, New York：Palgrave Macmillan, 2006, p. 34.

② 李蓓蕾、谭惠娟：《有意识的艺术：詹姆斯·韦尔登·约翰逊论美国非裔文学创作》，《外国语文研究》2017 年第 2 期。

③ ［美］伯纳德·W. 贝尔：《非洲裔美国黑人小说及其传统》，刘捷等译，四川人民出版社 2000 年版，第 411 页。

的魔咒，从而消解了白人话语霸权，颠覆了白人主流意识形态，解构了白人的文化观和价值观，使黑人文学与主流文学这"两种力量之间的博弈形成一种彼此制约、互相平衡的矛盾张力结构，揭示了文学在历史、文化、政治中的颠覆性和抗争性，同时也有可流通性和可协商性"①，为黑人文学的未来发展提供了启示。

在伏都教中，人是最为中心的存在。虽然人不是整个创造物的统治者，但他们是世界的中心。伏都教的终极目标是改善人们的生存境遇，这种思想在很大程度上与人文主义者的观点相似。伏都教因此成为反抗种族歧视和性别歧视的重要工具。伏都教强调人际关系的网络状态，"我们不能只想着自己的行为，我们还应为其他人负责，因为我们的行为会影响外部世界的平和"②。美国黑人作家将伏都教与美国现实、政治乃至历史巧妙结合，重写了美国历史，委婉表达了他们的政治诉求。伏都教是兼收并蓄的宗教，它接纳一切有利于自己的思想和文化，否定僵化和对立。借助伏都美学，美国黑人作家消解了白人主流文化中的二元对立，提出了多元文化主义观点。伏都教的道德观没有善和恶的二分法，道德上的关注点在于健康和充满活力的和谐关系，而不是个人的本质和行为的本质。美国黑人在伏都教中获取了平静和治愈，他们"在自己的生活与伏都教文化和谐相处的过程中获得了内心的平静。这些价值观促进了个体间的相互尊重，以及对家庭和先祖、对老人、对自然、对伦理的尊重。最终走向个人治愈……伏都教可以帮助参与者接受自己的非洲源头和文化身份。也可以帮助他们减轻因为种族迫害而带来的心理上的创伤"③。可以说所有的伏都教都是有关治愈的，而所有的治愈行为又是针对人

---

① 颜李萍：《颠覆与抑制的动态平衡：〈摩西，山之人〉的新历史主义解读》，《短篇小说》（原创版）2015 年第 21 期。

② Claudine Michel and Patrick Bellegarde-Smith, ed., *Vodou in Haitian Life and Culture: Invisible Powers*, New York: Palgrave Macmillan, 2006, p. 31.

③ Margaret Mitchell Armand, *Healing in the Homeland: Haitian Vodou Tradition*, New York: Lexington Books, 2013, p. 128.

与人之间的关系以及生者和魂灵之间的关系。伏都教里的爱和治愈是最大的力量。

伏都教是一种连贯的、无所不包的体系和世界观。伏都教信仰者认为每个人、每件事都是神圣的，都应该被认真对待。在伏都教中，这个世界上的任何的东西——植物、动物、矿物——都有基本相似的化学、物理、遗传成分。所有因素的结合形成一种包罗万象的神圣信仰，人们对于事物本质的重视超过了对事物本身的重视。伏都教宇宙观中包含深远的非洲人文主义，它认为在复杂的社会机构中、在延绵不断的历史链条中，活着的、死去的、未出生的都是彼此共存的。因此，所有的行为、话语对个体和群体来说都是非常重要的。①

本部专著以美国黑人作家佐拉·尼尔·赫斯顿、托妮·莫里森和伊什梅尔·里德的文学创作为例，探讨伏都美学在美国黑人文学创作中的运用及其意义。本部专著认为，伏都教自由、平等、开放和包容的原则指导着美国黑人作家的文化表达和政治表达。美国黑人文学借助伏都美学解构、改写，甚至在某种程度上重写了美国文学中的主流话语，以一种全新的方式和姿态嵌入整个美国黑人文学的写作，使美国黑人文学获得了过去无法企及的成绩和地位。美国黑人作家通过对伏都美学的借鉴，关注黑人民族历史，致力于提升黑人民族自信心，提高黑人社会地位和政治地位，启发普通黑人民众用新的视角来审视自己的民族。美国黑人作家通过伏都美学发出强烈的呼吁：人类应和谐共处，彼此相爱，彼此包容。伏都美学使美国黑人文学从个人主题走向普世主题，成为世界文学舞台上焕发持久生命力的一道风景。

---

① Patrick Bellegard-Smith, *The Breached Citadel*, Boulder, CO.: Westview Press, 1990, p. 13.

附录1 佐拉·尼尔·赫斯顿生平大事记

1891 年	1 月 15 日，赫斯顿出生于阿拉巴马州的诺塔萨尔加（Notasulga）。父亲是约翰·赫斯顿（出生于 1861 年），母亲是露西·坡茨·赫斯顿（出生于 1865 年）
1892 年	赫斯顿一家搬到佛罗里达州的伊顿维尔。赫斯顿的父亲在这里成为一名牧师
1897 年	约翰·赫斯顿被选举为伊顿维尔的市长
1900 年	赫斯顿在伊顿维尔的哈格福德（Hungerford）学校注册上学
1904 年	9 月 19 日，赫斯顿的母亲因病去世。赫斯顿去杰克逊维尔（Jacksonville）的学校上学
1905 年	约翰·赫斯顿与 20 岁的曼提·毛格（Mattie Moge）结婚。赫斯顿曾在家待了很短的一段时间，但她和毛格经常吵架，不得不离开家。从赫斯顿 14 岁开始，她就辗转于不同的寄宿学校和亲戚家
1905—1912 年	几乎没有资料记载
1912 年	约翰·赫斯顿再次当选为伊顿维尔的市长。赫斯顿和她的哥哥罗伯特·赫斯顿一家在一起
1914 年	赫斯顿和她的哥哥约翰一家在杰克逊维尔
1915 年	赫斯顿和她的哥哥罗伯特·赫斯顿一家到了田纳西州的孟菲斯。她帮助照看她哥哥家的三个孩子

1916 年	赫斯顿作为侍女随吉尔伯特·萨利瓦（Gilbert and Sullivan）流动剧团四处演出。赫斯顿在巴尔的摩生病，她的姐姐萨拉正好在那里，她留在巴尔的摩，做了阑尾切除手术。雇佣赫斯顿的一名白人妇女资助赫斯顿上了中学
1917 年	赫斯顿在读夜校时兼职做餐厅服务员。9 月 17 日，她进入摩根专科学校。雇佣她做女佣的白人资助她的学费
1918 年	8 月 10 日，赫斯顿的父亲在一次车祸中去世。从摩根学院毕业后赫斯顿搬到了华盛顿地区。那个夏天她做女佣，做指甲修剪师 9 月，赫斯顿去霍华德大学预科学院学习
1920—1924 年	1920 年，赫斯顿获得霍华德大学的学位。赫斯顿在此期间认识了很多重要的人物，如阿兰·洛克、简·图墨、杰西·福斯特、W. E. B. 杜波依斯等
1925 年	1 月，赫斯顿去了纽约的哈莱姆地区 5 月，赫斯顿在《机会》杂志举办的短篇小说比赛中获得二等奖，认识了很多文学界的名人。赫斯顿为芬妮·赫斯特做了很短一段时间的秘书，并获得巴纳德学院的奖学金 9 月，赫斯顿开始去巴纳德学院学习，专业为英语，并开始和哥伦比亚大学著名的人类学教授弗郎兹·博厄斯一起工作
1926 年	夏天，赫斯顿去了曼哈顿地区；在巴纳德学院和哥伦比亚大学学习；开始早期的田野调查；与阿洛·道格拉斯、兰斯顿·休斯等人筹办了杂志《火》
1927 年	赫斯顿得到了卡特·伍德森协会黑人生活和历史研究的基金资助（1400 美元），去南方的佛罗里达收集民间故事 5 月 19 日，赫斯顿与赫伯特·施结婚。回到纽约后，赫斯顿认识了夏洛特·奥斯古德·梅森，12 月 18 日，与梅森夫人签署了为期一年的资助合同。这个合同直到 1931 年才重新修订
1928 年	1 月，赫斯顿离婚。去了佛罗里达的坡克（Polk）镇继续收集民俗文化 5 月，赫斯顿获得了巴纳德学院的硕士学位。夏天她到新奥尔良研究伏都教及相关问题

1929 年	4 月，赫斯顿开始整理她的田野调查的材料。夏天因为肝脏的问题住院治疗 10 月，赫斯顿在巴哈马经历了一次非常大的飓风，这次经历给了赫斯顿创作《他们眼望上苍》的灵感
1930 年	赫斯顿 1—2 月都在巴哈马整理手头的材料，回到纽约后根据梅森夫人的安排开始工作 6 月，赫斯顿回到南方，在《美国民俗学杂志》上发表了《来自巴哈马的舞蹈歌曲和故事》。赫斯顿开始与休斯合作《骡骨》。同时，赫斯顿偷偷地与博厄斯合作，进行民俗学研究
1931 年	因为《骡骨》的创作问题，赫斯顿和休斯之间发生矛盾 3 月，赫斯顿与梅森的合同到期 6—8 月，赫斯顿都在偷偷修改和排练《骡骨》，这样的行为激怒了休斯 10 月，赫斯顿组织了一个剧团演出她的《伟大的一天》
1932 年	《伟大的一天》在纽约上演，这一剧目在评论界获得了极大的成功，但在经济方面是失败的。赫斯顿无法偿还梅森夫人的 600 美元，只好与梅森夫人签订了另一个合同。赫斯顿一直在寻找合适的出版商出版《骡骨》。整整一年里赫斯顿的身体都非常不好，手腕、牙齿、胃等都出现了问题
1933 年	赫斯顿胃部的问题一直没有好转。梅森夫人拒绝提供资助 1 月，《伟大的一天》的另一个版本《从太阳到太阳》在洛林斯（Rollins）剧院上演并取得了成功。这一剧目又在其他城市陆续上演过 8 月，赫斯顿发表了短篇小说《镀金的六分镍币》 9 月，赫斯顿在佛罗里达开始创作《约拿的葫芦蔓》，并在 9 周内完成。利普考特（Lippincott）出版社提前支付赫斯顿 200 美元稿费 11 月，赫斯顿被邀请去比休 - 库克曼（Bethune-Cookman）大学组建戏剧团体
1934 年	1 月，赫斯顿去比休 - 库克曼大学教书 5 月，《约拿的葫芦蔓》出版 利普考特出版商同意出版《骡子与人》，但要求对书稿进行再次修改。"每月读书俱乐部"将《约拿的葫芦蔓》列入推荐书目。夏天，赫斯顿根据出版社的要求修改《骡子与人》

续表

	11 月，赫斯顿获得罗森菲尔德（Rosenwald）基金资助，计划在哥伦比亚大学攻读博士学位。没多久，基金会突然削减了最早提供的 3000 美元的资助，博厄斯再次替赫斯顿申请，但没有成功
1935 年	赫斯顿恋爱失败。罗森菲尔德将基金资助一直削减到 700 美元，年底，赫斯顿放弃了攻读博士学位 6 月，赫斯顿去南方收集民间音乐 8 月，赫斯顿回到纽约 10 月，《骡子与人》出版，受到各方面好评
1936 年	赫斯顿获得古根海姆研究基金的资助 4—9 月，她去牙买加研究当地的土著居民 8 月底至 12 月底，赫斯顿去海地 从 11 月到 12 月的 7 周里，赫斯顿完成了《他们眼望上苍》的写作
1937 年	3 月，赫斯顿回到美国并开始《告诉我的马》的创作 4 月，赫斯顿获得古根海姆研究基金的第二次资助 5 月，赫斯顿回到海地 9 月，《他们眼望上苍》出版并得到广泛好评
1938 年	2 月或 3 月，赫斯顿完成了《告诉我的马》的初稿（10 月份出版但没有得到好评） 6 月，赫斯顿去大沼泽地收集民间音乐，同时开始撰写《摩西，山之人》
1939 年	1—2 月，赫斯顿从《伟大的一天》里取材，上演了两部民俗剧目，名称为《火之舞》 6 月，摩根州立研究院授予赫斯顿名誉博士称号。赫斯顿接受了北卡罗来纳州立大学戏剧小组提供的工作岗位；同月，去佛罗里达为国会图书馆和民间艺术协会收集歌曲和故事
	6 月 27 日，赫斯顿与埃尔波特·普尔斯三世（Alnert Price III）结婚（当时普尔斯 23 岁，赫斯顿 48 岁）。这次婚姻并不成功，两人长期分居 9 月，赫斯顿去北卡罗来纳州立大学负责戏剧节目的排演 10 月，《告诉我的马》在伦敦以《伏都教之神》的题目出版，获得很大成功；11 月，《摩西，山之人》出版，但评论界的态度褒贬不一

1940 年	2 月，赫斯顿与普尔斯离婚，后来又复婚；夏天赫斯顿在忙碌简·比罗（Jane Belo）的一个有关教堂神圣化的项目；夏末，赫斯顿回到了纽约，和普尔斯再次分居。后来，因疟疾病倒，休息了一段时间
1941 年	春天，赫斯顿重新回到洛杉矶；6 月中旬《道路上的尘埃》初稿完成。然后，赫斯顿不停地修改书稿
1942 年	赫斯顿在各个黑人大学里做巡回演讲，然后去了佛罗里达的圣奥古斯丁，继续修改《道路上的尘埃》；整个夏天，她在佛罗里达收集民间故事，也在当地的黑人大学授课 11 月，《道路上的尘埃》出版并获得好评
1943 年	1 月，赫斯顿买下了一幢旧房子 2 月，《道路上的尘埃》因其"为改善种族关系所做的贡献"获得了安斯菲尔德－沃尔夫（Anisfield-Wolf）奖，赫斯顿得到奖金 1000 美元并成为《周六评论》的封面人物 3 月，赫斯顿收到了霍华德大学负有盛名的安拉穆尼（Alumni）奖 11 月 9 日，赫斯顿与普尔斯离婚
1944 年	2 月 5 日的《纽约阿姆斯特丹新闻》报道了赫斯顿与詹姆斯·霍维尔·匹茨订婚的消息。事实上，他们于 1 月 18 日结婚，10 月 30 日离婚 10 月，赫斯顿再次申请古根海姆基金，但没有成功
1945 年	整整一年里赫斯顿都在为自己的田野调查和写作寻找基金。夏天，肠胃系统出现问题，休息了一段时间 6 月，赫斯顿建议杜波依斯建立一个黑人的墓地 9 月，利普考特出版社拒绝出版赫斯顿的小说《医生夫人》；赫斯顿开始写另一本小说，但仍旧被拒绝出版；秋天，赫斯顿开始《伟大的哈罗德》的故事创作，也开始准备有关黑人的百科全书
1946 年	2 月，赫斯顿随一艘捕虾船出海，为她的《苏旺尼的六翼天使》做准备 秋天，赫斯顿回到纽约 总体来说这一年赫斯顿是不快乐的，也没有太多社交
1947 年	赫斯顿与司克瑞伯纳（Scribner）出版社建立了联系，带着出版社预付的 500 美元赫斯顿去了洪都拉斯，专心于她的写作和旅行 9 月她将初稿给了出版社，然后根据出版社的意见修改小说到 11 月

1948 年	2 月 20 日，赫斯顿离开洪都拉斯
	3 月 17 日，小说修改定稿，题目为《太阳的标志》
	9 月，因被诬陷猥亵儿童，赫斯顿被警方调查
	10 月，有些报纸在真相不明的情况下，大幅报道赫斯顿的案件，毁坏了赫斯顿的声誉。在各种压力下，赫斯顿想到了自杀，但在朋友的帮助下坚持了过来
	10 月 11 日，《苏旺尼的六翼天使》出版，受到好评
1949 年	因赫斯顿的签证证明所谓猥亵儿童事件发生时赫斯顿在洪都拉斯，赫斯顿被宣布无罪，案件被撤销
	后半年赫斯顿与朋友在一起旅行。她开始为斯基伯纳出版社创作新的小说《巴尼托克的生活》；《星期六晚邮报》为赫斯顿的短篇小说《法庭的良心》支付 900 美元
1950 年	赫斯顿在迈阿密州做了女佣，当《法庭的良心》出版时，《迈阿密先驱报》在头条报道了"著名黑人女作家做女佣只为了可以养活自己"的消息；赫斯顿继续写作她的下一本小说《巴尼托克的生活》；秋天，赫斯顿去华盛顿地区旅行，然后回到纽约
	9 月到 11 月，她和朋友们住在一起
1951 年	赫斯顿开始创作《上帝的黄金凳子》
	3—4 月，赫斯顿因流感住院
	6 月中旬，斯基伯纳出版社拒绝出版《上帝的黄金凳子》
	11 月，赫斯顿开始写书评
1952 年	赫斯顿出现了很多健康问题
	10 月，赫斯顿被《匹茨堡信使报》雇用，全面报道当时轰动一时的罗比麦克拉姆（Ruby Mccollum）事件（这一黑人妇女杀死了自己的白人情夫）
1953—1954 年	赫斯顿继续她的作品《伟大的哈罗德》
1955 年	《伟大的哈罗德》的书稿基本完成，斯基伯纳出版社建议赫斯顿压缩小说内容，但赫斯顿不愿意压缩她做了大量调查才得到的材料
	8 月，斯基伯纳出版社拒绝出版《伟大的哈罗德》，赫斯顿平静地接受了这次拒绝
	11 月，赫斯顿生病

1956 年	赫斯顿无法负担房租，被赶出原来的房子 5 月底，赫斯顿在比休 – 库克曼学院的毕业典礼上接受了"教育和人类关系"奖 6 月，她在佛罗里达找到了一份图书管理员的工作
1957 年	7 月 10 日，作为图书管理员的赫斯顿被解雇，她靠每周 26 美元的失业救济金生活；赫斯顿一直在继续哈罗德故事的写作 10 月，赫斯顿想找工作，没有成功；此后赫斯顿开始为报纸撰写文章
1958 年	2 月，赫斯顿开始做林肯·派克学院的代课教师 9 月，她与大卫·迈克公司商议《伟大的哈罗德》一书的出版，但遭到拒绝 10 月，她的健康状况越来越差
1959 年	赫斯顿中风 5 月，她申请医疗福利 6 月，她开始接收救济食品；后来她又几次中风，由朋友来照顾 10 月 29 日，赫斯顿去了圣·露西福利院；赫斯顿一直没有和自己的家人联系；朋友们经常去看望她
1960 年	1 月 28 日，赫斯顿因心脏病去世 2 月 7 日，赫斯顿葬礼举行，费用是朋友们捐助的。赫斯顿被安葬在一个名叫"天堂安息园"的黑人墓地，没有立碑

附录 2 托妮·莫里森生平大事记

1931 年	2 月 18 日，莫里森（克罗·安东妮·沃福德）出生于俄亥俄州的洛尔良镇，她的父亲是乔治·沃福德，母亲是艾拉·拉玛。莫里森在四个孩子中排行老二，有两个弟弟
1937 年	9 月，莫里森进入当地的学前班读书
1943 年	9 月，莫里森进入当地的初级中学开始学习
1949 年	7 月，从洛雷恩高中毕业，去华盛顿区，进入霍华德大学学习，并参加了霍华德大学戏剧社。大学期间，莫里森改名为"托妮"
1953 年	7 月，获得英语专业和古典文学的学士学位 9 月，进入康奈尔大学研究生院继续学习西方现代文学
1955 年	7 月，在康奈尔大学获得文学硕士学位，硕士论文的题目为"威廉·福克纳与弗吉尼亚·伍尔夫作品中的死亡情结" 9 月，去得克萨斯州南方大学主讲英语及人文科学类课程
1957 年	回到霍华德大学教书
1958 年	与牙买加建筑师哈罗德·莫里森结婚，当时哈罗德也是康奈尔大学的在职教师
1961 年	大儿子福德出生
1962 年	参加了一个文学创作小组；写了一个后来题目为《最蓝的眼睛》的短篇故事
1963 年	与丈夫开始分居

1964 年	全家去欧洲旅游，回来后与丈夫离婚；小儿子斯奈德·凯文在俄亥俄州出生
1965 年	去纽约的萨尔卡斯，成为蓝登书屋分部 L. W. 塞格出版社的教材编辑；开始重写《最蓝的眼睛》
1966 年	晋升为兰登书屋纽约总部高级编辑，开始编辑《黑人之书》
1968 年	编辑《黑人之书》；帮助发表了许多美国黑人作家的作品，为美国黑人文学的快速发展做出了巨大贡献
1970 年	发表《最蓝的眼睛》（*The Bluest Eyes*）
1971—1972 年	在纽约州立大学教授英语
1973 年	发表《秀拉》（*Sula*）；莫里森在几所大学里做兼职教师
1974 年	出版《黑人之书》；《秀拉》被提名为"美国国家图书奖"，虽未获此奖但获得了"俄亥俄州图书奖"，引起了学界极大的关注 莫里森的父亲去世
1976 年	参加佛蒙特大学的布雷洛夫作家创作班；在耶鲁大学教书，讲授文学创作和黑人文学
1977 年	发表《所罗门之歌》（*Song of Solomon*）；此书成为自 1940 年里查德·沃特的《土生子》以来被收入"每月排行榜"中的第一部美国黑人作家的作品；《所罗门之歌》获得"美国国家图书奖"
1978 年	《所罗门之歌》获得"美国文学艺术研究院奖""奥斯卡米切导演奖""作家之友奖""克利夫兰文学艺术奖"；莫里森被美国艺术与文学协会命名为"1978 年度最有成就的作家"
1980 年	入选为美国国家艺术理事会
1981 年	发表《柏油娃》（*Tar Baby*）；在巴德大学任教；被选为"美国国家艺术与文学委员会"的成员；同年 3 月，成为《每周新闻》的封面人物，她是继佐拉·尼尔·赫斯顿之后出现在重要杂志封面的第一位黑人女作家
1982 年	1 月 15 日，在洛雷恩商会年会及总统舞会上担任贵宾演讲人
1983 年	发表短篇小说《宣叙》（*Recitatif*）；辞去兰登书屋的工作并任职于纽约州立大学，主讲创作课程
1984 年	接受了纽约州立大学人文学院的"艾尔伯特·施韦策名誉教授"职位
1985 年	创作剧本《梦到艾蒙特》（*Dreaming Emmett*）；获纽约州政府奖

1986 年	发表戏剧《梦到艾蒙特》（*Dreaming Emmett*）；此剧在奥尔巴尼剧院上演并获得巨大成功；莫里森获得纽约州政府艺术奖
1987 年	发表《宠儿》（*Beloved*）；成为加利福尼亚大学客座教师；《宠儿》获"美国国家图书奖"提名。因《宠儿》落选"美国国家图书奖"，当时有 48 位知名美国黑人作家联名写信，并将信件发表在《纽约时报》上，集体谴责文学界对莫里森文学成就的忽视
1988 年	《宠儿》获得"普利策奖"和"罗伯特·F. 肯尼迪"图书奖；莫里森获得"纽约市市长艺术文化荣誉奖"；被普林斯顿大学任命为"罗伯特·F. 戈辛教席教授"，成为第一位在常春藤大学获此殊荣的黑人女性作家
1989 年	普林斯顿大学任教，承担美国黑人研究和文学创作的教学任务
1990 年	获得"美利坚合众国现代语言协会文学奖"
1992 年	发表《爵士乐》（*Jazz*）和《在黑暗中游戏：白人化和文学想象力》（*Playing in the Dark：Whiteness and Literary Imagination*）；这两部作品都进入《纽约时报》畅销书的排行榜
1993 年	12 月 10 日，获得"诺贝尔文学奖"，成为世界文学史上第一位获此殊荣的黑人女性作家 11 月，莫里森赴斯德哥尔摩领奖，在颁奖典礼上发表了题为"被剥夺的语言和语言被剥夺"的演讲（演讲强调了文学的重要性，并指出语言的功能不仅仅在于消遣，语言承担着更重要的个人和社会使命）
1994 年	发表其 1993 年度在诺贝尔文学奖颁奖仪式上的讲话；获得"法国孔多塞奖章""赛珍珠奖"及"雷吉耶姆·朱里文学奖" 莫里森的母亲去世
1996 年	因其突出成就获得"美国国家图书基金会终身成就奖"；发表《舞动的思想》（*The Dancing Mind*）
1998 年	好莱坞迪斯尼影片公司出资 5300 万投入制作的电影《宠儿》在纽约、洛杉矶、底特律、芝加哥等大城市上映，受到极大好评；发表《乐园》（*Paradise*）；成为《纽约时报》的封面人物
1999 年	《乐园》获得"俄亥俄州图书奖"和"俄克拉何马州图书奖" 同年，莫里森被《妇女家庭杂志》授予"年度女性"称号；与次子沙拉特·凯文合作发表童话诗《大盒子》（*The Big Box*）

续表

2002 年	与次子沙拉特·凯文合作发表童话诗《坏蛋之书》
2003 年	出版《爱》（*Love*）
2004 年	发表历史书籍《记忆：学校融合之旅》（*Remember：The Journey to School Integration*）；被法国文化学院授予"艺术和社会奖"；与次子沙拉特·凯文合作发表童话诗《谁是故事王：波佩还是蛇?》（*Who's Got Game Series：Poppy or the Snake?*）
2005 年	获得美国图书馆协会的"科雷塔斯科特金奖"；与次子沙拉特·凯文合作发表童话诗《谁是故事王：镜子还是玻璃?》（*Who's Got Game Series：The Mirror or the Glass?*）
2006 年	《纽约时报》召集美国 125 位知名作家、评论家、编辑等评选"25 年来最佳美国小说"，《宠儿》以最高票数获得第一名；莫里森在普林斯顿大学退休；《最蓝的眼睛》在纽约的新维多利亚剧院被搬上舞台
2008 年	《恩典》（*A Mercy*）出版；《恩典》荣登《纽约时报书评》"2008 年度十大最佳图书"榜单
2009 年	编辑了《烧掉这本书：作家联盟关于语言力量的探讨》（*Burn This Book：Pen Writers Speak Out on the Power of the Word*）；获"诺曼·梅勒终身成就奖"
2011 年	获"日内瓦大学荣誉文学博士"称号
2012 年	出版《家》（*Home*）；获得"总统自由勋章"
2013 年	获范德堡大学授予的"尼克斯校长勋章"
2019 年	8 月 5 日夜间，莫里森在纽约蒙特菲奥尔医疗中心去世

附录3 伊什梅尔·里德生平大事记

1938 年	2 月 22 日，里德出生于美国田纳西州的查特怒加市。因刚大学毕业的父亲无法承担妻子和孩子的生活，里德的母亲中断了里德的高中学业，并前往纽约布法罗寻求更好的生活。在这期间，里德由其祖母的兄弟艾米特·科尔曼照料（查特怒加市有名的雷格泰姆钢琴演奏家，是里德的早期榜样）
1942 年	搬到纽约州的布法罗市，和母亲、继父生活至成年
1953—1954 年	为黑人报纸《帝国之星周刊》（*The Empire Star Weekly*）送报；成为该报刊关于爵士乐的特约撰稿人，开始形成其爵士写作风格
1956—1960 年	高中毕业后，里德的英文老师推荐他去布法罗大学学习。在此期间，里德接触了叶芝、庞德、布莱克等作家的作品。这些作家的创作风格极大影响了里德后期的创作。后来，因奖学金的取消，以及里德本人厌倦学校的各种规章制度，里德于 1960 年离开布法罗大学
1960 年	与普莉希拉·罗斯结婚（初婚）
1962 年	搬去纽约市，加入了下东区的暗影协会（Urban Society）；结识了在纽约的一些著名作家如诺曼·米勒（Norman Miller）、詹姆斯·鲍德温（James Baldwin）、兰斯顿·休斯（Langston Hughes）等人，开启了自己的写作生涯
1965 年	与波瓦特创办了闻名一时的地下报《东村他者》（*East Village Other*），提出了与西方中心主义完全不同的艺术主张

1967 年	出版第一本小说《自由抬棺人》（*Free-Lance Pallbearers*） 因不想当一个"给白人装点门面的黑人"（token black），离开纽约，到西海岸的加州大学伯克利总校，开始了长达 35 年的教书生涯，并先后在西雅图华盛顿大学、布法罗大学、耶鲁大学和哈佛大学等担任客座讲师
1969 年	出版第二本小说《黄后盖收音机的解体》（*Yellow Back Radio Broke-Down*）
1970 年	结束第一段婚姻，并与舞蹈家卡拉·布兰科结婚 编辑文选《从今儿开始的 19 位巫师》（*19 Necromancers From Now*）。文选中节选了非裔、波多黎各裔、华裔等不同文化背景的少数族裔作家的文本
1971 年	与双日出版社签订了三本书的合约，并因此得以搬入比弗利山庄。在那里，里德饱尝了种族歧视和种族隔离的痛苦。在家创作《芒博琼博》期间，里德被人怀疑为毒贩，他家经常有警察出入 和艾尔·杨创办庭鸟出版社（Yardbird Publishing House）并推出了《庭鸟读物》（*Yardbird Reader*）
1972 年	出版第三本小说《芒博琼博》（*Mumbo Jumbo*）和诗集《施咒》（*Conjure: Selected Poems*），这两部作品都从伏都教和古埃及黑人文化出发，为其"新伏都"艺术美学奠定了基础
1973 年	与卡农、约翰逊成立了"里德、卡农与约翰逊出版社"（Reed, Cannon & Johnson） 出版诗集《查特怒加》（*Chattanooga: Poems*） 小说《芒博琼博》获 1973 年度"全美图书奖小说奖"提名 诗集《施咒》获 1973 年"全美图书奖诗歌奖"提名及"普利策奖"诗歌类提名
1974 年	出版第四本小说《路易斯安那红帮的最后日子》（*The Last Days of Louisiana Red*） 获"约翰·西蒙·古根海姆纪念基金会小说奖"
1975 年	获"美国学院奖"（American Academy Award） 获"国家艺术与文学学院荣誉"（National Institute of Arts and Letters honor） 获"罗森塔尔基金奖"（Rosenthal Foundation Award）

续表

1976 年	《庭鸟读物》因官司停止出版 出版第五本小说《飞往加拿大》(*Flight to Canada*) 建立了"哥伦布之前基金会"(Before Columbus Foundation)①
1977 年	加利福尼亚大学伯克利分校拒绝授予里德终身职位
1978 年	出版论文集《新奥尔良狂欢节》(*Shrovetide in Old New Orleans*) 出版诗集《神灵书记员》(*A Secretary to the Spirits*)
1979 年	组织出版了诗集《加里菲》(*Calafia*：*The California Poetry*),其中囊括了从 19 世纪起 200 多位诗人的写作,主要记录和表现加利福尼亚多元文化,成为一个"关于一个州的最全面的多元文化诗歌选集"
1980 年	和艾尔·杨共同出版《百衲被》(*Quilt*)
1981 年	发表戏剧《赫巴德大妈》(*Mother Hubbard*)
1982 年	出版小说《可怕的两岁娃》(*The Terrible Twos*)以及文集《上帝为印第安人创造阿拉斯加》(*God Made Alaska for the Indians*：*Selected Essays*)
1986 年	出版小说《鲁莽的注视》(*Reckless Eyeballing*)
1988 年	出版文集《写作即斗争——37 年纸上的拳击》(*Writin' Is Fightin'*：*Thirty-seven Years of Boxing on Paper*)以及诗集《新诗与合集》(*New and Collected Poems*) 获加利福尼亚大学伯克利分校终身职位
1989 年	出版小说《可怕的三岁娃》(*The Terrible Threes*) 发表戏剧《化外蛮汉》(*Savage Wilds*)
1993 年	出版小说《春季日语班》(*Japanese by Spring*)以及文集《晾晒旧衣物》(*Airing Dirty Laundry*)
1994 年	普利策奖获得者格温多琳·布科斯推荐里德为"乔治·肯特奖"的获得者 获"大阪社区基金会"(Osaka Community Foundation)"酒井基努奖"(Sakai Kinu Award) 发表戏剧《传教士与说唱者》(*Preacher and Rapper*)

① 哥伦布之前基金会提出:美国文化"大熔炉"的同化政策抹杀了民族文化之间的差异性,与民族融合的历史进程背道而驰,因此,必须改变美国文化领域的欧洲中心主义和霸权思想。因此,哥伦布之前基金会倡议每年颁发美国图书奖(American Book Award),推动族裔文学的发展,对抗纽约白人文化圈的垄断地位。

1996 年	与维兹诺（Gerald Vizenor）、徐忠雄（Shawn Wong）、科内勒（Nicolas Kanellos）、艾尔·杨等人编辑了哈珀柯林斯文学马赛克系列（*The Harper Collins Literary Mosaic Series*）
1997 年	出版《多元美国：文化战争及文化和平论文集》（*Multi America，Essays on Cultural Wars and Cultural Peace*）
1999 年	获湾区书评人协会"弗雷德·科迪奖"（Fred Cody Award），并入选芝加哥州立大学的"美国黑人文学名人堂"（National Literary Hall of Fame of Writers of African Descent）
2000 年	出版《里德读物》（*The Reed Reader*），作品集合了小说节选、诗、散文以及戏剧
2003 年	出版文集《前线上的又一天：种族战争快递》（*Another Day at the Front：Dispatches from the Race War*）以及《布鲁斯城：漫步奥克兰》（*Blues City：A Walk in Oakland*） 出版《从图腾到嘻哈——美国多元文化诗歌选集 1900—2002》（*From Totems to Hip-Hop：A Multicultural Anthology of Poetry Across the Americans，1900 - 2002*）
2004 年	洛杉矶时报授予里德"罗伯特·赫希奖"（Robert Hirsch Award）
2006 年	霍华德大学因其对美国文学作出的贡献对里德进行表彰
2007 年	出版诗集《新诗选：1964—2007》（*New and Collected Poems：1964 - 2007*），该诗集获"加州英联邦俱乐部金奖"（Commonwealth Club of California）
2008 年	出版文集《不吐不快：媒体霸凌及其他》（*Mixing It Up：Taking on the Media Bullies and Other Reflections*）
2009 年	出版戏剧集《伊什梅尔·里德戏剧集》（*Ishmael Reed，The Plays*） 出版短篇小说集《帕瓦仪式——绘制美国经历的断层线》（*POW WOW—Charting the Fault Lines in the American Experience*）①
2010 年	出版文集《巴拉克·奥巴马和"吉姆·克劳"媒体》（*Barack Obama and the Jim Crow Media*）

---

① 选集由 63 位作家与里德的妻子卡拉·布兰科合编，涵盖了 200 多年的美国写作经验，被里德称为"来自不同美国部落的声音的汇聚"。

续表

2011 年	出版小说《正义!》(*Juice!*) 成为旧金山爵士艺术节的桂冠诗人,并获旧金山文学艺术节最高奖项"北非海岸奖"
2012 年	出版文集《太过火——关于美国精神崩溃的文集》(*Going Too Far：Essays About America's Nervous Breakdown*)
2013 年	马克·吐温 2013 年盖章经典版《汤姆·索亚历险记》和《哈克贝里·芬恩历险记》再版时收录了里德写的新后记
2014 年	获"布法罗文学中心 2014 年文学遗产奖",纽约布法罗将 2014 年 2 月 21 日定为"伊什梅尔·里德日"
2015 年	出版文集《穆罕默德·阿里全集》(*The Complete Muhammad Ali*)
2018 年	出版小说《共轭印地语》(*Conjugating Hindi*)
2019 年	出版文集《为什么墨西哥没有南方同盟的雕像》(*Why No Confederate Statues in Mexico*)
2020 年	发表短篇《思想太多的傻瓜》(*The Fool Who Thought Too Much*) 发表诗集:《为什么黑洞歌唱蓝调:诗歌 2007—2019》(*Why the Black Hole Sings the Blues：Poems 2007–2019*) 被加利福尼亚大学伯克利分校授予"2020 年度杰出荣誉奖"
2021 年	出版小说《可怕的四岁娃》(*The Terrible Fours*)

附录 4 美国黑人文学中的重要缩写

缩写	全称	汉语译文	备注
AAA	American Abolitionist Association	美国废奴协会	
ABB	African Blood Brotherhood	非洲亲兄弟会	半神秘组织
AME Church	African Methodist Episcopal Church	非洲循道宗主教派教会	
ASCAP	American Society of Composers, Authors and Publishers	美国作曲家、作者和出版社协会	
BAM	Black Arts Movement	黑人艺术运动	
BCM	Black Conservatist Movement	黑人保守运动	
BM	Beat Movement	避世运动	
BPP	Black Panther Party for Self Defense	自卫黑豹党	
BP	Black Power	黑人权力	
BRFAL/FB	The Bureau of Refugees, Freedmen, and Abandoned Lands/Freedmen's Bureau	被解放黑奴事务管理局/自由民管理局	
CLA	College Language Association	大学语言协会	
CORE	Congress of Racial Equality	争取种族平等大会	黑人社团
FBB	The Freedmen's Bureau Bank	被解放黑人事务管理局银行	

续表

缩写	全称	汉语译文	备注
FWP	Federal Writers' Progress	联邦作家项目	
HH	Hull House	赫尔大厦组织	
KKK	Ku Klux Klan	三 K 党	恐怖组织
MLA	Modern Language Association	现代语言协会	美国
NAACP	National Association for the Advancement of Colored People	全国有色人种协进会	
NACW	National Association of Colored Women	全国有色人种妇女协会	
NI	Nations of Islam	"伊斯兰国"	
NUL	The National Urban League	全国城市联盟	
SCLC	Southern Christian Leadership Conference	南方基督教领袖大会	
SNCC	Student Non-violent Coordinating Committee	学生非暴力统筹委员会	
WCC	White Citizens' Council	白人公民联合会	
WCTU	Woman's Christian Temperance Union	基督教妇女禁酒联合会	
WPA	Works Progress Administration	公共事业振兴署	美国
WILPE	The Women's International League for Peace and Freedom	国际妇女争取和平自由联盟	
YMCA	Young Men's Christian Association	基督教青年会	

参考文献

一　中文文献

（一）专著

［美］伯纳德·W. 贝尔：《非洲裔美国黑人小说及其传统》，刘捷等译，四川人民出版社 2000 年版。

陈铭道：《黑皮肤的感觉——美国黑人音乐文化》，世界知识出版社 1999 年版。

陈世丹：《美国后现代主义小说艺术论》，辽宁师范大学出版社 2002 年版。

程锡麟：《赫斯顿研究》，上海外语教育出版社 2005 年版。

程锡麟、王晓路：《当代美国小说理论》，外语教学与研究出版社 2001 年版。

方小莉：《声音的权威：美国黑人女性小说的叙述策略研究》，科学出版社 2019 年版。

［法］弗朗兹·法农：《黑皮肤，白面具》，万冰译，译林出版社 2005 年版。

嵇敏：《美国黑人女权主义视域下的女性书写》，科学出版社 2011

年版。

李公昭主编：《20 世纪美国文学导论》，西安交通大学出版社 2000
年版。

李美芹：《用文字谱写乐章：论黑人音乐对莫里森小说的影响》，浙
江大学出版社 2010 年版。

林元富：《论伊什梅尔·里德后现代主义小说的戏仿艺术》，厦门大
学出版社 2008 年版。

蔺玉清：《伊什梅尔·里德的"新伏都"多元文化主义研究》，知识
产权出版社 2015 年版。

刘海平、王守仁主编，王守仁主撰：《新编美国文学史》（第四卷），
上海外语教育出版社 2002 年版。

罗钢、刘象愚主编：《后殖民主义文化理论》，中国社会科学出版社
1999 年版。

罗虹：《从边缘走向中心——非洲裔美国黑人文化》，中国社会科学
出版社 2013 年版。

毛信德：《美国黑人文学的巨星——托妮·莫里森小说创作论》，浙
江大学出版社 2006 年版。

宁骚主编：《非洲黑人文化》，浙江人民出版社 1993 年版。

申丹：《叙述学与小说文体学研究》，北京大学出版社 1998 年版。

谭惠娟、罗良功等：《美国非裔作家论》，上海外语教育出版社 2016
年版。

［美］托妮·莫里森：《20 世纪诺贝尔文学奖颁奖演说词全编》，毛
信德、蒋跃、韦胜校译，毛信德译，百花洲文艺出版社 2001 年版。

［美］托妮·莫里森：《宠儿》，潘岳、雷格译，中国文学出版社
1996 年版。

［美］托妮·莫里森：《爵士乐》，潘岳、雷格译，南海出版社 2006
年版。

［美］托妮·莫瑞森：《天堂》，胡允桓译，上海译文出版社 2005

年版。

王家湘:《20世纪美国黑人小说史》,凤凰出版传媒集团、译林出版社 2006 年版。

王丽亚:《里德与文化多元主义:"新伏都"叙事艺术略论》,外语教学与研究出版社 2018 年版。

王守仁、吴新云:《性别·种族·文化:托妮·莫里森的小说创作(修订版)》,北京大学出版社 1999 年版。

王艳红:《美国黑人英语汉译研究——伦理与换喻视角》,山东大学出版社 2012 年版。

[美]小亨利·路易斯·盖茨:《意指的猴子:一个非裔美国文学批评理论》,王元陆译,北京大学出版社 2011 年版。

徐宝强、袁伟选编:《语言与翻译的政治》,中央编译出版社 2001 年版。

[美]伊什梅尔·里德:《芒博琼博》,蔺玉清译,北京燕山出版社 2019 年版。

虞建华等:《美国文学的第二次繁荣》,上海外语教育出版社 2004 年版。

曾梅:《托尼·莫里森作品的文化定位》,山东人民出版社 2010 年版。

赵宏维:《托妮·莫里森小说研究》,中国社会科学出版社 2015 年版。

周春:《美国黑人女性主义批评研究》,四川大学出版社 2007 年版。

朱振武等:《美国小说本土化的多元因素》,上海外语教育出版社 2006 年版。

[美]佐拉·尼尔·赫斯顿:《他们眼望上苍》,王家湘译,北京十月文艺出版社 1998 年版。

　　(二)论文

陈法春:《〈乐园〉对美国主流社会种族主义的讽刺性模仿》,《国外文学》2004 年第 3 期。

陈后亮：《"美国非裔文学传统既不稳定也不完整"——评〈劳特里奇美国非裔文学导读〉》，《外国语文研究》2019 年第 6 期。

董玲：《〈即将成人〉中作为叙事策略的黑人英语方言》，《广西民族师范学院学报》2010 年第 4 期。

杜维平：《呐喊，来自 124 号房屋——〈彼拉维德〉叙事话语初探》，《外国文学评论》1998 年第 1 期。

冯利：《黑人英语与标准美国英语差异之探讨》，《内蒙古农业大学学报》（社会科学版）2009 年第 4 期。

黄卫峰：《"美国非裔""非裔美国人"还是"非裔美国黑人"?》，《中国科技术语》2019 年第 2 期。

焦小婷：《话语权力之突围——托尼·莫里森〈爵士乐〉中的语言偏离现象阐释》，《天津外国语学院学报》2006 年第 6 期。

焦小婷：《文本的召唤性——小说〈宠儿〉的写作艺术初探》，《河南大学学报》（社会科学版）2002 年第 6 期。

金莉：《西方文论关键词 奴隶叙事》，《外国文学》2019 年第 4 期。

［美］雷切尔·博瓦尔·多米尼克：《伏都教在历史进程中的社会价值：奴隶、移民、团结》，何朝阳、柳语新译，《国际博物馆》（中文版）2010 年第 4 期。

李蓓蕾、谭惠娟：《有意识的艺术：詹姆斯·韦尔登·约翰逊论美国非裔文学创作》，《外国语文研究》2017 年第 2 期。

李芳：《母亲的主体性——〈秀拉〉的女性主义伦理思想》，《外国文学》2013 年第 3 期。

刘慧、黄晖：《新中国七十年的美国非裔文学研究》，《语文学刊》2020 年第 2 期。

刘晓燕：《伊什梅尔·里德诗歌中的新伏都主义美学》，《山东外语教学》2016 年第 3 期。

卢春晖：《〈杯酒留痕〉中的拼贴技巧及叙事意义》，《湖北科技学院学报》2017 年第 4 期。

吕炳洪：《托妮·莫里森的〈爱娃〉简析》，《外国文学评论》1997
年第 1 期。

马粉英：《托妮·莫里森小说的身体叙事研究》，博士学位论文，北
京外国语大学，2014 年。

宓芬芳、谭惠娟：《黑人音乐成就黑人文学——论布鲁斯音乐与詹姆
斯·鲍德温的〈索尼的布鲁斯〉》，《北京第二外国语学院学报》
2011 年第 4 期。

潘绍嶂：《黑人英语中的否定句》，《外语教学与研究》1990 年第
4 期。

王春晖：《莫里森〈乐园〉中的黑人女性主体意识》，《外语教学》
2011 年第 3 期。

王晋平：《论〈乐园〉的叙述话语模式》，《武汉大学学报》（人文科
学版）2002 年第 5 期。

王丽亚：《伊什梅尔·里德的历史叙述及其政治隐喻——评〈逃往加
拿大〉》，《外国文学评论》2010 年第 3 期。

王小晴：《不堪叙说的故事——论托尼·莫里森的小说〈宠儿〉》，
《安庆师范学院学报》（社会科学版）2002 年第 1 期。

王玉括：《反思非裔美国文化，质疑美国文学经典的批评家莫里森》，
《当代外国文学》2013 年第 2 期。

王玉括：《非裔美国文学研究在中国：1933～1993》，《南京邮电大学
学报》（社会科学版）2011 年第 2 期。

王玉括：《非裔美国文学研究在中国：1994～2011》，《外语研究》
2011 年第 5 期。

王玉括：《新世纪非裔美国文学研究的新动向——兼评〈何谓非裔美
国文学?〉》，《外国文学动态》2013 年第 1 期。

翁乐虹：《以音乐作为叙述策略——解读莫里森小说〈爵士乐〉》，
《外国文学评论》2000 年第 2 期。

吴娟：《论纳博科夫〈微暗的火〉的拼贴手法及其叙事意义》，《北京第二外国语学院学报》2011 年第 8 期。

颜李萍：《颠覆与抑制的动态平衡：〈摩西，山之人〉的新历史主义解读》，《短篇小说》（原创版）2015 年第 21 期。

杨卫东、戴卫平：《美国黑人英语的深层机理研究》，《西南农业大学学报》（社会科学版）2011 年第 6 期。

曾梅：《托尼·莫里森作品的审美特征》，《山东大学学报》（哲学社会科学版）2007 年第 5 期。

曾艳钰：《伊什梅尔·里德〈逃往加拿大〉中的新伏都教美学思想及历史书写》，《当代外国文学》2010 年第 4 期。

曾竹青、杨帅：《〈戴家奶奶〉中百衲被的黑人女性主义解读》，《湖南科技大学学报》（社会科学版）2008 年第 2 期。

张峰、赵静：《"百衲被"与民族文化记忆——艾丽思·沃克短篇小说〈日用家当〉的文化解读》，《山东外语教学》2003 年第 5 期。

张清芳：《用语言文字弹奏爵士乐——托尼·莫里森的长篇小说〈爵士乐〉赏析》，《名作欣赏》2007 年第 15 期。

张雅如：《谈美国黑人英语》，《汕头大学学报》1996 年第 5 期。

张玉芳：《美国黑人英语现象探析》，《青海民族大学学报》（教育科学版）2011 年第 3 期。

朱小琳：《美国非裔文学研究的政治在线与审美困境》，《山东外语教学》2013 年第 2 期。

二 英文文献

Adell, S., *Toni Morrison*, New York: The Gale Group, 2002.

Alexander, Rosalind, *Voodoo Essentials in Zora Neale Hurston's Published Fiction*, Washington: Thesis of Howard University, 1986.

Anthony, Pinn B., *Black Religion and Aesthetics*, New York: Palgrave Macmillan, 2009.

Armand, Margaret Mitchell, *Healing in the Homeland: Haitian Vodou Tradition*, New York: Lexington Books, 2013.

Atwood, M. , *Haunted by Their Nightmares*, New York Time Book Review, 1987.

Beaulieu, Elizabeth Ann, *The Toni Morrison Encyclopedia*, London: Greenwood Press, 2003.

Bell, Bernard W. , *The Contemporary African American Novel: Its Folk Roots and Modern Literary Branches*, Beijing: Foreign Language Teaching and Research Press, 2007.

Birch, Eva Lennox, *Black American Women's Writing*, New York: Harvest Wheatshef, 1994.

Boyd, Valerie, *Wrapped in Rainbows: The Life of Zora Neale Hurston*, New York: Scribner, 2003.

Brown, Karen McCarthy, "Plenty Confidence in Myself: The Initiation of a White Woman Scholar into Haiti Vodou", *Journal of Feminist Studies in Religion*, Vol. 3, No. 1, 1987.

Brown, Karen McCarthy, *Unspoken Worlds: Women's Religious Lives*, Beverly, MA: Wadsworth, 1989.

Brown, Karen McCarthy, *Mama Lola: A Vodou Priestess in Brooklyn*. Berkeley: University of California Press, 1991.

Callahan, John F. , *In the African-American Grain: The Pursuit of Voice in Twentieth Century Black Fiction*, Chicago: University of Illinois Press, 1988.

Chatman, Seymour, *Story and Discourse: Narrative Structure in Fiction and Film*, London: Rutledge, 1978.

Christian, Barbara, *Trajectories of Self-Definition: Placing Contemporary Afro-American Women's Fiction Black Feminist Criticism*, New York: Pergamon Press, 1985.

Connor, Kimberly Rae, *Conversions and Visions in the Writings of African-American Women*, Knoxville: The University of Tennessee Press, 1994.

Cotera, Maria Eugenia, *Native Speakers: Ella Delorai, Zora Neale Hurston, Jovita Gonzalez and the Poetics of Culture*, Austin: The University of Texas Press, 2008.

Davis, Wade, *The Serpent and the Rainbow*, New York: Simon & Schuster, 1985.

Deren, Maya, *Divine Horsemen: The Voodoo Gods of Haiti*, London: Thames and Hudson, 1953.

Dick, Bruce and Amritjit Singh, *Interview: Ishmael Reed, In Conversation with Ishmael Reed*, Jackson: University Press of Mississippi, 1995.

Dick, Bruce and Amritjit Singh, *Conversations with Ishmael Reed*, Jackson: UP of Mississippi, 1995.

Dick, Bruce, *The Critical Response to Ishmael Reed*, London: Greenwood Press, 1999.

Du Bois, Laurent, "Vodou and History", *Comparative Studies in Society and History*, Vol. 43, No. 1, 2000.

Du Bois, W. E. B., *The Crisis Writing*, Greenwich: Fawcett, 1972.

Du Bois, W. E. B., *The Soul of Black Folk*, Harmondsworth: Penguin Books, 1996.

Dutton, Wendy, "The Problem of Invisibility: Voodoo and Zora Neale Hurston", *A Journal of Women Studies*, Vol. 13, No. 2, 1993.

Gates, Henry Louis, *Figures in Black: Words, Signs and the "Racial" Self*, New York: Oxford University Press, 1987.

Gates, Henry Louis, "Afterword", in *Seraph on the Suwanee by Zora Neale Hurston*, New York: Scribner's Sons, 1988.

Gates, Henry Louis, *The Signifying Monkey: A Theory of African-Ameri-*

can Literary Criticism, New York: Oxford University Press, 1988.

Gates, Henry Louis, *Alice Walker: Critical Perspectives Past and Present*, New York: Amistad, 1993.

Gates, Henry Louis, *The Norton Anthology of African American Literature*, New York: W. W. Norton & Corporation, 1997.

Gridley, Mark C. , *Jazz Style: History and Analysis*, New Jersey: Simon and Schuster/A Viacom Company, 1978.

Gitroy Paul, *Small Acts: Thoughts on the Politics of Black Culture*, New York: Serpent's Tail, 1993.

Gover, Robert, "An Interview with Ishmael Reed", *Black American Literature Forum*, Vol. 12, No. 1, 1978.

Grant, Nathan, *Masculinist Impulses: Toomer, Hurston, Black Writing and Modernity*, Columbia: University of Missouri Press, 2004.

Guthrie, Danille Taylor, *Conversations with Toni Morrison*, Jackson: University Press of Mississippi, 1994.

Hemenway, Robert E. , *Zora Hurston: A Literary Biography*, Chicago: University of Illinois Press, 1980.

Hemenway, Robert, "Introduction", in *Dust Tracks on a Road, by Zora Neale Hurston*, Urbana and Chicago: University of Illinois Press, 1984.

Henderson, Stephen, *Understanding the New Black Poetry: Black Speech and Black Music as Poetic References*, New York: William Morrow & Co. , Inc. , 1973.

Hogue, William Lawrence, "Postmodernism. Traditional Cultural Forms and the African American Narrative: Major's Reflex, Morrison's Jazz and Reed's Mumbo Jumbo, Novel: A Forum on Fiction", *Contemporary African American Fiction and the Politics of Postmodernism*, Vol. 35, No. 2, 2002.

Holmes, Gloria Graves, *Zora Neale Hurston's Divided Vision: The Influ-*

ence of Afro-Christianity and *the Blues*, Stony Brook: State University of New York Press, 1994.

Houston, Baker A. , *Workings of Spirit: The Poetics of Afro-American Women's Writings*, Chicago: The University of Chicago Press, 1991.

Howard, Lillie P. , *Zora Neale Hurston*, Boston: Twayne Publishers, 1980.

Hubbard, Dolan, *The Sermon and the African American Literary Imagination*, Columbia: University of Missouri Press, 1994.

Hughes, Langston, "The Negro Artist and the Racial Mountain", *The Nation*, 1926.

Hurston, Lucy Anne, *Speak, So You Can Speak Again: The Life of Zora Neale Hurston*, New York: Doubleday, 2004.

Hurston, Zora Neale, "Hoodoo in America", *Journal of American Folklore*, Vol. 44, No. 174, 1931.

Hurston, Zora Neale, *Tell My Horse: Voodoo and Life in Haiti and Jamaica*, New York: Perennial Classics, 1938.

Hurston, Zora Neale, *Seraph on the Suwanee*, New York: Scribner's Sons, 1948.

Hurston, Zora Neale, *Folklore, Memoirs, and Other Writings*, New York: Literary Classics of the United States, 1995.

Hurston, Zora Neale, *Dust Tracks on a Road*, Urbana and Chicago: University of Illinois Press, 1984.

Hurston, Zora Neale, *Moses, Man of the Mountain*, Urbana and Chicago: University of Illinois Press, 1984.

Jackson, Blyden, *Introduction in Moses, Man of the Mountain, Zora Neale Hurston*, Urbana and Chicago: University of Illinois Press, 1984.

James, Draper P. , *Black Literature Criticism*, Detroit: Gale, 1992.

Jennings, La Vinia Delois, *Zora Neale Hurston, Haiti, and Their Eyes*

Were Watching God, Evanston: Northwestern University Press, 2013.

Johnson, James Weldon, "The Dilemma of the Negro Author", *American Mercury*, Vol. 60, 1928.

Johnson, James Weldon, *The Book of American Negro Poetry*, San Diego: Harcourt Brace Jovanovich, 1983.

Jones, Sharon L., *Critical Companion to Zora Neale Hurston: A Literary Reference to Her Life and Work*, New York: Facts on File, 2009.

Karanja, Ayana I., *Zora Neale Hurston: The Breath of Her Voice*, New York: Peter Lang Publishing, 1999.

Kawash, Samira, *Dislocating the Color Line: Identity, Hybridity and Singularity in African-American Narrative*, Stanford: Stanford University Press, 1997.

Keresztesi, Rita, *Strangers at Home: American Ethnic Modernism between the World Wars*, Lincoln: University of Nebraska Press, 2005.

Konzett, Delia Caparoso, *Ethnic Modernisms: Anzia Yezierska, Zora Neale Hurston, Jean Rhys and the Aesthetics of Dislocation*, New York: Palgrave Macmillan, 2002.

Labov, William, *Language in the Inner City: Studies in the Black English Vernacular*, Philadelphia: The University of Pennsylvania Press, 1972.

Lamothe, Daphne, "Vodou Imagery, African-American Tradition and Cultural Transformation in Zora Neale Hurston's *Their Eyes Were Watching God*", *Callaloo*, Vol. 22, No. 1, 1999.

Lanser, Susan Sniader, *Fictions of Authority: Women Writers and Narrative Voice*, Ithaca and London: Cornell University Press, 1992.

Levine, Lawrence, *Anonymous American*, New Jersey: Prentice-Hall, 1971.

Litwin, Laura Baskes, *Zora Neale Hurston: "I Have Been in Sorrow's Kitchen"*, New York: Enslow Publishers, 2008.

Lowe, John, *Jump at the Sun: Zora Neale Hurston's Cosmic Comedy*, Urbana: University of Illinois Press, 1994.

Martin, Reginald, *Ishmael Reed and the New Black Aesthetic Critics*, London: The Macmillan Press, 1988.

Mbalia, Doreatha Drummond, *Toni Morrison's Developing Class Consciousness*, New York: Associated University Presses, 1991.

Mckay, Nellie, *An Interview with Toni Morrison*, *Contemporary Literature*, Vol. 24, No. 4, 1983.

Megill, David W. and Paul O. W. Tanner, *Jazz Issues: A Critical History*, Dubuque: Wm. C. Brown Communications, 1995.

Michel, Claudine and Patrick Bellegarden Smith, ed. , *Vodou in Haitian Life and Culture: Invisible Powers*, New York: Palgrave Macmillan, 2006.

Morgan, Marcyliena, *Language, Discourse and Power in African American Culture*, Cambridge: Cambridge University Press, 2002.

Mori, Aoi, *Toni Morrison and Womanist Discourse*, New York: Peter Lang Publishing, 1999.

Mvuyekure, Pierre Damien, *The "Dark Heathenism" of the American Novelist Ishmael Reed*, New York: The Edwin Mellen Press, 2007.

Neal, Larry, "And Shine Swarm on: An Afterword", in *African American Literary Theory: A Reader*, New York: New York University Press, 2000.

O'Brien, John, *Interviews with Black Writers*, New York: Liveright, 1973.

Peach, Linden, *Toni Morrison*, Hampshire: Macmillan Press, 1995.

Pierre, Andre, "A World Created by Magic: Extracts from a Conversation with Andre Pierre", in *Sacred Arts of Haitian Vodou*, Los Angeles: UCLA Fowler Museum of Cultural History, 1995.

Plant, Deborah G. , *Every Tub Must Sit on Its Own Bottom: The Philosophy and Politics of Zora Neale Hurston*, Chicago: University of Illinois Press, 1995.

Quentin, Miller D. , *The Routledge Introduction to African American Literature*, New York: Routledge, 2016.

Reed, Ishmael, *19 Necromancers from Now: An Anthology of Original American Writing for the 1970s*, Garden City: Anchor, 1970.

Reed, Ishmael, *Mumbo Jumbo*, New York: Atheneum, 1972.

Reed, Ishmael, *Shrovetide in Old New Orleans*, New York: Avon, 1978.

Reed, Ishmael, *Foreword to Tell My Horse*, by Zora Neale Hurston, New York: Harper and Row, 1990.

Reed, Ishmael, *Japanese by Spring*, New York: Atheneum, 1993.

Reed, Ishmael, *New and Collected Poems 1964 – 2007*, New York: Thunder's Mouth Press, 2007.

Rice, Alan J. , "Jazzing It up a Storm", *Journal of American Studies*, Vol. 28, No. 3, 1994.

Rigaud, Milo, *Secrets of Voodoo*, San Francisco: City Lights Books, 1985.

Rody, Caroline, *The Daughter's Return: African-American and Caribbean Women's Fictions of History*, New York: Oxford University Press, 2001.

Schappell, Elissa, *Women Writers at Work*, New York: Modern Library, 1998.

Showalter, Elaine, *Sister's Choice: Traditions and Changes in American*, New York: Clarendon Press, 1988.

Showalter, Elaine, *Faculty Towers: The Academic Novel and Its Discontents*, Philadelphia: University of Pennsylvania Press, 2005.

Sidran, Ben, *Black Talk*, New York: Da Capo, 1983.

Smitherman, Geneva, *Talkin' and Testifin', the Language of Black America*, Boston: Houghton Mifflin Company, 1977.

Smitherman, Geneva, " 'What is Africa to Me?': Language, Ideology and African American", *American Speech*, Vol. 66, No. 2, 1991.

Southerland, Ellease, *The Influence of Voodoo on the Fiction of Zora Neale Hurston*, *Sturdy Black Bridges: Visions of Black Women in Literature*, Gaeden City: Doubleday and Company, 1979.

Stuckey, Sterling, *Slave Culture*, *Nationalist Theory and the Foundations of Black America*, New York: Oxford University Press, 1987.

Stuckey, Susan Edwards, *Hitting a Straight Lick with a Crooked Stick: Race and Gender in the Work of Zora Neale Hurston*, Tuscaloosa: The University of Alabama Press, 1999.

Tate, Claudia, *Black Women Writers at Work*, Harpenden: Oldcastle Books, 1983.

Tavormina, M. Teresa, "Dressing the Spirit: Cloth-Working and Language in *The Color Purple*", *Journal of Narrative Technique*, Vol. 16, No. 3, 1986.

Wall, Cheryl, *Changing Our Own Words: Essays on Criticism, Theory, and Writing by Black Women*, New Brunswick: Rutgers University Press, 1989.

Washington, Mary Helen, "Introduction", in *Inverted Lives: Narratives of Black Women 1860 – 1960*, New York: Doubleday, 1987.

Wilson, Mary Ann, *Alice Walker and Zora Neale Hurston—The Common Bond*, Westport: Greenwood Press, 1993.

后　　记

本专著是国家社会科学基金课题"非裔美国黑人文学中的伏都教美学研究"（批准号：17XWW05）的最终成果。该课题于2017年8月立项，2022年11月结项，结项等次为"良好"（证书号：20223943）。这一课题从准备到申报再到结项，历时六年多，其间恰逢疫情三年，各种周折辛苦，甘苦自知。

从1999年9月硕士在读伊始，我一直密切关注美国少数族裔文学的发展趋势和研究现状。美国黑人女性文学尤其令我着迷。对佐拉·尼尔·赫斯顿、托妮·莫里森、艾丽斯·沃克、玛雅·安吉洛、格洛丽亚·内勒等人的研究逐渐奠定了我对美国少数族裔文学整体研究的基础。25年来，我的研究逐渐深入和体系化。从对个体作家的研究逐渐拓展到对作家群的研究，从对黑人女性文学的研究逐渐拓展到对美国少数族裔文学的整体研究，从历时研究逐渐拓展到"历时＋共时"的多维研究，基本把握了美国少数族裔文学的创作机制和审美机制。在第四部专著即将付梓之时，感慨良多，感恩心生。

感谢南开大学文学院博士生导师王志耕教授。博士在读期间，老师对我的谆谆教诲、悉心指导和爱护包容总是让我感动。2013年毕业后，只见过恩师一次。那晚，极少喝酒的老师在聚餐时破例喝了杯啤酒，我知道，见到我，看到我的成长，老师是喜悦的。临别时，老师送我和晓华师妹打车。坐在车上，无意间回头，看到老师伫立路口，目送我们。那一刻，泪湿眼眶。老师对学术的严谨和热爱，对学生的耐心和关怀，对生活的悲悯和仁慈深深影响了我，为我的人生道路指明了方向。

感谢原宁夏大学外国语学院院长、博士生导师周玉忠教授。自1990 年与老师相识，30 多年的时光里，老师的教育智慧和人格魅力如春风化雨，润物无声。在老师多年的教导和培养下，我的综合能力得到很大提升。终于做到了既可以站稳讲台，也可以潜心学术，还可以做好管理。老师是良师，亦是益友。感谢老师！

感谢我的家人。1958 年 9 月，满怀"支援边疆"梦想的父亲从繁华的大上海来到宁夏西吉，在多个小学做教务主任和副校长，还参与西吉回民小学的筹建工作，为宁夏山区的教育事业贡献了自己的力量。但是，我最亲爱的父亲胡建华于 2023 年 3 月 18 日凌晨因病去世，再也不能拿着放大镜细读这部专著的后记了。不过，我知道，78 岁的母亲一定会在某个下午，在温暖的阳光下，戴着老花镜，轻声读给他听。父亲，还会孩子般地笑着，说："几个孩子中，她最像我。"感谢我的母亲张春芳。在父亲去世的这段日子里，在她自己最艰难的这段时间里，还时常为我分担家务，让我安心工作和科研。父母之恩，无以为报。想来，看到我健健康康、快快乐乐、好好生活，他们就是幸福的。感谢我的爱人金玉河，我的儿子金玥兆！他们对我多年的无私包容、全力支持和最温暖的爱护是我安心教学、科研和管理的最大保障。你们，是我最宝贵的财富！

感谢我的硕士生杨晓丽和石文慧。她们在繁重的学业之余帮我校对书稿体例，核对引文出处，付出了大量的时间和精力。她们在校对过程中发现的细节问题提升了本书的质量。

感谢本书的编辑梁世超老师。梁老师在出版方面的专业知识和丰富经验保证了这部书稿的整体质量。除去书稿出版的交流，梁老师耐心解答我的各种问题，还和我一起设计未来的科研规划。不久，应该还有1部译著和梁老师一起合作。感谢梁老师！

感谢多年来陪伴在身边的所有同事和朋友，谢谢你们的肯定、鼓励、帮助和支持！

科研之路艰辛漫长，唯有热爱才能坚持。感恩自己，始终热爱文学，热爱研究，热爱这个世界。希望自己继续坚持，在以后的科研道路上走得更远。

山河无恙，岁月寻常，才是最大的幸福。愿所有人健康平安、生活顺遂。

由于本人学术水平有限，本书中一定还存在不足和问题，敬请学界师长、同行批评指正。

胡笑瑛

2024 年 7 月 1 日